Das Buch

Nach dem plötzlichen Tod ihrer Mutter möchte die junge Carla Bergmann endlich ihren Vater kennenlernen. Als sie herausfindet, dass er Indianer ist und in Kanada lebt, macht sie sich auf den Weg in die Fremde. Dort stößt sie auf ein altes Familiengeheimnis, als dessen neue Hüterin sie sich behaupten muss, um das Land ihrer Ahnen vor Raubbau und Zerstörung zu bewahren.

Der einfühlsame Lee Ghost Horse hilft Carla, ihre indianische Identität anzunehmen, und löst ungeahnte Gefühle in ihr aus. Sie lernt, die Wildnis und das Leben fernab der Zivilisation zu lieben, und findet so nicht nur die Wurzeln ihrer Familie, sondern auch ihre eigenen.

Ein spannungsreicher Roman und eine große Liebesgeschichte, die die Leser in eine Welt voller Magie und Mythologie eintauchen lässt und sie auf eine abenteuerliche Reise in die Wildnis West-Kanadas führt.

Die Autorin

Sanna Seven Deers ist 1974 in Hamburg geboren. Nach ihrer Heirat mit dem kanadischen Indianer David Seven Deers zog sie 1997 mit ihm in die Wildnis der Rocky Mountains. Dort leben sie jetzt auf ihrer Ranch ohne Strom und fernab jeglicher Zivilisation mit ihren vier Kindern und vielen Tieren. Zurzeit schreibt sie an ihrem nächsten Roman.
Weitere Informationen über die Autorin unter
www.sannasevendeers.com

Von Sanna Seven Deers ist in unserem Hause bereits erschienen:

Der Ruf des weißen Raben

Sanna Seven Deers

Das Windlied des Bären

Roman

Ullstein

Besuchen Sie uns im Internet:
www.ullstein-taschenbuch.de

Der Verlag dankt David Seven Deers für die freundliche
Genehmigung, seine Illustrationen für die Covergestaltung
zu verwenden.

Originalausgabe im Ullstein Taschenbuch
1. Auflage März 2012
© Ullstein Buchverlage GmbH, Berlin 2012
Umschlaggestaltung: ZERO Werbeagentur, München
Titelabbildung: © David Seven Deers (Illustration);
mauritius images
Satz: Pinkuin Satz und Datentechnik, Berlin
Gesetzt aus der Sabon
Papier: Holmen Book Cream
von Holmen Paper Central Europe, Hamburg GmbH
Druck und Bindearbeiten: CPI – Ebner & Spiegel, Ulm
Printed in Germany
ISBN 978-3-548-28296-1

Der Gottheit zu gehorchen, ist Freiheit.

Lucius Annaeus Seneca

KAPITEL 1

Veränderungen

Mutti, ich bin zu Hause!« Carla Bergmann ließ die Haustür hinter sich ins Schloss fallen. Endlich war Wochenende. Allein der Gedanke versetzte die junge Frau in Hochstimmung.

Schwungvoll hängte sie ihre Jacke an den Garderobenhaken und legte Handtasche und Schlüssel auf die Anrichte daneben. Ihr Blick fiel auf einen Stapel Post, den ihre Mutter Anna dort abgelegt hatte. Sie nahm die Briefe in die Hand und schaute sie flüchtig durch. Nichts Besonderes. Reklame, Rechnungen, eine Postkarte von Tante Margit aus der Schweiz, wo diese zurzeit mit ihrer Familie Urlaub machte. Carlas Miene verdunkelte sich, als sie die Zeilen auf der Kartenrückseite überflog. Wann immer Tante Margit von sich hören ließ, konnte man darauf setzen, dass ein kleiner Seitenhieb dabei war – selbst wenn sie aus dem Urlaub schrieb.

Carla seufzte leise. In ihren dreiundzwanzig Lebensjahren hatte sie es trotz aller Anstrengung nicht geschafft, Tante Margit und deren Familie, dazu gehörten Onkel Hans und Cousin Peter, zu mögen. Denn obwohl Margit und Anna Schwestern waren, so waren die beiden Frauen doch grundverschieden, und es fiel Carla oft schwer zu glauben, dass sie tatsächlich verwandt waren.

An diesen Unterschied erinnerte Tante Margit sie auch ständig. Carla und ihre Mutter konnten ihr einfach nichts recht machen und waren ihr zudem nicht akademisch genug. Margit war zehn Jahre älter als Anna und Ärztin mit eigener Praxis. Onkel Hans war ein erfolgreicher Anwalt, und Sohn Peter bereits verlobt und auf dem sicheren Wege, in die Fußstapfen seines Vaters zu treten. Anna hingegen war lediglich eine Bankkauffrau, angestellt bei der hiesigen Sparkasse, und Carla war dem Beispiel ihrer Mutter gefolgt.

Das Schlimmste jedoch war, dass es bei den Bergmanns keinen Vater gab. Diese Tatsache veranlasste Margit Richter bei jedem Besuch zu allen nur erdenklichen Vorträgen über Moral und angemessenes Verhalten von Eltern. Carla brachte es jedes Mal zur Weißglut, hauptsächlich, weil ihre Mutter die Beleidigungen mit gesenktem Kopf hinnahm und auch Carla nie erlaubte, etwas zu entgegnen.

Auf Carlas Geburtsurkunde stand lediglich *Vater unbekannt*, und da es ihre Mutter zu quälen schien, darüber zu sprechen, hatte sie aufgehört nachzufragen.

Carla war schon immer *anders* gewesen, wie Tante Margit es ausdrückte. Das war denn auch der Grund, warum sie es nicht übers Herz brachte, aus der Mietwohnung, die sie noch immer mit ihrer Mutter teilte, auszuziehen.

Schon in der Grundschule hatten die anderen Kinder über Carla getuschelt. Was war das wohl für ein Mann, der ihr die hohen Wangenknochen, die großen, mandelförmigen Augen und die bronzefarbene Haut vererbt hatte? Kinder können sehr verletzend sein, und sobald es durchgesickert war, dass das ernste, zurückhaltende Mädchen lediglich die grau-grünen Augen ihrer blonden, aufgeschlossenen Mutter geerbt hatte und kein Vater da war, der das Rätsel lösen konnte, hatten die Sticheleien angefangen.

Carla hatte sich mehr und mehr in sich zurückgezogen. Und auch später, in der Pubertät und während der Ausbildung, hatte sie ihre Distanz und Unantastbarkeit beibehalten und war ihren eigenen Weg gegangen. Es störte sie nicht, ein Einzelgänger zu sein.

Oft hatte sie das Verhalten ihrer Gleichaltrigen als albern abgetan. Sie hatte Besseres mit ihrer Zeit zu tun, als irgendwo herumzuhängen, auf Partys zu gehen und über alles zu kichern.

Carla las für ihr Leben gern und befand sich oft in einer Traumwelt. Einer Welt, die ganz anders war als die Großstadtwelt in Norddeutschland, in der sie lebte. Einer Welt, die ihr entgegenkam, in die sie hineinpasste. Einer Welt mit Natur, mit Tieren und Pflanzen. Mit ihnen war Carla bereits von klein auf an gut zurechtgekommen, denn sie akzeptierten sie so, wie sie war. Sie hätte gern beruflich in diese Richtung etwas gemacht, aber der Mutter zuliebe war sie zur Bank gegangen.

Das Mitgefühl für ihre Mutter war Carlas schwacher Punkt. Anna war äußerlich ganz anders als sie, klein, hübsch und blond, gewann leicht Freunde. Aber Carla hatte schon als Kind erkannt, dass ihre Mutter sich hinter ihrer fröhlichen Fassade genauso verloren vorkam wie Carla sich hinter der ihren – vielleicht sogar mehr. Und im Gegensatz zu ihrer Tochter schien Anna Bergmann mit dieser Tatsache nicht gut zurechtzukommen.

Carla wusste nicht, was der Anlass für die tiefe Trauer war, die manchmal in den Augen ihrer Mutter zu lesen war, und es gab niemanden außer Tante Margit, den sie hätte fragen können. Ihre Großmutter war schon vor vielen Jahren gestorben, und andere Verwandte hatte sie nicht. So viel stand jedoch in Carlas treuem Herzen fest, sie würde die Mutter nie nach dem Grund fragen, und ihre Traurigkeit auch nie mit Absicht größer werden lassen.

Darum hatte sie keinen Widerspruch eingelegt, als sie nach Reitstunden gefragt und Anna abgelehnt hatte. Nicht etwa wegen der hohen Kosten, sondern wegen der Pferde. Sie hatte auch keine Einwände erhoben, als sie von der Idee, irgendetwas mit Pflanzen zu machen, auf eine Banklehre umgelenkt wurde. Carla liebte ihre Mutter sehr, war sie doch alles, was sie hatte. Ihr zuliebe absolvierte sie alle Dinge, die sie unternahm, mit Erfolg – aber nicht mit ganzem Herzen.

Diese und andere Dinge gingen Carla durch den Kopf, als ihr bewusst wurde, dass sie noch immer im Flur stand, die Postkarte ihrer Tante in der Hand, und dass ihre Mutter ihren Gruß nicht erwidert hatte. Sie legte die Post zurück auf die Anrichte, und erneut erschien ein Lächeln auf ihrem Gesicht. Wochenende! Und heute Abend würden sie beide ins Kino gehen.

»Mutti, wo bist du?«, rief sie und zog die Tickets aus der Tasche. Der Mutter würde die Abwechslung gefallen. Wo konnte sie nur stecken?

Carla ertappte sich dabei, ungeduldig zu werden. Sie schaute im Bad, in der Küche, im Wohnzimmer und auf dem Balkon nach. Nichts. Wahrscheinlich hatte die Mutter sich hingelegt.

Vorsichtig öffnete Carla die Tür zum Schlafzimmer ihrer Mutter. Der Raum war abgedunkelt. Schon breitete sich ein wissendes Lächeln auf Carlas Gesicht aus. Doch das Bild, das sich ihr bot, als sie die Tür ein Stück weiter öffnete, ließ das Lächeln auf ihrem Gesicht gefrieren. Die Mutter lag nicht wie erwartet friedlich schlummernd auf ihrem Bett, sondern zusammengesackt und leblos auf dem Boden, die Übergardine, an der sie sich augenscheinlich hatte festhalten wollen, in der Hand.

Carlas Kehle schnürte sich zusammen, und für einen Augenblick war ihr, als würde sie nie wieder einen Laut über ihre Lippen bringen und nie wieder einen Schritt tun. Doch dann riss sie sich zusammen und stürzte mit einem heiseren, hilflosen »Mama!« zu ihrer Mutter, deren leblose Augen sie, wie in einem Alptraum, anstarrten.

Tage später noch fragte Carla sich, wie sie die Kraft aufgebracht hatte, nicht in Panik auszubrechen, sondern den Notarzt anzurufen. Sie konnte sich an die Einzelheiten nicht genau erinnern, nur daran, dass sie weinend neben ihrer Mutter gekniet hatte, bis der Notarzt eingetroffen war und erklärt hatte, dass nichts mehr getan werden könnte. Anna Bergmann war an Herzversagen gestorben, mit nur fünfundvierzig Jahren. Sie war tot, nicht mehr da, und Carla war allein auf der Welt.

Aber auf was für einer Welt? Carlas Welt war zusammengebrochen, existierte nicht mehr.

Ihre Chefin war vorbeigekommen, nachdem Carla am Montag nicht zur Arbeit erschienen und auch nicht ans Telefon gegangen war. Frau Kranz hatte sich ihrer angenommen, sie aus ihrer Starrheit zurück ins Leben geholt und ihr mit allen nötigen Formalitäten geholfen. Carla wusste nichts über Beerdigungen und Erbschaften. Als ihre Großmutter gestorben war, war sie zu klein gewesen, und ihre Mutter und Tante Margit hatten alles geregelt. Doch jetzt gab es nur Carla. Tante Margit war irgendwo in der Schweiz und davon abgesehen auch der letzte Mensch, den sie im Augenblick um sich haben wollte.

Carla hatte geweint, zwei Tage lang, dann waren ihre

Tränen versiegt, und sie war in eine Art Stumpfsinn verfallen. Seit dem Besuch von Frau Kranz ging es ihr körperlich besser. Sie konnte essen und wieder klar denken. Und ihr Überlebensinstinkt gab ihr die Kraft, an sich selbst und ihre Zukunft zu denken. Innerlich aber fühlte sie sich gebrochen.

Die Trauer hing auch jetzt noch, vier Tage später, wie eine bleierne Decke über Carla. Nachts schlief sie unruhig, aber tagsüber konnte sie wenigstens Dinge erledigen und ruhig mit Leuten sprechen. Sie tat diese Dinge mechanisch und stellte fest, dass es ihr half, den Alltag wieder zu bewältigen. Sie war beurlaubt und ging, auf den Vorschlag von Frau Kranz hin, die Sachen ihrer Mutter durch, um herauszufinden, ob es ein Testament, offene Rechnungen und Ähnliches gab. Hauptsächlich aber, um sich zu beschäftigen.

Die Beerdigung würde stattfinden, nachdem Tante Margit und Onkel Hans samt Peter und Verlobter aus dem Urlaub zurückgekehrt wären. Sie war auf den folgenden Samstag festgelegt worden.

Carla saß auf dem Fußboden im Schlafzimmer ihrer Mutter über Schubladen, die Annas private Dinge und Papiere enthielten und die sie zuvor nie angerührt hatte. Eine blasse, späte Märzsonne schien zum Fenster herein und tauchte einen Teil des Zimmers in goldenes Licht.

Alte Briefe, Fotos und Andenken glitten durch Carlas Hände, während Tränen wieder und wieder versuchten, ihr die Sicht zu nehmen. Als Letztes öffnete sie eine Schachtel mit Heftern und Papieren. Überraschenderweise wiesen die Kontoauszüge ihrer Mutter ein, wenn auch geringes, Minus auf. Und Carla stellte fest, dass die Prämien für Annas Lebensversicherung schon seit geraumer Zeit nicht mehr gezahlt worden waren. Sie stutzte. Wie oft hatte ihre Mutter über diese Lebensversicherung gesprochen. Carlas Absicherung für den schlimmsten Fall. Warum hatte sie die Zahlungen eingestellt? Bei ihrem guten Gehalt und sparsamen Lebensstil hätte eigentlich noch einiges übrig sein müssen. Auch das Sparkonto war leer. Wo war das Geld ihrer Mutter geblieben?

Carlas Neugier und Argwohn waren geweckt. Sie schob die Schubladen zur Seite und sah sich nach anderen Möglichkeiten um, wo ihre Mutter Papiere hätte ablegen können. Ihr Blick fiel auf das Bett. Die restlichen Orte hatte sie bereits durchforstet. Sie hob die Matratze an einer Ecke hoch. Fast kam sie sich lächerlich vor. Nur Leute, die etwas zu verbergen hatten, packten Dinge an solche Stellen. Ihre Mutter hatte wahrlich nicht zu ihnen gehört.

Wie sehr Carla sich irrte! Unter der Matratze befand sich ein schmaler Hefter mit Papieren. Carla zog ihn vorsichtig hervor und ließ die Matratze zurückgleiten. Erstaunt setzte sie sich auf das Bett und öffnete den Hefter. Zahllose Wettscheine, Lotterie- und Rubbellose kamen zum Vorschein. Die Beträge waren erheblich.

Carla schloss die Augen und presste fassungslos eine Hand an ihre Stirn. Ihre Mutter eine Glücksspielerin? Sie konnte es nicht fassen. Doch sie hielt alle Beweise in den Händen.

Es dauerte einige Minuten, bis Carla in der Lage war, die Scheine aus den Händen zu legen und die restlichen Papiere durchzusehen. Ihre Mutter war erst seit so kurzer Zeit tot, und doch begann sich Carlas Bild von ihr bereits wie von selbst zu wandeln. Sie biss sich auf die Lippe. Sie wollte ihre Mutter in guter Erinnerung behalten. Natürlich wusste sie, dass Anna Bergmann ihre Fehler gehabt hatte. Wer hatte keine? Aber das? Es

13

handelte sich um eine Seite ihrer Mutter, die nicht ins übrige Bild passte.

Aber damit war es nicht genug. Die nächsten Papiere warfen Carla beinahe zurück in die Starrheit. Ganz oben lag ein offiziell aussehendes Papier in englischer Sprache. Sie schaute genauer hin. Das Papier war in British Columbia, Kanada, ausgestellt und gab an, dass Anna Bergmann dort ein Grundstück besaß. Genaueres konnte Carla dem Wortlaut nicht entnehmen.

Aufgewühlt griff sie nach dem nächsten Papier, eine Heiratsurkunde, ebenfalls ausgestellt in British Columbia. Und der Name der Braut lautete Anna Bergmann.

Carla erstarrte und ließ das Papier sinken. Das konnte nicht sein! Ihre Mutter war nie verheiratet gewesen. Und doch stand ihr Name auf dem Papier. Die Urkunde bezeugte, dass Anna Bergmann aus Deutschland einen Charles Ward aus Vancouver geheiratet hatte, fast zwei Jahre vor Carlas Geburt.

Die Gedanken in Carlas Kopf wirbelten umher wie Sandkörner in einem heftigen Sturm. Wenn nun ... was, wenn ... könnte es sein, dass ...? Hastig griff Carla nach einer Fotografie in dem Hefter. Sie sprang auf und hielt das Foto ins Sonnenlicht. Sie erschrak so sehr, dass sie beinahe aufgeschrien hätte.

Aus der Aufnahme blickten ihr zwei vor Glück strahlende Menschen entgegen, deren Gesichter sie nur zu gut kannte. Das eine gehörte ihrer Mutter und das andere, so schien es jedenfalls, Carla selbst. Ihr Gesicht glich, in weiblicher Form, dennoch unverkennbar, dem des Mannes auf dem Foto. Sie schaute auf das Hochzeitsfoto ihrer Eltern und in das ebenmäßige, edle Gesicht von Charles Ward, ihrem Vater.

Die Türklingel riss Carla schließlich aus der stillen Faszination, mit der sie das Foto betrachtete. Sie wusste, dass es Tante Margit war, die auf der anderen Seite der Tür wartete. Es war Freitag. Familie Richter war aus dem Urlaub zurück und hatte ihre Nachricht auf dem Anrufbeantworter erhalten.

Ohne zu überlegen, stopfte Carla die Grundbesitzurkunde, die Heiratsurkunde und das Foto ihrer Eltern unter ihren Pullover. Dann ging sie die Tür öffnen.

KAPITEL 2

Erwachen

Mein armes Kind!« Tante Margit stürzte sich mit übertriebenem, fürsorglichem Gehabe auf Carla, sobald diese die Tür geöffnet hatte.

Carla schloss die Augen. Nicht, weil sie erneut Traurigkeit überkam, sondern, weil Tante Margits Eintreffen noch schmerzhafter zu werden versprach, als sie angenommen hatte.

Gleich hinter Tante Margit schoben sich Onkel Hans, Cousin Peter und dessen Verlobte Silvia mit ernsten Mienen an ihr vorbei ins Wohnzimmer. Unausgesprochen hing wie eine stumme Anklage der Satz *Wir wussten, dass so etwas früher oder später in diesem Haushalt passieren würde* über ihren Köpfen. Carla folgte ihnen, begleitet von Tante Margits pausenlosem Geplapper und Schnäuzen.

Margit ließ sich erschöpft in einen Sessel fallen. Carla selbst blieb im Türrahmen stehen und betrachtete die merkwürdige Gruppe von Menschen, die alles darstellte, was ihr an Familie geblieben war.

Tante Margit saß in eleganter Kleidung – dunkelgrauer Hosenanzug, Lederhalbschuhe und eine Menge Goldschmuck –, die Beine sorgsam übereinandergeschlagen, in dem rot-gelb geblümten Sessel, der Annas Lieblingsplatz gewesen war, und rieb sich die rot geweinte Nase.

Onkel Hans, Peter und Silvia hatten sich auf den

kleinen Zweisitzer gedrückt. Hans Richter, in, wie er es nannte, bequemer Freizeitkleidung, war gerade im Begriff sich eine Zigarette anzuzünden. Eine Sache, die er niemals gewagt hätte, wäre seine Schwägerin zugegen gewesen.

Carlas Cousin Peter und dessen Verlobte Silvia saßen bewegungslos wie Statuen da. Peter versuchte mitfühlend zu wirken, ließ seine Blicke jedoch über die Gegenstände des hellen, freundlichen Wohnzimmers gleiten, gerade so, als kalkuliere er, was es sich wohl zu erben lohne.

Silvia verzog keine Miene. Selbst ihre Frisur schien versteinert. Denn obwohl eine leichte Brise durch die offene Balkontür wehte, die sogar die Blätter der großen Grünpflanzen, die im Raum verteilt standen, sanft tanzen ließ, bewegte sich bei Silvia kein noch so feines Härchen.

Carla bemerkte, dass ihre Verwandten erwartungsvoll und fast anschuldigend in ihre Richtung blickten. Sie wurde ungeduldig. Hatten diese Leute irgendeine Ahnung, was sie in den letzten Tagen durchgemacht hatte? Oder waren ihre Gefühlsantennen vollkommen stumpf?

»Warum schaut ihr mich so an?«, stieß Carla hervor und blickte auffordernd in die Runde.

Onkel Hans räusperte sich. »Wir sind etwas enttäuscht, dass du dich nicht dazu durchringen konntest, uns von dem Ableben deiner lieben Mutter unmittelbar zu unterrichten. Wir wären sofort aus dem Urlaub zurückgekommen und hätten dir mit allem Nötigen geholfen. So wie es in Familien eben üblich ist. Aber natürlich kann man in deinem Fall nicht zu viel erwarten. Du hattest ja nie eine richtige Familie ...« Er unterbrach sich, als er Carlas entsetztes und gleichzeitig ärgerliches

Gesicht sah und einen bedrohlichen Blick von seiner Frau auffing.

»Eine E-Mail wäre doch sicherlich im Rahmen des Möglichen gewesen«, versuchte Tante Margit es nun in freundschaftlichem Ton.

Für einen Moment war Carla sprachlos. Hatten ihre Verwandten tatsächlich die Nerven, hier vorbeizuschauen, eine Woche nach dem Tod ihrer Mutter, und sie zu kritisieren? Gefühlskalt war kein gebührendes Wort für ein solches Verhalten!

Sie versuchte, sich zu konzentrieren und ihre Stimme ruhig zu halten. »Es ist möglich, dass ich in meiner Trauer nicht hundertprozentig klar gedacht habe. Natürlich hätte ich euch eine E-Mail schicken können, aber ich war doch etwas aufgewühlt und bitte um Verständnis.« Sie konnte nicht glauben, dass diese Worte tatsächlich aus ihrem Mund kamen. Aber sie wollte gewisse Informationen haben, und dazu musste sie Tante Margit bei guter Laune halten. Deshalb fuhr sie fort: »Und die meisten Dinge habe ich recht gut alleine regeln können.«

»Ja, wie eine Bestattungsfeier einen Tag nach unserer Rückkehr«, erwiderte Tante Margit aufgebracht. »Ein bisschen mehr Zeit hättest du uns schon einräumen können.«

Carla schluckte trocken. Tante Margit dachte wieder einmal nur an sich. Alles musste nach ihrem Zeitplan laufen.

Für Carla war die vergangene Woche schwer genug gewesen, und sie wartete darauf, mit der Beerdigung ihrer Mutter einen Schlussstrich zu ziehen, der es ihr erlauben würde, zumindest oberflächlich, in den Alltag und ins Leben zurückzukehren.

Sie tat daher so, als habe sie den Kommentar ihrer

Tante nicht gehört. »Das Einzige, was ich nicht gefunden habe, ist ein Testament.«

»Darüber mach dir mal keine Gedanken, meine Liebe«, warf Onkel Hans sofort ein. »Der Letzte Wille deiner Mutter befindet sich in meiner Obhut. Ich lasse dir eine Abschrift für Behördendinge zukommen. Sie hinterlässt dir all ihre Besitztümer, was nicht viel sein dürfte.« Er lächelte zufrieden.

Carla nickte abwesend. Die nächste Frage war schwieriger, aber sie musste es wenigstens versuchen. »Tante Margit, wusstest du, dass mein Vater Kanadier ist?« Sie ließ die Worte im Raum stehen und blickte ihre Tante erwartungsvoll an. Man hätte eine Stecknadel fallen hören können.

Es dauerte einige Zeit, bis Margit Richter ihrer Nichte antwortete. »Ich habe deiner Mutter immer gesagt, dass du die Wahrheit früher oder später herausfinden würdest, und dass sie es mit ihren Verheimlichungen nur noch komplizierter macht.«

Hier kommt es!, dachte Carla. Sie hatte Tante Margit auf dem richtigen Fuß erwischt.

»Nun ja«, meinte Margit und richtete sich hilfesuchend an ihren Mann, der sich räusperte. »Was deine Tante sagen will, ist Folgendes.« Er rutschte nervös auf dem Sofa hin und her. »Deine Mutter ist nach Abschluss ihrer Ausbildung im Urlaub in Kanada gewesen und hat sich Hals über Kopf in einen Mann namens Charles Ward verliebt. Die beiden haben kurz darauf überstürzt geheiratet, und für einige Zeit haben wir nichts weiter von deiner Mutter gehört. Ihrer eigenen Aussage nach hat sie mit Ward irgendwo in der Wildnis in einer Hütte gehaust, bevor sie sich mit ihm entzweit hat und kleinlaut und schwanger nach Deutschland zurückgekehrt ist. Die genauen Gründe für ihr Schweigen dir gegenüber kennen wir nicht. Aber sie hat auch uns gebeten, nichts darüber verlauten zu lassen. Natürlich haben wir uns daran gehalten«, fügte er gönnerhaft hinzu und meinte abschließend: »Ich persönlich denke, dass deine Mutter sich sehr für ihr kopfloses Verhalten geschämt hat und dich nicht mit ihren Lasten hat aufwachsen lassen wollen.«

Carla verkniff sich eine Antwort. Sie hatte die Information, die sie gesucht hatte, bekommen. Von dem Grundstück in Kanada schienen weder ihre Tante noch der Onkel etwas zu wissen, und dabei wollte sie es auch belassen.

Richters fuhren mit der Unterhaltung in gleichem Ton fort, bis Carla ihnen endgültig versichern konnte, dass sie wirklich gut alleine zurechtkäme und lediglich etwas Ruhe bräuchte. Doch die zwei Stunden mit der Familie hatten ihren Tribut verlangt. Überwältigt von all den neuen Informationen und Tatsachen und dem arroganten Verhalten ihrer Verwandten, musste Carla ihre letzte Kraft aufbringen, um in ihrem Kopf einfach alles beiseitezuschieben und in einen traumlosen, mehr oder weniger regenerierenden Schlaf zu sinken, der es ihr ermöglichte, die bevorstehende Trauerfeier zu überstehen.

Carla schleppte sich nach der Trauerfeier nach Hause und verschlief den Rest des Wochenendes. Am Montag ging sie wieder zur Arbeit. Sie fühlte sich erschöpft, aber gleichzeitig erleichtert darüber, dass wenigstens noch etwas Gewohntes in ihrem Leben vorhanden war.

Dennoch hatte sie Probleme, sich zu konzentrieren. Zu sehr war ihr Leben in der letzten Woche aus den gewohnten Bahnen geraten. Sie hatte ihre Mutter verloren, aber sie hatte einen Vater gewonnen. Nicht nur irgendeinen Erzeuger, sondern einen richtigen Vater. Ihre Mutter hatte sich verliebt und geheiratet. Carla hatte eine richtige Familie gehabt, auch wenn diese noch vor ihrer Geburt auseinandergebrochen und nun durch den Tod ihrer Mutter unwiderruflich aufgelöst war. Der Anfang war richtig gewesen, und diese Tatsache machte sie froh.

Es war, als sei ein wichtiges Teil im Puzzle ihrer Persönlichkeit endlich an die richtige Stelle gelangt. Der Schmerz um den Verlust ihrer Mutter ließ ein wenig nach und machte Platz für etwas anderes: die Sehnsucht nach Charles Ward, ihrem Vater.

Carla verbrachte ihre Feierabende damit, in Gedanken versunken durch die nun ihr allein gehörende Dreizimmerwohnung zu wandern und Spekulationen über ihre Eltern anzustellen. Ihr war durch frühere Erfahrungen mit ihrer Tante klar, dass sie auf keine weiteren Erklärungen oder Offenbarungen ihrerseits zu hoffen brauchte. Alles, was Carla blieb, waren Spekulationen.

Doch war das wirklich wahr? Etwas schwirrte in ihrem Kopf herum und ließ sich nicht fangen. Wie sehr wünschte sie sich, wenigstens einen Freund zu haben, mit dem sie ihre Gedanken hätte teilen können. Sie fühlte, dass sie aus ihrer Not heraus bald anfangen würde, mit sich selbst zu sprechen.

Auf ihren Wanderungen durch die Wohnung nahm Carla weder die Topfpflanzen ihrer Mutter noch die schönen Pinienmöbel wahr. Sie erfreute sich auch nicht, wie in anderen Jahren, an der Tatsache, dass draußen der Frühling auf dem Vormarsch war und die Abende nun länger wurden. Und während die jungen Leute in der Nachbarschaft an laueren Abenden Spaziergänge machten, oder schon ab und zu im Café an der Ecke draußen saßen und plauderten, lief Carla ruhelos in ihrer Wohnung umher.

Etwa eine Woche nach der Beerdigung stoppte sie ihre Wanderung unvermittelt und ließ sich in den Sessel ihrer Mutter fallen. Charles – Carla. Die beiden Namen hatten den gleichen Ursprung. Ihre Mutter hatte sie nach ihrem Vater benannt!

Warum hatte Anna Bergmann ihre kleine Tochter nach einem Ehemann benannt, von dem sie getrennt lebte? Und warum hatte sie sich nicht von ihm scheiden lassen? Oder hatte sie sich scheiden lassen?

Einen Augenblick lang war Carla unschlüssig. Aber da ihre Mutter alle Heiratsdokumente sorgfältig aufbewahrt hatte, wagte sie anzunehmen, dass es keine Scheidungspapiere gab. Warum sonst sollte man noch die Heiratsurkunde besitzen?

Carla richtete sich auf, als ihr die Antwort kam: aus demselben Grund, aus dem man seine Tochter nach dem getrennt lebenden Ehemann benannte. Anna Bergmanns Herz hatte bis zu ihrem Tod Charles Ward gehört. Es hatte nie einen anderen Mann in ihrem Leben gegeben!

Carla hatte bisher angenommen, dass sie selbst der Grund für das Alleinsein ihrer Mutter gewesen war. Nun aber war sie sicher, dass sie sich geirrt hatte. Anna war bis in den Tod mit dem Mann verheiratet gewesen, den sie geliebt hatte.

Aber warum, um alles in der Welt, hatte sie ihn dann verlassen? Der einzige Grund, den Carla sich vorstellen konnte, war, dass es ihr Vater gewesen war, der sich hatte trennen wollen. Was war tatsächlich geschehen und hatte damit ihr eigenes Leben in solch seltsame Bahnen gelenkt?

Der Schlüssel zu all ihren Fragen lag nun in den Händen einer einzigen Person: Charles Ward – sollte er noch am Leben sein. Konnte sie ihn ausfindig machen?

Carla begann erneut zu grübeln und in der Wohnung umherzuwandern. Doch sie fand keine Antwort.

Als sie schließlich in einen unruhigen Schlaf glitt, hatte sie einen Traum, so realistisch, dass sie davon aufwachte.

In dem Traum sah sie ihren Vater Charles Ward, der auf einem Weg auf sie zukam. Er war älter als auf dem Hochzeitsfoto, aber sie erkannte ihn zweifellos.

Der Weg, auf dem er ging, war eine Art Feldweg und führte durch eine Landschaft, schöner, als Carla sie je zuvor gesehen hatte: Sanfte, zum Teil mit Fichten und Lärchen dicht bewaldete und dann wieder mit Wiesen bestückte Berghänge erstreckten sich zu beiden Seiten, stiegen an zur Linken und fielen ab zur Rechten. Die Wiesen waren übersät mit den schönsten Wildblumen in allen nur erdenklichen Farben. Die Blumen wiegten sich sanft mit den Gräsern im Wind. Der Himmel war strahlend blau. Carla konnte das Lied des Windes in den Bäumen hören und den würzigen Duft der Fichtennadeln riechen.

Sie sah ihren Vater näher kommen und schließlich einen Arm zum Gruß heben, ein Lächeln auf dem Gesicht.

Das Bild verschob sich, und Carla konnte eine Frauengestalt erkennen, die in einiger Entfernung stand und offensichtlich auf Charles wartete. Die Frau schaute in seine Richtung und schirmte mit der Hand ihre Augen vor dem grellen Sonnenlicht ab.

Als ihr Vater an die Frau herantrat, stellte Carla erstaunt fest, dass es sich um eine alte, indianische Frau handelte. Sie war traditionell gekleidet, und graues dünnes Haar fiel ihr offen auf die Schultern. Ihr Gesicht war von zahllosen Falten durchzogen, und die dunkelsten, weisesten Augen, die Carla je gesehen hatte, funkelten sie an.

Die Blicke aus diesen Augen richteten sich nun fragend auf den Bereich neben und hinter Charles Ward, der die alte Dame begütigend anlächelte. Mit einer leichten Handbewegung erklärte er: »Sie kommt.«

Die alte Frau nickte zufrieden – und Carla saß kerzengerade im Bett.

Der Traum war so wirklich gewesen, dass sie glaubte, noch immer den Duft von Fichtennadeln wahrzunehmen, und es dauerte einige Minuten, bis sie wirklich wusste, wo sie war.

Carla knipste die Nachttischlampe an und holte tief Luft. Sie würde nach Kanada fliegen. Irgendwo in diesem fernen Land wartete ihr Vater auf sie.

»Das ist doch purer Wahnsinn!« Onkel Hans marschierte aufgebracht in Carlas Wohnzimmer umher. Sie hatte pflichtbewusst ihre Tante und den Onkel davon in Kenntnis gesetzt, dass sie ihren Jahresurlaub nehmen und nach Kanada fliegen würde. Genauere Gründe hatte sie ihnen nicht genannt. Das war auch nicht nötig gewesen. So viel hatten sich ihre Verwandten zusammenreimen können. Das Ergebnis war, dass Carla erneut Familie Richter zu Besuch hatte, natürlich unaufgefordert und unangemeldet. Das war das Interessante an ihrer Verwandtschaft: Was immer Carla auch tat, es schien bei ihnen das dringende Bedürfnis zu bestehen, sie über bevorstehende Fehltritte zu belehren. Und die beinhalteten all die Dinge, die Familie Richter als unrichtig, unwichtig und außerhalb der Norm empfand. Mit anderen Worten, jegliche Gefühlsregung auf Carlas Seite, die über die lebensnotwendigen Dinge wie

Schlafen, Essen und Trinken hinausging. So jedenfalls kam es Carla vor, besonders heute, wo ihr wichtigere Dinge durch den Kopf gingen, als ihre Pläne vor ihren Verwandten zu rechtfertigen.

»Warum?«, fragte sie deshalb gereizt.

»Du weißt doch gar nicht, worauf du dich da einlässt. Kanada ist groß. Dein Vater kann überall sein, sollte er noch leben«, erklärte Peter begütigend. »Vielleicht können wir von hier aus ein paar Nachforschungen anstellen.«

Carla schüttelte heftig den Kopf. »Ich habe ihn in einem Traum gesehen. Er wartet auf mich.« Sie erwähnte nicht, dass sie durch die Grundstücksurkunde einen guten Anhaltspunkt für ihre Suche zu haben glaubte.

Onkel Hans, Tante Margit und Peter sahen sie fassungslos an. »Du kannst doch nicht im Ernst Wert auf einen Traum legen!«, rief Onkel Hans entsetzt aus.

»Mein liebes Kind«, schluchzte Tante Margit, »überlege doch nur. Du hast in den letzten zwei Wochen so viel durchgemacht. Du bist verwirrt. Du wirst dich ins Unglück stürzen!«

»Hört zu«, sagte Carla. »Ihr wisst überhaupt nicht, was ich in den letzten Wochen wirklich durchgemacht habe! Mein Leben ist komplett aus der Bahn geraten, und vieles von dem, was ich über meine Eltern und somit über mich selbst zu wissen glaubte, hat sich völlig gewandelt. Ich kann mich bei der Arbeit nicht konzentrieren, habe nachts keine Ruhe und fange an, mit mir selbst Zwiegespräche zu führen. Mir fällt die Decke auf den Kopf, und ich bin in diesem Zustand für niemanden genießbar. Ich muss einfach meine Chance wahrnehmen und wenigstens versuchen, meinen Vater oder irgendwelche Anhaltspunkte über sein Schicksal zu finden. Ich habe viele unbeantwortete Fragen, und er ist der

Einzige, der sie mir beantworten kann.« Sie blickte verständnissuchend in die Runde.

»Dein Vater ist bloß ein dummer Waldläufer«, murmelte Tante Margit aufgebracht vor sich hin. »Ein Nichtsnutz. Warum wohl hat deine Mutter ihn verlassen?« Sie schnäuzte sich die Nase.

»Was hast du gesagt?« Carlas Augen blitzten gefährlich. »Woher willst du das wissen? Bist du dort gewesen? Kennst du ihn persönlich?«

Margits Finger spielten nervös mit ihrem Taschentuch. Dann wurde sie plötzlich ärgerlich und platzte heraus: »Du bist genau wie deine Mutter. So leichtgläubig. Ein gefundenes Fressen für die, die so etwas auszunutzen wissen. Und dein Vater ist einer von denen. Oh, wie hat deine Mutter vor der Hochzeit von ihm geschwärmt. So ein gut aussehender, gut gebauter Mann, und so gebildet. Gebildet, ha! Ein einfacher Indianer. Ein Waldläufer und Jäger, der nicht mehr bieten konnte als eine Bretterbude mit Plumpsklo, irgendwo in der gottverlassenen Wildnis!« Tante Margits Gesicht war vor Erregung krebsrot geworden.

Carla wich einen Schritt zurück, und ihr Gesicht spiegelte ihre Missbilligung. Was für eine arrogante, voreingenommene und oberflächliche Person ihre Tante doch war. Mit Vergnügen hätte sie sie gegen die Wand geklatscht. Doch sie hielt sich zurück. Sie würde nicht auf ein solches Niveau herabsinken.

Aber sie musste klar Stellung beziehen. Ihr Vater war ein Teil von ihr, auch wenn Familie Richter das anders sah. Die abwertenden Worte ihrer Tante hatten sich somit auch gegen Carla gerichtet.

So ruhig und neutral wie möglich sagte sie deshalb: »Ich glaube, es ist besser, wenn ihr jetzt geht.«

Und Familie Richter ging, wenn auch unter Androhung schlimmster Konsequenzen für Carlas weiteres Leben, sollte sie auf ihren Plänen bestehen.

Carla änderte ihre Pläne nicht. Und nach dieser neuesten Offenbarung ihrer Charakterlosigkeit fand Carla den Gedanken, viel Distanz zwischen sich und ihre verbleibende Verwandtschaft zu bringen, geradezu verlockend.

Erst als sie am Abend im Bett lag und über die Geschehnisse des Nachmittags nachdachte, erinnerte sie sich an die Worte ihrer Tante, die sie in ihrem Ärger einfach verdrängt hatte: ein einfacher Indianer. Ein Waldläufer und Jäger.

Carla setzte sich im Bett auf. Ein Indianer!

Dann wäre sie selbst ja …

Im Dunkeln lief sie ins Badezimmer. Erst dort knipste sie mit angehaltenem Atem das Licht an. Forschend betrachtete sie das Gesicht, ihr Gesicht, das ihr aus dem Spiegel entgegenblickte: die bronzene Haut, die mandelförmigen Augen, die hohen Wangenknochen. All die Gegebenheiten, die ihr so missfallen hatten, weil sie sie von den Menschen in ihrer Umgebung abzugrenzen schienen, verwandelten sich plötzlich in klar zu erkennende Merkmale ihrer indianischen Abstammung. Sie hätte es selbst im Gesicht ihres Vaters ablesen sollen: die schwarzen Haare, die dunklen Augen, die hohen Wangenknochen. Die stolzen, ebenmäßigen Züge, die goldbraune Haut, die schmalen, geschwungenen Lippen. Hätte er auf dem Foto andere Kleidung getragen und langes Haar gehabt, hätte sie nicht eine Sekunde an seiner Herkunft gezweifelt.

Die Gene ihrer Mutter hatten bei Carla lediglich zu einer etwas helleren Haut- und Haarfarbe und graugrünen Augen geführt. Wären ihr langes, glattes Haar,

27

das ihr bis weit auf den Rücken herabfiel, schwarz und ihre Augen dunkelbraun, dann würde es auch bei ihr keine Zweifel an ihrer indianischen Abstammung geben.

Und zum ersten Mal in ihrem Leben überkam sie ein Anflug von Stolz. Sie lächelte ihr Spiegelbild schüchtern an und dachte an die alte Indianerin in ihrem Traum.

Wer immer sie sein mochte, sie wartete auf Carlas Ankunft, und Carla spürte, dass sie sie nicht enttäuschen durfte.

Carla wurde gebraucht. Aus einem ihr unbekannten Grund wurde sie auf der anderen Seite der Welt gebraucht. Und es blieb ihr nicht viel Zeit.

KAPITEL 3

Nachforschungen

Eine Woche später befand Carla sich auf einem Rastplatz am Highway 1, der von Vancouver durch das Fraser Valley nach Norden führte, und studierte die Straßenkarte. Verträumt schweifte ihr Blick aus dem Fenster ihres Mietwagens, und ein zufriedenes Lächeln legte sich auf ihr Gesicht. Sie war am Vorabend in Vancouver angekommen, hatte die Nacht in einem Motel verbracht und war am Morgen nach einem herzhaften kanadischen Frühstück in Richtung Norden aufgebrochen. Ihr Ziel war Kamloops, die Stadt, die als Ausstellungsort auf dem Grundbuchauszug ihrer Mutter angegeben war.

Carla war jetzt etwa 150 Kilometer von Vancouver entfernt und wusste, dass sich der Highway hinter Hope teilen würde. Sie hatte auf dem kleinen Rastplatz kurz vor der Stadt angehalten, um sicherzustellen, dass sie die richtige Abzweigung nahm. Sie wollte noch am heutigen Tag in Kamloops eintreffen, um am frühen nächsten Morgen das Land Title Office – das Grundbuchamt – aufzusuchen, das die Urkunde über das Grundstück ausgestellt hatte.

Es gab jedoch keinen Anlass zur Eile. Laut Karte waren es nur ungefähr 250 Kilometer bis zu ihrem Bestimmungsort, und die Landschaft war zu atemberaubend, um einfach achtlos durchzufahren. Die Straße erforderte Carlas gesamte Aufmerksamkeit, denn sie war kurvig und ging bergauf und bergab, ganz im Gegensatz zur norddeutschen Autobahn. Dazu kam, dass die Autos hier viel größer waren als zu Hause in Deutschland, und ein paar Mal hatte Carla aufkommende Panik unterdrücken müssen, wenn wieder einer der riesigen Lastwagen mit überhöhter Geschwindigkeit in einer Haarnadelkurve zum Überholen ansetzte und erst in letzter Sekunde und unter erheblichem Schwanken auf die andere Straßenseite wechselte. Ganz bestimmt würde sie unter solchen Bedingungen nicht die Landschaft begutachten, die so verlockend an ihr vorüberzog.

Hier auf dem Rastplatz konnte Carla nun alle Dinge ganz genau betrachten, ohne sich ermahnen zu müssen. Es war ihr zweiter Stopp seit Vancouver, und da die Sonne so herrlich auf die frühlingshafte Landschaft schien, beschloss sie spontan, sich ein wenig die Beine zu vertreten.

Wie herrlich alles hier war! Seit Vancouver fand Carla sich umgeben von einer majestätischen Bergkulisse, die den Vordergrund freigab für ein gigantisches Delta und Tal, das Fraser Valley, durch das sich ohne aufgestaute Kraft der wunderschöne Fraser River zog. Zunächst war das Delta entlang des Highways mit Wohnhäusern und Geschäftsvierteln bestückt gewesen. Die Bebauung hatte sich jedoch nach einiger Zeit gelichtet, und nun übersäten großzügige Farmen das flache Tal, das sich schnell immer weiter verengte, um in Hope in den Fraser Canyon überzugehen.

Carla atmete die späte Aprilluft ein. Die Luft war so klar und frisch hier. Ganz anders als in der Großstadt.

Der Gedanke an die Stadt ließ sie an ihre Wohnung in Hamburg denken. Sie hatte einen Schlüssel bei ihrer Tante und ihrem Onkel hinterlassen und sich mit den

Unterlagen, Urkunden und Fotos für vier Wochen auf die Reise gemacht.

Seit sie herausgefunden hatte, wie es um die Geldangelegenheiten ihrer Mutter stand, war Carla froh, dass wenigstens sie selbst ihren monatlichen Überschuss zur Seite gelegt hatte. Es war genug, um Flug, Mietauto, Verpflegung und Unterkunft für die nächsten vier Wochen zu bezahlen, und mit etwas Glück würde sogar noch eine kleine Summe für eventuelle Notfälle übrigbleiben.

Carla schob ihre Gedanken beiseite, sog ein letztes Mal die frische Bergluft ein und stieg erneut in ihr Auto. Wenig später wechselte sie auf den Highway 5, der sie über einen 1500 Meter hohen Pass führte, vorbei an karger Felslandschaft mit kleinwüchsigen Fichten und hinunter in ein trockenes Tal, in dem die Kleinstadt Merrit wie in einem Westernfilm aus dem Nichts in der Grasebene vor ihr auftauchte. Anschließend führte der Highway über einen weiteren Pass und in ein weiteres Tal, in dem Kamloops lag. Auch hier war die Landschaft sehr trocken, und Ponderosa-Kiefern, wilde Salbeibüsche und karger Grasbestand beherrschten noch immer die Landschaft.

Es war noch früh am Nachmittag, und Carla entschloss sich kurzfristig, das Land Title Office schon an diesem Tag aufzusuchen.

Kamloops war eine verhältnismäßig große Stadt mit ungefähr 200000 Einwohnern und zahlreichen Highwayausfahrten, so dass Carla zweimal anhalten musste, um nach dem Weg zu fragen. Die Menschen waren sehr hilfsbereit, und der Tankwart, den sie ansprach, suchte ihr sogar die genaue Anschrift aus dem Telefonbuch heraus.

Die Straßen waren, wie in den meisten nordamerikanischen Städten, allesamt in Nord-Süd- und Ost-West-Richtung angeordnet, und so war die Adresse leicht zu finden.

Sie fand einen Parkplatz in der Nähe des Gebäudes und ging das restliche Stück zu Fuß, neugierig auf die neuen Eindrücke.

Ein großer Teil der Bevölkerung schien indianischer Abstammung zu sein, und Carla musste sich ermahnen, die Leute nicht anzustarren.

Schließlich erreichte sie das Gebäude, in dem sich das Land Title Office befand, und versuchte der hilfsbereiten Empfangsdame so gut es mit ihren Englischkenntnissen ging, zu erklären, weshalb sie da war. Die junge Frau telefonierte kurz und verwies Carla an einen Sachbearbeiter im zweiten Stock. Dort angekommen, schickte man sie weiter zu einem Bearbeiter im ersten Stock. Bürokratie schien überall gleich zu sein.

Im ersten Stock fand Carla endlich einen älteren Herrn mit grauem Haar und sehr korrekter Kleidung, der erklärte, dass er ihr weiterhelfen könne. Sie zeigte ihm die Besitzurkunde, die sie in Annas Unterlagen gefunden hatte, sowie beglaubigte Übersetzungen des Testaments und der Todesurkunde. Der Sachbearbeiter gab ihr Formulare zum Ausfüllen und Unterschreiben, damit das Grundstück auf ihren Namen umgeschrieben werden konnte. Das war alles.

Carla war erleichtert. Von Deutschland aus wäre das Umschreiben nur mit viel Geld für spezialisierte Anwälte möglich gewesen. Hier vor Ort musste sie lediglich die Behördengebühren bezahlen.

Nachdem die Formalitäten erledigt waren, setzte sich der Sachbearbeiter erneut an seinen Computer und tätigte außerdem einige Telefonate. Dann teilte er Carla mit, dass keine Grundsteuern ausstanden und die Steuern für dieses Jahr schon im Voraus entrichtet worden waren. Er fotokopierte einen Kartenausschnitt, markierte eine Straße und gab Carla weitere Computerausdrucke und eine grobe Vorstellung davon, welche Route sie nehmen musste. Er versicherte ihr jedoch, dass sie es bis zum Grundstück ihrer Mutter vor der Abenddämmerung nicht mehr schaffen würde. Carla bedankte sich herzlich und verließ, den neuen Stapel Papiere unter dem Arm, das Gebäude.

Es war jetzt später Nachmittag. Carla nahm sich im nächst größeren Motel ein Zimmer, schrieb eine kurze E-Mail an Tante Margit, um sie wissen zu lassen, dass sie gut in Kanada angekommen war, und ließ sich mit den Papieren und Karten aufs Bett fallen. Die letzten Stunden kamen ihr vor wie in einem Traum. Alles war viel glatter verlaufen, als sie es sich hätte wünschen können.

Nach eingehendem Studium der zahlreichen Seiten fand Carla Folgendes heraus: Sie war Erbin eines 640 Acres großen Grundstücks, das sich ungefähr zwanzig Kilometer außerhalb des Ortes Midtown am Ende einer kleinen Nebenstraße in den Bergen befand. Bauten auf dem Grundstück waren mit einem Wert von 15 000 Kanadischen Dollar angegeben, was sich nicht vielversprechend anhörte. Die Adresse lautete: 1750 Silver Mountain Road, Midtown, British Columbia.

Silver Mountain Road. Der Name gefiel Carla, und sie konnte es kaum abwarten zu sehen, wie es dort aussah. Würden noch Anhaltspunkte für den Aufenthalt ihrer Mutter zu finden sein? Und Hinweise auf den Aufenthaltsort ihres Vaters? Oder, Carla schluckte, vielleicht sogar ihr Vater selbst? Ein flaues Gefühl setzte sich in ihrer Magengegend fest und ließ sich nicht mehr vertreiben.

Und 640 Acres? Sie schaute auf die Umrechnungs-
tabelle ihres Taschenkalenders: Das waren rund 260
Hektar Land. Ein riesiges Gebiet!

Mit dem Finger folgte Carla der Route von Kamloops
nach Midtown und versuchte, sie sich so gut es ging einzuprägen. Zurück nach Merrit, dann über einen hohen
Bergpass ins Okanagan Valley und nach Süden, entlang
verschiedener großer Seen nach Osoyoos. Von dort
führte die Straße hinauf zu einem Hochplateau, folgte
der US-kanadischen Grenze und erreichte etwas später
Midtown, eine kleine Grenzstadt, die mit einer Bevöl-
kerungszahl von unter tausend auf der Karte angegeben
war. Der Bearbeiter im Land Title Office hatte gesagt,
dass Midtown eine alte Goldgräberstadt war, deren
goldene Tage jedoch schon seit langem vorüber waren.

Carla ließ sich auf das Kissen zurücksinken. Was für
ein Tag! Es schien ihr beinahe, als seien hilfreiche Kräfte am Werk gewesen, die ihr den Weg geebnet hätten.
Wenn Mutter nur hier sein könnte, dachte sie. Doch
dann wäre Carla jetzt nicht hier, sondern in ihrem geordneten Alltag in Hamburg.

Was würde ihr wohl der morgige Tag bringen?

Carla erwachte am nächsten Morgen, als die ersten
Sonnenstrahlen durch das hochgelegene Fenster ihres
Motelzimmers fielen. Es dauerte einige Minuten, bis sie
wusste, wo sie war. Erstaunt schüttelte sie den Kopf.
Waren seit ihrer Ankunft in Vancouver wirklich erst
zwei Tage vergangen? Dann schlich sich ein Lächeln auf
ihr Gesicht. Mit ein bisschen Glück würde sie heute das
Grundstück am Ende der Silver Mountain Road finden.
Das Land, das ihrer Mutter insgeheim so lange Zeit ge-
hört hatte.

Schnell stand sie auf und war schon wenige Zeit

später mit ihrem Mietwagen unterwegs. Heute hatte sie jedoch kaum ein Auge für die Landschaft, die draußen an ihr vorbeizog. Ihre Gedanken waren bei ihrer Mutter und ihrem Vater, und sie war erfüllt mit freudiger Erwartung.

Carla folgte dem Highway zurück nach Merrit, nahm die Verbindungsstraße zum Okanagan Valley, die über einen hohen Pass führte und an deren Seiten kaum ein Haus zu sehen war. Nach ungefähr hundert Kilometern wilder Berglandschaft erreichte sie die Abzweigung zu einem weiteren Highway und folgte diesem in südlicher Richtung, entlang wunderschöner Seen, riesiger Ranches, Farmen und großer Obstplantagen.

Das Wetter war großartig, Sonnenschein mit blauem Himmel und warmen Temperaturen. Die Natur um sie herum war nicht etwa gerade zu neuem Leben erwacht, sie stand in voller Blüte. Obstbäume, über und über bedeckt mit weißen und rosafarbenen Blüten, säumten die Straße und gaben den Anschein tausender Bräute, die sich zum Tanz trafen.

Carla musste einfach anhalten, um für einen Moment den Anblick zu genießen.

Anschließend durchquerte sie das Okanagan Valley nahe der US-Grenze und folgte deren Verlauf hinauf auf ein hochgelegenes Plateau, dessen sanfte Hügel sich in alle Richtungen bis zum Horizont zu erstrecken schienen. Hier war es kühler, und die Bäume hatten weder Blätter noch Blüten, sondern lediglich Knospen, die gerade dabei waren aufzuspringen.

Eine halbe Stunde später verließ die Straße das Hochplateau und folgte einem Flüsschen, zu dessen beiden Seiten sich ländliche Wohnhäuser und weitläufige Ranches erstreckten. Der Verkehr hatte sehr nachgelassen, und Carla genoss die Fahrt.

In ihrem Eifer oder vielleicht, weil es so hatte sein sollen, übersah sie die Abzweigung zur Silver Mountain Road und hielt überrascht an, als ein Straßenschild ihr plötzlich mitteilte, sie sei jetzt in Midtown. Sie war zu weit gefahren. Da dies jedoch die nächstgelegene Ortschaft war, beschloss Carla, sich umzusehen und herauszufinden, ob es ein Motel gab.

Die Eingruppierung Midtowns in *Kleinstadt mit Einwohnerzahl unter tausend* war wirklich nicht übertrieben. Anhand der Wohnhäuser hätte Carla die Einwohnerzahl auf nicht mehr als fünfhundert geschätzt. Es gab eine Hauptstraße, an der sich ein kleiner Einkaufsladen, eine Grundschule, ein Postamt, ein Café und ein Saloon befanden, und eine Handvoll Nebenstraßen, die von der Hauptstraße abzweigten. Die Wohnhäuser waren fast ausschließlich älteren Baujahrs, aber gut gepflegt.

An der Hauptstraße standen einige wirklich alte Holzhäuser, die aussahen wie in einem Western. Ansonsten ließen nur die Weite der Hauptstraße und ein Schild mit dem Gründungsjahr der Stadt darauf schließen, dass es Midtown schon seit 1886 gab.

Zu beiden Seiten der Stadt stiegen die Hänge der runden Berge immer höher an, und Kühe weideten auf ihrem Grasland. Verkehr gab es kaum. Ein schmaler Bach schlängelte sich durch die kleine Ansammlung von Häusern, und am anderen Ende der Stadt fand Carla, wonach sie gesucht hatte: ein Motel.

Zufrieden mit ihrem ersten Eindruck von Midtown, wendete sie ihren Wagen und verließ den Ort auf demselben Weg, auf dem sie gekommen war.

Sie hielt beim Fahren Ausschau nach der Silver Mountain Road, konnte aber keine Seitenstraße ausfindig machen. Laut der Karte, die man ihr beim Land Title Office in Kamloops gegeben hatte, sollte sich die

Abzweigung lediglich einige Kilometer außerhalb des Ortes befinden. Carla wollte nicht unnötig umherfahren und beschloss, beim nächsten Haus anzuhalten und nach dem Weg zu fragen.

Schon nach wenigen Minuten tauchte zu ihrer Linken ein massives Holzhaus mit gepflegtem Garten und vielen Koppeln auf. Das hübsche Haus war ihr bereits auf dem Hinweg aufgefallen, und sie fand es in Ordnung, dort anzuhalten.

Als Carla in die lange Einfahrt einbog, sah sie, dass eine Frau in dem großen Vorgarten Unkraut jätete. Sie atmete erleichtert auf. Ihr schien es sicherer, eine Frau anzusprechen. Entschlossen hielt sie an und ließ das Fenster herunter. Die Frau schaute unter ihrem Strohhut hervor und kam auf sie zu.

»Kann ich Ihnen helfen?«, rief sie freundlich, noch bevor Carla etwas sagen konnte.

»Ich suche die Silver Mountain Road«, antwortete sie und stieg aus dem Wagen. »Ich muss die Abzweigung verpasst haben. Können Sie mir sagen, wo die Straße vom Highway abgeht?«

Die Frau lächelte und nickte. »Sie ist leicht zu übersehen, wenn man nicht weiß, wo sie ist. Und seit kurzem fehlt das Straßenschild.« Dann fügte sie hinzu: »Wollen Sie jemanden besuchen? Es gibt dort nur einige Ranches. Und nach ein paar Kilometern besteht die Straße nur noch aus Schotter.«

Die Frau war etwa Mitte fünfzig, klein und rundlich mit mittelbraunem Haar und freundlichen braunen Augen, deren Blicke jetzt erwartungsvoll auf Carla ruhten.

Carla wusste nicht, was sie sagen sollte. Es war ihr schwer genug gefallen, nach dem Weg zu fragen, und es entsprach nicht ihrem Wesen, zu viel von sich selbst und ihren Plänen preiszugeben. Daher sagte sie nur vage:

»Meine Mutter hat dort oben eine Weile gelebt, und ich wollte dem Ort einen Besuch abstatten.«

»Oh«, entgegnete die Frau jetzt etwas kühler. »Sind Sie mit Johnny Silver verwandt?«

»Ich bin mir nicht sicher«, meinte Carla. »Aber persönlich kenne ich keinen Johnny Silver.«

Die Frau atmete scheinbar erleichtert auf. »Da bin ich froh. Sie sehen auch viel zu nett aus. Aber wissen kann man es ja nie.«

In diesem Augenblick öffnete sich die Tür des Holzhauses, und eine junge Frau mit einem Kleinkind auf dem Arm kam über den Rasen auf sie zu. Sie blieb neben der Frau mit dem Strohhut stehen, und das Kind, ein kleines Mädchen, kletterte vom Arm ihrer Mutter und erklärte fröhlich: »Lily will bei Grandma sein!« Als sie Carla erblickte, wollte sie wissen: »Wer bist du?«

Carla musste lächeln und fühlte sich sofort viel wohler. Das Mädchen war ungefähr drei Jahre alt, hatte dunkelbraune, krause Haare, hellbraune Haut und wunderschöne bernsteinfarbene Augen. Sie war eine richtige kleine Schönheit.

»Ich heiße Carla Bergmann. Und wer bist du?«

»Lily Harrison«, erwiderte die Kleine und zeigte mit dem Finger auf sich. »Grandma«, verkündigte sie und zeigte auf die ältere Frau. »Mommy«, erklärte sie und deutete auf die junge Frau. Carla schmunzelte. Sie mochte Kinder. Für sie war die Welt noch ohne Komplikationen. Die anderen beiden Frauen schmunzelten ebenfalls. Die Mutter des Kindes streckte Carla die Hand entgegen. »Ich bin Mariah Harrison. Das ist meine Tochter Lily und das«, sie wies auf die ältere Frau, »meine Schwiegermutter June.«

June Harrison wandte sich an Mariah. »Miss Bergmann ist auf der Suche nach der Silver Mountain Road.«

Mariah nickte verstehend. »Welchen Akzent höre ich da?«, wollte sie wissen. »Sie sind nicht aus der Gegend, oder?« Sie blickte Carla fast mitfühlend an.

Diese stellte fest, dass Mariah Harrison selbst auch kein gewöhnliches Bild in dieser Gegend abgeben musste. Sie war ungefähr in Carlas Alter, hatte schwarze, kurze, krause Haare, große, runde bernsteinfarbene Augen wie ihre Tochter, volle Lippen, wunderschöne weiße Zähne und eine etwas dunklere Hautfarbe als die kleine Lily. Wie ihre Tochter strahlte auch sie in der Schönheit ihrer afrikanischen Vorfahren.

Carla schüttelte den Kopf. »Ich komme aus Deutschland. Meine Mutter hat vor langer Zeit für eine Weile hier gewohnt, am Ende der Silver Mountain Road. Vor einigen Wochen ist sie gestorben und hat mir das Grundstück hinterlassen. Ich brauchte dringend Abwechslung und habe mir gedacht, dass ich es mir ansehen sollte. Sie hat vor ihrem Tod nie davon gesprochen.«

Die Worte waren ihr nur schwer über die Lippen gekommen, und die anderen Frauen spürten das.

»Ich weiß nicht, welches Grundstück das sein sollte«, meinte June Harrison. »Meines Wissens nach gibt es nur zwei Ranches an der Silver Mountain Road, und ich kenne beide Besitzer.« Sie blickte die Einfahrt hinunter. »Ah, da kommen mein Mann und mein Sohn. Die werden es wissen. Die beiden kennen sich in der Gegend sehr gut aus.«

Ein roter Pick-up hielt neben Carlas Mietwagen, und zwei Männer stiegen aus. Der ältere wurde ihr als Steve Harrison vorgestellt. Er schüttelte ihr herzlich die Hand. Er hatte dunkelbraunes Haar, eine sportliche Figur und schien sehr freundlich. Carla schätzte ihn auf das gleiche Alter wie seine Frau.

Sein Sohn Chris war Ende zwanzig und sah seinem

Vater sehr ähnlich. Er hatte dieselbe Statur und war ebenfalls sportlich gebaut. Noch ehe er Carlas Hand schütteln konnte, war Lily auf seinen Arm geklettert und hatte ihre kleinen, rundlichen Arme um den Hals ihres Vaters geschlungen.

June Harrison übernahm es, Carla den Männern vorzustellen und zu erklären, wonach sie suchte und warum.

Steve Harrison dachte einen Moment nach. »Das kann nur die Singing Bear Ranch sein. Aber dort hat seit mindestens zwanzig Jahren niemand mehr gelebt. Für eine kurze Zeit war ein indianischer Mann mit seiner Frau dort ansässig. Aber das ist lange her, und die beiden haben sehr zurückgezogen gelebt.«

Carlas Augen weiteten sich. »Das müssen meine Eltern gewesen sein. Sind Sie sicher, dass dort niemand mehr lebt?«

»Absolut«, erwiderte Steve Harrison. »Die Ranch liegt am Ende der Straße, gute fünfzehn Kilometer den Berg hinauf, und das letzte Stück ist ziemlich unwirtlich. Es führen keine Strom- und keine Telefonleitungen dorthin, und es gibt dort, soviel ich weiß, nur ein paar alte Gebäude. Da ist seit Ewigkeit niemand mehr gewesen.«

»Ist es leicht zu finden?«, wollte Carla wissen.

Gerade wollte Steve Harrison verkünden, dass der Ort wirklich kein Platz für eine junge Dame war, die sich in der Wildnis nicht auskannte, als ihm sein Sohn, auf einen Anstoß seiner jungen Frau hin, zuvorkam.

»Leicht zu finden ist es schon«, meinte Chris. »Sie fahren zurück zum Highway und biegen rechts ab. Die Silver Mountain Road mündet etwa vierhundert Meter von unserer Einfahrt in den Highway, dort, wo die großen Fichten stehen.« Carla folgte seinem ausgestreckten

Arm und nickte. »Sie fahren dann die Straße bergauf. Sie ist nur zu Beginn etwas abschüssig, danach führt sie durch ein Hochtal. Nach ungefähr acht Kilometern ist auf der linken Seite die Einfahrt zur Silver Spur Ranch – da auf keinen Fall abbiegen.« Er blickte sie eindringlich an. »Nach weiteren fünf Kilometern kommen Sie zur Einfahrt der Ghost Horse Ranch. Dort wohnt ein Freund von mir mit seiner Familie. Er hat ein Telefon, und falls Sie auf Probleme stoßen, können Sie dort gern anhalten. Von der Ghost Horse Ranch sind es nur noch ungefähr zwei Kilometer bis zum Tor der Singing Bear Ranch. Eigentlich können Sie es nicht verfehlen«, fügte er dann hinzu und lächelte Carla Mut machend an.

Carla bedanke sich, verabschiedete sich höflich, stieg in ihren Wagen und fuhr Richtung Highway davon.

»Meinst du, es war richtig, sie allein dorthin zu schicken?«, wollte Steve von seinem Sohn wissen.

Doch bevor dieser antworten konnte, mischte sich Mariah ein. »Es war in ihren Augen zu lesen, dass sie sich nicht umstimmen lassen würde. Und so wissen wir wenigstens, dass sie nicht aus Versehen auf der Silver Spur landet.«

Mariahs Blicke folgten dem kleinen Auto. »Viel Glück, Carla Bergmann«, sagte sie leise.

☙

Lee Ghost Horse legte den Telefonhörer auf die Gabel und grübelte vor sich hin.

»Was gibt es, mein Junge?«, wollte seine Großmutter wissen.

Lee drehte sich zu ihr um und erklärte: »Das war Chris. Er hat gesagt, eine junge Frau habe bei ihm angehalten und nach dem Weg zur Singing Bear Ranch gefragt. Sie sei jetzt auf dem Weg dorthin. Chris meinte, die junge Frau habe erklärt, dass ihre Mutter dort vor langer Zeit kurzzeitig gewohnt habe, aber nun verstorben sei und ihr das Grundstück hinterlassen habe.« Er sah seine Großmutter eindringlich an.

»Mach dir keine Gedanken, mein Junge. Great Spirit weiß mehr als wir alle zusammen.« Damit drehte sie sich um und ließ ihren Enkelsohn nachdenklich in der Küche zurück. In dieser Beziehung war sie einfach unschlagbar. Lee hob resigniert die Schultern und verließ das Haus, um nach den Pferden zu sehen.

Carla fand die Abzweigung zur Silver Mountain Road diesmal sofort. Sie fuhr langsamer und bog an der Gruppe von Fichten rechts vom Highway ab. Sie sah nun den Straßenschildpfosten, das Schild selbst jedoch fehlte. Carla zuckte mit den Schultern. Die Ansässigen brauchten natürlich keine Schilder bei den wenigen Straßen, die es hier draußen gab.

Sie lenkte das Auto langsam und vorsichtig die kurvige Straße entlang, die sich zunächst in Serpentinen den Berg hinaufwand. Zur einen Straßenseite befand sich der Berghang, zur anderen ein zeitweilig steiler Abhang, der glücklicherweise großzügig mit Kiefern bedeckt war, die die Abschüssigkeit verdeckten. Ab und zu konnte Carla jedoch einen Blick auf die gegenüberliegende Talseite erhaschen, der ihr als typischer Flachländerin den Atem verschlug.

Immer höher kletterte das kleine Auto den Berg hinauf, eine nervöse Carla am Steuer. Wie kamen die Leute bloß im Winter hier hinauf? Und wie wieder hinunter? An die Rückfahrt wollte sie lieber nicht denken. Anhalten und umkehren konnte sie auch nicht. Sie war so weit gekommen, war der Singing Bear Ranch so nahe, da konnte sie unmöglich klein beigeben und einen Rückzieher machen.

Singing Bear Ranch – das klang so schön. Sie musste sie wenigstens einmal sehen.

Plötzlich weitete sich das Land vor ihr, und sie durchfuhr ein hochgelegenes Tal. Zu ihrer Linken sah sie ein Schild. Es war mit einer Sechs bemalt. War sie lediglich sechs Kilometer weit gekommen, seit sie den Highway verlassen hatte?

Die Landschaft hier oben war bezaubernd. Die Berghänge stiegen in leichten Wellen zu beiden Talseiten an und waren nur vereinzelt bewaldet. Zwischen den Gruppen von majestätischen Fichten, Kiefern und Espen fanden sich weitläufige natürliche Wiesen, auf denen Rinder grasten. Die Sonne lachte auf diese kleine, versteckte Welt und vermittelte ein Bild von kompletter Harmonie. Carla versuchte, sich alles so gut wie möglich einzuprägen. Sie wollte nichts von dieser Fahrt verpassen.

Sie erspähte einen kleinen Bachlauf, der sich parallel zur Straße durch das Hochtal zog und fröhlich über runde Steine plätscherte. Zu ihrer Linken tauchte ein Schild auf, das Kilometer 8 verkündete und fast sofort anschließend ein imposantes Tor, das zu einer der Ranches, von denen Chris Harrison gesprochen hatte, gehören musste. Sie las denn auch Silver Spur Ranch in schwarzen Buchstaben auf einem massiven Balken, der, auf zwei Pfosten gestützt, über der Einfahrt ruhte. In der Ferne konnte sie ein paar Holzbauten ausmachen, und die Einfahrt war geschottert. Das Ganze hatte einen Western Flair. Carla war zufrieden. So hatte sie sich die Landschaft und die Häuser hier vorgestellt.

Bald darauf verabschiedete sich die glatte, geteerte Straße, und Carla musste vorsichtig abbremsen, um nicht die Kontrolle über ihr Auto zu verlieren. Erschrocken stoppte sie den Wagen. Sollte man hier nicht ein Warnschild aufstellen? Dann aber wurde ihr wieder einmal bewusst, dass sie schließlich nicht in der Stadt war, und laut dem jungen Harrison wohnte nur noch eine Familie zwischen hier und der Singing Bear Ranch. Die kannte ihre Straße natürlich.

Carla folgte langsam und holpernd dem kleinen Bachlauf, der der Silver Creek sein musste, und fragte sich, warum man gerade hier mit dem Teeren der Straße aufgehört hatte. War der Behörde das Geld ausgegangen, oder waren die Anwohner entlang der verbleibenden Straße nicht wichtig genug?

Wenigstens hatte sie bei dieser Geschwindigkeit Zeit, sich die Landschaft anzusehen. An den Vertrag mit der Mietwagengesellschaft dachte Carla lieber nicht. Straßen wie diese mussten sie gemeint haben, als sie von *nicht von üblichen Straßen abweichen* gesprochen hatten.

Der Weg führte nun durch einen kurzen, dicht begrünten und daher schattigen Engpass, vorbei am Schild mit Kilometerzahl 12. Zu ihrer Rechten sah sie eine Einfahrt, deren verwittertes Holztor in einfachen weißen Buchstaben Ghost Horse Ranch verkündete. Das Tor stand offen, und eine benutzt aussehende Fahrspur führte von der Straße ab und verschwand bald darauf in einem Kiefergehölz.

Carla blickte auf die vor ihr liegende Straße und bemerkte drei Dinge: Es befanden sich keine Strommasten mehr entlang der Straße, und auch der Schotter endete. Alles, was sich vor ihr befand, war festgefahrene Erde. Zwei Fahrrillen, zwischen denen und zu deren beiden Seiten Gras wuchs. Hätte Carla es nicht besser gewusst, wäre sie wahrscheinlich an dieser Stelle umgekehrt. Sie war froh, bei den Harrisons nach dem Weg gefragt zu haben. Und drittens stellte sie erleichtert fest, dass der Engpass breiter wurde und in ein weiteres kleines Hochtal überging.

Carla biss sich auf die Unterlippe und lenkte den Wagen mutig in die Fahrrillen. Überrascht stellte sie fest, dass die festgefahrene Erde angenehmer zu befahren war als der Schotter. Es war zwar immer noch holprig, aber wenigstens nicht locker und rutschig wie auf dem Schotter. Sie holte tief Luft. Schon bald sollte die Singing Bear Ranch vor ihr auftauchen.

Einen Augenblick lang erfasste sie Unruhe bei dem Gedanken, dass sie womöglich kein Tor mit Schild vorfinden würde, da so lange niemand dort gelebt hatte. Wie sollte sie die Ranch dann finden?

Kurz darauf wurden ihre Zweifel jedoch beseitigt, als hinter einer scharfen Biegung im Weg ein verwittertes Holztor auftauchte, dessen rote Buchstaben das Sonnenlicht zu reflektieren schienen: Singing Bear Ranch breitete sich in Sonnenschein getaucht vor ihr aus.

Carla hielt an und ließ das Fenster herunter. Frische Bergluft und der Duft von Kiefernnadeln und Frühling stieg ihr in die Nase. Die Sonne wärmte ihre Schulter, und über ihr kreiste ein großer Vogel. Konnte es ein Adler sein?

Carlas Blick schweifte umher. Dies war der Ort, den ihre Mutter so sorgfältig geheim gehalten, an dem sie mit Charles Ward gelebt und den sie verlassen, aber nie verkauft hatte. Und je länger Carla auf die vor ihr liegende Landschaft blickte, desto fester setzte sich ein Gedanke: Ihre Mutter und ihr Vater waren auf dieser Ranch glücklich gewesen. Carla konnte es in ihren Fingerspitzen fühlen.

Alles hier sah wild aus. Aber gleichzeitig sehr einladend und voller guter Energien: das graue, von Wind und Wetter verwitterte halb geöffnete Tor mit dem Namenszug in roter Schrift, die mit Kiefern und Tannen und Bergwiesen bewachsenen, sacht ansteigenden Hänge, Silver Creek, der hier flacher und schmaler war als weiter unten entlang der Straße und der sich gurgelnd über bemooste Steine schlängelte, und die Fahrrillen, die sich nun kaum merklich von den angrenzenden Bergwiesen unterschieden. Präriehunde flitzten über den Pfad, und kleine blaue Vögel flatterten aus den umliegenden Büschen auf.

Gebäude konnte Carla noch nicht sehen, denn der Weg verschwand hinter einem Wäldchen. Aber das machte nichts.

Der Anblick dieses Fleckchens Erde zog sie komplett in seinen Bann. Die Zeit schien stillzustehen. Und obwohl sie noch nie zuvor hier gewesen war, fühlte sie, als sei sie nach unglaublich langer Zeit nach Hause gekommen.

Wie von einem unsichtbaren Band gezogen, erwachte Carla aus ihrem Zauber, startete den Motor und folgte den überwachsenen Fahrspuren durch das verwitterte Tor. Zu ihrer Linken gingen die Bäume in eine großzügige Graslandschaft über und gaben freien Blick hinunter ins Tal, wo sich in weiter, sehr weiter Ferne der Highway wie ein dünnes graues Band durch die Landschaft zog. *Meine Güte*, dachte sie, *ich muss mindestens vier- oder fünfhundert Meter über dem Highway sein, und der liegt bereits auf siebenhundert Metern Höhe.*

Sie riss sich los von der Aussicht auf die endlosen grünen Bergketten, die sich bis zum Horizont erstreckten und die einem das Gefühl gaben, auf der Spitze der Welt zu stehen, und wandte sich zu ihrer Rechten. Dort, gleich hinter dem Wäldchen, im Schutze der Berghänge, konnte sie in einiger Entfernung die Gebäude sehen. Sie waren allesamt grau und verwittert wie das Tor und standen inmitten einer frühlingsgrünen Wiese.

Carla stoppte den Mietwagen und schloss die Augen, um nicht zu weinen. Für jemand anderen mochte es sich vielleicht um ein paar heruntergekommene Gebäude handeln. Für sie jedoch war es der schönste Anblick ihres Lebens.

Ihre Gedanken wirbelten wild durcheinander. Hier wäre ich aufgewachsen, in diesem Haus, mit meinen Eltern. Vielleicht mit Geschwistern, wenn nicht …

Ein weiteres Puzzleteil ihres Lebens, ihres Selbst, fiel an seinen Platz.

»Zu Hause«, flüsterte sie, als sie mit liebevollem Blick, so wie eine Mutter ihr kleines Kind betrachtet, jedes Detail des Anwesens in sich aufnahm. Es war nicht viel. Es gab ein kleines Wohnhaus mit Veranda und Fensterläden, unweit davon ein weiteres schmales Häuschen, eine Scheune und einige andere kleine Gebäude, über deren Nutzen Carla sich nicht sicher war. Alle Bauten waren aus Holz, auch die Dächer, und alle waren verwittert und grau. Hinter dem Haus stand ein großer Baum mit runder Krone, dessen Blätter sich gerade entfalteten. Zur Linken befanden sich einige Obstbäume, und zur Rechten schlängelte sich Silver Creek durch die verschiedenen Koppeln, die neben der Scheune gelegen waren.

Die Berghänge hinter dem Haus stiegen wellenartig an und waren mit Kiefern, Fichten und Lärchen bewachsen. Die Letzteren legten gerade ihr Nadelkleid an und leuchteten im schönsten Hellgrün. Auf den Koppeln standen nur vereinzelt Kiefern, und der Hof war weitgehend ohne Nadelbaumbestand.

Und wie eine Mutter, die ihre Hand nach ihrem Kind ausstreckt, um es sanft übers Haar zu streicheln, so musste auch Carla ganz einfach ihrem Impuls folgen und auf den Hof vorfahren, um ihren eigenen Ursprung zu spüren.

Langsam, ganz langsam ließ sie den Wagen über die überwucherten Fahrspuren rollen und hielt schließlich vor dem Wohnhaus. Eine Gruppe von Hirschen graste neben der Scheune und lief erst davon, als Carla ein paar Mal kurz hupte, um andere eventuell anwesende wilde Tiere zu verjagen.

Als sich nichts rührte, öffnete sie die Wagentür und stieg vorsichtig aus. Ihr war, als betrete sie ein Heiligtum. Sie wusste, sie war mitten in der Wildnis, das nächste Haus Kilometer entfernt, und wilde Tiere durchzogen diesen Ort und lebten hier. Dennoch fühlte sie sich nicht einsam oder verängstigt, nichts war ihr unheimlich. Im Gegenteil: Ein winziger Teil von ihr, der schnell zu wachsen schien, fühlte sich wohl hier, heimisch und geborgen, passte hierher und stellte eine so enge Verbindung mit dem Land her, wie Carla es nie für möglich gehalten hätte. Sie blickte sich auf dem Hof um und spürte, dass sie an diesem Ort sicher war.

Sie fühlte die schützende, kraftvolle Energie ihres Vaters und die liebevolle, fürsorgliche Energie ihrer Mutter.

Ihre Mutter.

Tränen liefen über Carlas Wangen, als sie an ihre Mutter dachte. »Warum hast du mich verlassen?«, sagte sie leise. »Warum ist niemand für mich da?«

Behutsam ging sie von Nebengebäude zu Nebengebäude und schaute durch die verstaubten und mit Spinnweben verhangenen Fenster. Das kleine schmale Häuschen nicht weit vom Wohnhaus entpuppte sich als stilles Örtchen. In der Nähe davon befanden sich ein Hühnerhaus mit Auslauf und daneben die Scheune. Die Gebäude waren alle halbkreisförmig um den Hof gruppiert. Carla betrat keins von ihnen.

Neben der Scheune gab es zwei eingezäunte Koppeln und hinter dem Haus eine Art Keller, der in den Berghang gebaut worden war. Etwas links vom Wohnhaus befand sich, was nach einem ehemaligen Gemüsegarten aussah: ein Stückchen umzäuntes Land mit viel Gras und ein paar verwahrlosten Beerensträuchern. Daneben gab es einen Obstgarten mit etwa zwei Dutzend Obstbäumen, die gerade zu blühen begannen. Die Obstbäume waren von stattlicher Größe und vollkommen verwildert.

Als Letztes näherte Carla sich dem Wohnhaus, das sie bis zum Schluss aufgespart hatte. Als sie den Fuß auf die Veranda setzte und mit der Hand über die Lehne eines Schaukelstuhles strich, konnte sie nicht anders, sie begann zu weinen.

Andächtig überquerte sie die Veranda und drehte behutsam an dem Türknauf. Die Tür sprang auf. Vorsichtig blickte sie in das Innere des Hauses.

An der gegenüberliegenden Wand fiel ihr sofort ein altmodischer Holzofen auf, auf dem man kochen konnte. Daneben gab es ein Fenster, unter dem sich eine Art Arbeitsplatte befand.

Carla tat ein paar Schritte ins Haus hinein. Zur Rechten war eine Tür, die in ein kleines Schlafzimmer führte. Behutsam schaute sie hinein, so als ob sie nicht stören wollte. Möbel gab es nicht viele. Zwei Kommoden standen entlang der äußeren Wand. Auf der einen stand eine Öllampe und auf der anderen ein feiner Silberrahmen mit dem Hochzeitsbild ihrer Eltern. Ein Bett stand in der Mitte des Raumes, das Kopfende gegen die Rückwand des Zimmers gerichtet. Bettzeug und Gardinen fehlten.

Carla fuhr mit den Fingerspitzen über das metallene Bettgestell und legte ihren Zeigefinger in stummem Gruß auf das Foto ihrer Eltern.

Dann ging sie zurück in das andere Zimmer, das vermutlich als Wohnzimmer, Küche und Esszimmer gedient hatte. Es gab eine Spüle, an deren Seite eine Handpumpe angebracht war, die kaltes Wasser direkt in das Spülbecken beförderte. Carla lächelte erstaunt unter ihren Tränen. Es war schwer vorstellbar, dass ihre Mutter, die Bequemlichkeit so sehr geliebt hatte, tatsächlich unter solchen Bedingungen gelebt hatte. Auch hier musste Carla einfach ihre Hand auf die massive hölzerne Arbeitsplatte legen und die darin gespeicherten Energien in sich aufnehmen.

Es gab noch zwei kleine Räume, die von dem großen Raum abgetrennt waren. Der eine war eine Vorratskammer mit vielen Regalen, der andere eine Art Badezimmer. Eigentlich war es ein Wannenzimmer, stellte Carla fest, denn es gab dort lediglich eine schöne, altmodische, frei stehende Badewanne und einen Waschtisch mit Spiegel, Krug und Waschschüssel, aber kein WC.

Zurück im großen Zimmer, wie Carla es in Gedanken liebevoll nannte, befanden sich außerdem ein großer massiver Esstisch mit vier Stühlen, eine Anrichte mit wenig Geschirr und zwei große Ledersessel, zwischen denen ein kleiner runder Holztisch stand. Verschiedene Öllampen standen im Raum verteilt, und auf dem Esstisch lagen ein paar alte Taschenbücher.

Im gesamten Haus lag eine dicke Staubschicht. Und Carla bemerkte, dass ihre Schuhe Abdrücke auf dem staubigen Holzfußboden hinterlassen hatten.

Sie schaute sich noch einmal gründlich um: Viel war von der Anwesenheit ihrer Mutter nicht mehr sichtbar. Dafür konnte sie die unsichtbaren Spuren, die ihre Eltern durch ihr Wirken an diesem Ort zurückgelassen hatten, beinahe körperlich fühlen.

Für einen kurzen kostbaren Augenblick konnte sie den Raum sehen, als er gerade frischbezogen war. Der Ofen neu, das Holz der Wände golden, die Fenster klar und ohne Spinnweben. Eine rotweiß karierte Decke auf dem Tisch, geblümte Gardinen an den Fenstern. Ihr Vater in einem der Ledersessel, ein Buch lesend, ihre Mutter am Tisch sitzend und nähend. Es roch nach frisch gebackenem Brot.

Der Gedanke ließ Carla aufschrecken, denn ihr Magen gab ein lautes Knurren von sich. Es war Stunden her, seit sie etwas gegessen hatte. Sie trat aus der Tür und blickte in Richtung Westen. Die Sonne würde bald untergehen. Sie musste hier oben stundenlang ihren Gedanken nachgehangen haben.

Carla seufzte. Sie musste sich, ob sie wollte oder nicht, erst einmal von der Singing Bear Ranch verabschieden. Sie war nicht für eine Übernachtung in den Bergen ausgerüstet, und sie wollte die Silver Mountain Road nicht im Dunkeln hinunterfahren.

Sie wandte sich schweren Herzens erneut dem Haus zu und griff nach dem Türknauf. Mit einem letzten Blick auf die Räume, die ihr Zuhause hätten sein sollen, flüsterte sie: »Ich werde bald wiederkommen.« Dann ließ sie die Tür ins Schloss fallen und überquerte den Hof mit langen Schritten bis zu der Stelle, an der sie den Mietwagen geparkt hatte.

Ihre Tränen versiegten, und ein Lächeln legte sich auf ihr Gesicht. Sie würde wiederkommen. Morgen. Sie würde die Suche nach ihrem Vater beginnen, und sie würde diese schöne Ranch zu neuem Leben erwecken. Sie hatte fast vier Wochen Zeit und keine anderen Pläne. Und es gefiel ihr, sich ihren Eltern so nahe zu fühlen. In all den vergangenen Jahren hatte Carla sich nie so sehr wie in einer richtigen Familie gefühlt wie jetzt in diesem Augenblick. Und aus tiefer Dankbarkeit für dieses schöne, friedliche, sichere Gefühl verspürte sie in ihrem Herzen die Notwendigkeit, etwas zurückzugeben.

Erst als sie den Highway fast erreicht hatte, wurde ihr bewusst, wie viel Glück sie doch hatte, dass nach so langer Zeit des Leerstandes kein Zeichen von Vandalismus auf der Ranch zu finden war. *Bemerkenswert*, dachte sie.

ᔓ

Lee Ghost Horse stand auf und wandte sich seinem Pferd zu. Er hatte stundenlang in sicherem Abstand zu den Gebäuden der Singing Bear Ranch, aber doch in Sichtweite, ausgeharrt, um ein wachsames Auge auf die junge Frau zu haben, die neu angekommen war. Gerade war sie aus dem Wohnhaus getreten, hatte den Hof überquert und war wieder weggefahren. Für ihn war es somit ebenfalls Zeit zu gehen.

Lee war zufrieden und erleichtert. Die junge Frau hatte sich in der Wildnis vernünftig verhalten und war indianischem Protokoll gefolgt. Sie war kein Störfaktor in seiner Welt gewesen, sondern war von ihr herzlich und mit ausgebreiteten Armen empfangen worden. Die Energien schwangen richtig, und Lees Interesse war geweckt.

Er wusste von Chris, dass die junge Frau Carla Bergmann hieß, Charles Wards Tochter war, aus Deutschland kam und die Singing Bear Ranch von ihrer Mutter geerbt hatte. Und er hatte einen Eindruck von ihrer Persönlichkeit bekommen, denn er war ihr bei ihrem Rundgang über den Hof mit dem Fernglas gefolgt. Ihr Aussehen ließ auf ihre indianische Abstammung schließen, aber es waren ihre Gebärden, die Art wie sie ging und handelte, die alle Zweifel beseitigten.

Es war für Lee schwer nachzuvollziehen, dass diese eindeutig indianische Person nicht auf diesem Kontinent aufgewachsen war. Doch seine Großmutter schien wie immer recht zu haben: Great Spirit wusste um alle Dinge und lenkte sie. So auch hier.

Er schwang sich mit angeborener Leichtigkeit in den Sattel und verließ die Singing Bear Ranch über eine Abkürzung durch die Felder.

KAPITEL 4

Singing Bear Ranch

Carla erwachte an ihrem dritten Tag in Kanada erst spät. Sie war nach all den Aufregungen und Anspannungen der letzten Tage sehr müde gewesen und kämpfte zudem noch immer mit der Zeitumstellung. Erst in den frühen Morgenstunden war sie in einen tiefen Schlaf gefallen.

Nun fühlte sie sich verspannt und ein wenig mürrisch, doch das änderte sich sofort, als sie an den Nachmittag auf der Ranch dachte. Mit Elan schwang Carla sich aus dem Bett, duschte rasch und entschloss sich aufgrund der späten Stunde zu einem schnellen Frühstück aus dem Supermarkt. Dort wollte sie auch gleich Reinigungsmittel besorgen.

Sie konnte es kaum erwarten, wieder auf der Ranch zu sein.

So war Carla denn auch schon fünfzehn Minuten später beim Supermarkt. Sie stellte schnell fest, dass sie das Wort *Supermarkt* etwas voreilig benutzt hatte. Der Laden war ein mittelgroßer Raum mit Holzvertäfelung und Linoleumfliesen. Es gab nur eine Kasse. Entlang der Wände und im Raum verteilt befanden sich hohe Holzregale, die mit allen möglichen Dingen vollgestopft waren. Von der Decke hingen Neonleuchten, denn die kleinen Fenster neben der Kasse ließen nur wenig Licht herein.

An der Kasse bediente eine sehr freundlich wirkende, übergewichtige ältere Frau, die Carla neugierig durch ihre runden Brillengläser begutachtete. Auf ihrem Namensschild stand Rita, und Carla fühlte, dass *Rita* nur zu gern mit ihr ins Gespräch kommen wollte. Sie war denn auch sehr hilfsbereit und redselig, als Carla nach all den kleinen Dingen fragte, die sie auf der Ranch brauchen würde. Rita half bei allen Artikeln, bis weitere Kunden den Laden betraten und all ihre Aufmerksamkeit in Anspruch nahmen.

Carla schmunzelte. Sie war in einem richtigen Krämerladen: Wenn man nicht kramte, fand man nichts.

Sie entschloss sich, neben den Reinigungsmitteln und ihrem Frühstück weitere Lebensmittel und einen Vorrat an Wasser einzukaufen. Obwohl sie kein Fan von Konserven und weichem weißem Toastbrot war, nahm sie doch eine gute Auswahl davon mit. Etwas anderes war nicht zu haben. Neben der Kasse stand ein kleiner Korb mit Obst, von dem Carla alles kaufte, was gut aussah.

Rita war noch immer mit den beiden anderen Kundinnen beschäftigt, und Carla suchte in einem der Regale nach Geschirrhandtüchern, als die Ladenglocke erneut läutete und ein weiterer Kunde den Laden betrat. Carla bemerkte, dass das Gespräch der Frauen sofort verstummte, und spähte neugierig hinter einem Regal hervor.

Ein kleiner, übergewichtiger Mann von Ende fünfzig hatte den Laden betreten. Er trug einen großen schwarzen Cowboyhut, schwarze glänzende Cowboystiefel, blaue Jeans mit einer riesigen silbernen Gürtelschnalle, ein graues Hemd und ein dunkelblaues Jackett. Der Cowboy war gleich neben der Kasse stehen geblieben und schaute herablassend in die Runde. Er hatte die Gebärden eines Mannes, der es nicht gewohnt war zu warten und der im Allgemeinen bekam, wonach er verlangte.

Carla sah dann Rita auch sofort wie ein Mäuschen zu ihm herüberhuschen und mit einschmeichelnder Stimme zu säuseln: »Guten Morgen, Mr Silver. Was darf es denn sein?«

Mr Silver blaffte zurück: »Das Übliche!« und drehte sich wartend zur Kasse um, während Rita wie ein Blitz an den Regalen entlangschoss und mit einem Paket Kaffee wieder an die Kasse zurückkehrte.

Während sie den Preis in die Kasse eingab und »Was darf es sonst noch sein?« fragte, knallte Mr Silver einige Münzen auf die Theke, drehte sich wortlos um und marschierte zur Tür, auf deren anderer Seite er auf die Bodenbretter der Veranda spuckte.

Carla war entsetzt. Derart unhöfliches und schlechtes Benehmen war ihr selten untergekommen.

Rita und die anderen Kundinnen regten sich hingegen nicht über Mr Silver auf, sondern nahmen ihr Gespräch einfach wieder auf. Carla wartete kopfschüttelnd einige Minuten und begab sich dann mit ihren Einkäufen zur Kasse.

Wenig später stieg sie erleichtert in ihr Auto und verstaute die Tüten auf dem Beifahrersitz. Sie überlegte einen Augenblick. Dann fuhr sie entschlossen den Highway hinunter, an der Abzweigung zur Silver Mountain Road vorbei und bog in die Einfahrt der Harrisons ab.

Sie fand June Harrison beim Füttern der Hühner. Die kleine Lily half ihr. Beide begrüßten Carla herzlich, und sie bedankte sich noch einmal für die nette Hilfe am Vortag.

»Du musst dir die Ziegen anschauen«, rief Lily gleich darauf ungeduldig und zog an Carlas Hand.

Im nächsten Augenblick trat Mariah Harrison aus der Tür. »Chris! Dad! Miss Bergmann ist da«, rief sie ins Haus zurück.

Ehe Carla sich versah, befand sie sich auf einem Rundgang über Harrisons Farm. Zusammen mit der gesamten Familie begutachtete sie Ziegen und Schafe, Lämmer, Hühner, Gänse, Truthähne, Schweine und Kühe, die sich allesamt auf den zahlreichen Koppeln tummelten. Sie fütterten Ponys und Eselfohlen. Die kleine Lily kommentierte alles ohne Pause und jauchzte vergnügt, als ihr Großvater sie auf den Rücken eines der Ponys setzte. Es gehörte nicht viel dazu herauszufinden, dass alle Harrisons ein großes Herz für Tiere hatten und sehr stolz auf ihre Ansammlung von Vierbeinern waren.

Carla fiel es leicht, Interesse an der Farm zu finden, hatte sie doch immer von wenigstens einem Haustier geträumt. Sie liebkoste ein braunes Hundebaby und vergaß beinahe, wie dringend sie zur Ranch hatte fahren wollen.

Die Tasse Tee, die man ihr nach Beendigung der Farmbesichtigung anbot, konnte Carla nicht ablehnen, denn sie genoss es, endlich einmal von lieben, freundlichen Menschen umgeben zu sein und eine richtige, intakte Familie vor sich zu haben. Nach den letzten Besuchen ihrer Tante Margit und den vielen traurigen und einsamen Stunden nach dem Tode ihrer Mutter empfand sie die Harrisons als eine wahre Wohltat.

Nun saß sie in der gemütlichen Küche der Harrisons an einem großen, runden Tisch und beobachtete die Familie mit einem zufriedenen Lächeln, während June Tee zubereitete und selbstgebackene Kekse auf einen Teller legte. Lily saß auf dem Schoß ihres Vaters und trank Kakao aus einer bunten Kindertasse.

Wie üblich sagte Carla von sich aus nicht viel, beantwortete die an sie gerichteten Fragen jedoch gerne. Und Fragen hatten die Harrisons viele. So kam es, dass Carla erzählte und erzählte und sich dabei ertappte, selbst die eine oder andere Frage zu stellen, so wohl fühlte sie sich.

»Hat dir denn die Singing Bear Ranch gefallen?«, wollte Mariah wissen. Die gesamte Familie war irgendwann während der Besichtigung der Farm dazu übergegangen, Carla, wie es in Kanada üblich ist, mit dem Vornamen anzusprechen, und hatte sie aufgefordert, das Gleiche zu tun. Carla war es schwergefallen, die beiden älteren Harrisons beim Vornamen zu nennen, bis sie sah, wie zufrieden diese damit waren.

Carla fühlte sich plötzlich in die Familie eingebunden, auch wenn es in Wirklichkeit natürlich nicht der Fall war. Sie kannte die Familie Harrison schließlich erst seit einem Tag. Dennoch gab es ihr das Gefühl, nicht völlig allein in diesem fremden Land zu sein, und das machte ihr Mut.

»Ich liebe es da oben«, erklärte sie Mariah. »Ich weiß, es muss komisch klingen, weil ich gestern zum ersten Mal dort gewesen bin. Aber in meinem Herzen fühle ich mich der Ranch so nahe.«

Mariah lächelte ihren Mann vielsagend an. »Und was sind deine Pläne? Wirst du länger bleiben?«

»Ich fahre gleich nach dieser Tasse Tee wieder hinauf. Ich habe ein paar Reinigungsmittel gekauft und will ein bisschen aufräumen. Ich hoffe, dass ich schon die übernächste Nacht dort oben schlafen kann. Mein Urlaub geht in knapp vier Wochen zu Ende, und ich möchte in dieser Zeit so viel wie möglich über meine Eltern herausfinden. Vor allem über meinen Vater.«

»Du willst dort übernachten?«, rief June dazwischen. »Hast du keine Angst, ganz allein dort oben? Seit zwanzig Jahren hat niemand mehr auf der Ranch gewohnt.«

Carla lächelte sie ruhig an. »Ich denke, es wird gewöhnungsbedürftig sein, aber wirklich Angst habe ich nicht. Meine Eltern haben dort gelebt, und in gewisser Weise spüre ich, dass ihr Geist noch immer dort ist. Ich fühle mich sehr beschützt auf der Ranch.« Sie blickte in die Runde. Keiner der Anwesenden schien ihr das recht glauben zu wollen.

»Ich würde gern mitkommen und dir beim Einzug helfen, wenn es dir recht ist«, sagte Mariah. »Ich habe außerdem ein paar Dinge, die du vielleicht gebrauchen könntest, bis du etwas Eigenes gefunden hast. Ich dachte an Bettzeug, Decken und so weiter.«

Chris sah seine Frau kritisch an, erkannte jedoch an ihrem Gesichtsausdruck, dass sie sich nicht von ihrer Idee würde abbringen lassen. Resigniert nahm er zur Kenntnis, dass somit auch er Carla beim Einzug helfen würde. Unter dem Tisch gab Mariah ihm einen Stoß mit dem Fuß. »Ich werde kommen und schauen, was repariert werden müsste«, erklärte er daraufhin. »Nach so langer Zeit muss vielleicht doch das eine oder andere in Schuss gebracht werden.«

Carla war so sprachlos über dieses Angebot, dass sie nur leise »Ich danke euch sehr« herausbringen konnte.

Nach einer kurzen Pause fragte sie nachdenklich: »Wie kann ich herausbekommen, wo mein Vater jetzt wohnt? Wo finde ich die Meldebehörde?«

Familie Harrison blickte sie entgeistert an. Dann sagte Steve: »Eine Meldebehörde gibt es hier nicht.«

»Besteht in Kanada denn keine Meldepflicht?«, fragte Carla verwundert. Die Suche nach ihrem Vater hatte sie sich einfacher vorgestellt.

»Eine Meldepflicht gibt es nicht«, entgegnete Steve. »Man soll auf seinem Führerschein immer die aktuelle Adresse eingetragen haben, aber das ist nur für die

Polizei, für Banken und solche Dinge. Und wenn man keinen Führerschein hat ...«

»Ich verstehe«, entgegnete Carla. »Was würdet ihr an meiner Stelle tun?«

Die Harrisons wechselten unruhige Blicke. Dann meinte June: »Ich würde Anzeigen in allen großen Zeitungen aufgeben und hoffen, dass Charles Ward eine davon liest. Das ist das Einzige, was mir einfällt, es sei denn, du willst dich deinen ganzen Urlaub am Telefon mit Bürokraten herumschlagen.«

»Das ist eine gute Idee!«, rief Mariah. »Ich kann dir mit dem Anzeigetext behilflich sein, und du kannst natürlich unser Telefon benutzen, um sie aufzugeben.«

»Danke«, sagte Carla, jetzt wieder positiver gestimmt. »Das wäre toll.« Dann fügte sie hinzu: »Ich habe noch ein paar andere Fragen über Dinge, von denen ich nicht viel weiß.«

»Schieß los«, meinte Steve, »wir helfen gerne.«

»Ich würde gern ein Auto kaufen. Der Mietwagen ist sehr teuer, und das Geld könnte ich genauso gut in einen eigenen Wagen stecken. Selbst wenn ich diesmal nur kurz hier bin, ich werde oft wiederkommen und könnte daher einen eigenen Wagen gebrauchen.«

»Das ist kein Problem«, antwortete Steve sofort. »Ich weiß, wer einen guten, älteren Pick-up zu verkaufen hat, der dich sommers wie winters zur Ranch bringt.«

»Das hört sich ja phantastisch an«, meinte Carla begeistert. »Und wo bekomme ich Feuerholz? Was mache ich mit dem Müll?«

»Feuerholz kann ich dir raufbringen«, erklärte Chris. »Viel wirst du nicht brauchen, denn es wird von Tag zu Tag wärmer. Aber die Abende sind noch immer kühl, und warmes Wasser brauchst du auch. Was den Müll anbelangt: Wir sammeln ihn in bärensicheren Behältern und bringen ihn alle paar Wochen zur Müllhalde.« Er schien zufrieden mit seinem Einsatz.

»Ich denke«, sagte June, »du brauchst ein großes Messer und einen Hund. Zumindest einen stabilen Stock. Man kann nie wissen, was einem dort oben über den Weg läuft.«

»Mom!«, rief Mariah entsetzt, aber Chris gab June recht. »Einen Hund und ein Messer braucht hier auf dem Lande jeder. Die Hunde hören viel besser als wir Menschen, und ein Messer ist im Notfall besser als nichts.«

Carla machte sich in Gedanken Notizen von allem, was die Harrisons ihr nahelegten.

Plötzlich stand Mariah von ihrem Stuhl auf und erklärte: »Carla, ich denke, wir sollten jetzt losfahren!«

Carla, Chris und Mariah verbrachten einen geschäftigen Tag mit Entstauben, Saubermachen und kleineren Reparaturen. Die beiden kannten sich gut aus und zeigten Carla viele Dinge, die sie am Vortag übersehen oder nicht bemerkt hatte. Sie zeigten sich positiv überrascht über den guten Zustand der Gebäude, und Chris reparierte lediglich eine klemmende Tür im Hühnerstall, ersetzte ein paar fehlende Holzschindeln auf dem Dach des Wohnhauses und säuberte den Schornstein.

Die beiden jungen Frauen verstanden sich prächtig und plauderten fröhlich während der Arbeit. Mariah meinte, sie verstehe, warum es Carla auf der Ranch so gut gefalle, und sogar die kleine Lily fühlte sich so wohl, dass sie am Nachmittag einfach auf den Schaukelstuhl auf der Veranda kletterte und einschlief.

Chris zeigte Carla, wie sie den Holzofen zu bedienen hatte, und ermahnte sie zu äußerster Vorsicht. Schon der kleinste Funke aus dem Schornstein konnte im Sommer den gesamten Berg in ein Flammenmeer verwandeln. Alle Anwohner mussten Verantwortungsbewusstsein zeigen.

Carla versuchte, sich jeden Handgriff genau einzuprägen, und wiederholte alles so genau, dass Chris sich schon nach kurzer Zeit zufriedengab. Er zeigte ihr auch einen Kühlraum, der hinter dem Haus in den Berghang gebaut war und die dort gelagerten Lebensmittel zu jeder Jahreszeit auf konstante sechs bis sieben Grad Celsius gekühlt hielt. Ganz ohne Elektrizität. Carla war begeistert.

Chris brachte auch die Handpumpe im Haus zum Laufen, indem er sie mit Wasser füllte und so die Lederdichtungen wieder funktionstüchtig machte.

Carla konnte es kaum abwarten, auf der Ranch einzuziehen. Aber der Tag neigte sich dem Ende, Lily wurde müde, und es gab noch immer viel zu tun. »Morgen«, flüsterte Carla, als sie die Harrisons zu ihrem Wagen begleitete. »Vielen Dank für alles«, meinte sie gähnend. »Ohne eure Hilfe hätte ich noch wochenlang hier herumgewirtschaftet.«

»Gern geschehen«, entgegnete Mariah. »Halte morgen früh auf deinem Weg hierher bei uns an. Ich werde dir ein paar Kissen und Decken raussuchen. Außerdem habe ich eine Matratze, die auf dein Bett passen dürfte. Du könntest dann sofort einziehen, ohne größere Besorgungen zu machen. Du kannst die Sachen so lange behalten, wie du möchtest.«

Carla umarmte Mariah herzlich. Dann meinte Chris, der schon im Wagen saß: »Übrigens, ich habe mit meinem Freund Lee Ghost Horse gesprochen, der mit seiner Familie auf der nächstgelegenen Ranch lebt. Er weiß, dass du hier bist, und du kannst dort gerne jederzeit vorbeischauen, solltest du Hilfe brauchen. Die Ghost Horses haben Telefonanschluss und sind wirklich gute Leute. Du brauchst keine Scheu zu haben, dort anzuhalten. Warnen muss ich dich aber vor den Leuten auf der Silver Spur Ranch. Der Besitzer Johnny Silver hat ziemlichen Einfluss in der Gegend und ist in viele dunkle Geschäfte verwickelt. Die Cowboys, die für ihn arbeiten, sind ein raues Pack und leider auch rassistisch.« Er machte eine Pause, um zu sehen, ob sie verstand.

Von diesem Standpunkt aus hatte Carla die Situation noch nicht betrachtet. Für die Leute hier war sie eine Indianerin. Mit all ihren Vor- und Nachteilen. Sie schluckte entgeistert. »So etwas gibt es tatsächlich noch?«

Chris lachte spöttisch. »Die Leute behaupten, sie seien multikulturell, aber das stimmt bei weitem nicht. Vielleicht trifft es für die Großstädte zu. Hier auf dem Land sieht es anders aus. Manche sind offen rassistisch, wie die auf der Silver Spur, viele andere halten mit ihrer Meinung durch versteckte Anspielungen nicht hinterm Berg, lächeln dir dabei ins Gesicht und beteuern, dass sie *überhaupt* nicht rassistisch sind.« Dann fügte er hinzu: »Und dieses Verhalten richtet sich nicht nur gegen Indianer.«

Carla sah seinen leichten Seitenblick auf Mariah und Lily und verstand sofort. Entsetzt schlug sie sich die Hand vor den Mund. Wer konnte etwas gegen ein Kind haben? Und gegen Mariah, die so lieb und hilfsbereit war?

»Danke für die Warnung«, sagte sie leise.

Dies war eine neue Perspektive von einem Land, das sie für perfekt gehalten hatte. Konnte es wirklich wahr sein? Bisher gab es für sie keinen Grund, an der Aufrichtigkeit von Chris Harrisons Worten zu zweifeln.

Carla winkte dem Pick-up nach, bis er um die nächste Biegung verschwunden war, und machte sich dann selbst auf den Weg zurück ins Motel. Sie war zum Umfallen müde gewesen, kam nun aber aus dem Grübeln nicht heraus. Sie dachte an die Sticheleien über ihr Aussehen und ihren Vater, mit denen sie während ihrer Kindheit und Jugend konfrontiert gewesen war. Sie waren gemein gewesen, aber nicht rassistisch. Dies war schließlich das 21. Jahrhundert. Nach allem, was auf der Welt geschehen war, sollten die Menschen nicht gelernt haben, über solche Nebensächlichkeiten wie Abstammung oder Hautfarbe hinwegzusehen?

Carla dachte an ihre Mutter und ihren Vater. Hatten auch sie mit Rassismus zu kämpfen gehabt? War ihre Mutter vielleicht deshalb nach Deutschland zurückgekehrt? Ihre Nerven waren nie die besten gewesen.

Carla fühlte, wie sich ein Gewicht auf ihre Schultern legte.

»Nein«, fuhr sie ärgerlich auf. »Anders bin ich schon immer gewesen, aber kleinmachen lasse ich mich deshalb nicht!«

Kapitel 5

Einzug

Am nächsten Morgen fühlte Carla sich besser. Sie war wieder positiv gestimmt und blickte dem neuen Tag mit freudiger Erwartung entgegen. Heute würde sie auf der Singing Bear Ranch einziehen.

Sie packte ihre wenigen Habseligkeiten zusammen und traf kurze Zeit später bei den Harrisons ein. Erschrocken stellte sie fest, dass es erst acht Uhr war. Leise klopfte sie an die Tür des kleinen Holzhauses, das etwas abseits vom großen Wohnhaus stand und das von Mariah und Chris bewohnt wurde. Sofort hörte sie Lily im Haus jauchzen und zur Tür rennen. Mariah kam lächelnd hinter ihrer Tochter im Glasfenster der Tür zum Vorschein und ließ Carla ein.

»Ich hoffe, ich bin nicht zu früh.«

»Überhaupt nicht«, entgegnete Mariah. »Mit Lily im Haus stehen wir immer mit den Hühnern auf. Hast du schon gefrühstückt?«

Carla schüttelte verlegen den Kopf. Das hatte sie in ihrem Eifer völlig vergessen.

So kam es, dass die beiden jungen Frauen wenig später bei Toast und Tee in der Küche saßen, während Lily auf dem Fußboden mit ihren Holztieren spielte.

»Ich habe gute Nachrichten für dich. Steve hat mit seinem Freund gesprochen und sich den Pick-up angesehen. Er ist wirklich gut in Schuss. Außerdem ist er billiger, als wir angenommen haben. Für 1500 Dollar kannst du ihn haben.« Mariah blickte Carla erwartungsvoll an.

»Perfekt!«

»Dann schlage ich vor«, fuhr Mariah aufgeregt fort, »du kommst morgen Vormittag zu uns, und ich nehme dich mit in die Stadt. Wir können bei Dads Freund anhalten, die Papiere abholen und den Wagen auf deinen Namen anmelden.«

»Und ich kann den Leihwagen gleich in der Stadt abgeben«, setzte Carla hinzu.

Dann fiel ihr die Anzeige ein, die sie bezüglich ihres Vaters in die Zeitungen setzen wollte. Mariah war ihr mit dem Wortlaut behilflich und meinte, sie könnten die Anzeige sofort per Telefon aufgeben.

Kurz darauf hatten sie also eine einfache Suchanzeige aufgegeben, die wiederholt über die nächsten Wochen erscheinen würde und die Mariahs Telefonnummer als Kontakt angab. Anschließend verstauten sie die Sachen, die Mariah für Carla herausgesucht hatte, in dem kleinen Mietauto.

Carla wurde unruhig. Sie war gern mit Mariah zusammen, aber etwas zog sie, wie an einem unsichtbaren Faden, zurück zur Ranch.

Es war schon spät am Vormittag, als sie endlich die lange Auffahrt der Harrisons Richtung Highway hinunterfuhr. Mariah und Lily winkten ihr nach. Carla lächelte. Mariah war so liebenswert. Sie hatte ihr noch ein selbstgebackenes Brot sowie Trockenfleisch und Marmelade mitgegeben.

Carla wusste, sie hatte in der kurzen Zeit, in der sie in Kanada war, eine Freundin gefunden. Das war ihr in Deutschland in dreiundzwanzig Jahren nicht gelungen.

Carla brauchte den restlichen Tag, um sich auf der Singing Bear Ranch einzurichten und die Aufräumarbeiten abzuschließen. Das Wetter war warm und sonnig, und die Luft duftete herrlich nach Wald, Bergen und Frühling. Carla ließ die Haustür offen stehen, während sie geschäftig rein- und rauslief und alles an seinen Platz stellte.

Am späten Nachmittag stellte sie zufrieden fest, dass ihre Arbeit fürs Erste getan war. Rom wurde schließlich auch nicht an einem Tag erbaut. Ihr Magen begann zu knurren, und so machte sie es sich mit einem Sandwich auf der Veranda in der warmen Nachmittagssonne bequem.

Carla konnte sich kaum sattsehen an dem stetig wechselnden Schauspiel der Natur. Die Tage wurden zunehmend wärmer, und die ersten kleinen Wildblumen begannen ihre Köpfe hervorzustrecken. Das Gras auf den Berghängen war satt und grün, und Vögel zwitscherten in den Bäumen und auf dem Scheunendach. Sie pflückte ein paar gelbe Blumen und stellte sie in einer Vase im Haus auf. Dann ging sie hinaus, um Feuerholz zu holen. Mariah hatte sie gewarnt, dass die Nächte noch nicht warm genug waren, um ohne Heizen auszukommen.

Carla brauchte drei Anläufe, um das Feuer richtig in Gang zu bekommen. Es bedurfte Übung, die größeren Holzstücke in genau dem richtigen Augenblick aufzulegen und die Flammen des Anmachholzes nicht zu ersticken. Chris hatte sie ermahnt, ein ständiges Auge auf das Feuer zu haben. Carla drosselte daher die Luftzufuhr, sobald es ging, damit der Ofen nicht zu heiß wurde, und holte weiteres Holz für die Nacht herein, damit sie später nicht im Dunkeln hinaus musste. Dann verriegelte sie die Tür und setzte sich mit einer Tasse Tee in einen der großen Ledersessel, die ihre Eltern zurückgelassen hatten. Prompt schlief sie ein und erwachte erst, als es draußen schon dunkel war.

Zu ihrer Erleichterung brannte das Feuer noch. Sie warf einen Blick aus dem Fenster. Draußen war es stockdunkel, kein Mond stand am Himmel. Dafür aber ein Meer funkelnder Sterne. Carla riss die Augen auf. Sie hatte noch nie so viele Sterne gesehen.

Schnell öffnete sie die Tür und überquerte die Veranda. Verzaubert blickte sie zum Himmel empor. Die Sterne schienen so nah zu sein. Fasziniert stellte Carla fest, dass sie unterschiedliche Farben hatten. Es gab weiße, blaue, gelbe und rote Sterne. Das war ihr nie bewusst gewesen. Und sie schienen sich zu bewegen. Auch die Milchstraße konnte sie deutlich erkennen.

Minuten später sah Carla die erste Sternschnuppe ihres Lebens und fühlte einen Stich in ihrem Herzen. Noch nie hatte sie sich so klein und unwichtig gefühlt wie in diesem Augenblick. Gleichzeitig spürte sie eine tiefe Verbundenheit mit der Erde und dem Universum. Sie war ein winziger Teil eines unermesslichen Ganzen. Nicht mehr und nicht weniger.

Diese Erkenntnis ließ sie aus ihrer Faszination aufschrecken. »Ich gehöre hierher. Jedes Teil eines Ganzen hat einen bestimmten Platz. Und mein Platz ist hier.«

Carla fröstelte plötzlich, und sie rieb sich die Arme. Gedankenversunken kehrte sie ins Haus zurück.

～

Lee Ghost Horse war um die Mittagszeit zur Singing Bear Ranch aufgebrochen. Seine langen schwarzen Haare, die er im Nacken zu einem Zopf geflochten hatte, glänzten in der Sonne, als er auf seiner braunweiß gefleckten Stute Tetiem über die Bergwiesen ritt.

Er gehörte zu diesem Land wie die Tiere und Vögel und bewegte sich mit derselben Leichtigkeit und Grazie.

Lee näherte sich dem Wohnhaus der Ranch bis auf einige Entfernung und ließ sich dann aus dem Sattel gleiten. Er wusste von Mariah Harrison, dass die junge Frau zurückgekehrt war, um für einige Zeit hier zu wohnen. Mariah hatte ihn nicht gebeten, auf Carla Bergmann, mit der sie sich anscheinend angefreundet hatte, aufzupassen. Aber stärker noch als vor zwei Tagen fühlte er, wie ihn etwas zur Singing Bear Ranch zog. Etwas dort war von Wichtigkeit.

Und während er den Nachmittag über die junge Frau aus der Ferne beobachtete, wurde ihm mehr und mehr klar, dass sie es war – aus einem ihm unbekannten Grund.

Als sich die Abenddämmerung über die Ranch und das kleine Holzhaus legte, war Lee sich einer Sache bewusst: Es war absolut notwendig, dass Carla Bergmann sicher und geschützt war. Ihm selbst war die Aufgabe des Wächters zugefallen, und er nahm sie widerspruchslos und willig an.

Mit dem Einbruch der Nacht näherte Lee sich den Gebäuden der Ranch weiter, um das Wohnhaus voll im Blick zu haben. Dann schlug er sein Nachtlager auf.

Er legte sich nieder und schloss die Augen, aber seinen geübten Ohren entging nicht ein einziges Geräusch. Carla Bergmann würde in dieser Nacht sicher schlafen.

⁂

Carla konnte nicht einschlafen. Diesmal jedoch nicht vor Ärger, sondern aufgrund der vielen ungewohnten Geräusche, die durch die Wände des Hauses aus der Stille der Nacht an ihr Ohr drangen.

Der Wind hatte zugenommen, und einige Äste des

großen Baumes, der hinter dem Haus stand, schlugen gegen das Dach. Carla hörte auch die verlorenen Schreie der Nachtvögel, die in der Stille viel lauter klangen. Unter dem Haus raschelte etwas, und in der Wand hinter dem Kopfende des Bettes nagte irgendein Tier. Carla versicherte sich, dass es eine Maus war. Aber konnte eine Maus wirklich so viel Lärm machen? Was, wenn es etwas anderes war? Was, wenn das Tier nicht in der Wand, sondern unter dem Bett war? Mutig griff Carla nach ihrer Taschenlampe und leuchtete, ohne das Bett zu verlassen, sorgfältig den Boden ab.

Nichts. Erleichtert kroch sie zurück unter ihre Decke.

Mit einem Mal bezweifelte Carla, dass der Einzug auf der Ranch eine gute Idee gewesen war. Sie war ein Großstadtkind. Nicht einmal in den Ferien war sie zelten gewesen. Sie hatte mit der Wildnis und ihren Gefahren keinerlei Erfahrung. Sollte sie nicht doch lieber ins Motel zurückfahren und nur über Tag auf die Ranch kommen? Verbissen schüttelte sie den Kopf. Ihr Stolz ließ das nicht zu.

Entschlossen legte Carla sich auf das Kissen zurück und schaltete die Taschenlampe aus. Ihre Mutter und ihr Vater hatten hier gelebt, und sie konnte es auch. Gut, sie waren zu zweit gewesen, aber Carlas Nerven waren viel besser als die ihrer Mutter. Und ihr Vater war bestimmt nicht ängstlich gewesen. Es lag in seinem Blut, in der Natur zu leben und sich in ihr zurechtzufinden. Und Carla hatte dieses Blut geerbt. Alles, was sie brauchte, war Zeit, um sich einzuleben und all die Dinge zu lernen, die für ein Leben hier oben notwendig waren.

Carla war der Überzeugung, dass es Unwissenheit war, die Angst bei Menschen auslöste. Ihr fehlte im Moment einfach das Wissen um das Leben in der Wildnis. Aber sie würde lernen. Sie würde so viel lernen, wie sie konnte. Und wenn sie ihren Vater traf, würde er stolz auf sie sein können.

Dieser Gedanke hielt sie aufrecht, bis die Morgendämmerung kam und sie in einen wohlverdienten, tiefen Schlaf wiegte.

Als Carla wenige Stunden später erwachte, schien die Maisonne bereits in das kleine Schlafzimmer. Sie blinzelte verschlafen. Schnell war sie aus dem Bett und draußen auf der Veranda. Ein warmer Wind wehte, und kleine weiße Wolken zogen über den sonst blauen Himmel. Und es war heiß! Verwirrt blickte sie auf ihre Uhr. Es war erst neun.

Der Sommer war über Nacht auf Silver Mountain eingezogen. Und als hätte eine Fee jede Blume, jede Pflanze und jeden Baum mit ihrem Zauberstab berührt, so stand der gesamte Berg plötzlich in voller Blüte. Die Blätter an den Bäumen waren voll entfaltet, das Gras von einem satten Grün. Das Schönste waren jedoch die Wiesen, die nun über und über mit Wildblumen bedeckt waren und bunt wie ein Regenbogen leuchteten. Silver Mountain war in ein Meer von Farben getaucht!

Carla konnte sich lange nicht von dem Anblick losreißen, bis ihr einfiel, dass sie mit Mariah in die Stadt fahren sollte, um ihren neuen Wagen anzumelden.

Sie beeilte sich und wurde wenig später auf dem Grundstück der Harrisons von Mariah begrüßt. »Wie war deine erste Nacht auf der Ranch?«

»Ziemlich aufregend«, entgegnete Carla. »Ich habe kaum ein Auge zugemacht. Hoffentlich sind meine Nerven heute Nacht besser.«

»Du wirst dich schnell an die neuen Geräusche gewöhnen«, meinte Mariah. »Du bleibst also dort?«

»Natürlich!«, gab Carla überzeugt zurück.

»Gut«, erwiderte Mariah erleichtert. »Dann fahren wir jetzt am besten los. Du folgst mir einfach in deinem Wagen. Zuerst halten wir bei Dads Freund und holen die Papiere ab, anschließend fahren wir weiter nach Prince Edward.«

»Ich muss aber erst noch zur Bank«, erklärte Carla.

Kurz darauf begutachteten die beiden Frauen auf dem Grundstück von Steve Harrisons Freund, das etwas außerhalb von Midtown gelegen war, Carlas neues Gefährt. Es war ein kleiner roter Toyota Pick-up. Steves Freund Harry zeigte Carla alle Einzelheiten und gab ihr Schlüssel und Papiere. Er erklärte, dass er später nicht zu Hause sein würde und sie den Wagen einfach abholen sollten. Sie unterschrieben einen Kaufvertrag, und Carla übergab das Geld.

Zufrieden fuhren die beiden Frauen weiter nach Prince Edward, der nächstgrößeren Stadt, die etwa sechzig Kilometer von Midtown entfernt war und in der es ein Krankenhaus und alle möglichen Geschäfte gab.

Ein paar Kilometer außerhalb von Midtown fiel Carlas Blick auf ein riesiges Loch in der Seite des Berges. Sie war hier noch nicht vorbeigefahren und entsetzt über den Anblick. Es handelte sich nicht nur um ein Loch. Etwas hatte die gesamte Südseite des Berges in großen Stufen abgetragen und anscheinend auch einen tiefen Krater in den Boden gegraben, der sich über die Zeit mit Wasser gefüllt hatte und nun unnatürlich grelltürkis in der Sonne glitzerte. Wo Wald hätte sein sollen, waren nackte Erde und Geröll.

Carla lief eine Gänsehaut über den Rücken. Etwas hatte der Natur Gewalt angetan. Aber nicht nur der Natur. Ihr war, als höre sie Schreie. Stumme Schreie von vielen, vielen Menschen.

Das Bild ließ Carla nicht in Ruhe. Sie konnte Mariah nach ihrer Ankunft in Prince Edward jedoch nicht gleich danach fragen, da die Behörde, zu der sie gehen mussten, um den Wagen anzumelden, in wenigen Minuten Mittagspause machen würde. Mariah half Carla mit den Formalitäten und der richtigen Autoversicherung, und bald darauf war alles geregelt und bezahlt, und die beiden jungen Frauen machten sich auf den Weg zum Spielplatz, um Lily herumtoben zu lassen.

Lachend schob Mariah Carla einen Stapel Sandwiches entgegen. »Wir denken immer, *es sind nur sechzig Kilometer*, aber man ist doch jedes Mal hungrig, wenn man ankommt. Und hungrig einkaufen zu gehen ist fatal.«

Carla nahm sich dankbar eines der Brote. Immerhin hatte sie wieder einmal nicht gefrühstückt.

Etwas später stellte sie schließlich die Frage, die ihr seit der Herfahrt auf den Lippen brannte: »Was ist mit dem Berghang passiert, du weißt schon, kurz nachdem man Midtown verlässt?«

»Das ist eine alte Silbermine«, antwortete Mariah. »Sieht schlimm aus, nicht wahr?«

»Wann war die Mine in Betrieb?«, wollte Carla wissen.

»Das war in den späten Achtzigern des 19. Jahrhunderts. Ein paar Männer haben Silber gefunden, und wenig später war der Ort überlaufen mit Menschen. Eine Stadt wurde gegründet, und auf ihrem Höhepunkt haben zweitausend Leute dort gewohnt. Es gab ein Krankenhaus, eine Schule, ein Hockeyteam. Alles.«

»Und warum ist von der Stadt nichts mehr zu sehen?«, fragte Carla.

»Das ist eine komische Sache«, erwiderte Mariah. »Um 1919 sind die Silberpreise an der Londoner Börse in den Keller gesunken. Und die Leute haben die Stadt verlassen. Über Nacht. Viele haben sogar die Teller auf den Tischen stehen lassen. Die Stadt wurde über Nacht zur Geisterstadt, bis jemand die Mine und das Bergwerk in den späten Sechzigern wieder öffnete, um mit moderneren Maschinen das Silber abzubauen, das in den sogenannten Abfällen der Jahrhundertwende stecken geblieben war. Viel von dem vorhandenen Silber konnte damals nicht aus den kleineren Gesteinsbrocken herausgelöst werden. Aber mit den neueren Maschinen war dies möglich.

Fünfzehn Jahre lang war die Mine wieder in Betrieb und jedes bisschen Silber, das noch vorhanden war, wurde abgebaut. Die Häuser wurden niedergerissen, der Berghang abgetragen, und wo sich die früheren Schächte befanden, wurde einfach ein riesiges Loch gegraben. Muss auf gut tausend Meter runtergehen.«

»Ich habe von solchen Anlagen gelesen, aber nie wirklich eine gesehen. Sieht schrecklich aus. Was machen die Menschen bloß mit dieser Welt«, meinte Carla betrübt. »Wie hieß eigentlich die Stadt, die dort einmal existiert hat?«

»Silver City. Daher auch der Name Silver Mountain. Es gibt aber auch eine Legende über ein riesiges Goldvorkommen irgendwo in dieser Gegend, das bisher niemand gefunden hat. Auf der Suche nach dem legendären Gold hat man die Silberader auf der anderen Seite des Berges entdeckt. Und die Ausbeute dort war beträchtlich. Aber es war eben nicht die legendäre Goldader, und so lebt die Legende weiter«, schloss Mariah ihren Bericht.

Carla hing schweigend ihren Gedanken nach und konnte ihr ungutes Gefühl über die alte Mine nicht ablegen.

Dann kam Lily zu ihnen, und es war Zeit aufzubrechen. Sie gaben den Leihwagen bei der Filiale ab und fuhren in Mariahs Wagen weiter. Vor der Rückfahrt hielten sie noch kurz bei der Bücherei an, damit Carla ihre E-Mails checken konnte.

»Was gibt es?«, wollte Mariah wissen, als Carla zum Auto zurückkehrte.

»Ach, nur eine dumme Nachricht von meiner Tante.« Sie erzählte Mariah kurz von Tante Margit. »Ich hatte ihr eine Nachricht geschickt, um sie wissen zu lassen, dass ich gut angekommen bin. Aber das kann sie natürlich nicht einfach auf sich beruhen lassen. Sie muss dumme Kommentare zurücksenden, von denen sie weiß, dass sie mich ärgern.«

Mariah sah sie verständnisvoll an und sagte dann: »Hey, hättest du am Freitagabend Zeit, um beim alljährlichen Grillfest meiner Schwiegereltern zu helfen?« Sie hoffte, dass Carla etwas Ablenkung guttun würde.

»Natürlich!«, entgegnete Carla sofort, hatten die Harrisons ihr selbst doch so viel geholfen. »Wie viele Leute erwartet ihr?«

»Viele!«, sagte Mariah. »Deswegen muss ich schon so zeitig mit den Einkäufen beginnen. Einmal im Jahr laden meine Schwiegereltern alle Verwandten, Freunde und Nachbarn ein. Der Himmel weiß, warum! Sie scheinen Freude daran zu haben. Sie braten ein großes Schwein über der Feuerstelle im Hof, und jeder bringt etwas zu essen mit. Das Ganze dauert vom frühen Nachmittag bis in die späte Nacht. June fängt jedes Mal schon eine Woche vorher mit den Vorbereitungen an, doch der Festtag selbst bleibt immer sehr hektisch, und wir sind für jede Hilfe dankbar. Ich kann mich natürlich nicht drücken. Aber es würde so viel mehr Spaß machen, wenn du auch da wärst. Ich weiß, es ist viel verlangt …«

Carla hob abwehrend die Hand. »Ist es nicht. Ihr alle habt mir in den letzten Tagen so viel geholfen. Da möchte ich gerne etwas zurückgeben. Ich bin nur nicht der Typ, der sich in großen Menschenmengen wohl fühlt.«

»Ich auch nicht«, erwiderte Mariah leise, und Carla fühlte, dass die Bitte um Hilfe mehr von Mariah als von June kam. Und sie erinnerte sich an das, was Chris ihr vor einigen Tagen über Rassismus in der Nachbarschaft erzählt hatte. Vielleicht war es nicht so leicht für Mariah, sich unter die Nachbarn zu mischen. Warum dann ließen June und Steve Harrison ihre Schwiegertochter nicht einfach aus dieser Geschichte raus?

Aber vielleicht wollte Mariah gar nicht ausgeschlossen werden. Wer wollte das schon? Und was für ein Vorbild würde sie der kleinen Lily sein, wenn sie sich versteckte?

Carla fühlte, dass Mariah keine Wahl hatte. Sie lebte hier, und darum musste sie sich mit diesen Dingen auseinandersetzen. Genau wie Carla selbst.

Als sie am späten Nachmittag in ihrem eigenen kleinen Pick-up die Silver Mountain Road hinauffuhr, musste Carla genau nachzählen, wie viele Tage sie schon hier war. So viele neue Eindrücke füllten ihre Gedanken, so viele Dinge hatte sie bereits erlebt. War dies wirklich erst ihr sechster Tag in Kanada?

Die Sonne stand schon tief, als Carla endlich in die Einfahrt der Singing Bear Ranch einbog. Wie sehr hatte sie diesen Ort vermisst! Ihr Herz machte einen Sprung, als die grauen Gebäude vor ihr auftauchten. Es war, als hießen sie Carla willkommen.

Noch jemand grüßte sie ohne Worte. Es war Lee Ghost Horse, der unbemerkt seine nächtliche Wache am nahen Waldrand bezogen hatte.

KAPITEL 6

Begegnungen

Carla hatte ihren Pick-up im Hof geparkt und die Lebensmittel in den Vorratskeller hinter dem Haus gebracht. Es war noch immer angenehm warm, obwohl die Sonne bereits untergegangen war. Sie war gerade auf dem Weg zurück zum Haus, als sie neben der Scheune ein schwarzes Etwas entdeckte. Sie blieb erschrocken stehen.

Im ersten Augenblick nahm Carla an, dass es ein Schwarzbär war. Gleich darauf stellte sie jedoch fest, dass das Tier viel zu klein für einen Bären war. Es handelte sich vielmehr um einen zottigen, mittelgroßen schwarzen Hund mit Schlappohren. Was machte das Tier hier oben? Ob es einem Nachbarn gehörte? Es sah nicht gefährlich aus. Als Carla die Stufen der Veranda erreichte, sah sie den Hund forschend an. Dann rief sie sanft: »Komm her, Freund! Was kann ich für dich tun?«

❧

Weiter entfernt, zwischen den Bäumen am Berghang, hielt Lee Ghost Horse den Atem an. Wo war der Hund plötzlich hergekommen?

Aber, was weitaus wichtiger war, handelte es sich wirklich nur um einen Hund oder, wie er es einschätzte, um ein Geistwesen?

Lee war gerade im Begriff, sich bemerkbar zu machen, als die junge Frau den Hund ansprach. Woher wusste sie, wie man mit den Geistern sprach?

Lee beobachtete, wie das Tier vorsichtig auf Carla zuging.

Langsam trat er in das Dunkel der Bäume zurück. Seine Großmutter hatte recht: Es handelte sich bei Carla Bergmann keineswegs um eine gewöhnliche junge Frau.

Carla spürte, dass der Hund nicht böswillig war. Er schien genauso allein zu sein wie sie. Es war, als verstünde er ihre Sprache. Während er vorsichtig auf sie zukam, blickte er sie eindringlich an.

»Ich verstehe, dass du ängstlich bist. Ich fühle mich ähnlich. Du siehst hungrig aus«, fügte sie dann hinzu und holte ein Paket mit kleinen Salamis aus ihrer Jackentasche. »Die sind für dich«, rief sie leise und warf dem zottigen Hund zwei Würste zu.

Während das Tier die Leckerbissen erst vorsichtig beschnupperte und dann in zwei Bissen herunterschlang, betrachtete Carla ihn genauer. Er sah aus wie ein zu klein geratener Bernhardiner mit schwarzem Fell. Sie fand ihn süß.

»Du darfst bleiben, wenn du willst. Ich kann einen Freund brauchen.«

Mit einem letzten Blick auf den Hund überquerte Carla die Veranda und verschwand im Haus. Das Tier würde sich seine Scheu nicht in ein paar Minuten nehmen lassen, und sie war nach dem langen Tag und der unruhigen letzten Nacht müde.

Diesmal schlief Carla tief und fest und erwachte am nächsten Morgen erst, als die Sonne schon am Himmel stand. Sie ging hinaus auf die Veranda, um den neuen Tag zu begrüßen. Der Hund lag zusammengerollt auf der gegenüberliegenden Seite der Veranda und sah sie mit seinen braunen, runden Augen an. Carla musste lächeln.

»Schön, dass du geblieben bist«, meinte sie. »Ich suche dir etwas zum Frühstück.«

Das Tier fraß das Brot, das sie ihm hinschob, gierig auf, ließ sie aber nicht näher als zwei Meter an sich herankommen, bevor es zurückwich. »Wir haben Zeit, kleiner Freund«, sagte Carla und kehrte ins Haus zurück.

Während sie ihr Frühstück zubereitete, fiel ihr Blick auf all die kleinen Dinge, die von ihren Eltern im Haus übriggeblieben waren. Und mit einem Mal wusste sie, dass sie wieder nach Prince Edward fahren musste, um dem Haus ihre eigene Note zu geben.

Das Vorhaben würde jedoch bis zum nächsten Tag warten müssen, denn heute wollte sie Wäsche waschen und eine Wanderung über die Ranch machen. Nach dem Frühstück feuerte Carla also den großen Holzofen an und machte Wasser in mehreren großen Töpfen warm. Als das Wasser heiß genug war, wusch sie die Wäsche in dem riesigen hölzernen Trog, der auf der Veranda stand. Sie benutzte das Waschbrett ihrer Mutter und fand Gefallen daran. Schließlich war sie nicht in Eile, und bei dem Ausblick, den sie bei der Arbeit hatte, verwandelte sich die Mühe in eine Art Meditation.

Am Ende stellte Carla erstaunt fest, wie schnell die Wäsche erledigt und wie sauber sie geworden war.

Während sie die Wäsche auf die Leine neben dem Haus hängte, wurde ihr zum ersten Mal wirklich bewusst, dass saubere Wäsche mit einiger Arbeit verbunden und keine Selbstverständlichkeit war. Genauso wenig wie ein warmes Haus, ein Bad, Licht und frischgebackene Leckereien. Hier oben auf dem Berg musste sie sich all diese Dinge erarbeiten, und diese Tatsache gefiel ihr. Sie war vorsichtiger mit dem, was sie verbrauchte, und ein Hauch von Besonderheit lag über den alltäglichsten Dingen, wie zum Beispiel sauberen Socken.

Ein Anflug von Stolz überkam Carla. Noch vor wenigen Tagen hätte sie bezweifelt, dass ihr diese Art zu leben so leichtfallen könnte.

Den Nachmittag verbrachte Carla mit einer Wanderung im umliegenden Gelände. Sie stieg den Hang hinter dem Haus hinauf, bis sie einen guten Ausblick hatte. Dort setzte sie sich für einen Augenblick ins Gras, um Atem zu schöpfen. Sie hatte wirklich nicht gedacht, dass sie derart aus der Übung war.

Doch der Aufstieg hatte sich gelohnt: Sie überblickte die Gebäude der Ranch, eingebettet in bunte Bergwiesen, und auch die gegenüberliegende Talseite. Darüber hinaus konnte sie weitere Berge sehen, die sich in endlosen Ketten bis zum Horizont erstreckten.

Die Luft war so sehr mit Sauerstoff angefüllt, dass Carla die Wohltat mit jedem Atemzug und in ihrem ganzen Körper spüren konnte. Was für ein Ausblick! Was für eine unberührte Landschaft!

Carla fühlte sich, als schwebe sie weit über der alltäglichen Welt mit all ihren Verstrickungen, Hetzereien und Normen. Sie fühlte sich frei wie ein Vogel.

Oh, Mutti, dachte sie traurig. *Warum bist du nur von hier fortgegangen? Was ist nur passiert?*

Als würde der Himmel ihre neu aufgekommene Traurigkeit über den Verlust ihrer Mutter und die Unauffindbarkeit ihres Vaters von ihrer Seele ablesen, so zogen plötzlich düstere Wolken am Horizont auf und verdunkelten die Sonne.

Mit einem Seufzer erhob Carla sich und wandte sich dem zottigen Hund zu, der ihr in angemessenem Abstand gefolgt war und nun etwas entfernt von ihr im Gras lag.

»Komm, Freund, lass uns zurück zum Haus gehen.«

In dieser Nacht hatte sie einen Traum, an den sie sich am nächsten Morgen noch genau erinnern konnte.

Ihr Vater und dieselbe indianische Frau, die sie bereits in Deutschland in ihrem Traum gesehen hatte, standen an einer Quelle, die aus einem Felsen entsprang. Sie befanden sich auf einer kleinen Waldlichtung. Hohe, alte Kiefern umgaben den Ort und verliehen ihm einen Hauch von Mystik. Farnkraut wuchs um die feuchten Stellen nahe der Quelle, und vereinzelte Sonnenstrahlen fielen durch das dichte Nadelkleid der Bäume. Ein Hirsch schaute neugierig hinter einem Busch hervor, und ein großer schwarzer Vogel saß auf einem der vielen Felsbrocken nahe der Quelle.

Es war eindeutig Sommer. Das Gras war grün, und ihr Vater hatte ein T-Shirt an. Die alte Frau, wie im Traum zuvor, trug traditionelle indianische Kleidung.

Dies ist der Platz, sagte die Frau mit ernster Stimme.

Dann verschwamm das Bild und ging in ein anderes über. Carla sah das große Zimmer der Singing Bear Ranch. Ihr Vater und ihre Mutter saßen sich am Esstisch gegenüber. Draußen war es dunkel, und auf dem Tisch brannte eine Kerze. Ihre Mutter legte eine Hand auf Charles Wards Arm, um ihren Worten mehr Nachdruck zu geben. *Sie ist hier, Charles, genau, wie ich es versprochen habe. Aber sie braucht Hilfe.*

Dann verschwamm auch dieses Bild, und Carla glitt in einen traumlosen Schlaf hinüber.

Früh am nächsten Nachmittag kehrte Carla aus Prince Edward zurück. Sie war am Morgen zeitig aufgebrochen und hatte während der Fahrt über ihren Traum nachgedacht, ohne jedoch zu einem Ergebnis zu kommen. Schließlich hatte sie das Bummeln durch die vielen Geschäfte auf andere Gedanken gebracht. Sie war sich nicht schlüssig gewesen, wonach sie suchte, wusste aber in dem Moment, als sie die passenden Dinge in den Händen hielt, dass es die richtigen waren.

Der Himmel war noch immer dunkel gewesen und hatte sich im Laufe des Tages immer weiter zugezogen, bis plötzlich ein wahrer Platzregen eingesetzt hatte, der innerhalb weniger Minuten die Straßen in kleine Flüsse verwandelte. Nach ungefähr einer Stunde hatte der Regen genauso plötzlich aufgehört, wie er begonnen hatte, die Wolkendecke war aufgerissen und hatte ein paar Sonnenstrahlen durchgelassen.

Carla hatte sich nach einem Imbiss auf den Rückweg gemacht und war froh, bald wieder auf der Singing Bear Ranch zu sein.

Nun fuhr sie die Silver Mountain Road entlang und ging im Geiste ihre Einkäufe durch. Sie hatte einige Handtücher in Salbeigrün für das Badezimmer gekauft. Für das Wohn- und Schlafzimmer hatte sie jeweils einen Läufer erstanden, einen roten für das Wohnzimmer und einen in der Farbe der wilden Rosen für das Schlafzimmer. Sie hatte auch Bettzeug, Bettwäsche und eine eigene Matratze gekauft sowie ein paar Küchenutensilien, Geschirr und einige hübsche Kerzenhalter. Und für den Fall, dass ihr zottiger schwarzer Hundefreund sich entschließen sollte, bei ihr zu bleiben, hatte sie eine kleine Tüte Hundefutter besorgt.

Ein Hirsch sprang vor ihr über die Straße, und Carla bremste den Wagen leicht ab. Sie merkte sofort, dass es ratsam war, langsamer zu fahren, denn durch den Regen war der Schotter auf der Straße eisglatt geworden.

Vorsichtig fuhr sie die Straße hinauf, vorbei an der Ghost Horse Ranch und auf die unbefestigte Straße, die das restliche Stück zur Singing Bear Ranch führte. Der Platzregen am Morgen hatte die Erde aufgeweicht, und Carla beobachtete besorgt durch den Rückspiegel, dass ihr Pick-up tiefe Spuren im Matsch hinterließ.

Gerade wollte sie auf die mit Gras bewachsene Mitte des Wegs ausweichen, um bessere Haftung zu bekommen, als etwas am Straßenrand ihre Aufmerksamkeit auf sich zog. Ihre Konzentration ließ für den Bruchteil einer Sekunde nach, der Pick-up geriet ins Rutschen, und Carla bremste scharf. Der Wagen schlingerte hin und her und kam schließlich im tiefen Matsch der Fahrrillen, genau neben einer großen Kiefer, zum Stehen.

Carla konnte jetzt genau erkennen, was es war, das sie von der Straße abgelenkt hatte. Am untersten Ast der Kiefer, etwa drei Meter vom Boden entfernt, war ein Seil befestigt, an dessen Ende ein Hirsch an den Hinterbeinen aufgehängt war.

Der Grund, weshalb das Tier nicht sofort zu erkennen gewesen war, hatte weniger damit zu tun, dass es kopfüber hing, sondern vielmehr mit der Tatsache, dass sein Körper über und über mit Einschusslöchern übersät war, die es fast bis zur Unkenntlichkeit zerfetzt hatten.

Langsam schwang der verstümmelte tote Hirsch im Wind hin und her.

Carla erschauderte. Wer konnte so etwas getan haben?

Kopfschüttelnd startete sie den Pick-up, legte den ersten Gang ein und gab vorsichtig Gas. Nichts. Der Wagen rührte sich nicht von der Stelle.

Sie versuchte es erneut. Nun war deutlich zu hören, dass die Räder durchdrehten. Sie steckte fest!

Carla überlegte. Mit matschigen Straßen hatte sie keinerlei Erfahrung. In der Stadt waren sogar die Gassen geteert. Beunruhigt stieg sie aus, um zu sehen, wie tief der Wagen feststeckte.

Es war schlimmer, als Carla angenommen hatte. Die Räder steckten sehr tief im Matsch. Ihr selbst stand der Schlamm bis weit über die Knöchel und zog heftig an ihren Schuhen. Hilflos hob sie die Hände und blickte die Straße entlang. Selbst wenn sie den Wagen auf wunderbare Weise aus diesem Matschloch befreien könnte, der restliche Weg zur Ranch war eine einzige Schlammwüste.

Ratlos setzte sie sich auf einen großen Stein am Straßenrand. Sie würde wohl oder übel jemanden um Hilfe bitten müssen. Bis zur Ghost Horse Ranch waren es nur ein paar hundert Meter. Aber Carla hasste den Gedanken, bei fremden Leuten an die Tür zu klopfen.

Gerade hatte sie sich dorthin aufgemacht, als sie zu ihrer Linken eine Bewegung wahrnahm. Sie blickte über die Bergwiese, auf der die Wildblumen im triefend nassen Gras wie kleine verlorene Farbtupfer standen, und sah einen Reiter, der sich der Straße näherte. Er saß auf einem wunderschönen braun-weiß gefleckten Mustang und schien es nicht eilig zu haben.

Als Pferd und Reiter näher kamen, erkannte Carla, dass es sich bei dem Reiter um einen jungen Mann mit schwarzen Haaren handelte. Es gab guten Grund zu der Annahme, dass es Lee Ghost Horse war, Chris Harrisons Freund, oder zumindest einer seiner Verwandten. Carla atmete erleichtert auf. Kein Grund zur Aufregung also.

Fasziniert beobachtete sie den jungen Mann und

sein Pferd, die die Straße nun fast erreicht hatten. Es war, als seien sie eins. Eine Einheit, ein Team. Etwas so Harmonisches ging von den beiden aus, dass es Carla beinahe den Atem verschlug. Von solcher Einheit zwischen Mensch und Tier hatte sie bisher nur in Büchern gelesen. Es war, als kämen die beiden geradewegs aus der Vergangenheit zu ihr herübergeritten.

Der junge Mann besah sich im Vorbeireiten den toten Hirsch, runzelte die Stirn und blickte dann auf den Pick-up. Als er Carla erreichte, zügelte er sein Pferd, schwang sich mit unglaublicher Leichtigkeit und Grazie aus dem Sattel und lächelte sie freundlich an.

»Ich sehe, es ist Zeit, dass wir unsere Bekanntschaft machen«, sagte er in ruhigem Ton und streckte ihr die Hand entgegen. »Mein Name ist Lee Ghost Horse. Ich wohne auf der nächsten Ranch. Sie müssen Miss Bergmann sein. Chris Harrison hat mir erzählt, dass Sie auf der Singing Bear Ranch eingezogen sind.«

Unsicher ergriff Carla die ausgestreckte Hand des jungen Mannes und hätte sie am liebsten sofort wieder losgelassen. Sie hatte das Gefühl, als fließe Elektrizität durch ihre Finger. Doch Lee Ghost Horse hatte einen festen Griff und schüttelte ihr ausgiebig die Hand.

Carla versuchte ein paar freundliche Worte herauszubringen, war aber zu sehr von ihrem Gegenüber eingenommen. Gelassenheit, Ruhe und Selbstsicherheit gingen von Lee Ghost Horse aus. Man konnte fühlen, dass er in der Wildnis zu Hause war.

Seine Haare hatte er im Nacken zu einem Zopf geflochten, der ihm weit den Rücken herunterfiel. Sein Gesicht hatte die markanten Züge seiner indianischen Vorfahren und seine Haut eine feine bronzene Tönung.

Lee war schlank, um eins achtzig groß und hatte einen athletischen Körper. Er trug Cowboystiefel, ausgewaschene blaue Jeans und ein rot kariertes Hemd. Seine warmen, wachsamen dunkelbraunen Augen blickten ihr ruhig entgegen.

Er war der erste Indianer, den Carla kennenlernte, und sie war sehr angetan. Die Tatsache, dass sie selbst zur Hälfte indianischer Abstammung war, kam ihr geradezu lächerlich vor. Ihrer Ansicht nach hatte sie nichts von der Schönheit, der Grazie oder dem Stolz, die sie an diesem jungen Mann erkennen konnte.

Plötzlich wurde ihr bewusst, dass Lee Ghost Horse noch immer auf ihre Antwort wartete. »Ja«, entgegnete sie langsam. »Ich bin Carla Bergmann. Meine Mutter hat mir die Singing Bear Ranch vererbt, und ich werde die nächsten Wochen dort wohnen.« Sie fühlte sich noch immer unsicher, wurde jedoch zunehmend von der Ruhe und Freundlichkeit ihres Gegenübers angesteckt. Schließlich fand sie wieder zu sich selbst.

»So«, meinte Lee sachlich und besah sich die Spuren des Pick-up. »Sie haben den Hirsch gesehen und sich im Schlamm festgefahren.« Dann fügte er leise und voller Emotionen hinzu: »Schweinehunde!«

»Wer?«, fragte Carla. »Wer hat das getan?«

Lee blickte auf das tote Tier und meinte verächtlich: »Ich bin mir sicher, dass es die Männer der Silver Spur Ranch gewesen sind. Hin und wieder kommen sie hier herauf und metzeln ein paar unschuldige Tiere nieder. Benutzen sie als Zielscheiben für ihre automatischen Gewehre. Sie töten und verstümmeln aus Spaß.«

»Aus Spaß!«, stieß Carla entsetzt hervor. »Das kann doch nicht erlaubt sein!«

»Es ist illegal, von den automatischen Schusswaffen angefangen«, erwiderte Lee.

»Kann man nicht die Polizei benachrichtigen?«

Lee schüttelte abwehrend, fast traurig den Kopf.

»Der Polizeichef ist gekauft. Johnny Silver hat eine Menge Geld.«

Carla war erschüttert. Wie konnten Menschen nur so grausam sein?

Als hätte Lee ihre Gefühle erraten, wechselte er das Thema und besah sich den Pick-up genauer. Er fragte, ob er versuchen solle, den Wagen freizubekommen. Carla gab ihre Zustimmung nur zu gerne.

»Komplett festgefahren!«, kam Lees Kommentar aus dem Pick-up. Er schüttelte den Kopf, stieg aus und stapfte unbeeindruckt durch den Matsch zurück zu seinem Pferd, das wartend neben Carla stand. Er nahm die Zügel auf und erklärte: »Normalerweise werden die Straßen geschottert, wenn jemand dort entlang wohnt. Aber Sie sind seit zwanzig Jahren die erste Person auf der Singing Bear Ranch.« Und dann setzte er nachdenklich hinzu: »Ein solcher Regenguss ist zu dieser Jahreszeit sehr ungewöhnlich. Passiert nicht oft.«

»Was kann ich tun?«, fragte Carla verzweifelt.

Lees Gesicht hellte sich sofort auf. »Kein Problem«, meinte er. »Mein Großvater hat einen Traktor auf der Ranch, den ich holen könnte. Aber«, fügte er mit einem Seitenblick auf Carla hinzu, »meine Großmutter wird es mir nie verzeihen, wenn ich Sie einfach hier stehen lasse und nicht zu Hause vorstelle.«

Etwas in seinem Blick entspannte Carla, und sie war überrascht, sich sagen zu hören: »Ich würde meine nächsten Nachbarn gerne kennenlernen.«

»Gut«, erwiderte er lächelnd, und sie machten sich, Lees Pferd am Zügel führend, auf den Weg zur Ghost Horse Ranch.

Ihr Schweigen wurde lediglich durch den Lärm eines Hubschraubers unterbrochen, der an einem langen Seil einen riesigen, tellerähnlichen Gegenstand transportierte und immer wieder über dem Berg kreiste.

»Was ist das für ein komisches Ding, mit dem der Hubschrauber herumfliegt?«, wollte Carla wissen.

»Das ist ein spezielles Gerät, mit dem sie nach Edelmetallen suchen«, erklärte Lee.

»Das Ding kann von dort oben sehen, ob es Gold oder Silber im Boden gibt?«

Lee lachte. »Zum Glück nicht! Aber es kann die Dichte des Gesteins im Boden feststellen. Die Gesteinsdichte erlaubt es einem Spezialisten dann zu sagen, um welche Gesteinsart es sich handelt. Gold und Silber kommen meist in quarzhaltigem Gestein vor, in anderen Gesteinsarten jedoch fast nie. So ersparen sich die modernen Goldsucher mühseliges, jahrelanges Suchen. Ein Claim wird nur dort abgesteckt, wo sich vielversprechende Gesteinsformationen im Boden befinden. Ist eine neue Sache. Die Firma arbeitet wahrscheinlich für Johnny Silver. Seit sein Vater kürzlich gestorben ist, wendet er in der ganzen Gegend diese neuen Methoden an. Früher hat er Grundstücke nach Gefühl gekauft, heute kauft er nur noch aufgrund von Testergebnissen.«

»Johnny Silver ist kein Mensch nach meinem Geschmack«, meinte Carla. Was sie bisher von ihrem Nachbarn gesehen und gehört hatte, reichte ihr vollkommen. Sie war an keiner Bekanntschaft mit einem Menschen interessiert, der weder Manieren noch Respekt vor anderen Lebewesen und der Natur hatte.

Schweigend gingen sie weiter.

Lee schaute Carla forschend von der Seite an. Obwohl er sie bereits durchs Fernglas gesehen hatte, war ihr Aussehen noch indianischer, als er angenommen hatte. Sie hatte die schlanke, aufrechte Gestalt, die ho hen Wangenknochen, die bronzefarbene Haut und den graziösen Gang ihrer Vorfahren. Lediglich ihr langes haselnussbraunes Haar und die grau-grünen Augen, die so interessiert an allem zu sein schienen, ließen auf einen anderen Einfluss schließen.

Lee gefiel Carlas leise, zurückhaltende Art. Außerdem verfügte sie über einen guten Gerechtigkeitssinn und eine große Portion Mut. Sie schien wenig Erfahrung mit den harten Tatsachen des Lebens zu haben, und sie würde eine Menge lernen müssen, wollte sie hier oben überleben. Aber Lee hatte keinen Zweifel daran, dass sie auch das bewältigen würde, hatte sie es sich einmal in den Kopf gesetzt.

Jetzt ging sie schweigend neben ihm, ihre Schuhe und Jeans mit Schlamm beschmiert, um seiner Familie vorgestellt zu werden. Andere junge Frauen hätten gezögert. Nicht Carla Bergmann.

Ihr Englisch war sehr gut, es fehlten ihr lediglich ein paar Vokabeln aus dem Alltag. Seine Großmutter würde zufrieden sein.

»Sind Sie herübergeritten, weil Sie Schüsse gehört haben, Mr Ghost Horse?«

Lee sah sie verblüfft an. »Bitte«, meinte er dann, »wir sind Nachbarn. Können wir du sagen? Die einzige Person, die mich Mr Ghost Horse nennt, ist meine ehemalige Grundschullehrerin. Und die stammt aus England.«

»Okay«, antwortete Carla zögernd, »dann Lee.«

»Nein«, erklärte er nun lächelnd, »ich bin nicht wegen der Schüsse gekommen. Der Hirsch ist seit mindestens vier Stunden tot.«

»Wie auch immer«, setzte Carla hinzu und lächelte schüchtern, »ich bin froh, dass Sie, ich meine du, vorbeigekommen bist. Mir fällt es schwer, bei fremden Leuten an die Tür zu klopfen.«

»Du brauchst dir keine Sorgen wegen meiner Familie zu machen«, versicherte Lee. »Sie sind alle sehr nett.«

Bei dem Wort *alle* hatte Carla ein komisches Gefühl im Bauch, das allerdings nicht lange anhielt, weil Lees Pferd ihr mit der Nase leicht an die Schulter stupste. »Huch«, lachte sie, »entschuldige, dass ich mich dir noch nicht vorgestellt habe. Ich bin Carla Bergmann. Und wer bist du?«

Lee streichelte den Kopf des Tieres. »Dies ist meine Freundin Tetiem. Reitest du, Carla?«

»Nein«, antwortete sie. »Ich habe immer Unterricht nehmen wollen, aber meine Mutter hat es nicht erlaubt. Ist eine komische Geschichte. Dafür hatte ich Klavierunterricht.« Sie zuckte mit den Schultern. »Großstadtkind«, fügte sie etwas bitter hinzu.

Lee blickte sie forschend an.

»Wie lange wirst du hierbleiben?«, wollte er dann wissen.

»Noch gut drei Wochen.«

»Wenn du Lust hast, kannst du für Reitstunden zu uns kommen«, bot Lee an. »Wir sind alle ziemliche Pferdenarren und könnten dir die Grundlagen zeigen. Du wirst nicht lange brauchen, um ein Gespür fürs Reiten zu bekommen. Ich habe das Gefühl, dass du mit Pferden gut auskommst.«

Carla sah ihn sprachlos an. So lange hatte sie davon geträumt, Reiten zu lernen, und nun, vollkommen unerwartet, schien sich ihr Traum zu erfüllen. Sie wog die Dinge im Stillen ab: Sie kannte Lee erst einige Minuten. War es in Ordnung, sein Angebot anzunehmen?

Lee suchte ihren Blick, gerade so, als spüre er, was sie dachte, und sah sie mit seinen warmen dunklen Augen an.

Was Carla in seinem Blick las, war genug, um ihre

Meinung über ihn zu festigen. Sie wusste in ihrem Herzen, dass Lee ihr nichts vormachte. Er war gut und hilfsbereit und absolut verlässlich.

Sie lächelte erleichtert. »Ich nehme dein Angebot gerne an.«

»Wie wäre es mit morgen?«, fragte Lee.

»Abgemacht«, erwiderte sie.

In diesem Augenblick erreichten sie die Einfahrt zur Ghost Horse Ranch.

KAPITEL 7

Ghost Horse Ranch

Wenig später kamen das Wohnhaus und die zahlreichen Nebengebäude der Ranch hinter den Bäumen zum Vorschein.

Von der Veranda des kleinen, hellblau gestrichenen Holzhauses winkte ihnen eine ältere Dame zu. Ein Mann mit weißen langen Haaren, die er wie Lee zu einem Zopf geflochten hatte, hackte etwas abseits vom Haus Holz. Als er Lee mit Carla die Auffahrt heraufkommen sah, stellte er seine Arbeit ein und gesellte sich zu der Frau auf die Veranda.

Das müssen Lees Großeltern sein, dachte Carla.

Vorsichtig, um nicht neugierig zu erscheinen, schaute sie sich um. Die Ranch machte einen sehr ordentlichen Eindruck. Vieles sah schon recht alt aus, besonders die beiden Pick-ups, die neben dem Haus geparkt waren, aber alles war sauber und gut instand gehalten. Es gab einen niedrigen Stall mit einer Koppel, auf der drei Pferde standen, eine Scheune und einen Holzschuppen. In einiger Entfernung zum Wohnhaus standen zwei kleinere Gebäude, die wie Gästehäuser aussahen.

»Schau, wen ich gefunden habe, Grandma!«, rief Lee und winkte der Frau zu.

Als sie die Veranda erreichten, wurde Carla vorgestellt. »Grandma, Grandpa, dies ist Carla Bergmann, unsere neue Nachbarin von der Singing Bear Ranch.

Carla, dies sind meine Großeltern, Rose und George Ghost Horse.«

Das Ehepaar reichte ihr die Hand, und Rose meinte herzlich: »Willkommen! Wir haben gehofft, Sie bald kennenzulernen.«

Carla lächelte. Lees Großeltern gefielen ihr. George Ghost Horse war von gleicher Statur wie sein Enkelsohn, und es war unverkennbar, dass die beiden eng verwandt waren. Und obwohl er Ende sechzig oder Anfang siebzig sein musste, war George Ghost Horse noch immer schlank und muskulös. Lees Großmutter Rose war zierlich und klein und trug ihre silbergrauen langen Haare hochgesteckt. Sie hatte ein freundliches Gesicht, das von feinen Falten durchzogen war.

»Wo ist Ihr Wagen?«, wollte George wissen und sah sich suchend um.

»Bitte, nennen Sie mich Carla«, bat sie, und innerhalb weniger Minuten duzte sie Lees Großeltern auf deren Drängen ebenfalls. »Ich bin mit meinem Wagen etwas weiter die Straße hinauf stecken geblieben. Lee meinte, du hättest einen Traktor, um den Wagen zu befreien.« Die gesamte Familie grinste.

»Ist uns allen auch schon mal passiert«, meinte Rose begütigend.

»Wir können deinen Wagen ohne Probleme rausziehen«, erklärte George bereitwillig. »Aber wir bringen ihn besser den gesamten Weg zur Singing Bear Ranch. Die Straße wird weiter oben nicht besser sein.« Und nachdenklich fügte er hinzu: »Am besten wartest du einfach, bis die Straße trocken ist, bevor du wieder fährst.«

»Ich hoffe, die Straße ist morgen wieder befahrbar«, erwiderte Carla.

»Bestimmt nicht«, entgegnete eine tiefe Stimme aus

dem Haus. Die Tür schwang auf. Ein Mann, der Lees Ebenbild war, kam heraus. Trotz seines noch jungen Alters von höchstens Ende vierzig ging er am Stock. Sein Rücken war gebeugt, und sein linkes Knie schien steif zu sein. Er blickte ruhig in die Runde.

»Dad«, sagte Lee, »ich habe nicht gewusst, dass du zu Hause bist. Komm, lass dich vorstellen. Dies ist unsere neue Nachbarin Carla Bergmann.«

Der Mann reichte ihr schweigend die Hand.

»Carla, dies ist mein Vater, George Ghost Horse junior.«

»Erfreut, Sie kennenzulernen«, erwiderte Carla höflich. Dann wandte sie sich an Lee: »Ich glaube, wir verschieben die Reitstunden besser, bis die Straße wieder in Ordnung ist.«

»Keine Angst, Tetiem bleibt nicht im Matsch stecken«, meinte Lee. »Wenn du möchtest, kommen wir für die Reitstunden zur Singing Bear Ranch.«

Carlas Gesicht hellte sich kurz auf, doch dann fiel ihr ein: »Harrisons Grillfest ist übermorgen, und ich habe versprochen zu helfen.«

Rose legte ihr beruhigend eine Hand auf den Arm. »Mach dir keine Sorgen. Bis dahin ist die Straße wieder in Ordnung. Ansonsten kann Lee dich mit dem Pferd abholen und von hier aus hinunterfahren.« Und dann fügte sie bestimmt und ohne Widerrede zuzulassen hinzu: »Wie wäre es mit einer Tasse Tee?«

Carla fühlte sich etwas überrumpelt, spürte jedoch, dass sie die nett gemeinte Einladung nicht abschlagen sollte. So saß sie etwas später, umringt von den Ghost Horses, auf der Veranda des kleinen Hauses.

»Wie gefällt es dir auf der Singing Bear Ranch?«, wollte Rose wissen.

Alle Familienmitglieder sahen in eine andere Richtung, aber Carla fühlte, dass alle Aufmerksamkeit auf sie gerichtet war.

»Mir gefällt es gut dort oben«, sagte sie aufrichtig. »Ich kann mir gar nicht vorstellen, sie jemals wieder zu verlassen.«

»Chris hat uns erzählt, dass auf der Ranch alles noch gut in Schuss ist«, erwähnte Rose wie beiläufig.

»Alles ist sehr gut erhalten, obwohl dort seit so langer Zeit niemand mehr gewohnt hat«, stimmte Carla ihr zu. »Ich fand es sehr überraschend. Ich meine, die Menschen hier müssen doch gewusst haben, dass die Ranch leer stand.«

»Die Leute aus der Gegend halten sich von der Ranch fern«, sagte George senior.

Carla sah ihn überrascht an. »Und warum?«

»Geister«, entgegnete Lees Vater einsilbig und in unbeteiligtem Tonfall.

Rose warf ihrem Sohn einen scharfen Blick zu, dann wandte sie sich an Carla. »Etwas mehr Tee?«

Carla nickte verwirrt. Was sollte das bedeuten? Da niemand Anstalten machte, eine Erklärung abzugeben, meinte sie nach einem weiteren Schluck Tee einfach: »Guter Zitronenmelissentee, Rose.«

»Du interessierst dich für Kräuter?«

Carla nickte.

Die ältere Frau lächelte. »Wenn du wiederkommst, kann ich dir ein paar von den hiesigen Kräutern zeigen. Es ist immer gut zu wissen, was man zur Hand hat.«

Carla lächelte nun ebenfalls. »Danke, das würde mir gefallen.« Ihre Tante Margit und selbst ihre geliebte Mutter hatten nie viel für ihr Interesse an Heilkräutern übriggehabt. Deshalb freute sie sich über Roses Anteilnahme besonders.

»Wir haben gehört«, warf George senior mit leichtem Räuspern ein, bevor seine Frau Carla wegen der Kräuter vollkommen in Beschlag nehmen konnte, »dass du nach deinem Vater suchst. Stimmt das?«

Carla schmunzelte. Die Leute auf dem Lande schienen viel *zu hören*. »Ja«, bestätigte sie. »Hast du ihn vielleicht gekannt? Sein Name ist Charles Ward.« Sie sah George senior erwartungsvoll an.

»Natürlich kenne ich Charles Ward. War ja schließlich lange genug sein Nachbar. Guter Mann. Sehr ehrenhaft. Aber er hat sein Privatleben geliebt. Hat sich nie unter die Leute gemischt. Verständlich. Bin selbst nicht wild auf die meisten Leute hier.«

»Wie lange hat mein Vater auf der Singing Bear Ranch gewohnt?«, fragte Carla mit aufgeregter Stimme.

»Oh, so an die zwei Jahre, denke ich«, erwiderte Lees Großvater. »Aber seine Familie hat schon immer in dieser Gegend gewohnt. Nicht im Reservat, aber in der Gegend.«

»Würde es was bringen, im Reservat nachzufragen? Vielleicht hat jemand dort von ihm gehört?«

»Ziemlich zwecklos, denke ich«, sagte George senior. »Charles Ward hat nie viel von der Reservatszuteilung gehalten und sich davon distanziert. So wie wir.« Er schwieg eine Weile. »Nein. In den letzten zwanzig Jahren habe ich dort niemanden über ihn sprechen hören.«

Carlas Mut sank erneut. Würde sie ihren Vater jemals finden?

Lee schien ihre Gedanken zu erraten und meinte in aufheiterndem Ton: »Würdest du dir gern die Pferde ansehen, bevor wir uns um deinen Pick-up kümmern?«

Kurz Zeit später waren die beiden auf dem Weg zu den Weiden.

»Meine Großeltern meinen es nicht so. Sie sehen nur selten Besucher. Ich hoffe, es hat dir nicht zu viel ausgemacht.« Er sah Carla mit seinen dunklen Augen an, die viel tiefer zu blicken schienen als in ihr Gesicht.

»Ist kein Problem.«

Als sie den Zaun erreichten, pfiff Lee nach den Pferden, die sofort die Köpfe hoben und zu ihnen herübergetrabt kamen.

»Das hier ist Pearl«, erklärte er und tätschelte die Stirn einer weißen Stute, deren Fell einen kleinen Rotschimmer hatte. Sie war von mittlerer Größe und hatte hübsche braune Augen. »Und dies ist Willow. Sie wurde unter der großen Weide dort drüben geboren.« Er zeigte auf eine rot-braune Stute mit weißer Blesse. »Und dann haben wir noch Seliya, Tetiems kleine Schwester.«

Carla konnte die Ähnlichkeit sofort erkennen. Seliya war eine kleine, weiß-braun gefleckte Mustangstute mit intelligenten braunen Augen. Sie streichelte das Tier sanft am Kopf und sog seinen herrlichen Duft ein.

»Oh, sie ist schön«, flüsterte sie. »Was bedeutet ihr Name? Und Tetiems Name?«

»Seliya bedeutet *Traum* in unserer Sprache«, erklärte Lee. »Tetiems Namen kann man nicht wirklich mit einem Wort übersetzen, aber es bedeutet so viel wie *Berufung*.«

»Hast du all diese Pferde seit ihrer Geburt?«

Lee nickte. »Großvater und ich ziehen gerne Pferde auf. Mein Vater hat ebenfalls geholfen, bis er den Unfall hatte.« Seine Augen verdunkelten sich.

Carla zögerte, doch dann fragte sie leise: »Und wo ist deine Mutter?«

»Meine Mutter starb bei dem Autounfall, bei dem mein Vater verkrüppelt wurde. Das war vor zwölf Jahren. Es war nicht Dads Schuld, aber er ist seitdem nicht mehr der Alte, weder körperlich noch seelisch.«

»Tut mir leid«, meinte Carla aufrichtig. Sie wusste,

97

wie Lee sich fühlen musste, hatte sie selbst doch gerade ihre Mutter verloren. Lee konnte erst fünfzehn oder sechzehn gewesen sein, als seine Mutter gestorben war.

»Hey«, sagte Lee, »es ist okay. Für mich ist sie nicht tot. Sie lebt für immer in meinem Herzen. Sie ist ein Teil von mir. Und deine Mutter lebt in deinem Herzen.« Er hielt inne und blickte in eine andere Richtung. »Es dauert eine Weile«, fügte er schließlich hinzu. »Aber wenn du dein Herz trauern lässt, wird es heilen. Nicht vergessen, aber heilen. Mein Vater hat das nie getan. Er hat sich nie erlaubt, um meine Mutter zu trauern. Sein Herz ist noch immer gebrochen.«

Carla stiegen Tränen in die Augen.

Lee schüttelte unmerklich den Kopf. Er hatte ihr helfen wollen. Aber es gab Dinge, bei denen Worte allein nicht helfen konnten.

»Sag mir, was dein Name bedeutet«, fragte er daher, um das Thema zu wechseln.

»Mein Name?«, fragte Carla ungläubig.

»Ja, dein Name«, wiederholte er.

Carla erklärte verdutzt, was Bergmann bedeutete, und fügte dann hinzu: »Und Carla ist eine weibliche Form von Charles.«

»Charles, der König. Du bist nach deinem Vater benannt worden.« Lee sah zufrieden aus.

»Lebst du von der Pferdezucht?«, fragte Carla nach einer Weile.

»O nein«, wehrte Lee ab. »Ich bin zu sehr mit den Pferden verbunden. Ich könnte sie nie verkaufen. Du kannst nie wissen, wo sie landen. Hin und wieder reite ich ein Pferd für jemanden zu, von dem ich weiß, dass er es behalten und gut behandeln wird.«

»Wovon lebst du dann?«, platzte Carla heraus, bevor sie sich bremsen konnte.

Lee lachte auf. »Wir haben ein kleines Sägewerk auf der Ranch, in dem wir jedes Jahr eine bestimmte Menge an Bäumen verarbeiten. Ich sage eine bestimmte Menge, weil wir uns sehr um den Erhalt unseres Baumbestandes bemühen. Wir schlagen also nur so viele unserer Bäume, wie es ökologisch vertretbar ist. Wir möchten das Land, das die Ranch umfasst, so gut es geht im ursprünglichen Zustand belassen.«

»Ist die Holzindustrie heutzutage nicht etwas unsicher?«, meinte Carla.

Lee schmunzelte. Gerade sie redete von Unsicherheit. »Die meisten Leute leben in ständiger Angst«, sagte er. »Angst vor den unterschiedlichsten Dingen: Angst, ihr Haus zu verlieren. Angst, dass die Frau wegläuft. Angst, ohne Job zu sein …, was immer du willst. Sie schließen sich mit den Sicherheiten, die sie um sich herum aufbauen, von der wahren Welt aus. Und diese Sicherheiten kosten. Manchmal ganze Leben. Überleg mal«, forderte er sie auf, »die meisten Leute tun Dinge, weil sie Sicherheiten haben wollen. Denn wenn sie Sicherheiten haben, brauchen sie sich ihren Ängsten nicht zu stellen. Sie arbeiten in einem Job aus Sicherheitsbedürfnis, nicht, weil sie ihn mögen.« Er blickte sie direkt an. »Das Leben ist zu kostbar, um es zu verschwenden. Du musst lieben, was du tust. Jeden Tag. Du musst das Vertrauen haben, dass alles, was du brauchst, deinen Weg kreuzen wird, solange du deine wahre Aufgabe im Leben annimmst und sie aus ganzem Herzen erfüllst. Und ich glaube, du weißt, was ich meine, Carla.«

Ohne zu überlegen, nickte sie. Lee hatte zu ihrem Herzen gesprochen, und ihr Herz verstand.

Nun kämpfte sie damit, die Frage zu stellen, die ihr seit dem Tee auf der Veranda auf dem Herzen lag. »Was hat dein Vater vorhin mit Geistern gemeint, als wir über die Singing Bear Ranch gesprochen haben?«

Lee sah sie forschend an. Wie würde sie die Tatsachen verkraften? Er wollte sie weder ängstigen noch verjagen, daher erklärte er vorsichtig: »Unser Volk glaubt, dass jedes Lebewesen ein Teil von Great Spirit ist, der großen Kraft, die alles erschaffen hat. Und wir glauben, dass alles, alles, was du hier siehst«, er machte eine ausholende Handbewegung, »lebendig ist.«

Carla nickte. Sie hatte Bücher über die indianische Lebensphilosophie gelesen.

»Wenn du einfühlsam und offen bist, kannst du den Geist, das Leben in den Dingen, um dich herum spüren. Zum Beispiel, wenn du allein in der Natur bist. Du bist allein, aber doch nie wirklich allein.« Er hielt kurz inne. »Es ist schwer, das mit wenigen Worten zu erklären. Wir glauben an die Little People, die in verschiedensten Formen den unterschiedlichen Lebewesen helfen. Bestimmte Little People wachen über die Kiefer dort. Andere über die Wilde Rose. Und andere über die Singing Bear Ranch. Solange du ehrenhafte Absichten hast und Respekt zeigst, lassen sie dich walten. Aber unterschätze ihre Kräfte nicht, sollte jemand schlechte Vorsätze haben.«

»Also«, fasste Carla zusammen, »Leute haben versucht, auf der Singing Bear Ranch zu randalieren, haben es aber mit den Little People zu tun bekommen und sind unverrichteter Dinge wieder abgezogen?«

Lee zuckte mit den Schultern. »Wenn du nicht weißt, worum es geht, würdest du wahrscheinlich auch annehmen, es spuke, wenn aus dem Nichts Tannenzapfen an deinen Kopf geworfen werden, bis er blutet.«

»Das ist Leuten auf der Singing Bear Ranch widerfahren?«, hakte sie entsetzt nach.

»Schon vor zwanzig Jahren. Seitdem geht niemand aus der Gegend mehr dorthin. Solche Geschichten verbreiten sich schnell.«

»Mir ist nichts dergleichen aufgefallen. Ich fühle mich beschützt und geborgen auf der Ranch.«

»Das hat mit mehreren Dingen zu tun.«

O nein!, dachte Carla im Stillen. *Er meint es tatsächlich ernst.*

»Erstens«, fuhr Lee fort, »du bist die Erbin deiner Mutter. Die Singing Bear Ranch gehört rechtmäßig dir. Zweitens bist du ein lieber Mensch, und drittens folgst du dem Protokoll.«

»Welchem Protokoll?« Ihr war nun klar, warum vorhin am Tisch niemand auf das Thema hatte eingehen wollen.

»Dem indianischen Protokoll der Geisterwelt«, erklärte Lee. »Seit deiner Ankunft auf der Singing Bear Ranch bist du ihm gefolgt. Du hast alles getan, wie es sich gehört. Instinktiv.« Und als sie ihn fragend ansah, fügte er erklärend hinzu: »Du hast alle Dinge auf der Singing Bear Ranch begrüßt und ihnen Respekt entgegengebracht. Du bringst Geschenke und hältst Dinge in Ordnung, du liebst die Ranch.«

»Woher weißt du das alles?«, wollte Carla wissen.

»Man kann es in deinem Gesicht ablesen, wenn du über den Hof gehst. An der Art, wie du Dinge berührst«, antwortete er leise.

»Du warst nicht dort«, warf sie ein.

Lee lächelte.

»Du hast mich beobachtet?«

»Nicht beobachtet«, wehrte er ab, »nur bewacht.« Noch immer sah er Carla direkt in die Augen. »Du bist jetzt nicht etwa ängstlich geworden?«

Als sie nicht antwortete, sagte er betont heiter: »Hey,

ich reite viel auf der Singing Bear Ranch, ohne Schaden zu nehmen, und Grandpa ebenfalls. Das ist natürlich unser Geheimnis. Chris weiß davon, sonst niemand. Und wenn es dir nicht recht ist, werden wir die Ranch jetzt, wo du eingezogen bist, bei unseren Ausritten meiden.«

»Ihr braucht euch keine Gedanken zu machen«, gab Carla verwirrt zurück.

Sie wusste nicht, was sie von alldem halten sollte. Erst hatte sie gedacht, Lee wolle sie auf den Arm nehmen. Aber ihr war schnell klargeworden, dass er nicht der Typ für solche Späße war. Und wie er sie angesehen hatte!

Plötzlich kam ihr ein seltsamer Gedanke. »Schicken deine Little People zottige, liebe, schwarze Hunde?«

»Ich wusste, du würdest verstehen«, meinte Lee zufrieden. »Es liegt in deinem Blut.«

»Hey, ihr beiden«, rief George senior ihnen vom Hof aus zu.

Carla fuhr zusammen. Sie hatte fast vergessen, wo sie war und warum.

Lees Großvater war auf seinen Traktor geklettert und sah abwartend zu ihnen hinüber. Neben ihm saß ein kleiner Terrier, den Carla noch nicht gesehen hatte.

»Dein Großvater hat einen Hund?«

»Erwähne Rowdy nicht vor Grandma. Sie ist nicht gut auf ihn zu sprechen, weil Grandpa ihn im Haus hält. Zu gefährlich für ihn hier draußen. Er lockt alle möglichen wilden Tiere an.«

»Rowdy«, wiederholte Carla entgeistert. Was für ein unpassender Name für so einen kleinen Hund.

»Lass uns Carla nach Hause bringen, ich will zurück sein, bevor es dunkel wird«, ertönte George seniors Stimme erneut.

Carla schaute überrascht auf ihre Uhr. Sie hatte nicht gedacht, dass sie so viel Zeit auf der Ghost Horse Ranch verbracht hatte.

༄

Lee und sein Großvater hatten Carla samt Pick-up auf der Ranch abgeliefert und waren zur Ghost Horse Ranch zurückgekehrt. Nun kümmerte Lee sich im Stall um die Pferde, und Rose gesellte sich zu ihm.

»Carla ist ein nettes Mädchen«, meinte sie beiläufig.

»Ja«, erwiderte Lee, ohne seine Tätigkeit zu unterbrechen.

Rose stand ihm schweigend gegenüber.

Lee hielt inne und sah seine Großmutter über den Rücken des Pferdes an. »Was gibt es?«, wollte er wissen und war fast etwas barsch. Er wollte nicht über Carla reden.

Rose Ghost Horse lächelte ihren Enkelsohn liebevoll an. »Du brauchst dir keine Sorgen um sie zu machen. Es ist ihr Land. Ihre Vorfahren sind dort seit langer Zeit zu Hause. Sie hat einen starken Geist an ihrer Seite. Als wir Tee getrunken haben, habe ich Lichter um ihren Kopf tanzen sehen. Sie ist beschützt.«

Lee nickte, fühlte sich jedoch keineswegs erleichtert.

Nachdem seine Großmutter gegangen war, legte er die Stirn in Falten. Er vertraute Roses Worten immer. Aber diesmal waren sie nicht genug. Er musste selbst sehen, dass Carla in Sicherheit war.

Lee schloss die Augen und ließ ihre Gestalt vor seinem geistigen Auge auftauchen. Plötzlich sah er, wie sie glücklich und zufrieden in einem Ledersessel im Wohnhaus der Singing Bear Ranch saß. Er sah das Bild mit allen Einzelheiten deutlich vor sich, obwohl er selbst nie in dem Haus gewesen war. Er wusste nun mit absoluter Sicherheit, dass es Carla gutging.

Überrascht öffnete er die Augen. Bisher war es ihm nie gelungen, eine so starke mentale Verbindung zu einem anderen Menschen herzustellen. Er hatte Carlas Stimmungen deutlich wahrnehmen können, als sie vorhin neben ihm gestanden hatte, eine Sache, die für ihn fast normal war. Eben aber hatte er über eine große Entfernung Kontakt zu ihr aufgenommen. Sie schienen auf besondere Weise verbunden zu sein.

KAPITEL 8

Entwicklungen

Johnny Silver saß an seinem ausladenden Mahagoni-
schreibtisch im Büro der Silver Spur Ranch und las
das vor ihm liegende Fax wieder und wieder durch.
Er war sich seiner Sache sehr sicher gewesen. Deshalb
hatte er gleich nach dem Tod seines Vaters eine Sonar-
untersuchung für die Singing Bear Ranch angefordert.

Jetzt hielt er das Testergebnis in den Händen und war
unzufrieden. Die Spezialisten rieten ihm entgegen seiner
persönlichen Annahme von weiterem Vorgehen ab. Das
Sonargerät konnte natürlich nicht feststellen, ob und
welche Mengen Edelmetalle sich im Boden befanden. Es
gab lediglich die Dichte des Gesteins an, die wiederum
Schlüsse auf bestimmte Gesteinsarten im Boden zuließ.
Die Testauswertung der Singing Bear Ranch deutete
nun nicht, wie er angenommen hatte, auf Quarz hin,
sondern auf große Mengen Kalkstein. Und Kalkstein
beherbergte keine Edelmetalle.

Silver rieb sich das Doppelkinn, las das Fax noch einmal durch und schüttelte dann den Kopf. Seine Nase
hatte ihn noch nie betrogen, wenn es um Gold oder Silber ging, und er vertraute ihr auch jetzt. Sonar hin oder
her, er würde die Singing Bear Ranch kaufen. Charles
Ward besaß zwar noch immer die Schürfrechte für das
Gebiet der Singing Bear Ranch, aber das würde sich mit
ein paar Telefonaten regeln lassen, wenn der Kauf erst

abgewickelt war. Und dann konnte ihn nichts mehr aufhalten. Er, Johnny Silver, würde die legendäre Goldader
finden.

Sein Vater mochte Angst vor Charles Ward gehabt
haben, er nicht. Am Montagmorgen würde er die notwendigen Schritte veranlassen, um die Ranch zu erwer-
ben.

Es war um die Mittagszeit, und Carla half in dem ge-
räumigen Garten der Harrisons Tische, Sonnenschirme
und Stühle aufzustellen. Steve und Chris Harrison waren gerade dabei, die letzten Lampen aufzuhängen. Das
Feuer in der großen Feuerstelle im Hof brannte schon
eine ganze Weile, damit das Schwein, das die Harrisons
geschlachtet hatten, auch rechtzeitig gebraten war.

Carla sah sich um und war erneut erstaunt über die
Mühe, die Steve und June auf sich nahmen, um dieses
alljährliche Grillfest für ihre Freunde und Nachbarn zu
veranstalten. Die beiden machten dies nun schon seit
so vielen Jahren, dass es in der Gegend zur Tradition
geworden war. Mariah hatte Carla erzählt, dass die
Leute sich darum rissen, zu diesem Ereignis von den
Harrisons eingeladen zu werden.

Carla beobachtete belustigt, wie Mariah der kleinen
Lily half, auf den Strohballen zu balancieren, die überall
aufgestellt waren, um allen Gästen eine Sitzgelegenheit
zu bieten. Dann blickte sie hinüber zu Lee, der das Feuer
schürte. Sein Gesicht spiegelte seine Konzentration. Er
nahm alle Dinge, die er tat, ernst und besaß großes Verantwortungsbewusstsein. Dies war Carla am Tag zuvor
bewusst geworden, als Lee für ihre Reitstunde auf der
Singing Bear Ranch erschienen war. Sie hatte nicht da-

mit gerechnet, dass er wirklich kommen würde, war es doch ein großer Aufwand für ihn. Aber er nahm seine Versprechen sehr ernst und war überrascht gewesen, dass Carla ihn nicht erwartet hatte.

Die Reitstunde an sich hatte ihr gezeigt, dass er nichts auf die leichte Schulter nahm. Er hatte ihr Reitstunden versprochen, und das war es, was sie bekam. Seine gesamte Aufmerksamkeit galt Carla und dem Pferd, und sie hatte dankbar erkannt, wie viel sie deshalb in diesen wenigen Stunden gelernt hatte.

Es waren keine technischen Dinge gewesen, die er ihr beigebracht hatte, sondern rein gefühlsmäßige. Sie hatte Zeit mit Tetiem verbracht, hatte sie gebürstet, mit ihr gesprochen und auf ihrem Rücken gelegen. Sie waren Freunde geworden. Am Ende hatte Carla sich bei der Stute dafür bedankt, dass sie sie auf ihrem Rücken getragen hatte und sie die Welt aus ihren Augen hatte erleben lassen.

Für Carla war es ein ganz besonderes Erlebnis gewesen, und es hatte in ihr unendliche Bewunderung für die Art und Weise ausgelöst, wie Lee mit seinem Pferd umging. Es schien eine direkte Verbindung zwischen den beiden zu bestehen.

An diesem Morgen hatte Lee sie dann mit dem Pferd abgeholt und zur Ghost Horse Ranch gebracht. Von dort aus waren sie in seinem Pick-up weitergefahren. Sowohl Lees Großeltern als auch sein Vater hatten erklärt, dass sie später nachkommen würden. Als sie auf dem Hof der Harrisons vorgefahren waren, hatte Mariah entzückt ausgerufen, wie schön es sei, dass Carla Lee bereits kennengelernt hatte. Chris hatte Lee sofort in Beschlag genommen, und Mariah hatte Carla mit indirekten Fragen überhäuft, bis diese von sich aus berichtete, wie sie Lee kennengelernt hatte.

Mariahs Gesicht hatte einen sehr erstaunten, aber zufriedenen Ausdruck angenommen. Dann hatte sie Carla erklärt, dass Lee mit Abstand der beste Pferdetrainer in der Gegend sei, und sie vor den anderen Gästen nicht erwähnen solle, dass er ihr Unterricht gebe. »Andere junge Frauen aus der Umgebung fragen ihn seit Jahren danach«, meinte sie, »aber er hat sich nie dazu bewegen lassen.«

Carla wusste, warum die jungen Frauen Lee mochten. Er sah wirklich gut aus mit seinen langen schwarzen Haaren, den blauen Jeans und dem karierten Hemd, das er heute trug und dessen Ärmel er der Hitze wegen hochgekrempelt hatte.

Doch bevor sie ihren Gedanken weiter nachhängen konnte, zupfte die kleine Lily an ihrem Hosenbein. »Mommy sagt, du musst ins Haus kommen und etwas essen. Die Gäste kommen bald.« Sie schaute Carla ernsthaft an.

»Wenn ich das tun *muss*, dann komme ich am besten sofort mit dir«, sagte Carla lachend, nahm die Hand des Kindes und ließ sich in June Harrisons Küche führen.

Gegen zwei Uhr nachmittags trafen die ersten Gäste ein. Steve ging hinaus, um zusammen mit Chris die Männer zu begrüßen, während June und Mariah in der Küche des Wohnhauses die von den Gästen mitgebrachten Leckereien in Empfang nahmen.

Carla saß etwas abseits auf einem Stuhl nahe der Küchentür und beobachtete die anderen Frauen, von denen sie außer Mariah und June keine kannte. Sie schienen alle recht nett zu sein, und Mariah hatte Carla allen vorgestellt. Aber Carla war es nicht gewohnt, so viele Menschen um sich zu haben, und spürte zudem auch Mariahs Anspannung. So kam sie sich etwas verloren vor.

Umso erfreuter war sie, als sie eine Hand auf ihrer

Schulter spürte und beim Umdrehen Lee erblickte, der soeben in die Küche gekommen war. Er lächelte sie aufmunternd an. »Alles in Ordnung?«, wollte er wissen.

Er sprach leise und beugte sich leicht zu ihr herunter. Carla bemerkte, wie ihr einige der jüngeren Frauen feurige Blicke zuwarfen. Sie fühlte sich noch mehr fehl am Platz, nickte aber bestimmt. »Ich glaube, ja.«

»Komm«, sagte Lee, »Grandma ist angekommen und möchte dich sehen. Sie sagt, sie setzt keinen Fuß zwischen diese Schnattergänse.«

Kurz darauf wurde Carla im Schatten einer großen Fichte von Lees Familie begrüßt. Sie genoss die Ruhe und Entspanntheit, die die Familie Ghost Horse ausstrahlte, und unterhielt sich gelassen, bis Mariah kam, um sie abzuholen.

Auf ihrem Weg zum Haus, wo sie sich umziehen wollte, dachte Carla darüber nach, wie nett und unkompliziert Familie Ghost Horse war. Es war so leicht, sie zu mögen, ganz im Gegensatz zu ihren Verwandten in Deutschland. Und Carla musste sich nicht anstrengen, um von ihnen gemocht zu werden. Familie Ghost Horse schien, ganz anders als Tante Margit und Onkel Hans, nichts an ihr auszusetzen zu haben, und dieses Gefühl gefiel ihr.

Wenig später bezog sie zusammen mit Mariah und Lily hinter dem Süßspeisentisch Stellung und gab Eiscreme an die Kinder aus, während Mariah neben ihr Waffeln buk. Die kleine Lily saß zufrieden im Gras und stopfte sich, unbemerkt wegen des großen Andrangs am Tisch, den Bauch mit Leckereien voll.

Es war ein schöner Nachmittag. Die Sonne strahlte vom Himmel, und Mariah garantierte Carla, dass es den gesamten Sommer überwiegend so bleiben würde. »In den Sommermonaten regnet es kaum«, erklärte sie.

Carla war froh, dass sie unter einem Sonnenschirm stehen konnte. Die Gäste tummelten sich im Schatten der großen Bäume, nur die Kinder liefen umher, um an den vielen kleinen Spielen teilzunehmen, die Chris für sie vorbereitet hatte. Der Geräuschpegel war enorm, und es fiel Carla schwer, sich auf die vielen neuen Leute einzustellen, für die sie eine gelungene Abwechslung darstellte und die sich alle mit ihr unterhalten wollten. Die meisten waren sehr freundlich, aber Carla verabscheute nun einmal Menschenmengen. Doch sie war froh, Mariah helfen zu können. Die junge Frau war ihr in den letzten Tagen sehr ans Herz gewachsen, und diese Tatsache schien auf Gegenseitigkeit zu beruhen.

Carla beobachtete Lee, der sich mit einigen nicht-indianischen Gästen unterhielt, und stellte erleichtert fest, dass die Männer ihm aufmerksam zuhörten. Gleichzeitig fiel ihr aber auch auf, dass sich einige der Gäste absonderten und nur unter sich waren, und Ärger stieg in ihr auf.

Die Sonne stand mittlerweile schon tief am Himmel, und gerade freute Carla sich über den nachlassenden Andrang an ihrem Tisch, als Mariah ihr sachte in die Seite stieß.

»Da kommen unsere beiden schlimmsten weiblichen Nachbarn«, zischte sie leise. »Mrs Jenkins und ihre Tochter Lisa. Hatte mich schon gewundert, wo die geblieben sind. Die lassen mich nie aus.«

Interessiert musterte Carla die beiden Frauen, die sich ihrem Tisch näherten. Es handelte sich eindeutig um Mutter und Tochter. Beide hatten dunkelblonde kurz geschnittene Haare und waren nicht sehr groß. Und beide waren, in Carlas Augen, übergewichtig, was nach nordamerikanischem Standard jedoch nichts zu bedeuten hatte. Mrs Jenkins hatte ein Freizeitkleid an, das sehr

110

nach *Strandurlaub auf Hawaii* aussah, und ihre Tochter Lisa hatte sich in ein hautenges Minikleid gezwängt, das keine ihrer Speckrollen unbetont ließ. Carla schätzte die Mutter auf Mitte vierzig und die Tochter auf zwanzig. Ein breites Lächeln lag auf ihren Gesichtern, als sie sich ihren Weg durch die Menge bahnten. Es bestand kein Zweifel darüber, was ihr Ziel war.

»Meine liebe Mariah«, zwitscherte Mrs Jenkins, »wir haben uns schon gefragt, wo du wohl bist. Lisa hat befürchtet, dass dir das Wetter vielleicht nicht bekommt, aber ich habe ihr gleich gesagt, dunklen Frauen wie Mariah macht ein bisschen Sonne nichts aus.«

Carla blickte Mariah entsetzt an. Ihre Freundin bemühte sich, Fassung zu bewahren.

Doch bevor sie etwas antworten konnte, fuhr Mrs Jenkins schon fort: »Und wer ist deine Freundin hier?« Die hellblauen stechenden Augen von Mutter und Tochter richteten sich auf Carla, die vor Schreck einen Schritt zurücktrat.

»Das ist Carla Bergmann aus Deutschland«, hörte sie Mariah kurz angebunden sagen.

»Aus Deutschland? Undenkbar! Ich dachte, alle Frauen dort wären blond und hübsch. Du siehst fast indianisch aus. Nicht dass ich etwas gegen Indianer hätte. O nein! Jeder hier weiß, dass ich eine offene Natur habe.«

Mrs Jenkins musterte Carla genauer und setzte hinzu: »Lass dich nicht entmutigen. Vielen Männern macht eine dunkle Hautfarbe und schlechte Haushaltsführung nichts aus.«

Lisa nickte zustimmend.

Carla versuchte ihre aufsteigende Wut den Harrisons zuliebe zu unterdrücken.

Lily kam unter dem Tisch hervor, und Carla versuchte schnell, das Kind in den Hintergrund zu drängen. Aber zu spät.

»Ah, da ist ja die kleine Lily«, säuselte Lisa Jenkins. »Mischlingskinder sind immer so entzückend. Wenn auch nicht ganz so klug wie die anderen.«

Es reichte! Carla öffnete den Mund zu einer deftigen Antwort. Was nahmen sich diese beiden Hinterwäldlerfrauen eigentlich heraus? Schlimm genug, dass sie ihren Rassismus hinter süßen Worten versteckten. Aber nun auch noch das Kind anzugreifen? Das war zu viel!

In diesem Augenblick erschien Lee hinter den beiden Frauen und gab vor zu stolpern. Sein volles Glas mit Cranberry-Saft leerte sich in vollem Bogen über Mutter und Tochter Jenkins und ließ die beiden aufgeregt davonflattern.

Lee zuckte mit den Schultern und sah ihnen amüsiert nach. »Was für ein Tölpel ich doch bin!«

»Lee, das ist nicht lustig. Du hättest hören sollen, was diese Frauen über uns gesagt haben«, empörte Carla sich.

»Ich weiß Bescheid«, entgegnete er ruhig.

»Aber …«, setzte Carla erneut an.

»Aber nicht heute Abend«, beendete Lee ihren Satz und fügte dann hinzu: »Komm, lass uns tanzen.«

Carla blickte sich suchend um. »Lee, ich sehe niemanden sonst tanzen.«

»Dann sind wir eben die Ersten.«

Er streckte ihr seine Hand entgegen. Bevor Carla sie ergreifen konnte, ertönte von der Einfahrt her ein lautes Geräusch. Chris und Steve liefen sofort hinüber, um zu sehen, was los war.

Lee nickte den beiden zu. »Später«, meinte er zu Carla und folgte seinem Freund Richtung Einfahrt.

Kurz darauf wandte Carla sich an Mariah. »Die Polizei ist da.«

Ein untersetzter Mann in Polizeiuniform war am oberen Rand des Gartens aufgetaucht. Er hatte kurz geschorene graue Haare und eine überlegende Körperhaltung.

Mariah schüttelte den Kopf. »Das ist nicht gut.«

Carla sah sie fragend an.

»Das ist Greg Hamilton. Er hat einen schlechten Ruf. Ist mit ziemlich rauen Typen befreundet, und viele behaupten, er sei korrupt.«

Carla bemerkte, wie die fröhliche Stimmung des Festes umschlug.

Hamilton wurde zwar von einigen Leuten begrüßt, die meisten aber hielten sich von ihm fern.

Wenig später erschienen vier weitere Männer hinter Hamilton und blickten abschätzend in den Garten. Carla gefielen die Gebärden der Männer nicht. Wer waren sie? Und wo waren Lee, Chris und Steve?

Einen der Männer erkannte sie sofort. Es war der laute, arrogante Typ, den sie an ihrem ersten Tag im Laden von Midtown gesehen hatte.

»Der ältere Mann mit dem Jackett, das ist Mr Silver, nicht wahr?«, fragte sie Mariah leise.

»Ja, das ist Darren Turple, besser bekannt als Johnny Silver, und Besitzer der Silver Spur Ranch«, antwortete diese genauso leise. »Er war mit der US Military Intelligence in Vietnam. Dort hat er seinen Spitznamen bekommen. Ist mit einer Menge Geld aus Vietnam zurückgekehrt und hat die Silver Spur Ranch gekauft. Leute behaupten, er sei verrückt vor Geldgier. Tatsache ist, dass er die Silver Spur gekauft hat, weil er dort große Goldvorkommen vermutete. Er ist auf jeden Fall kein angenehmer Zeitgenosse.«

Carla nickte. Das hatte sie schon selbst erlebt. »Was ist mit den anderen?«

»Der junge Mann links von ihm ist Silvers Sohn Rick. Er ist mit Lee und Chris zur Schule gegangen. Hat immer Ärger mit Alkohol und Autos und illegalem Waffenbesitz. Seine einzige Rettung ist Daddys Beziehung zur hiesigen Polizei.«

Carla musterte Rick Silver aus der Entfernung. Er war groß und blond und drückte sich gerade einen riesigen schwarzen Cowboyhut auf den Kopf. Der Rest von ihm war ebenfalls in Cowboykleidung gehüllt. Er trug enge blaue Jeans, ein schimmerndes schwarzes Hemd mit Fransen und einen Gürtel mit einer auffallend großen silbernen Schnalle. Er hatte eine Zigarette in der einen und eine Dose Bier in der anderen Hand.

»Der junge Mann neben ihm ist Dan Shepherd«, setzte Mariah ihre Erklärung fort. »Er ist Helfer auf der Silver Spur und Ricks Kumpel. Sie sind seit der Schulzeit befreundet und haben keinen guten Einfluss aufeinander. Dan ist ein Schürzenjäger der schlechtesten Sorte. Ein grober Typ und übermäßig Cowboy. Er hält nichts von Indianern oder anderen Menschen, die sich erlauben, nicht *weiß* zu sein.« Mariahs Stimme klang bitter.

Carla biss sich auf die Lippe. Ihr tat es weh, den Schmerz in der Stimme ihrer Freundin zu hören.

»Und Dan liebt Waffen, vor allem automatische Gewehre«, fügte Mariah hinzu.

Carla musste unwillkürlich an den Hirsch denken, den sie vor zwei Tagen auf ihrem Weg zur Singing Bear Ranch neben der Straße an dem Baum hatte hängen sehen.

»Der Indianer, der etwas hinter ihnen steht, ist Tommy Bad Hand. Er macht seinem Namen leider alle Ehre und ist einer dieser Leute, denen man nicht in einer einsamen, dunklen Gasse begegnen möchte. Er arbeitet nicht fest auf der Silver Spur, aber meist ist er es, der die Drecksarbeit für die beiden Silvers erledigt.«

Carla sah, wie Mariah ihre kleine Tochter fester an sich drückte. Dann musterte sie Tommy Bad Hand. Im Gegensatz zu Dan Shepherds untersetzter, kräftiger Statur war Bad Hand groß und hager. Er hatte kurzes schwarzes Haar, durch das sich viel Grau zog, und ein ausdrucksloses, hartes Gesicht. Carla lief unwillkürlich ein kalter Schauer über den Rücken. »Warum, um Himmels willen, haben Steve und June diese Leute eingeladen?«

Mariah schüttelte unruhig den Kopf. »Sie laden Silvers nie ein, und bisher haben sie sich nicht um unser sommerliches Grillfest gekümmert. Ich weiß nicht, warum sie heute hier sind. Aber es kann nichts Gutes bedeuten. Mir scheint es, als hätten die fünf schon einige Biere intus.«

Carla beobachtete, wie Dan Shepherd weitere Bierdosen an seine Freunde ausgab und alle fünf Männer schwankend die Stufen zum Garten hinunterkamen.

»Sollen wir die Polizei rufen?«, fragte sie Mariah.

Die Antwort war genauso vernichtend wie die von Lee, als Carla ihn bezüglich des toten Hirsches das Gleiche gefragt hatte.

»Die Polizei ist doch schon da«, stieß ihre Freundin verächtlich aus.

Entsetzt beobachtete Carla, wie sich die Männer unter die Gäste mischten. Im Zwielicht war es nur schwer zu erkennen, wo genau sich die ungeladenen Besucher aufhielten. Diese Tatsache beunruhigte Carla, und sie war froh, dass Lee, Chris und Steve nun ebenfalls an den Stufen zum Garten auftauchten und zwischen den Gästen verschwanden.

Kurz darauf kam Chris zu ihnen. »Unsere Nachbarn von der Silver Spur haben Dads Hoflampen umgefahren. Das war der Krach, den wir gehört haben. Hat uns einige Zeit gekostet, die Glasscherben aufzusammeln, bevor noch jemand zu Schaden kommt. Von denen sollte keiner mehr fahren.«

»Könnt ihr nicht ein paar Männer zusammentrommeln und diese Leute rausschmeißen? Sie verderben euch die ganze Feier. Schau, einige Leute gehen schon!«

Chris blickte verlegen zu Boden. »Johnny Silver hat ziemlichen Einfluss in der Gegend und eine Menge Geld. Es hat keinen Zweck, sich mit ihm anzulegen.«

»Ist das wirklich deine Meinung?«, wollte Carla wissen und blickte ihn scharf an.

»Ich will mal sehen, wo Lee ist«, meinte Chris ausweichend.

»Nein«, erwiderte Carla bestimmt, »ich werde sehen, wo Lee ist. Und dann werde ich ihn bitten, mich nach Hause zu fahren.«

Sie verließ ihren Platz hinter dem Tisch und machte sich halb ärgerlich, halb enttäuscht auf die Suche nach Lee.

»Carla«, rief plötzlich eine leise Stimme hinter ihr, »was machst du hier?« Sie drehte sich um. Es war Lee. Sein Gesicht war finster.

»Ich kann diese Leute, diese Silvers, nicht ausstehen. Und niemand tut etwas. Ich will nicht hierbleiben«, erklärte sie. Und dann fügte sie hinzu: »Lee, ich kann grobe, betrunkene Leute nicht leiden. Mir reichen die übrigen schon.«

Etwas Entschlossenes lag in ihrer Stimme, und Lees Gesicht entspannte sich. »Ich fahre dich in einer Minute nach Hause, Carla. Versprochen. Ich will nur eben mit Dad sprechen. Geh zurück zu Mariah und Lily und warte dort auf mich. Ist sicherer«, fügte er hinzu. Er schenkte ihr ein kurzes Lächeln.

Carla nickte zustimmend, und Lee verschwand in der Menschenmenge, um seinen Vater zu suchen.

Carla wusste nicht, ob sie durch ihren Ärger abgelenkt oder ob der Mann mit Absicht in ihren Weg getreten war. Tatsache war, dass sie kurz vor dem Tisch, an dem sie mit Mariah und Lily Nachtisch ausgegeben hatte, mit einem jungen Mann zusammenstieß. Sie erkannte sofort, um wen es sich handelte, und sah, wie Mariah das Gesicht verzog. Vor ihr stand Rick Silver und musterte sie mit seinen eisblauen Augen eingehend von oben bis unten. Er hielt noch immer eine Bierdose in der Hand und war von einer Alkoholfahne umgeben.

Ein breites Grinsen erschien auf seinem Gesicht. Es war jedoch kein warmes Lächeln wie Lees, sondern ein kaltes, abschätzendes Lächeln, das Carla dazu veranlasste, sich gerader aufzurichten und das Kinn zu recken. Dann versuchte sie an dem Cowboy vorbeizugehen. Aber sie hatte keinen Erfolg. Welche Richtung sie auch einschlug, er versperrte ihr den Weg.

»Wohin so eilig?«, rief er ihr zu. »Einer so schönen Unbekannten muss ich mich doch vorstellen.« Er zog mit unsicherer Hand den Hut. »Gestatten, Rick Silver. Und wen habe ich vor mir? Sollte ein glücklicher Zufall mir eine neue Nachbarin beschert haben?«

»Mein Name ist Carla Bergmann. Ich bin auf der Singing Bear Ranch eingezogen. Würden Sie mich jetzt bitte vorbeilassen? Ich bin an Ihrer Bekanntschaft nicht interessiert«, erwiderte sie kühl.

»Nicht so schnell!«, meinte Rick und griff nach ihrem Arm.

Carla versuchte vergeblich, sich zu befreien, doch je mehr sie zog, desto fester wurde Ricks Griff.

Carla blickte über Ricks Schulter und sah Mariah auf sich zukommen. Sie wollte auf keinen Fall, dass Mariah ihretwegen Ärger bekam, und schüttelte bestimmt den Kopf. Rick folgte ihrem Blick und rief laut: »Bist du eine Freundin meiner lieben Mariah? Hätte ich gleich wissen sollen. Das schwarze Dreckstück redet auch nie mit mir.« Er warf Mariah finstere Blicke zu. »Was hat sie dir erzählt? Davon stimmt sowieso die Hälfte nicht. Ich bin ein guter Typ.«

Carla bemerkte, dass er lallte.

Die Stimmen um sie herum verstummten, und Carla fühlte Dutzende Augenpaare in ihrem Rücken. Warum kam ihr niemand zu Hilfe? All diese Leute kannten Rick Silver und wussten, was für ein Typ er war. War sie zu neu in der Gegend, um Hilfe zu verdienen?

Sie sah aus dem Augenwinkel, wie Silver senior sich mit seinen Helfern Dan Shepherd und Tommy Bad Hand langsam in ihre Richtung begab, und eine böse Ahnung stieg in ihr auf. Hatte Silver derart Macht in dieser Stadt, dass die Leute wahre Angst vor ihm hatten? Carlas Blicke wanderten schnell über die Gesichter der umstehenden Leute und fanden die unglaubliche Antwort. Niemand würde ihr helfen!

Instinktiv angelte sie mit ihrer freien Hand nach einem Gegenstand, irgendeinem. Sie ergriff eine Flasche und wartete ab. »Lass mich los!«, forderte sie Rick auf, aber er lachte nur und drehte sich zu seinen Freunden um, um ihnen zu zeigen, was er sich geschnappt hatte.

Carla überkam eine solche Wut, wie sie sie noch nie zuvor gespürt hatte. Als Rick seinen Blick von ihr löste, um seine Freunde heranzurufen, nutzte sie, ohne zu überlegen, ihre Chance und schlug ihm die Flasche mit voller Wucht an die Schläfe.

Sofort lockerte Rick seinen Griff, trat einen Schritt

zurück und hielt sich den Kopf. Blut tropfte aus seinem Ohr und lief an seinem Hals herunter.

Carla stand noch immer da, die zerbrochene Flasche in der Hand. Bad Hand kam mit schnellen Schritten auf sie zu. Ihr Herz schlug schnell. Sie sah, wie er mit der Hand ausholte, um sie zu schlagen. Aber bevor er sie erreichte, taumelte er plötzlich zurück. Lees Faust hatte ihn unerwartet und hart im Gesicht getroffen.

Mariah war nun ebenfalls an Carlas Seite, einen wilden Ausdruck auf dem Gesicht. Die anderen Gäste jedoch rührten sich nicht.

Nie zuvor in ihrem Leben hatten Menschen Carla derart abgestoßen. Nicht nur die beiden Silvers und ihr Gefolge, sondern auch die anderen Gäste, die mit interessierten Gesichtern die Situation verfolgten, ohne einzugreifen.

Hinter Lee tauchten jetzt Johnny Silver und Dan Shepherd auf. Carla stieß ein paar warnende Worte aus, griff erneut nach der zerbrochenen Flasche und tat einen Schritt auf die Angreifer zu.

Aus dem Augenwinkel sah sie Chris und Steve Harrison, die sich ihren Weg durch die Menschenansammlung bahnten, dicht gefolgt von Lees Vater und Großvater. Für einen Moment sah es so aus, als würde sich Harrisons Grillparty in den O.K. Corral verwandeln. Doch dann trat Greg Hamilton, der Polizist, zwischen die beiden Parteien und wandte sich an Silver senior.

»Johnny, ich würde die Jungs zurückrufen. Zu viele Zeugen«, sagte er eilig.

Carla traute ihren Ohren nicht. Der Polizist gab offen zu, dass er es in Ordnung fand, hilflose Menschen anzugreifen, solange keine Zeugen zugegen waren. In welchem Land befand sie sich hier eigentlich?

Johnny Silver rieb sich nachdenklich das Kinn und

blickte abschätzend in die Runde. Dann drehte er sich wortlos um und ging in Richtung Parkplatz davon. Seine Männer folgten ihm, ohne zu zögern.

Rick, der sich noch immer das blutende Ohr hielt, schmiss seine Bierdose in hohem Bogen in den Garten und schrie: »Nächstes Mal!«

Auf ihrem Weg zu den Autos stießen die Männer Stühle und Tische um und fluchten lauthals. Sie verabschiedeten sich mit einem ohrenbetäubendem Lärm. Beim Abfahren stießen sie die Metalleimer um, in denen die Harrisons ihren Müll aufbewahrten. Ihr Inhalt streute über die gesamte Einfahrt.

Carla musste für einen Moment die Augen schließen, um ihre Wut unter Kontrolle zu bringen.

Die anderen Gäste nahmen ihre Unterhaltungen bald wieder auf, ganz so, als sei nichts geschehen. Carla aber konnte nicht vergessen. Sie spürte noch immer Ricks Griff an ihrem Arm, sah sein höhnisches Grinsen und hörte seine lallende Stimme.

Aber ihre Wut richtete sich nicht nur gegen Rick Silver, sondern gegen die gesamte Situation. Was war nur mit den übrigen Gästen los?

Carla bemerkte, dass auch Lee noch immer schweigend und hasserfüllt hinter den Silvers herstarrte.

Mariah ergriff Carlas Hand, und die kleine Lily klammerte sich ängstlich an ihre Mutter.

Das arme Kind, dachte Carla und versuchte zu lächeln. »Sollen wir uns eine gemütliche Ecke suchen, wo uns niemand stört?« Sie zog Lily und Mariah in eine abgelegene Ecke des Gartens, weg von allen Leuten. Dort setzten sie sich ins Gras. Eine Weile sagten alle drei kein Wort.

»Tut mir leid, dass ich dich da reingezogen habe«, erklärte Mariah schließlich.

Carla schüttelte den Kopf. »Jetzt weiß ich, woran ich bin. Und danke, dass du mir hast beistehen wollen. Ich glaube, ich bin ziemlich naiv, aber ich habe wirklich gedacht, solche Leute seien längst ausgestorben.« Sie blickte die Freundin bewundernd an. »Wie machst du das bloß?«

Mariah zuckte mit den Schultern. »Ich bin wegen Chris hier. Er hat angeboten, in meine Heimatstadt in Ontario zu ziehen, aber ich weiß, dass er dort nicht glücklich sein würde. Er ist mit dem Land hier verbunden, genau wie Lee. Und ich denke oft, dass es, so schwer es auch sein mag, vielleicht meine Aufgabe ist, den Leuten hier zu zeigen, dass das 21. Jahrhundert auch in Midtown angebrochen ist, und dass ihr Rassismus überholt und vollkommen ungerechtfertigt ist.«

Die beiden jungen Frauen blickten schweigend in die abendliche Stille der umliegenden Berge. Es war jetzt fast vollständig dunkel, und die ersten Sterne standen am Himmel. Der Garten war beleuchtet mit unzähligen bunten Laternen und die Luft erfüllt vom würzigen Geruch des Holzfeuers. Die Stimmen der Gäste wurden leiser, und die meisten hatten sich, wo immer sie Platz fanden, niedergelassen. Sogar die Kinder schienen langsam müde zu werden. Leise Musik ertönte aus den Lautsprechern, die die Harrisons in den Bäumen aufgehängt hatten.

Doch in Carlas Herzen stand noch immer pure Wut. Sie schaute schließlich zu Mariah hinüber, die mit Lily auf dem Schoß den Himmel betrachtete. Die Kleine war, dicht an ihre Mutter gekuschelt, eingeschlafen. Trotz der Geschehnisse hatte das Kind ein Lächeln auf den Lippen. Es war ansteckend. Carla schüttelte ungläubig den Kopf. Ihre Wut wich, und sie begann ebenfalls zu lächeln.

Wenig später sah sie Chris und Lee über den Rasen auf sie zukommen und fragte sich insgeheim, warum die Leute der Silver Spur ausgerechnet heute Abend bei den Harrisons hatten auftauchen müssen. Der Tag hatte so vielversprechend begonnen, und der Grillabend hätte ein schöner Erfolg werden können.

Wortlos gesellten sich die beiden jungen Männer zu ihnen. Chris ließ sich dicht neben seiner Frau im Gras nieder, und Lee setzte sich zu Carla. Sie lächelte ihn an.

»Ich muss mich auch bei dir und deiner Familie bedanken«, sagte sie leise. »Ihr habt euch meinetwegen viel bieten lassen müssen.«

»Tut mir nur leid, dass du die Silvers ausgerechnet heute hast treffen müssen«, erwiderte Lee.

»Chris hat mich gleich am Anfang vor dem Rassismus gewarnt. Ist meine Schuld. Ich hätte darauf vorbereitet sein sollen. Aber ich war schon völlig außer Fassung, lange bevor Rick Silver auftauchte. Nämlich, als wir mit Mrs Jenkins zusammengetroffen sind«, erklärte Carla.

»Wirf nicht alle in den gleichen Topf«, bat Chris. »Es gibt hier auch sehr nette, unvoreingenommene Menschen. Viele von ihnen konnten heute leider nicht hier sein, weil der Stadtrat ein außerordentliches Treffen einberufen hat, dem sie beiwohnen wollten. Scheint, dass Silver wieder irgendwas ausheckt.«

»Aber Silver war doch hier«, warf Carla ein.

»Oh, Johnny Silver hat seine Handlanger überall. Er macht sich nie selbst die Hände schmutzig. Noch nicht mal beim Stadtrat.«

»Da kommt meine Familie«, meinte Lee. »Ich glaube, Grandma will nach Hause. Sie war mit June im Haus und hat von der ganzen Sache nichts mitbekommen. Da hat Silver noch mal Glück gehabt! Mit Grandma ist nicht zu spaßen, wenn sie wütend ist.« Er versuchte zu lächeln, aber es wollte ihm nicht so recht gelingen.

Bevor Carla antworten konnte, erreichte Rose Ghost Horse die kleine Gruppe. Sie lächelte der schlafenden Lily zu und wandte sich dann an Carla. »Wir fahren jetzt nach Hause, und ich hätte es gern, dass du heute Nacht in meinem Gästezimmer übernachtest. Morgen kann Lee dich dann zur Singing Bear Ranch zurückbringen. Ich traue diesen Silvers nicht, besonders, wenn sie so stockbetrunken sind.«

»Ich weiß nicht«, entgegnete Carla. Der Gedanke an Silvers mögliches Auftauchen auf ihrer Ranch gefiel ihr ganz und gar nicht. Doch sie lehnte das Angebot entschlossen ab. »Ich halte nicht viel vom Weglaufen.«

»Ich finde, es ist eine gute Idee«, warf Mariah ein. Sie selbst hatte immerhin Chris an ihrer Seite. Carla war allein. Die Ghost Horses würden auf sie aufpassen. Und als Carla noch immer zögerte, fügte sie hinzu: »Du bist solche Typen nicht gewohnt.«

Carla überlegte einen Moment und war schließlich einverstanden. »Also gut, diese eine Nacht.«

Neben ihr atmete Mariah erleichtert auf und drückte ihr die Hand. »Jetzt kann ich besser schlafen.«

»Lee wird dir alles zeigen, wenn ihr ankommt«, erklärte Rose zufrieden. »Es ist möglich, dass wir dann schon schlafen. Das kommt darauf an, wie lange ihr noch hierbleiben werdet.«

»Wir kommen bald nach«, erwiderte Lee ruhig, und die restliche Ghost-Horse-Familie machte sich auf den Heimweg.

Die jungen Leute saßen ein paar Minuten schweigend zusammen, dann meinte Mariah: »Ich glaube, ich gehe auch schlafen. Ich habe genug von unseren Nachbarn.« Sie lachte leise, aber Carla konnte die unterschwellige

Bitterkeit in ihrer Stimme hören und wusste, dass ihrer Freundin ganz und gar nicht nach Lachen zumute war.

Zusammen gingen sie zum Haus der jungen Harrisons, vor dem auch Lees Pick-up parkte. Chris trug Lily ins Haus. Die Kleine schlief immer noch fest.

Mariah umarmte die Freundin. »Wir sehen uns bald.«

»Morgen, zum Aufräumen!«, erwiderte Carla.

Doch Mariah schüttelte energisch den Kopf. »Du hast schon genug geholfen.«

Auf der Fahrt den Berg hinauf sprachen sie kein Wort. Das stetige Holpern des Wagens und das leise Brummen des Motors versetzten Carla schließlich in einen halbwachen Zustand. Aus immer weiterer Entfernung schien das Motorengeräusch an ihr Ohr zu dringen.

Carla sah sich selbst durch Buschwerk rennen, Gesicht und Arme zerkratzt. Sie befand sich in einem dichten Wald. Gedämpftes Licht fiel durch die Wipfel der Bäume. Aber der Boden war nicht eben. Er fiel zu einer Seite ab und war mit kleinen Felsbrocken übersät. Sie befand sich auf einem Berghang.

Sie folgte einem schmalen Pfad, und warmer Regen fiel sachte auf sie herab. Ein großer schwarzer Vogel flog dicht vor ihr her, als wollte er ihr den Weg zeigen. *Dad! Dad, wo bist du?*, hörte sie sich selbst immer wieder rufen. Sie wusste, ihr Vater sollte bei ihr sein, aber aus irgendeinem unbekannten, unheilvollen Grund war er es nicht. Sie blickte sich suchend um und blieb schließlich stehen. *Dad!*, rief sie verzweifelt.

Das Motorengeräusch verstummte. Lee hatte den Wagen vor dem Wohnhaus der Ghost Horse Ranch geparkt. Die plötzliche Stille ließ Carla aus ihrem Halbschlaf erwachen. Sie brauchte einige Sekunden, um festzustellen, wo sie war.

Ihr Vater war nicht bei ihr, war nie bei ihr gewesen. Es war nur wieder einer dieser Träume gewesen.

Lee war dabei auszusteigen und öffnete seine Tür. Das Licht im Wageninneren ging an und warf ein mattes Licht auf Carlas verwirrtes Gesicht. Lee stutzte.

»Ist alles in Ordnung?«, wollte er wissen.

»Ja, alles in Ordnung«, erwiderte Carla langsam und öffnete die Beifahrertür.

Diese Träume haben nichts mit meiner Anwesenheit auf der Singing Bear Ranch zu tun, ging es ihr durch den Kopf. *Sie kommen aus einem anderen Grund zu mir. Wo immer ich bin, die Träume folgen mir. Und sie kosten mich ungeheure Kraft.*

Beinahe wäre sie in ihrer Verwirrung aus dem Wagen gefallen.

»Hoppla«, sagte Lee erstaunt und sah sie forschend an.

Er weiß, dass etwas nicht stimmt, dachte sie.

»Komm«, meinte Lee leise. »Ich bringe dich ins Haus. Du kannst Ruhe gebrauchen.«

Sie lächelte ihn dankbar an. »Etwas sagt mir, dass es nur die Spitze vom Eisberg gewesen ist.«

Lee sah sie eindringlich an. »Wie kommst du zu dieser Annahme?«

»Oh, nur so ein Gefühl.«

»Du kannst mir nichts vormachen, Carla. Aber komm, lass uns reingehen.«

Im Haus war es dunkel und still. Rose und George senior waren bereits ins Bett gegangen. Lee schaltete das Licht im Gästezimmer an und zeigte Carla, wo sie alles finden konnte. »Ruf mich, wenn du etwas brauchst. Ich werde auf der Couch im Wohnzimmer schlafen«, sagte er noch, bevor er leise die Tür schloss.

Carla ließ sich, so wie sie war, aufs Bett fallen. Sie fühlte sich erschöpft, konnte aber lange Zeit nicht einschlafen.

»Ich brauche Hilfe, Dad«, flüsterte sie. »Etwas Merkwürdiges geht hier vor sich.«

KAPITEL 9

Vorsichtsmaßnahmen

Carla schlief noch immer tief und fest, als Lee vorsichtig die Tür zum Gästezimmer öffnete. Die Morgensonne fiel durchs Fenster und ließ kleine Lichter auf ihrem Haar tanzen.

Lee betrachtete sie eine Weile und versuchte dann, die Tür leise wieder zu schließen. Aber die Dielenbretter knarrten, und Carla öffnete verschlafen die Augen.

»Ich wollte dich nicht wecken, aber Grandma lässt ausrichten, dass das Frühstück fertig ist.«

Carla stieg aus dem Bett. Sie hatte noch immer ihr Kleid vom Abend an. »Ich bin sofort da. Will mich nur schnell umziehen«, erwiderte sie.

»Trinkst du Tee oder Kaffee zum Frühstück?«, wollte Lee auf seinem Weg hinaus wissen.

»Tee wäre mir lieber, wenn es keine Umstände macht«, antwortete Carla. Dann verzog sie das Gesicht und fügte hinzu: »Ich hasse Kaffee.«

»Kein Problem«, erwiderte Lee lächelnd und ließ die Tür ins Schloss fallen. Auch er konnte Kaffee nicht ausstehen.

Als sie wenig später auf der Veranda beim Frühstück saßen, überraschte Lees Vater alle, indem er Carla fragte: »Kannst du mit Schusswaffen umgehen?«

»Nein«, entgegnete sie erstaunt.

»Dann, denke ich, ist es an der Zeit, dass einer von uns es dir zeigt«, erklärte er.

Carla blickte in die Runde. Die anderen sahen sie erwartungsvoll an. »Ich finde, es ist eine gute Idee. Wenn einer von euch wirklich die Zeit opfern möchte, dann wäre ich sehr dankbar für eine Unterweisung.«

»Vielleicht könnten wir uns alle beteiligen«, meinte Lees Vater. »Ich könnte Funktion und Wartung übernehmen und Lee die Zielübungen. Dad könnte dir andere wichtige Dinge wie zum Beispiel Orientierung in der Wildnis beibringen.«

Alle stimmten zu, und George junior freute sich besonders, als er das Interesse in Carlas Gesicht sah. *Alles halb gewonnen*, dachte er und war zufrieden. Er würde nicht zulassen, dass sie das gleiche Schicksal ereilte wie Ruby und dass Lee das Gleiche durchmachen musste wie er selbst. Er hatte gesehen, wie sein Sohn diese junge Frau anschaute, und es hatte ihm sehr zu denken gegeben. Lees Herz gehörte Carla Bergmann, genau wie seins noch immer Ruby gehörte.

»Wann können wir beginnen?«, fragte Carla und erntete ein stolzes Lächeln von George junior.

Er sieht Lee so ähnlich, wenn er lächelt, dachte sie. Sein Haar war von grauen Strähnen durchzogen, und sein Gesicht zeigte tiefe Kummerfalten, aber er hatte noch immer die stolzen, edlen Züge und den schön geschwungenen Mund, den er an Lee vererbt hatte.

Carla lächelte zurück und wusste, dass sie in George junior einen Freund gefunden hatte.

Nach dem Frühstück brachen Carla und Lee zunächst mit George senior in die umliegende Wildnis auf. Sie waren zu Fuß und ausgerüstet mit Wasserflaschen und einem Gewehr. Lees Großvater hatte versucht, Lee dazu zu überreden, auf der Ranch zu bleiben, aber der hatte nur gelacht. Daraufhin hatte George senior ihm mürrisch ein Gewehr in die Hand gedrückt und etwas von zu vielen Leuten gemurmelt.

Es war ein schöner Tag. Ein paar weiße Wolken zogen langsam über den Himmel, und es wehte eine leichte Brise. Carla fand, dass die Temperatur genau richtig war, nicht zu heiß und nicht zu kalt. Überall, wohin sie schaute, erstreckten sich Grasland voller Wildblumen und Wäldchen mit Kiefern, Fichten und Espen.

Es war herrlich, durch die Natur zu streifen und den Geschichten und Erklärungen George seniors zu lauschen. Sein langes weißes Haar leuchtete in der Sonne, und er schien hier draußen jünger und beweglicher.

Lee hielt sich zurück und unterbrach die Ausführungen seines Großvaters nie. Das wäre schlechtes Benehmen gewesen. Außerdem wusste Lee, dass der Wissensschatz seines Großvaters über Natur und Tiere sehr groß war und er ihn gerne an junge Leute weitergab.

So lauschte er still den leisen Worten und beobachtete, wie Carla seinem Großvater aufmerksam zuhörte, Dinge bemerkte und nachfragte. Gerade flüsterte sie: »Schau dir das mal an, Lee!« und beugte sich mit größtem Interesse über etwas, das vor ihr auf dem Waldboden lag.

»Das sind Hirschfäkalien«, meinte er, als er sie erreichte, und sah sie verwundert an.

»Ich weiß. Aber ich habe noch nie zuvor welche in freier Natur gesehen.«

George senior kannte sein Land und wusste, wohin er Carla führen musste, um ihr all die Dinge zu zeigen, die er als wichtig empfand. Fürs Erste beschränkte er sich darauf, ihr die verschiedenen Tiere, Vögel und Pflanzen zu zeigen, denen sie begegneten. Sie sahen Streifenhörnchen, Hasen, Präriehunde und Hirsche sowie Spuren von Coyoten, Bären und Berglöwen. George senior erklärte Carla, auf dem Boden hockend, woran sie die verschiedenen Abdrücke erkennen und ihr Alter schätzen konnte.

»Es ist wichtig zu wissen, welche Tiere sich in deiner Nähe befinden. Auch, wenn du nicht jagen willst«, erklärte er. »Oft ziehen bestimmte Tiere andere Tiere mit sich. Nimm zum Beispiel Hirsche. Wo du ihre Abdrücke findest, kann gut und gerne ein Berglöwe in der Nähe sein, denn er reißt sie. Wenn du Krähen oder Aasgeier am Himmel kreisen siehst, kann das auf ein totes Tier hindeuten. Wer hat es gerissen? Ist dieses Tier noch in der Nähe? Dann weißt du, dass du besonders achtgeben musst.«

Lees Großvater erläuterte Carla all diese Dinge, die für ihn seit frühester Kindheit selbstverständlich waren. Es würde eine Weile dauern, bis sie ein Gefühl für die Wildnis bekam und einfach in ihr verweilen konnte, ohne zu stören. Aber für heute war George senior mehr als zufrieden. Carla zeigte Interesse an allem, stellte keine überflüssigen Fragen und lernte schnell. Sie entpuppte sich als angenehme Begleiterin.

»In der Wildnis zu sein ist etwas vollkommen anderes, als in einem Park spazieren zu gehen«, erklärte er ihr jetzt. »Hier draußen musst du ein geschultes Auge und Ohr haben, sonst kommst du nicht weit. Und du musst mit der Natur vertraut sein. Sie darf dir keine Angst machen, wenn du sie allein durchwanderst. Einsamkeit kann Panik auslösen und Menschen veranlassen, die verrücktesten Dinge zu tun. Ich habe gesehen, wie sich Männer unweit des nächsten Hauses im Dunkel des Waldes zum Sterben niedergelegt haben. Sie konnten die Lichter des Hauses sehen, aber Panik überkam sie und machte klares Denken unmöglich. Genauso verhält es sich mit Wassermangel. Viele Menschen trinken erst, wenn sie wirklich durstig sind, aber das kann schon zu spät sein. Wassermangel setzt viel früher ein und lässt dich wirr im Kopf werden, schwindelig und im schlimmsten Fall sogar einschlafen. Und wer weiß, was alles passiert, während du schläfst. Es hört sich vielleicht lächerlich an, aber diese Dinge dürfen nicht unterschätzt werden.«

Er hielt inne und nahm einen langen Zug aus seiner Wasserflasche. Carla und Lee taten es ihm gleich.

»Es ist wichtig zu wissen, wie du deinen Weg durch die Wildnis findest, ohne dich zu verlaufen. Ein Kompass ist sehr hilfreich, falls du einen zur Hand hast. Aber nehmen wir an, du hast keinen dabei. An einem Tag wie heute ist das natürlich kein Problem. Du kannst dich an der Sonne orientieren. Jetzt im Sommer geht sie ziemlich genau im Westen unter, das heißt, dass sie am Nachmittag auf deine linke Wange scheinen muss, willst du nach Norden gehen.«

Carla nickte.

»Wenn die Sonne nicht scheint, kannst du dich an den Bäumen orientieren. Die Baumstämme weisen meist mehr Moos an der feuchteren Seite auf, der Seite, die der Sonne abgewandt ist. Der Blätterwuchs hingegen ist dichter an der Seite, die der Sonne zugewandt ist. Willst du einen leichten Weg bergab finden, kannst du immer einem Bachlauf folgen. Im Falle eines Waldbrandes kannst du dich nach den Tieren richten. Sie haben ein besseres Gespür für einen sicheren Ausweg als wir Menschen.«

Carla lauschte den Worten und war von ihrer Einfachheit überrascht. Wenn man diese Dinge so genau kannte wie George senior, war es kein Problem, in der Wildnis zurechtzukommen. Für einen Neuling wie sie selbst, einen Stadtmenschen, war es jedoch eine überwältigende Menge an Information.

Sie war daher fast erleichtert, als nach zwei Stunden die Gebäude der Ghost Horse Ranch wieder vor ihr auftauchten. Sie waren im Kreis gelaufen, und Carla hatte es nicht bemerkt.

George senior sah ihr erstauntes Gesicht und lächelte gutmütig. »Wenn du weiterhin so gut zuhörst, wirst du dich schon bald mit Leichtigkeit zurechtfinden. Und solltest du dich doch einmal verirren: Ein kleines Gebet um Hilfe kann Wunder bewirken. Du musst lediglich die Augen und Ohren offen halten. Helfer erscheinen oft in den unerwartetsten Formen.«

»Du siehst aus, als könntest du eine kleine Stärkung gebrauchen«, meinte Rose, als sie Carla auf der Veranda erblickte, und verschwand sofort in der Küche.

Schon wenig später zogen sich Carla und Lee mit ihren Sandwiches auf eine Bank zurück, die unter einer großen Kiefer neben der Pferdekoppel stand. Sie saßen schweigend nebeneinander, aber Lee wusste, dass Carla etwas bedrückte. Ihr Gesicht verriet ihre innere Anspannung.

»Willst du darüber sprechen?«, wollte er wissen.

Carla zögerte, doch dann versuchte sie zu erklären. »Ich bin euch dankbar für eure Hilfe und Unterstützung«, begann sie. »Aber mein Herz sehnt sich nach der Singing Bear Ranch. Nach allem, was gestern passiert ist, fühle ich mich hin- und hergerissen, und die Ranch gibt mir so viel Halt. Ich weiß nicht, wie ich es ausdrücken soll. Einerseits fühle mich glücklich und reich, weil ich auf der Ranch sein darf und all diese neuen Erfahrungen sammle. Aber gleichzeitig verabscheue ich es hier mit so vielen groben, rassistischen Menschen, deren Gehirn in eine Linse passt. Und dann ist da die

Leere, die der Tod meiner Mutter hinterlassen hat. Ich hatte gehofft, mein Vater könnte etwas davon aufwiegen, aber ich habe bisher nicht das kleinste Anzeichen von ihm ausfindig machen können.« Sie sah Lee verständnissuchend an.

Lee wusste, was Carla durchmachte. Ihre Weltanschauung, ihre alte Identität waren dabei, sich aufzulösen. Und wenn sie glücklich werden wollte, musste sie einen neuen Weg finden, ein neues Ich. Sie musste lernen, den Weg, der sich vor ihr ausbreitete, mit vollem Herzen anzunehmen. Ihr neuer Weg würde nicht einfach sein.

»Ich würde dir gerne einen besonderen Ort zeigen, den ich vor langer Zeit auf der Singing Bear Ranch entdeckt habe. Es ist nicht weit, und wir könnten hinreiten.« Er blickte Carla fragend an.

»Ich würde gerne zur Singing Bear Ranch reiten.«

Wenig später verließen sie auf Pferden den Hof der Ghost Horse Ranch. Lee ritt Tetiem und Carla saß auf Seliya, der weiß-braun gefleckten Mustangstute, die Tetiems kleine Schwester war. Sie mochte das Tier sofort. Es hatte einen sicheren Tritt und scheute vor nichts. Carla fühlte sich auf seinem Rücken sehr gut aufgehoben.

Sie ritten über weitläufige Bergwiesen mit ihren wundervollen Wildblumen und durch Wälder aus Kiefern und Fichten. Bald schon erreichten sie das Gelände der Singing Bear Ranch. Es wehte eine leichte Brise, und kleine Wolken zogen in raschem Wechsel über den Himmel. Carla fühlte die beruhigende Energie der Sonnenstrahlen durch ihren Körper fließen und spürte, wie alle Anspannung von ihr abfiel.

Carla fühlte sich in diesen Bergen zu Hause wie nirgendwo anders auf der Welt. Die Wildnis konnte hart und grausam sein, wenn man ihre Gesetze nicht kannte, aber niemals hinterhältig oder niederträchtig. Sie war fair in ihrer Härte. Sie machte einem nichts vor. Carla war hin- und hergerissen zwischen ihrer Liebe zu dem Land und der Abscheu, die viele Leute hier in ihr auslösten. Diese Leute schienen nicht zum Land zu passen – oder umgekehrt.

Sie beobachtete Lee, der vor ihr ritt, und bewunderte erneut die natürliche Grazie und die Einheit, die er mit Tetiem bildete. Die Stute suchte sich ihren eigenen Weg über den steinigen Boden und schien das Ziel genau zu kennen. Die beiden waren so vertraut miteinander, dass kein Kommando von Lee notwendig war. Tetiem reagierte auf die winzigsten Körpersignale ihres Reiters.

Sie erreichten einen kleinen Bach, der sich durch Wald und Wiese schlängelte, und folgten seinem Lauf bergauf. Das Sonnenlicht tanzte auf dem Wasser, und ein leises Gurgeln war zu hören.

Lee hielt an und deutete in die Ferne. Carla folgte seiner Geste und entdeckte ein paar Hirsche, die mit ihren Kitzen aus dem Bach tranken. Ihr seidiges Fell schimmerte in der Sonne, und ihre Ohren drehten sich mit dem Wind.

Lee schlug als Nächstes eine Richtung ein, die vom Bach fort und durch ein Espenwäldchen führte. Inmitten der Bäume öffnete sich eine Lichtung, die übersät war mit winzigen blauen Blumen.

Lee stieg ab, und Carla tat es ihm nach.

»Was für ein schöner Ort«, meinte sie beeindruckt. »Ich kann kaum glauben, dass er zur Singing Bear Ranch gehört.«

»Warte, bis du alles gesehen hast.« Lee führte sie über die Lichtung. Am gegenüberliegenden Ende blieb er stehen. Dort, unter den schattigen Ästen einer großen

Espe, befand sich eine kleine Quelle. Wenn man nicht wusste, dass sie dort zu finden war, würde man sie übersehen. Farnkraut und Moos wuchsen an ihren feuchten Rändern, und alte verwitterte Äste überdeckten sie. Bei genauem Hinschauen konnte man jedoch Wasser aus dem Boden sprudeln sehen, das sich wie in einer großen Lache über dem Waldboden ausbreitete. Die Luft war kühler im Schatten der Bäume und erfüllt von einem erdigen, würzigen Duft.

»Eine Quelle!«, rief Carla erstaunt.

»Es gibt viele Quellen auf Silver Mountain, aber für mich ist dies ein besonderer Ort mit einer besonderen Energie. Die Zeit scheint hier langsamer zu vergehen. Es ist ein Platz, an dem viele Tiere und Geistwesen zu Hause sind. Ich komme oft hierher, um Hilfe zu erbitten oder um nach Rat zu fragen. Meist finde ich, was ich brauche, um weitergehen zu können. Vielleicht hat es für dich die gleiche Wirkung.«

Carla schluckte. Lee hatte ihre Gefühle und Zweifel ernst genommen und versuchte ihr zu helfen.

Sie kehrten auf die sonnige Lichtung zurück und setzten sich zwischen all die herrlichen Wildblumen. Gerade begann Carla sich zu entspannen, als Lee ihr plötzlich bedeutete, still zu sein. Er zeigte auf das andere Ende der Lichtung. Ein Schwarzbär war aus dem Unterholz gekommen. Der Bär schnupperte im Wind und drehte den Kopf langsam hin und her.

Carla erstarrte. Sie war zugleich fasziniert und erschrocken. Was für ein Naturerlebnis!

Aber der Bär kümmerte sich nicht um sie, sondern verschwand schon nach kurzer Zeit wieder im Gebüsch.

»Er will nur sehen, wer hier ist«, meinte Lee ruhig. »Die Tiere sind ein Grund dafür, warum ich oft hierherkomme. Meist hilft es schon, wenn ich für eine kurze

Zeit hier sitze, dem Wind in den Bäumen lausche und den Tieren zuschaue. Manchmal bringe ich meine Pfeife mit und bete. Und jedes Mal, bevor ich gehe, besuche ich die kleine Quelle und spreche meinen Dank aus.«

Er streckte einen Arm aus und machte eine ausholende Geste. »Alles hier könnte ohne Wasser nicht existieren. Die Quelle ist ein besonderer Ort, denn sie spendet Leben. Es ist wichtig, dass wir Respekt zeigen. Du kannst nicht erwarten, dass dir die Geister gütig gestimmt sind, wenn du ihr Heim störst.«

»Das gilt wohl für alle Lebewesen«, stimmte Carla zu.

»Du würdest es auch nicht mögen, wenn jemand in dein Wohnzimmer reinspaziert, überall dreckige Fußabdrücke hinterlässt, alles anfasst und dich anschließend auch noch um Hilfe bittet, weil sein Auto kaputt ist.«

Carla lächelte. »Ich glaube, die meisten Menschen denken nicht in solchen Kategorien.« Sie konnte sich nicht vorstellen, dass ihre Tante oder ihr Onkel auf irgendwelche Dinge in der Natur Rücksicht nahmen. Es sei denn, sie profitierten in irgendeiner Weise davon.

»Deshalb ist ihr Leben so chaotisch«, erwiderte Lee. »Schau dir die Leute nur an. Man könnte meinen, sie seien verrückt geworden. Alles dreht sich um Geld und Investments und darum, was andere von einem denken.«

Er deutete gen Himmel. »Schau, was du für Geschenke bekommst, wenn du nach nichts verlangst.«

Carla folgte seiner Geste und entdeckte einen riesigen, schwarzen Vogel. »Lee, ist das ein Adler? Er ist so majestätisch.«

Lee stutzte. »Um die Wahrheit zu sagen«, meinte er aufrichtig, »ich bin mir nicht sicher. Der Größe und

Farbe nach könnte es ein Golden Eagle sein, aber ...«
Verwundert betrachtete er das Tier. Er hatte so einen
Vogel noch nie zuvor über Silver Mountain gesehen.

Für Carla war es phantastisch, so viele Tiere in freier
Wildbahn zu sehen. Sie ließ sich ins Gras zurückfallen
und beobachtete gebannt, wie der Vogel seine Runden
über der Lichtung zog. Er flog mit den Winden. Sein
Flügelschlag war langsam und kraftvoll. Die meiste Zeit
ließ er sich gleiten. Schließlich verschwand er aus ihrem
Blickfeld.

»Hat dein Vater dir diesen Platz gezeigt?«, wollte
Carla interessiert wissen. »Oder hast du ihn per Zufall
gefunden?«

»Man kann sagen, dass Dad dazu beigetragen hat,
dass ich diese Lichtung gefunden habe«, entgegnete
Lee. Er schien mit seinen Gedanken an einem anderen
Ort zu sein, als er fortfuhr: »Es war kurz nach Moms
Tod. Dad war gebrochen und bitter. Viel bitterer als
heute. Wir hatten einen Streit, und ich bin aus dem
Haus gelaufen. Ich kann mich nicht daran erinnern,
welche Richtung ich eingeschlagen habe, aber als ich
anhielt, war ich auf dieser Lichtung. Zwei Tage lang
bin ich hiergeblieben, dann hat mich der Hunger wieder
nach Hause getrieben.«

Er sah sie an, und etwas Wehmütiges lag in seinem
Blick. »Es ist über zwölf Jahre her. Ich hatte das Haus
überstürzt verlassen und war nicht fürs Überleben in
der Wildnis ausgerüstet.« Sein Blick wanderte erneut in
die Ferne.

»Wie ist deine Mutter ums Leben gekommen?«, fragte Carla leise.

Für eine Sekunde glaubte sie, Lee würde ihr nicht
antworten. Dann aber begann er langsam zu erzählen.
»Mom und Dad waren ausgegangen. Mom saß am

Steuer, weil Dad getrunken hatte. Der Wagen ist auf halber Strecke zur Ghost Horse Ranch von der Straße abgekommen und in den Bach gestürzt. Es gab keine Augenzeugen, nur Dads Aussage. Er schwört, dass ein anderes Fahrzeug hinter ihnen aufgetaucht ist und sie von der Straße abgedrängt hat. Wir, seine Familie, glauben ihm, sonst niemand. Mom muss sofort tot gewesen sein. Ihre Verletzungen waren zu schwer. Sie war nicht angeschnallt. Wir haben das Wrack erst am nächsten Morgen gefunden, als wir die beiden vermisst haben. Die Silver Mountain Road ist nicht sehr befahren, wie du weißt. Niemand ist in der Nacht dort vorbeigekommen. Und selbst wenn, das Auto wäre von der Straße aus nur schwer zu sehen gewesen. Dad hatte ebenfalls eine Reihe von Verletzungen, aber sie konnten ihn im Krankenhaus einigermaßen wieder zusammenflicken. Lediglich sein linkes Knie ist steif geblieben.«

»Wie schrecklich«, flüsterte Carla.

»Ja, es war schrecklich«, antwortete er. »Ich denke oft an Mom und versuche mir vorzustellen, wie mein Leben verlaufen wäre, wäre sie nicht gestorben. Aber es ist auch Dad, den ich vermisse. Er ist seit dem Unfall nicht mehr derselbe, und die folgenden Jahre waren für uns alle sehr schwer. Dad gibt sich die Schuld an dem Unfall. Sagt, dass alles in Ordnung gewesen wäre, hätte er und nicht Mom am Steuer gesessen. Er trinkt sonst nie viel Alkohol. Aber nach dem Unfall hat er eine Zeitlang jeden Tag getrunken. Er hat sich gehen lassen, sich um nichts gekümmert. Dann hatten wir den Streit. Heute ist es besser um ihn bestellt. Aber er hat Moms Verlust noch immer nicht verwunden, nicht einmal akzeptiert. Er ist ein gebrochener Mann. Lediglich ein Schatten seines alten Selbst.«

Sie schwiegen eine Weile.

»Und was ist mit deinen Eltern passiert?«, wollte Lee schließlich wissen.

»Alles, was ich weiß«, meinte Carla schwermütig, »ist, dass sie eine Weile auf der Singing Bear Ranch gelebt haben und meine Mutter nach Deutschland zurückkehrte, als sie mit mir schwanger war. Ich habe von der Ranch und meinem Vater bis zu ihrem Tod nichts gewusst. Sie hat nie davon gesprochen. Ich habe all diese Jahre über gedacht, ich sei ein Unfall gewesen, hätte keinen Vater. Ich habe immer angenommen, ich sei einfach anders als die anderen. Ich habe nicht gewusst, dass mein Vater Indianer ist und in Kanada lebt.«

Lee war ehrlich betroffen. Zumindest hatte er seine Mutter gekannt. »Wann ist deine Mutter gestorben?«

»Im März«, sagte Carla.

»Erst vor ein paar Wochen?«, fragte er entsetzt.

Sie nickte. »Ich bin nach Hause gekommen und habe sie tot im Schlafzimmer gefunden. Herzversagen. Wenn ich meinen Vater nicht finde, werde ich nie wissen, was wirklich passiert ist.«

Lee schaute sie eindringlich an. »Keine Angst, wir werden ihn finden.«

»Meinst du, es hat wirklich keinen Sinn, im Reservat nach meinem Vater zu fragen?«

»Das Reservat ist kein großartiger Ort. Und nach dem, was ich über deinen Vater gehört habe, würde er dort nicht leben wollen.«

»Ihr lebt auch nicht im Reservat, obwohl es so nahe ist. Leben viele Indianer vom Reservat entfernt?«

Lee wurde nachdenklich. »In den meisten Reservaten ist die Situation keineswegs gut. Es herrschen Arbeitslosigkeit, Armut und oft auch Korruption. Es gibt viele Abhängige, und der Alkohol- und Drogenmissbrauch ist sehr groß. Oft erreicht das Geld vom Staat die einzelnen Familien überhaupt nicht, sondern landet in den Händen der Chiefs und deren Handlanger. Die meisten Indianer, die in den Reservaten leben, sind gebrochene Menschen. Und nur wenige von denen, die nicht dort leben, schaffen es, sich in der modernen Welt zu behaupten. Viele kommen mit dem ständigen Druck, der auf ihnen lastet, nicht zurecht. Unser Volk hat nie so gelebt: in Hektik, ohne Zeit, mit Gelddruck und auf sich allein gestellt. Unsere Tradition ist die Gemeinschaft, das Geben und Nehmen, das Sich-Zeit-Nehmen und Auf-den-richtigen-Zeitpunkt-Warten.« Er machte eine Pause. »Ich höre oft, wie unfair es ist, dass die Indianer alles bezahlt bekommen: Arzt- und Zahnarztkosten, ein neues Haus, Schlittschuhunterricht für die Kinder und vieles mehr. Du musst dir die Leute ansehen, Carla. So viele entwurzelte, gebrochene Menschen. Es ist fast nichts übrig von dem, was wir einmal waren. In meinen Augen ist das gesamte Reservatssystem Wahnsinn. Manchmal denke ich, dass es nur deswegen eingeführt wurde, um ein Zusammenleben beider Kulturen unmöglich und den Untergang unserer Kultur unumgänglich zu machen. Eine komplette Ausrottung wäre vielleicht ehrlicher gewesen. Die alten Chiefs sagten, es gäbe schlimmere Dinge als den Tod. Und es stimmt. Das Reservatssystem mit all seinen sozialen Zuschüssen und Staatsgeldern ist wie eine nie endende Tortur. Unser Volk ist nicht mehr fähig, auf eigenen Beinen zu stehen.« Bitterkeit lag in seiner Stimme.

Carla sah betroffen auf ihre Hände. »Und deswegen lebt deine Familie nicht mehr dort«, mutmaßte sie.

»Grandpa wollte beweisen, dass es auch für einen Indianer möglich ist, mit der modernen Welt zurechtzukommen. Dass man sich nicht von Staatsgeldern abhängig machen muss, um zu überleben. Dass man seine Wurzeln behalten kann, ohne die moderne Welt auszuschließen. Was passiert ist, ist passiert. Es liegt an uns, einen Weg zu finden, der uns nicht nur überleben, sondern wirklich leben lässt.«

»Ich denke, die meisten Weißen sind unbewusst in einer ähnlichen Lage. Sie denken, sie sind ihr eigener Herr und treffen ihre eigenen Entscheidungen. Aber in Wirklichkeit sind sie Gefangene und Sklaven in einer Welt, die sie selbst erschaffen haben.«

Lee atmete auf. Sie hatte verstanden.

»Ich hätte es gerne, wenn du Seliya auf der Ranch behältst, solange du dort bist«, sagte Lee auf dem Rückweg. Er sah Carlas erstaunten Gesichtsausdruck und fügte erklärend hinzu: »Es wäre gut für dein Training, wenn du mehr Zeit mit ihr verbringen könntest, nicht nur ein paar Stunden pro Tag.«

»Aber ich habe kein Futter für sie«, gab sie zu bedenken.

»Du hast gutes Weideland, das reicht jetzt im Sommer vollkommen aus.«

Eine heimliche Freude stieg in Carla auf. Sie würde Seliya ganz für sich haben, bis sie nach Deutschland zurückkehrte!

Sie überlegte kurz und sagte dann: »Warum kommst du nicht morgen mit deinem Vater zu mir auf die Ranch? Ich könnte Mittagessen vorbereiten, und wir könnten den Waffenkundeunterricht dort abhalten.« Sie wollte mit diesem Angebot ihren Dank für die Leihgabe des Pferdes zum Ausdruck bringen. Außerdem wusste sie, dass Rose und George senior für zwei Tage nach Kelowna fahren mussten und somit niemand auf der Ghost Horse Ranch kochen würde.

»Abgemacht«, erwiderte Lee und bestand darauf,

Carla nach Hause zu bringen, da sie den Weg querfeldein nicht kannte.

Sie folgten den Trampelpfaden, die die wilden Tiere auf ihren Steifzügen durch die Wildnis geschaffen hatten, und stießen schließlich kurz vor dem Tor der Singing Bear Ranch auf die Silver Mountain Road. Nur noch ein paar Biegungen und sie würden auf der Ranch sein. Carlas Herz machte einen Freudensprung.

Aber in der nächsten Sekunde schrie sie auf. In einem Baum, genau neben dem Weg, hing ein totes Tier.

Entsetzt schloss sie die Augen. Das Tier war nicht mehr zu erkennen. Jemand hatte es mit einem Messer zerstückelt. Es schien in großen Fetzen vom Baum zu hängen.

Im Gegensatz zum letzten Mal hatte Carla diesmal keinen Zweifel, wer dahintersteckte. Das Tier befand sich so nahe an ihrer Ranch, dass sie sich persönlich angegriffen fühlte.

Lee wusste nicht, wie hart Carla im Nehmen war, aber dies war genug, um den kräftigsten Mann zu entnerven.

»Lass uns zur Ranch weiterreiten«, forderte er sie besorgt auf.

Aber er machte sich unnötig Gedanken. Carla war nicht verängstigt. Sie war wütend.

Plötzlich hielt Lee verwundert inne. Im Tor der Ranch saß der zottelige schwarze Hund, der Carla zugelaufen war.

Dann verstand Lee. Das Tier wartete auf Carla. Es war gekommen, um sie zu beschützen.

Im Hof der Ranch angekommen, sattelte Lee nicht nur Seliya, sondern auch Tetiem ab. Er würde eine Weile bleiben, für alle Fälle.

»Silver …«, begann Carla, aber Lee fiel ihr ins Wort.

»Silver ist nur ein kranker, arroganter Hund«, zischte er. »Er will dir Angst machen und dir heimzahlen, dass du Rick eine Abfuhr erteilt hast. Ich werde das Tier beerdigen, wenn ich zurückreite, und ihm den nötigen Respekt erweisen.«

»Ein Tier auf diese Art zu töten«, entfuhr es Carla. »Wegen einer derartigen Kleinigkeit. Ich bin diejenige, die an Heimzahlung denken sollte.«

Sie schwiegen eine Weile, dann meinte Carla nachdenklich: »Ich möchte mit dir über etwas sprechen, Lee. Es geht um bestimmte Träume, die ich seit einiger Zeit habe.«

Lee wurde hellhörig. »Träume sind immer sehr personenbezogen, aber ich würde gern davon hören.«

Sie ließen sich auf den Stufen der Veranda nieder, und Carla begann zu erzählen. »Bisher sind es nur drei Träume gewesen. Den ersten hatte ich kurze Zeit nach dem Tod meiner Mutter. Mein Vater kam darin vor und eine alte indianische Frau in traditioneller Kleidung. Die Frau hat nach ihm Ausschau gehalten, und als sie sich schließlich getroffen haben, sagte er zu ihr: *Sie kommt!* Nach diesem Traum war es für mich klar, dass ich hierherkommen musste.«

»Und was ist in den anderen zwei Träumen passiert?«

»Den zweiten Traum hatte ich in der Nacht, nachdem wir uns das erste Mal begegnet sind, persönlich begegnet, meine ich. Der Tag, als ich mit dem Pick-up stecken geblieben bin.«

Lee nickte.

»Mein Vater stand neben derselben indianischen Frau an einer kleinen Quelle. Nicht die Quelle, die du mir heute gezeigt hast. Die Quelle in meinem Traum entsprang aus einem Felsen, der von hohen Kiefern umgeben war. Die alte Frau sagte zu meinem Vater:

Dies ist der Platz. Dann wechselte das Bild, und ich sah meinen Vater und meine Mutter, beide jung, im Wohnzimmer der Singing Bear Ranch am Esstisch sitzen. Ihre Gesichter waren ernst, und meine Mutter sagte zu meinem Vater so etwas wie: *Sie ist hier, genau wie ich es versprochen habe. Aber sie braucht Hilfe.* Den letzten Traum, wenn man es so nennen will, hatte ich auf der Heimfahrt von Harrisons Grillabend, als du mich zur Ghost Horse Ranch gefahren hast. Ich habe nicht wirklich geschlafen, deshalb weiß ich nicht, ob man es einen Traum nennen kann. Es ist ein komisches Gefühl gewesen. Deshalb war ich anschließend so verwirrt.«

Lees Gesicht zeigte, dass ihm Dinge klar wurden, er blieb jedoch still und wartete auf weitere Erläuterungen.

»Ich lief an einem bewaldeten Berghang entlang, auf einem dieser Trampelpfade, die durch die wilden Tiere überall am Berg entstanden sind. Es regnete, und das Gestrüpp hat mir Arme und Beine zerkratzt. Ein großer schwarzer Vogel, sehr ähnlich dem, den wir heute gesehen haben, flog vor mir her, und ich hatte Angst um meinen Vater. Ich wusste, er sollte bei mir sein, aber er war es nicht. Immer wieder rief ich seinen Namen«, schloss Carla ihren Bericht. Sie wusste nicht, warum sie das Verlangen gespürt hatte, Lee gerade jetzt davon zu erzählen. Aber beim Sprechen war ihr bewusst geworden, dass die Träume sie mehr beschäftigten, als sie angenommen hatte.

Zu ihrer Überraschung blieb Lee stumm. Sie wartete ein wenig und fragte dann zögernd: »Meinst du, ich werde verrückt?«

Lee antwortete nicht sofort. Es war fast unmöglich, jemand anderem zu helfen, seine Träume zu deuten. Sie waren speziell für den Träumer bestimmt und enthielten Symbole, die meist ausschließlich für ihn eine Bedeutung hatten. Carla aber hatte keinerlei Erfahrung mit solchen Dingen, keine Erfahrung mit der spirituellen Seite ihres Volkes. Ihr Vater hätte ihr Lehrer sein sollen, aber das Leben hatte es anders gewollt. Jetzt wandte sie sich an ihn, und er wünschte, er könnte ihr mehr helfen.

Eins war sicher: Carla hatte eine bedeutende spirituelle Gabe von ihren Vorfahren geerbt. Und diese Gabe würde sie verrückt machen, wenn sie nicht wusste, wie sie damit umgehen sollte. Deshalb versuchte Lee ihr zu erklären: »Träume, wie unser Volk sie versteht, zeigen nicht unbedingt immer die Vergangenheit, Gegenwart oder Zukunft. Träume sind als Symbole zu verstehen, die für den, der sie träumt, eine besondere Bedeutung haben und ihm in einer besonderen Situation oder bei einer besonderen Sache helfen wollen. Nicht alle Menschen haben Träume, wie du sie hast. Du hast eine besondere Begabung und eine sehr stark ausgeprägte Intuition.« Er machte eine Pause. »Ich denke, du hast den ersten Traum richtig gedeutet und bist jetzt hier. Der zweite Traum versucht dir im ersten Teil etwas zu vermitteln, dir etwas zu zeigen, das sehr wichtig für dich ist. Der zweite Teil zeigt dir, dass du eine bestimmte Aufgabe zu erfüllen hast, bei der du Hilfe benötigst. Welche das ist, wissen wir nicht. Und Hilfe kann viele verschiedene Formen haben. Hast du eine Idee, wer die alte indianische Frau sein könnte? Hast du irgendetwas wiedererkannt? Den Ort vielleicht, an dem sie mit deinem Vater stand?«

Carla überlegte und sagte dann: »Nein, ich habe nichts wiedererkannt bis auf die Gesichter meiner Eltern und das Wohnzimmer der Singing Bear Ranch. Aber ...«

»Aber ...«, hakte Lee nach.

»Aber ich habe das Gefühl, dass ich die alte Frau kennen sollte. Sie ist mir nicht fremd, und ich fühle eine Art Verbindung zu ihr.«

»Ich denke, sie ist mit dir verwandt, wie entfernt auch immer. Manche von uns haben die Gabe, mit der Geisterwelt zu kommunizieren. In manchen dringenden Situationen versucht man uns Hilfe entgegenzubringen – wenn wir dafür offen sind. Du scheinst sehr offen für die Verbindung mit der Geisterwelt zu sein, und das ist gut.« Lee hielt kurz inne. »Behalte all deine Träume im Hinterkopf. Wenn die Situation kommt, in der du die Hilfe oder Information benötigst, die dir in den Träumen vermittelt worden sind, wirst du dich an sie erinnern. Das hört sich vielleicht komisch an, aber es ist oft so.«

»Hast du manchmal solche Träume oder Eingebungen?«, fragte Carla vorsichtig.

»Oft. Besonders in der letzten Zeit.« Er verschwieg ihr bewusst, dass sich seiner Meinung nach etwas Gewaltiges anzubahnen schien. Unnötige Anspannung könnte Carlas feinfühlige Kanäle versiegen lassen, und ihre Hilfe wurde unabdingbar gebraucht. Da war er sich sicher.

Carla schenkte ihm ein dankbares Lächeln. Es war ihr nicht leichtgefallen, diese Träume mit jemandem zu teilen. Nun war sie froh, dass sie sich dazu entschlossen hatte. Es schien ihr Herz zu erleichtern.

KAPITEL 10

Angebot von Silver

Am nächsten Morgen stand Carla früh auf. Sie war fest entschlossen, sich ihren Aufenthalt auf der Ranch von niemandem verderben zu lassen. Sie fühlte sich ihren Eltern hier so nahe. Sie würde die Ranch in ihrem Andenken bewahren.

Sie ging hinaus auf die Veranda wie jeden Morgen, seit sie eingezogen war, und begrüßte den neuen Tag. Soot – *Ruß* –, wie sie den zotteligen Hund getauft hatte, grüßte sie hechelnd von den Stufen der Veranda.

Carla sah das Tier aufmunternd an. »Okay, Soot, ich hole dir dein Frühstück, und dann haben wir eine Menge zu tun. Lee und sein Vater kommen zum Mittagessen, und ich muss den Holzofen anfeuern.«

Sie wunderte sich, wie Stadtmenschen annehmen konnten, das Leben auf dem Lande sei langweilig.

Nach dem Frühstück sah Carla zuerst nach Seliya, die genügsam auf der Weide graste. Dann ging sie zum Schuppen, um Feuerholz zu holen, und sah, dass sie später mehr Holz hacken musste. Anschließend brachte sie das Feuer im Ofen in Gang und füllte ein paar große Töpfe mit Wasser. Wenn der Ofen einmal heiß war, würde sie gleich ein Bad nehmen und ihre Wäsche waschen. Hier oben auf dem Berg musste man solche Dinge gut organisieren.

Ein paar Stunden später hatte Carla gebadet und

wusch nun mit dem restlichen heißen Wasser ihre Wäsche. Sie arbeitete draußen in der Morgensonne und genoss die Wärme. Sie hängte die Wäsche auf die Leine neben dem Haus. Die Sonne und die würzige Bergluft gaben der Wäsche einen einmaligen Duft, der ihr sehr lieb geworden war.

Ein Blick auf ihre Uhr zeigte, dass es schon fast zehn Uhr war, und sie traf hastig die restlichen Vorbereitungen fürs Mittagessen.

Schon bald rollte Lees Pick-up auf den Hof. »Ich hoffe, es ist in Ordnung, dass wir etwas früher dran sind!«, rief Lee entschuldigend, als er aus dem Wagen stieg.

Nach einem gemütlichen Mittagessen im Freien holte George junior ein Gewehr aus Lees Pick-up. Nun wurde Carla in die Waffenkunde eingewiesen.

»Dies hier ist ein Gewehr der Firma Savage mit dem Kaliber 250«, erklärte er. »Und bevor wir weitergehen, muss dir eines klar sein: dieses Ende bedeutet Tod.« Er zeigte auf die Mündung des Gewehrlaufs. »Wir nehmen ein Gewehr nur in Vorbereitung auf einen bevorstehenden Kampf – welcher Art auch immer – in die Hand, sonst nicht. Ein Gewehr ist kein Spielzeug.« Er sah Carla eindringlich an, und sie nickte. Dann fuhr er fort: »Erstes Gebot: Niemals den Lauf eines Gewehres auf jemand anderen richten. Das bedeutet, dass du zu jeder Zeit wissen musst, wo sich die anderen Personen, die in deiner Nähe sind, aufhalten, und dass du das Gewehr dementsprechend hältst.« George junior sprach langsam und deutlich. »Zweites Gebot: Nimm niemals ein Gewehr in die Hand, ohne zu prüfen, ob es geladen oder ungeladen ist. Und drittens: nie Munition einlegen, wenn du nicht sicher bist, dass du wirklich schießen willst. Damit lassen sich die meisten Unfälle vermeiden.« Er machte eine Pause und forderte Carla dann auf: »Nun wiederhole, was du gelernt hast.«

Entschlossen, ihn nicht zu enttäuschen, wiederholte sie sorgfältig die Regeln.

George juniors Miene hellte sich auf. »Sehr gut! Jetzt zeige ich dir, wie man das Gewehr nach dem Gebrauch reinigt. Das ist sehr wichtig, denn du musst dich darauf verlassen können, dass es jederzeit funktionstüchtig ist.«

Carla konnte sehen, dass Lees Vater viel Routine im Umgang mit Schusswaffen hatte. Seine Handgriffe waren sicher und geübt. Sie selbst bezweifelte, dass sie all die Dinge, die er ihr zeigte und erklärte, behalten konnte. Aber sie bemühte sich, sich alles einzuprägen, und verfolgte konzentriert jeden seiner Handgriffe.

Als sie mit dem Theorieteil fertig waren, meinte George junior zufrieden: »Jetzt können wir ein bisschen Praxis gebrauchen.« Er reichte ihr die Waffe, die einen schön polierten Kolben aus Walnussholz hatte, und forderte sie auf: »Probier, wie es in der Hand liegt.«

Carla nahm das Gewehr entgegen. »Es gefällt mir«, sagte sie. »Besonders das hier«, sie deutete auf ein eingestanztes Symbol am Ende des Kolbens. Es handelte sich um die Abbildung eines indianischen Kopfes mit Federschmuck.

George junior überließ seinem Sohn den praktischen Teil. Lee griff kurzerhand nach einer Schachtel Patronen und machte sich, Carla im Schlepptau, auf den Weg zu einer der nahe gelegenen Bergwiesen.

Kurze Zeit später stand Carla, weit entfernt vom Haus, inmitten der schönen Berglandschaft und wartete auf weitere Anweisungen.

Lee war, genau wie beim Reitunterricht, ruhig und konzentriert und ein guter Lehrer.

»Dieses Gewehr wird, wenn du gut zielst, auch größere Tiere wie zum Beispiel Berglöwen aufhalten«, erklärte er nun. »Es ist leicht zu handhaben, und du kannst fünf Kugeln gleichzeitig ins Magazin legen. Viele Frauen und Jugendliche benutzen das Kaliber 250. Wir möchten, dass du ein wenig mit diesem Gewehr übst, dich mit ihm vertraut machst und es dann behältst.« Er sah sie ernst an.

Carla schluckte. Sie wusste, warum die beiden ihr das Gewehr überlassen wollten. Und es war nicht zum Schutz vor wilden Tieren. Aber sie hatte diese Sache begonnen, und sie würde sie zu Ende bringen. Deshalb sagte sie nichts, sondern blickte Lee entschlossen an.

Er lächelte und meinte, das Thema wechselnd: »Vorab ein Wort zur Sicherheit. Sieh dich um! Es gibt an dieser Stelle keine großen Steine oder Ähnliches, an denen die Kugeln abprallen und jemanden verletzen könnten. Auch werden Kugeln, die ihr Ziel verfehlt haben, spätestens dort drüben im Berghang stecken bleiben und nicht in unüberschaubares Gelände weiterfliegen.«

Lee ging nun ungefähr zwanzig Meter die Wiese hinauf und stellte einen großen Tannenzapfen auf einen Baumstumpf. Dann kam er zu Carla zurück und wollte wissen: »Okay, hat Vater dir gezeigt, wie man das Gewehr lädt?«

Auf Carlas Nicken hin nahm Lee eine Patrone aus der Schachtel, berührte damit zuerst die Erde und gab sie dann an Carla weiter. »Leg jetzt die Patrone ein, aber halt den Finger vom Abzug entfernt«, gab er seine Anweisung.

Folgsam legte Carla die Patrone ein.

»Wenn du treffen willst, worauf du zielst, gilt es ein paar Dinge zu beachten«, erklärte Lee weiter. »Dies hier ist die Kimme, und das ist das Korn. Wenn du das Gewehr anlegst, müssen sie am oberen Rand der Kimme bündig sein und genau auf die Mitte deines Ziels zeigen. Probier es aus.«

Carla legte das Gewehr an die Schulter, und Lee korrigierte ihre Haltung. Er drückte das Gewehr fester an Carlas Schulter und ihre Wange dichter an den Kolben.

»Du musst das Gewehr gut festhalten. Nicht krampfhaft, aber fest. Sonst trifft dich der Rückschlag zu sehr.«

»Welcher Rückschlag?«

»Jede Waffe hat einen Rückschlag«, erwiderte Lee gutmütig. »Aber bei diesem kleinen Kaliber spürt man es fast gar nicht. Leg das Gewehr wieder an.« Diesmal machte sie es gleich richtig.

»Nun stell dich so hin.« Er machte es vor. »Dein linkes Bein etwas vorstellen, etwas in die Beuge gehen und ein wenig nach vorne lehnen, in den Schuss hinein. Okay!«, rief er, als Carla es ihm nachmachte. »Nun zielen, Kimme und Korn. Dann tief einatmen und beim Ausatmen den Abzug langsam durchziehen. Wenn du eine zu schnelle Bewegung mit dem Finger am Abzug machst, wirst du das Gewehr verreißen und nicht treffen.«

Er bemerkte Carlas zweifelndes Gesicht. »Probier es einfach. Ist reine Übungssache.« Dann fügte er noch hinzu: »Und nicht die Augen zumachen, wenn du abdrückst.«

Carla seufzte. Das würde niemals funktionieren.

Lee trat ein paar Schritte zurück, um ihr Armfreiheit zu geben.

Carla ließ das Gewehr zunächst wieder sinken. Ihr Arm war müde. Das Gewehr war schwerer, als sie angenommen hatte. Als sie es wieder anlegte, schwirrten ihre Gedanken wild durcheinander. Richtig stehen,

Gewehr fest an die Schulter drücken. Was waren die anderen Punkte noch gleich?

Sie zwang sich schließlich, alle Gedanken aus ihrem Kopf zu verbannen. Sie wollte gerne alles richtig machen, aber die Sache wuchs ihr über den Kopf. Sie beschloss, sich einfach bequem hinzustellen und es zu probieren. Wie Lee gesagt hatte, es war reine Übungssache. Sie stimmte Kimme und Korn ab, atmete langsam aus und hielt das Gewehr so ruhig wie möglich. Dann drückte sie ab.

Erstaunlicherweise flog der Tannenzapfen in hohem Bogen vom Baumstumpf herunter.

»Sehr gut!«, rief Lee hinter ihr.

Carla ließ das Gewehr sinken.

Er stellte einen weiteren Tannenzapfen auf den Stumpf und reichte ihr nach erneuter Zeremonie eine weitere Patrone.

Nach einigen Schüssen entspannte Carla sich. Es war doch nicht so schwer, wie sie angenommen hatte. Bisher hatte sie jedes Mal getroffen.

Lee sah sie forschend an. »Du hast nie zuvor geschossen? Oder nimmst du mich auf den Arm?«

»Ich habe bis heute Morgen noch nie ein Gewehr in der Hand gehabt«, antwortete sie erstaunt.

Ein Lächeln erschien auf seinem Gesicht. »Dann, Carla Bergmann, bist du ein Naturtalent.«

Sie blickte ihn zweifelnd an. »Machst du dich über mich lustig?«

»Ganz und gar nicht! Für deine erste Übungsstunde hast du dich phantastisch gemacht. Ich habe nicht einmal erwartet, dass du den Baumstumpf triffst. Nächstes Mal rücken wir weiter vom Ziel ab, damit du ein Gefühl für die verschiedenen Entfernungen bekommst.« Er sah sehr zufrieden aus.

»Jetzt möchte ich dir noch ein paar andere Dinge sagen.«

Sie blickte ihn aufmerksam an.

»Es ist wichtig, dass du dir immer viel Zeit zum Schießen nimmst. Je langsamer deine Bewegungen, desto besser wirst du treffen. Bist du zu hastig, wird dein erster Schuss daneben gehen, und du musst erneut feuern. Du wirst keine Zeit sparen. Und noch etwas: Erinnerst du dich daran, was ich mit den Patronen gemacht habe, bevor ich sie dir gegeben habe?«

Carla nickte.

»Ich habe jeder Patrone den Segen von Mutter Erde gegeben. Denn was immer du auch schießt, es wird sterben und zur Erde zurückkehren.«

Carla lief eine Gänsehaut über den Rücken.

»Es ist auch gut, ein Gebet für deine Kugeln zu sprechen. Bitte darum, dass sie ihr Ziel treffen und ihre Aufgabe erfüllen werden. Musst du ein Tier töten, so danke ihm zuerst für sein Opfer«, schloss Lee seine Ausführungen.

»Ist das der indianische Weg?«, wollte Carla wissen. Lee nickte.

Zwei Stunden später verabschiedete Carla sich von Lee und George junior. Die beiden waren sehr zufrieden mit ihren Schießübungen und hatten ihr Gewehr und Munition dagelassen, die sie nun auf ihr Anraten hin getrennt im Haus aufbewahrte.

»Du willst nie in die Situation geraten, dass jemand mit deiner eigenen Waffe auf dich zielt, womöglich in deinem eigenen Haus«, hatte George junior sie gewarnt. Und Carla nahm diese Warnung sehr ernst.

Sie fühlte sich auf der Singing Bear Ranch beschützt, schon seit dem ersten Tag. Doch nun fühlte sie sich sicherer. Sie hatte Soot und das Gewehr, und sie hatte

Seliya, für den Fall, dass ihr Auto nicht ansprang. Man konnte nirgendwo absolut sicher sein. Aber Carla war, so gut es ging, vorbereitet.

Eine halbe Stunde später ritt Lee auf Tetiem die Einfahrt hinauf. Er hatte George junior nach Hause gefahren, und nun wollten sie mit den Pferden das Gelände der Singing Bear Ranch erkunden. Lee kannte das Land gut, da er über die Jahre viel Zeit dort verbracht hatte, und er war der Meinung, dass es nun an Carla war, ihr Land mit allen Gegebenheiten und Grundstücksgrenzen kennenzulernen.

Die Sonne war bereits untergegangen, als sie Stunden später zur Ranch zurückkehrten. Soot war den Nachmittag über neben Seliya hergelaufen und hatte Carla nicht einen Moment aus den Augen gelassen. Nun legte er sich erschöpft auf die Veranda.

Das Gelände der Ranch war teilweise sehr steil und steinig, und dann wieder grasbewachsen mit sanft ansteigenden Hügeln. Es war daher kein einfacher Ritt für Carla gewesen, aber sie hatten keine Eile gehabt.

Lee hatte ihr die Stellen gezeigt, an denen die Landvermesser die Eckpunkte des Grundstücks markiert hatten, und erklärt, dass es illegal sei, diese Markierungen zu verschieben oder zu entfernen.

Bevor Lee sich auf den Heimweg machte, fragte er Carla noch: »Wie wäre es morgen mit einem Ausflug zur alten Silbermine? Oder hast du dir die schon angesehen?«

Carla schüttelte den Kopf. »Ich habe sie nur im Vorbeifahren gesehen. Hat mir nicht besonders gefallen.«

»Ich würde gerne wissen, was du fühlst, wenn du auf dem Gelände stehst«, sagte er. »Der Ort hat eine reiche Geschichte – und das meine ich wörtlich.«

Carla wusste nicht recht, was sie davon halten sollte, stimmte aber zu, da sie neugierig war zu erfahren, warum Lee ihr den Platz unbedingt zeigen wollte.

Am nächsten Tag saß Carla schon früh am Morgen neben Lee in dessen Pick-up, und sie holperten die geschotterte Straße entlang Richtung Highway. Sie hatte nicht gut geschlafen und war müde.

»War ich zu früh?«, wollte Lee wissen, als Carla gähnte.

»Ganz und gar nicht«, erwiderte sie gutmütig. »Es war das willkommene Ende einer unruhigen Nacht.«

Sie hatten den asphaltierten Teil der Silver Mountain Road erreicht, und der Geräuschpegel ließ erheblich nach. Lee stellte keine weiteren Fragen, sondern wartete, wie es seine Art war, ob Carla von sich aus weitere Einzelheiten offenbaren wollte.

»Ich habe letzte Nacht viel geträumt«, begann sie. »Das meiste war ein Wirrwarr, und ich kann mich an nichts wirklich erinnern. Aber der letzte Traum war wie die anderen, von denen ich dir erzählt habe.«

Lee nickte, ohne den Blick von der Straße zu nehmen.

»Im Traum ist mein Vater auf mich zugekommen. Sein Gesicht verriet Sorge. Wir standen am Tor der Singing Bear Ranch, und er hat mir in eindringlichem Ton zugerufen: *Was immer du tust, beschütze, was dir in Obhut gegeben wurde.*« Sie schaute Lee an und versuchte einen heiteren Ton zu finden. »Wenigstens ist dieser Traum nicht so rätselhaft wie die übrigen. Ich bin sicher, dass er die Ranch gemeint hat.«

Lee erwiderte nichts.

Der Pick-up fuhr jetzt die Hauptstraße von Midtown entlang. Die Straßen und Häuser der kleinen Stadt lagen im Sonnenschein.

»Halt an, Lee, da sind Mariah und Lily!«

Lee folgte Carlas ausgestrecktem Arm und entdeckte die Freunde neben deren Auto, das vor dem kleinen Lebensmittelladen geparkt war. Er brachte den Wagen neben Mariah und Lily zum Stehen. Carla war sofort ausgestiegen, und die beiden Frauen umarmten sich herzlich.

»Carla! Lee! Schön, euch zu sehen. Wohin seid ihr so früh unterwegs?«

»Lee will mir die alte Silbermine zeigen«, antwortete Carla und bemerkte erst jetzt, dass die Freundin verärgert schien.

»Was ist los?«, wollte sie wissen.

»Ach, eine kleine Unstimmigkeit im Laden«, meinte Mariah.

»Was ist passiert?«, mischte Lee sich ein.

Mariah seufzte. »Du weißt, wie Jen ihre Preise andauernd hoch- und runterfährt.«

Lee nickte.

»Auf jeden Fall habe ich gestern zwei Topfpflanzen gekauft. Für einen wirklich guten Preis. Habe extra dreimal nachgefragt, ob der Preis wirklich stimmt, und Jen hat es mir versichert. Heute«, sie machte eine dramatische Pause, »komme ich in den Laden, um Milch zu kaufen, und Jen erklärt mir, dass ich ihr für die Blumen von gestern noch fünfzehn Dollar schulde.«

Lee blickte angewidert in Richtung Laden. »Ich hoffe, du hast ihr deine Meinung gesagt und das Geld nicht gezahlt«, meinte er.

»Das kannst du mir glauben«, erwiderte Mariah aufgebracht. »Lily hat mich ganz verstört angeschaut.« Dann fügte sie ruhiger hinzu: »Aber mal ehrlich, der Staat schließt alle kleinen Krankenhäuser, es gibt hier draußen auf dem Land kaum gut bezahlte Arbeit, und täglich steigen die Kosten für Benzin und Lebensmittel.

Und wenn man dann die kleinen ortsansässigen Geschäfte unterstützen möchte, dann versuchen sie einen übers Ohr zu hauen.«

Ein Motorengeräusch ließ Mariah innehalten, und Carla hörte sie zischen: »Das hat mir gerade noch gefehlt! Ich glaube, ich gehe einfach wieder ins Bett. Dieser Tag ist ein Reinfall.«

Carla wusste nicht, was sie von alldem halten sollte, und blickte sich um, um zu sehen, wer so dicht neben ihnen eingeparkt und Mariah in Aufruhr versetzt hatte.

Sofort konnte sie die Freundin verstehen, denn es war kein anderer als Johnny Silver, der auf sie zukam.

Er trug wie gewöhnlich Cowboystiefel, Jackett und Cowboyhut. Carla konnte dieser Zusammenstellung nichts abgewinnen, besonders nicht an Silver. Seine große silberne Gürtelschnalle funkelte protzig in der Morgensonne, und seine Zigarre hinterließ graue Wolken in der stillen, frischen Luft. Er kam direkt auf sie zu, zog freundschaftlich den Hut und schenkte ihnen sein überlegenes Lächeln.

»Ich hätte gerne ein Wort mit Ihnen gesprochen, Miss Bergmann«, sagte er.

»Ich bin ganz Ohr«, erwiderte Carla kühl.

»Unter vier Augen«, fügte Silver hinzu.

Sie schüttelte den Kopf. »Ich habe keine Geheimnisse vor meinen Freunden.«

Silver machte eine gleichgültige Handbewegung und fuhr fort: »Ich komme gleich zur Sache. Da Sie sowieso nicht für immer hierbleiben werden, möchte ich Ihnen das Angebot machen, die Singing Bear Ranch zu kaufen. Ich würde einen guten Preis zahlen.«

Carla sah ihn sprachlos an. Nichts in Silvers Gebärden ließ darauf schließen, dass dies wirklich ein freies Angebot war. Er wartete darauf, dass sie ihm dankbar

157

um den Hals fallen, seinen Scheck freudig entgegennehmen und wieder nach Deutschland zurückfliegen würde. Das ging zu weit! Silver schien sich in dieser Stadt alles herauszunehmen.

»Danke«, antwortete sie kurz, »aber die Singing Bear Ranch ist nicht zu verkaufen.«

Das Lächeln auf Silvers Gesicht wurde schmaler, als er sagte: »Ah, die Europäer wollen den Preis immer in die Höhe treiben. Ich gebe Ihnen 200 000 Dollar. Das ist weit mehr, als das Land wert ist.«

Sie schüttelte den Kopf.

»250 000 Dollar«, stieß Silver hervor.

Carla schüttelte abermals den Kopf. »Sie können aufhören, Silver. Die Singing Bear Ranch bedeutet mir mehr als alles Geld auf dieser Welt.«

Er lachte auf. »Warum sollte sie? Sie haben die Ranch gerade erst erworben.«

»Geerbt«, korrigierte Carla. »Das Grundstück hat meiner Mutter gehört.«

Silver schluckte hart. »Ihrer Mutter?«

Carla nickte und sah ihn entschlossen an.

»Überlegen Sie es sich gut, Miss Bergmann. Es würde nicht zu Ihrem Nachteil sein. Lassen Sie es mich wissen, sollten Sie Ihre Meinung ändern. Sie wissen ja, wo Sie mich finden können.«

Ohne weitere Verabschiedung drehte er sich um und marschierte in Richtung Laden, wo er beinahe mit einem Obdachlosen zusammengestoßen wäre. Grob stieß er den Mann beiseite und betrat den Laden.

Carla atmete tief durch.

Mariah schaute Silver nach und sagte: »Sieht aus, als sei dein Tag nicht viel besser als meiner.«

Carla sah sie fragend an.

»Ich habe von keinem Grundstück oder Haus in der

Gegend gehört, das Silver haben wollte und nicht am Ende auch bekommen hat – unter welchen mysteriösen Umständen auch immer. Es widert mich an!«, erklärte Mariah.

»Die gesamte Stadt fängt an mich anzuwidern«, entgegnete Carla und wandte sich an Lee, der sich bisher zurückgehalten und Silver lediglich verächtlich angesehen hatte. »Wir sollten von hier verschwinden, bevor uns noch der ganze Tag vermiest wird.«

Bevor er antworten konnte, sagte Mariah: »Oh, Carla, ich hätte beinahe vergessen, dass ich dich etwas fragen wollte. Jetzt kann ich mir den Weg sparen. Könntest du morgen Abend auf Lily aufpassen? Es ist unser Hochzeitstag, und Chris und ich gehen eigentlich an diesem Tag immer gemeinsam aus. Steve und June haben bisher auf Lily aufgepasst, aber Junes Schwester hatte einen Unfall, und sie sind seit gestern bei ihr. Es wäre nur für ein paar Stunden. Du könntest bei uns übernachten, damit du nicht im Dunkeln zurückfahren musst.« Und dann fügte sie schnell hinzu: »Wenn es dir nicht passt, können wir unseren Abend natürlich einfach verschieben, bis June und Steve zurück sind.«

»Natürlich passe ich auf Lily auf. Ich könnte etwas früher zu euch kommen, dann ist es für Lily einfacher«, erklärte sich Carla einverstanden. Sie wandte sich an das Kind: »Wir zwei verstehen uns, nicht wahr, Lily?« Sie kitzelte die Kleine unter dem Kinn, und das Mädchen kicherte laut.

Mariah strahlte. »Das ist sehr lieb von dir.« Mit einem Seitenblick auf Lee meinte sie dann: »Chris und ich wollten auch gerne wissen, ob du mit uns am Wochenende zum Campen kommen möchtest. Wir machen jedes Jahr einen Camping-Ausflug zum Sapphire Lake. Der See ist nur mit dem Pferd zu erreichen, und meist sind wir dort allein. Wir werden Samstag losreiten und am Sonntagabend wiederkommen. Chris kann leider nur einen Tag freinehmen. Lily kommt natürlich mit – und Lee auch.« Sie blickte Carla erwartungsvoll an.

»Ich weiß wirklich nicht, ob ich für so einen Ritt schon tauglich bin. Und stören möchte ich auch nicht«, zögerte Carla.

Lee lächelte ihr aufmunternd zu. »Natürlich schaffst du das. Lily macht das schon, seit sie ein Baby ist. Der See ist einmalig, und ich weiß, er würde dir gefallen. Es wäre schön, wenn du mitkommen würdest.«

»In Ordnung«, strahlte Carla. »Ich freue mich sehr.«

Sie verabschiedeten sich von Mariah und Lily und winkten ihnen nach.

Als Carla und Lee sich zu ihrem eigenen Wagen umdrehten, trafen sie auf den Obdachlosen, der vorher mit Silver zusammengestoßen war.

»Habt ihr ein paar Cents für mich?«, fragte der Mann.

Der beißende Geruch von Alkohol und Urin stieg Carla in die Nase und machte es ihr fast unmöglich, mit dem Mann Mitleid zu haben.

»Verschwinde, Oscar!«, meinte Lee und schob Carla an dem Mann vorbei.

Der Obdachlose wurde laut und schrie hinter ihnen her. »Kein Wunder, dass ihr nichts für mich übrig habt. Schmutzige Indianer! Squaw! Schmort in der Hölle!«

Die Worte trafen Carla schwer. Der unbekannte Mann hatte sie eindeutig als Indianerin erkannt und sie deshalb als niedrig eingestuft – niedriger als sich selbst.

In Deutschland war sie stolz gewesen, als sie von ihrer indianischen Abstammung erfahren hatte. Dort waren Indianer etwas Besonderes. Hier schien Indianer für viele Menschen noch immer zu bedeuten, dass man nichts wert war, nichts verstand und nichts konnte.

Carla spürte jetzt am eigenen Leib und tief in ihrem Herzen, wie weh solche Ungerechtigkeiten und Voreingenommenheiten wirklich taten. Sie fühlte sich angegriffen und beleidigt, noch dazu von jemandem, dem sie absolut kein Recht einräumte, über sie zu urteilen.

Lee drückte sie stumm in den Beifahrersitz, und Carla bemerkte, dass auch sein Gesicht finster und verschlossen war.

Schmutziger Indianer. Squaw. Diese Worte, so stellte sie verletzt fest, sagten nichts über die Person, den Menschen Carla aus. Sie wiederholten lediglich gemeine Anfeindungen über ihre Abstammung, Anfeindungen, die schon längst hätten überholt sein sollen.

Sie dachte an die Behandlung der indianischen Frauen und Mädchen durch die weißen Neuankömmlinge im 19. Jahrhundert und musste vor Schmerz die Augen schließen. Einige Dinge änderten sich offensichtlich nur zögerlich oder überhaupt nicht.

Lee sah sie ruhig an. »Grandma sagt immer, dass wir für verlorene Seelen wie Oscar beten müssen. Denn letztendlich fügen sie sich selbst am meisten Schaden zu.«

»Rose ist verständnisvoller als ich«, entgegnete Carla bitter.

Wenig später stand Carla auf dem Gelände der ehemaligen Silbermine und hatte für die Ereignisse, die sich vor dem Laden in Midtown zugetragen hatten, keinen Platz mehr in ihren Gedanken. Kalte Schauer liefen ihr über den Rücken, und sie fühlte sich mehr als unbehaglich.

Unentschlossen sah sie sich um.

Aus der Nähe sah der Ort noch schlimmer aus als vom Highway. Es gab kein einziges Anzeichen davon, dass hier jemals ein Mensch gelebt, geschweige denn eine gesamte Stadt gestanden hatte. Jetzt gab es lediglich Geröllhalden und Baggergruben, die, gefüllt mit Wasser, in der Sonne glitzerten und etwas Unheimliches ausstrahlten.

»Pass auf, dass du nicht in eine von diesen Gruben fällst«, warnte Lee. »Die Löcher sind zum Teil mehr als einen Kilometer tief, und solltest du dennoch einen Weg herausfinden, wirst du wahrscheinlich glühen.«

»Glühen? Was liegt in dem Wasser?«, wollte Carla wissen.

»Alles, was du dir vorstellen kannst: alte Autos, verrottete Maschinen, Batterien, Fässer mit Zyanid und vieles mehr.« Er deutete auf einen toten Vogel, der neben dem Wasser lag. »Das Wasser ist verseucht mit dem Arsen und Zyanid, das zum Heraustrennen des Silbers benutzt wurde. Die Gifte bauen sich nur sehr langsam ab.«

»Kein Angeln in der Baggergrube also«, meinte Carla. Aber sie war mit anderem beschäftigt. Was war mit diesem Ort nicht in Ordnung? Natürlich hatte er eine gewaltsame Vergangenheit, aber da war noch etwas anderes. Kein Baum wuchs hier, kein Tier – nicht einmal ein Streifenhörnchen – hatte sein Zuhause auf diesem Grund errichtet. Es war seltsam still.

Das war es! Alles an diesem Ort war tot. Die Landschaft war tot, das Wasser war tot, und die Tiere blieben fern. Nichts Lebendiges hielt sich hier auf.

»Dieser Ort hat seinen Geist verloren«, stellte sie leise fest. »Er ist tot.«

Lee blickte traurig auf die leeren, abgetragenen Berghänge und stimmte ihr zu. »Dieser Ort ist ermordet worden. Ermordet von der Habgier und dem Wahnsinn der Menschen, die einmal hier gelebt haben.«

Carla erschauderte. Lee hatte so recht.

Sie erinnerte sich an einen Besuch im Schloss Schön-
brunn in Wien, den sie gemeinsam mit ihrer Mutter vor
einigen Jahren gemacht hatte. Sie hatten das Schloss be-
sichtigt. In einem der Räume war ein komplettes Service
aus Silber für eine große Tafel von Gästen ausgestellt.
Silberne Teller, Becher, Bestecke, Schüsseln und Platten
im Überfluss. Carla hatte sich den Raum nicht ansehen
können. Es war, als könne sie das Blut, das die Gewin-
nung des Silbers von Millionen indianischer Sklaven in
den südamerikanischen Silberminen gefordert hatte,
an jedem einzelnen Gedeck herunterlaufen sehen. Wie
konnte jemand von so einem Teller essen, aus so einem
Becher trinken? Hatten die Leute keine Skrupel? Oder
waren sie zu weit in ihrer Gier nach Macht versunken?

»Ja«, entgegnete sie, »die Leute sind wahnsinnig,
heute genauso wie damals.« Und schließlich stieß sie
hervor: »Ich verabscheue diesen Ort!«

Lee nickte. »Und dies ist nur eine von unzähligen Minen, die in Nord- und Südamerika in Betrieb gewesen
sind. Sogar die Geister meiden diesen Ort.«

»Lass uns gehen«, bat Carla. »Das Ganze hier drückt
auf mein Herz wie eine Tonne Zement.« Sie hatte genug
gesehen.

»Die alten Indianer waren der Ansicht, dass die Weißen mit ihrer Gier nach Edelmetallen wahnsinnig seien,
und ich bin mir sicher, dass sie sie verflucht haben«,
sagte Lee auf dem Rückweg zur Ranch. »Wenn du dich
in Midtown umsiehst, ist es manchmal gar nicht schwer
vorstellbar, dass dieser Fluch bis heute besteht. Schau
dir nur Johnny Silver an: von Jugend an besessen von
Edelmetallen. So sehr, dass er sich sogar nach einem benannt hat.«

»Was hältst du von Silvers Angebot, die Singing Bear
Ranch zu kaufen?«, wollte Carla wissen.

163

Er zuckte mit den Schultern. »Ich denke, er hat seine Sonarauswertung bekommen und wittert Gold oder Silber auf deiner Ranch.«

Carla sah ihn sprachlos an.

»Willst du verkaufen oder nicht?«, fragte er trocken.

»Natürlich nicht!«, erwiderte sie entschlossen.

»Dann darfst du dich auf einige Unannehmlichkeiten gefasst machen. Ich will dich nicht ängstigen, aber Silver besteht sehr aggressiv auf seinen Angeboten. Und er hat eine Menge Handlanger, die seine schmutzige Wäsche für ihn waschen.«

»Meinst du, ich werde auf der Ranch sicher sein?«

»Ganz bestimmt«, entgegnete Lee. »Aber du kannst nicht immer dort oben bleiben. Du musst auch mal in die Stadt. Und das ist es, was mir Sorge bereitet.«

»Hat sich überhaupt schon einmal jemand gegen Silver gestellt?«

»Wenige«, erwiderte Lee. »Und nach einigen Unfällen oder Schicksalsschlägen waren auch sie am Ende heilfroh zu verkaufen.«

Carla schluckte. »Und warum hat Silver so viel Einfluss?«

»Silvers Vater hatte viele Verbindungen zu wichtigen Leuten, die er nun an Johnny vererbt hat. Zudem besitzt er viel Land und viel Geld, das er aus Vietnam mitgebracht hat. Er scheint besessen von der Idee, dass die legendäre Goldader noch immer unentdeckt irgendwo hier in der Gegend unter der Erde schlummert.«

Carlas Nackenhaare sträubten sich. »Die Leute haben also vor ihm, seinen Cowboys und seinen Methoden Angst?«

Lee nickte. »Ich denke, das trifft für die meisten zu.«

»Und du? Hast du Angst vor Silver?«

»Nein«, gab Lee kurz zurück, »das habe ich nicht.«

164

In diesem Augenblick kam das Tor der Singing Bear Ranch in Sicht und Carla atmete erleichtert auf. Alles schien in Ordnung zu sein.

꒜

Auf der Silver Spur Ranch ging Johnny Silver aufgebracht in seinem Büro umher. Seine Stirn lag in tiefen Falten, und er trank sein zweites Glas Whiskey. Seine Finger trommelten unruhig gegen das Glas. Seine teure Zigarre qualmte vor sich hin.

»Bist du sicher?« Er warf seinem Sohn einen flüchtigen Blick zu.

Rick lehnte gelassen mit dem Rücken an der Wand. Neben ihm stand Dan Shepherd. Beide wechselten erstaunte Blicke. Warum war sein Vater so nervös? Es handelte sich lediglich um eine Formalität.

»Absolut, Dad. Ich habe ein paar Leute angerufen, die Zugriff auf Behördeninformationen haben. Sie haben mir versichert, dass Anna Bergmann mit Charles Ward verheiratet gewesen und kürzlich verstorben ist. Carla Bergmann ist Charles Wards Tochter und neue Eigentümerin der Singing Bear Ranch.«

Silver paffte nachdenklich an seiner Zigarre. »Irgendwas Neues von Ward?«

Rick schüttelte den Kopf. »Niemand scheint zu wissen, wo er sich zurzeit aufhält.«

»Okay, dann lasst uns die Schraubzwingen ansetzen. Carla Bergmann wird bald wieder in Deutschland sein, wenn sie weiß, was gut für sie ist. Ansonsten …«

Ein böses Grinsen erschien auf seinem Gesicht und spiegelte sich in den spöttischen Mienen von Rick und Dan.

KAPITEL 11

Zwischenfälle

Am nächsten Morgen ritt Carla zur Ghost Horse Ranch, um Rose zu sehen. Sie hatte neben der Scheune eine interessante Wildblume gefunden und wollte wissen, was es für eine Pflanze war.

Sie durchquerte das Tor der Singing Bear Ranch und genoss den Anblick der sommerlichen Berglandschaft, die sich zu allen Seiten erstreckte. Aber als sie um die nächste Biegung der Silver Mountain Road ritt, gefror das Lächeln auf ihrem Gesicht. Quer über der Straße lag ein riesiger Baumstamm, der den Weg komplett versperrte.

Sie ritt langsam näher und sah, dass der Baum nicht umgestürzt, sondern abgesägt worden war. Jemand hatte den Stamm absichtlich dorthin transportiert. Sie brauchte nicht lange zu überlegen, wer das getan haben könnte, hatte sie sich doch gegen den mächtigen Johnny Silver gestellt.

Der Baum versperrte zwar die Straße, aber mit dem Pferd würde sie vorsichtig an der linken Seite vorbeireiten können. Mit dem Pick-up jedoch würde es unmöglich sein, den Stamm zu umfahren, denn zur Rechten fiel der Hang fast senkrecht ab, und zur Linken stieg er steil an. Zudem machte die Straße an dieser Stelle eine scharfe Kurve.

Carla ballte die Fäuste und vertraute Seliya, einen sicheren Weg um den Baumstamm herum zu finden. Die kleine Stute enttäuschte sie nicht. Mit sicherem Tritt erklomm sie den Hang ein kleines Stück und umlief das Hindernis.

Als sie wenig später auf den Hof der Ghost Horse Ranch ritt, stand noch immer Ärger auf Carlas Gesicht.

Gerade brachte sie Seliya vor der Veranda zum Stehen, als George junior ihr entgegenkam.

»Hey«, meinte er, während er ihr die Zügel abnahm. »Was ist passiert?«

»Oh«, entgegnete sie und versuchte ruhig zu bleiben, »Johnny Silver hat mir den Krieg erklärt.«

Lee kam aus dem Haus. »Ist alles in Ordnung?«, fragte er mit besorgter Miene.

»Kann man nicht sagen«, erwiderte Carla. »Aber das ist nicht der Grund, warum ich hier bin. Ich wollte Rose etwas fragen.«

»Sei nicht albern«, bat Lee. »Erzähl, was passiert ist!«

»Jemand hat die Straße zur Singing Bear Ranch mit einem riesigen Baumstamm versperrt. Ich bin froh, dass ich Seliya hatte, ansonsten hätte ich zu Fuß gehen müssen.«

»Silver«, stieß Lee hervor. »Er muss es mit seinem Angebot gestern wirklich ernst gemeint haben.«

»Welches Angebot?«, wollte George junior wissen.

»Silver will Carla die Ranch abkaufen. Er hat sie gestern in Midtown davon unterrichtet.«

George junior pfiff anerkennend durch die Zähne. »Und ich nehme an, du hast nein gesagt?«

»Darauf kannst du dich verlassen.«

Rose kam zu ihnen auf die Veranda und meinte besänftigend: »Komm, Carla, und trink eine Tasse Tee.«

Carla hätte am liebsten ausgerufen, dass sie kein

Kleinkind war, erwiderte jedoch ruhig: »Danke, Rose, aber ich bin nur gekommen, um nach dem Namen einer Wildblume zu fragen, die ich neben der Scheune gefunden habe. Dann muss ich mich um meine Straße kümmern.« Ihr Gesichtsausdruck war verbissen.

Rose sah sie erschrocken an. So hatte sie die ruhige, gutmütige Carla noch nie erlebt.

»Zeig Rose die Blume«, schlug Lee vor, »dann sehen wir uns die Straße an.«

Doch Rose wehrte ab. »Ihr seht euch zuerst die Straße an. Dann bringt ihr Carla zurück, und ich werde ihr nicht nur die eine, sondern eine Reihe von Wildblumen zeigen.«

Carla gelang ein Lächeln. Sie umarmte Rose dankbar und stieg dann zusammen mit George junior in Lees Pick-up, während Lee und sein Großvater zwei Kettensägen aufluden.

Als sie kurz darauf die Sperre auf der Straße erreichten, schüttelte George senior ungläubig den Kopf. »Silver macht sich viel Arbeit, um dich zum Verkauf zu bringen. Er muss den Baum mit seinem Laster hergebracht haben.«

»Viele Helfer hat er auch gehabt«, fügte George junior hinzu, während er mit Lee die Spuren auf der Straße untersuchte. »Hast du nichts gehört?«, wandte er sich an Carla.

Sie schüttelte den Kopf.

»Ich denke, dass sie in den frühen Morgenstunden hier gewesen sind«, mutmaßte Lee und richtete sich auf. »Ich habe nämlich auch nichts gehört, und sie müssen genau bei uns vorbeigefahren sein.«

Die anderen beiden Männer stimmten ihm zu.

»Nun«, meinte George senior schließlich, »von allein verschwindet der Baum nicht.«

Carla sah ihn fragend an, und Lee erklärte: »Der Baum ist viel zu schwer, um ihn im Ganzen zu bewegen. Wir müssen ihn in kleinere Stücke sägen und dann aus dem Weg rollen.«

Aus dem Weg rollen? Carla blickte ungläubig auf den Baum. Der Stamm musste am unteren Ende einen Durchmesser von mindestens neunzig Zentimetern haben. Es handelte sich um eine gewaltige Kiefer, und es tat ihr im Herzen leid, dass der Baum sein Leben für einen so lausigen Zweck hatte opfern müssen.

»Wir sollten den Stamm in Blöcke schneiden und zur Singing Bear Ranch bringen. Dann hast du wenigstens Feuerholz«, sagte George junior und fügte dann hinzu: »Das Stück, das über dem Abhang hängt, müssen wir wohl oder übel hier lassen. Es wäre ein erheblicher Aufwand, die Blöcke den steilen Hang zur Straße hinaufzuschaffen.«

Lee zuckte mit den Schultern. »Es werden trotzdem noch zwei Ladungen Feuerholz übrigbleiben.«

»Okay, lasst uns anfangen!«, forderte George senior die anderen auf.

Sie brauchten trotz der vielen helfenden Hände über eine Stunde, bis sie den Teil des Stammes, der über der Straße und bergauf lag, in Blöcke geschnitten, aufgeladen und zur Ranch transportiert hatten. Wie Lee es vorhergesagt hatte, mussten sie den Pick-up zweimal be- und entladen.

Carla sah auch, warum Lee und sein Großvater zwei Kettensägen mitgebracht hatten: Der Stamm war so dick, dass sich die Maschinen schon nach kurzer Zeit so sehr aufheizten, dass man sie abkühlen lassen musste, um sie nicht zu beschädigen. In dieser Wartezeit kam dann die jeweils andere Kettensäge zum Einsatz.

Die Männer arbeiteten so oft zusammen, dass jeder

wusste, was er zu tun hatte und was die anderen leisten konnten. Carla war überrascht, wie wenig sie bei der Arbeit redeten. Nur hin und wieder riefen sie ihr etwas zu, und sie kam sich ziemlich überflüssig vor.

Als die Kettensägen endgültig ausgestellt waren, wurde ihr bewusst, wie viel Lärm diese Maschinen wirklich machten. Es sauste in ihren Ohren. Keiner der Männer trug einen Ohrenschutz, und Carla fragte sich, wie es sich wohl mit ihrem Hörvermögen verhielt. Bisher hatte sie den Eindruck, dass zumindest Lee einwandfrei hören konnte.

Zurück auf der Ghost Horse Ranch, hatte Rose Mittagessen vorbereitet, und Carla bedankte sich bei allen für die großzügige Hilfe.

Nach dem Essen nahm Rose sie beiseite, um ihr den Namen der Wildblume zu nennen, die sie am Vormittag gebracht hatte.

»Dies ist Indian Paintbrush«, erklärte sie. »Früher galten diese Blumen bei unserem Volk als heilig, und die Kinder durften sie nicht pflücken. Sie genießt auch heute noch ein hohes Ansehen.«

Carla nahm die Blume wieder an sich. »Indian Paintbrush«, wiederholte sie laut und betrachtete sie eingehend. Irgendwie sah die Blume tatsächlich wie ein Pinsel aus.

»Komm«, forderte Rose sie auf, »ich zeige dir noch ein paar andere Pflanzen.«

»Ich bin dir sehr dankbar für dein Angebot«, erklärte Carla, »aber ich fürchte, ich habe nicht mehr viel Zeit. Ich habe Mariah versprochen, heute Abend auf Lily aufzupassen.«

»Heute Abend«, erwiderte Rose. »Bis dahin ist noch viel Zeit.«

Carla musste lächeln. Am besten nahm man Dinge

so, wie sie sich einem boten. Rose bot ihr *jetzt* ein Geschenk, nicht später, und Carla dachte nicht ein zweites Mal daran, es abzulehnen.

Sie brauchten nicht weit zu gehen. Die Wildblumen bedeckten im Frühsommer jede freie Stelle des Berges. Wilde Lupinen überzogen die Wiesen, und Büschel von gelben Blumen wuchsen in unzähligen, kleinen Kolonien an den sonnigen Hängen. Sie schienen die Strahlen der Sonne zu reflektieren.

Tausende von kleinen Sonnenblumen, dachte Carla und lächelte. So viel Sonne musste auch den grimmigsten Menschen fröhlich stimmen.

»Diese«, meinte Rose und zeigte auf besagte gelbe Blumen, »heißt Arrow-Leaved Balsamroot. Sie war für unser Volk eine wichtige Pflanze. Die reifen Samen wurden im Spätsommer gesammelt und gegessen. Die grünen Blätter wurden getrocknet und wie Tabak geraucht, und aus den getrockneten Wurzeln wurde ein nussartiges Mehl zum Backen hergestellt. Bei Erkältungen verwende ich die getrockneten Blätter auch gerne als Tee.«

»Alle Teile dieser Pflanze sind also verwendbar«, stellte Carla fest.

Rose nickte. »Bis zum Spätsommer werden noch viele andere Pflanzen blühen. Ich werde sie dir zeigen, wenn du magst.«

Carla zögerte und antwortete dann: »Rose, ich werde nicht den ganzen Sommer über hier sein, erinnerst du dich? In ein paar Wochen kehre ich nach Deutschland zurück.« Ihr wurde das Herz schwer.

Rose ignorierte ihren traurigen Blick und meinte nur: »Wir werden sehen.«

Lee kam aus dem Haus, die Autoschlüssel in der Hand. »Grandma«, rief er, »Emma hat angerufen und gebeten, dass wir ihr mehr von deinem Rheumatee bringen. Sie sagt, sie könne sich kaum bewegen und hätte ihr letztes bisschen Tee heute Morgen aufgebraucht.«

»Es wäre nett, wenn du schnell dort vorbeifahren könntest, Lee. Emma ist eine gute Seele«, sagte Rose. »Ich habe den Tee in der Küche.«

Sie verschwand im Haus und tauchte kurz darauf mit einer kleinen Papiertüte wieder auf der Veranda auf. »Richte ihr liebe Grüße aus.«

Lee wandte sich an Carla. »Ich weiß, du wirst bei Mariah erwartet, aber ich dachte, dass du vielleicht vorher einen schnellen Blick auf das Reservat werfen möchtest?«

»Ich würde sehr gerne mitkommen.« Sie schaute auf ihre Uhr. Halb zwei. »Wie lange wird es dauern?«, wollte sie wissen.

»Wenn alles glattgeht, keine Stunde«, erwiderte Lee.

Carlas Gesicht hellte sich auf. »Dann lass uns losfahren.«

Das Reservat war von der Silver Mountain Road aus nicht mit dem Auto erreichbar. Sie mussten den gesamten Weg zum Highway hinunter, dem Highway ungefähr einen Kilometer lang folgen und die nächste Straße wieder bergauf fahren.

»Mit dem Pferd kann man von uns aus einfach querfeldein zum Reservat reiten. Aber das hätte heute zu lange gedauert. Wenn man der Straße folgt, sind es fast fünfundzwanzig Kilometer. Es ist nicht sehr praktisch«, erklärte Lee.

Carla besah sich neugierig die Landschaft, die sich ihr darbot. Sie war dem Anblick, wenn man die Silver Mountain Road hinauffuhr, sehr ähnlich.

»Ist dies noch derselbe Berg?«, wollte sie wissen.

»Mehr oder weniger«, antwortete Lee. »Das Reservat heißt *Klaktilla* und erstreckt sich über 1500 Acres.

Es ist ein verhältnismäßig kleines Reservat. Zurzeit wohnen nur ungefähr vierzig Leute dort. Übrigens, *Klaktilla* bedeutet Hirsch in unserer Sprache.«

»Wie weit ist es noch?«

»Wir sind gleich da. Das Reservatsgelände beginnt nach etwa sechs Kilometern. Aber Häuser findet man erst viel weiter bergauf. Die meisten Leute wohnen in der kleinen Siedlung, die sich dort befindet. Der Rest des Reservats ist Wildnis.«

Carla war gespannt.

Wenig später kamen sie an einem einfachen hölzernen Schild vorbei, auf dem *Klaktilla-First Nation* zu lesen war. Danach dauerte es einige Minuten, bis die ersten Häuser in Sicht kamen.

Carlas erster Eindruck war enttäuschend. Die Häuser hier sahen genauso aus wie überall in der Gegend. Sie konnte nichts Indianisches an ihnen entdecken.

Sobald sie näher gekommen waren, fiel ihr zudem auf, dass viele Häuser heruntergekommen waren. Sie sahen alt und schäbig aus, und die Farbe blätterte von den Hauswänden. Oft waren kaputte Fensterscheiben mit Sperrholzplatten zugenagelt. Es gab eine Menge Sperrmüll. Von alten Autos über Waschmaschinen bis hin zu kaputten Möbelstücken war alles vorhanden. Die meisten Dinge schienen schon eine Weile dort zu liegen, denn das Gras wuchs aus ihnen empor.

Carla schluckte. So hatte sie sich das Reservat nicht vorgestellt. Wo war das kulturelle Zentrum? Wo die feine indianische Kunst?

»Die Häuser sind so alt«, brachte sie schließlich heraus, als Lee durch die wenigen kleinen Straßen fuhr.

»Du würdest dich wundern, wie neu die meisten Häuser sind«, erwiderte er bitter. »Viele sind erst vor fünf Jahren mit Hilfe von Staatsgeldern gebaut worden.

Aber die Leute bemühen sich nicht um Instandhaltung.«

Carla konnte es kaum glauben und sah Lee zweifelnd an.

»Die meisten haben ihr Haus vom Staat gestellt bekommen. Die Häuser bedeuten ihnen nichts. Geht ein Haus kaputt, wird vom Staat ein neues bezahlt.«

Carla war geschockt.

Etwas sanfter fügte Lee hinzu: »Viele dieser Menschen haben ihre Würde und ihren Stolz verloren. Sie sind nur ein Schatten von dem, was sie einmal waren. Ich habe neulich versucht, es dir zu erklären. Jetzt verstehst du mich vielleicht besser.«

Vor ihnen tauchte ein betrunkener, älterer Indianer auf, der bemüht war, die Straße entlangzugehen und nicht in den Graben zu fallen. In der einen Hand hielt er noch immer eine halb leere Flasche.

Carla traten Tränen in die Augen. War dies alles, was von dem Volk ihres Vaters übriggeblieben war? War ihr Vater womöglich wie der Mann, den sie eben auf der Straße gesehen hatte?

Ein paar streunende Hunde erschienen am Straßenrand. Ihr Fell war zottig und ihre Körper hager. Kümmerte sich niemand um diese Tiere?

Viele Fragen stiegen in Carla auf.

Lee sah sie mitleidig an. Er wusste, was er ihr mit dieser Fahrt antat, aber es musste sein. Sie musste die Wahrheit sehen und mit sich selbst über diesen Teil ihrer Abstammung ins Reine kommen. Er selbst war von klein auf an mit der Situation seines Volkes konfrontiert gewesen und wusste, dass es Carla am Ende mehr weh tun würde, wenn sie dabei blieb, mit einem Wunschbild aus Europa zu leben, das nichts mit der Wirklichkeit zu tun hatte.

»Nicht alle Indianer sind wie dieser hier«, erklärte er ruhig. »Roses Freundin Emma zum Beispiel lebt in einem sehr gepflegten Haus etwas außerhalb der Siedlung. Sie hat einen kleinen Garten und hält alles gut in Schuss. Man kann sich auf sie verlassen, und ich habe sie nicht ein Mal in meinem Leben ein bewertendes oder unwahres Wort sprechen hören. Ihr Mann und sie haben früher Schafe gezüchtet und sich ihr Haus selbst erarbeitet und erbaut. Seitdem ihr Mann tot ist, hält Emma Haus und Grundstück allein in Ordnung.«

Sie hatten die Siedlung nun verlassen und näherten sich einem kleinen weißen Holzhaus mit Veranda. Ein weißer Zaun grenzte einen kleinen Garten von mehreren Koppeln ab, und die Einfahrt war mit Kieselsteinen geschottert. Auf der Veranda blühten rote Geranien, und ein älterer, aber gut erhaltener Pick-up parkte neben dem Haus.

Carla atmete auf. Dies war zwar noch immer keine traditionelle indianische Behausung, aber schließlich befanden sie sich im 21. Jahrhundert. Zumindest war das Grundstück ordentlich und zeigte gewissen Stolz und Würde.

»Ist Emma nett?«

Lee grinste. »Wenn sich ihr Rheuma meldet, ist sie meist kurz angebunden, was durchaus verständlich ist. Ansonsten ist sie sehr nett.«

Er parkte seinen Pick-up hinter Emmas. »Ich glaube, für heute ist es besser, wenn ich den Tee schnell allein abgebe. Ein anderes Mal stelle ich dich gern vor. Ich möchte nicht, dass sie sich in ihrem Zustand verpflichtet fühlt, uns Tee oder Ähnliches anzubieten. Und außerdem hast du nicht sehr viel Zeit.«

»Ich denke auch, dass es so besser ist«, stimmte Carla ihm zu.

Sie fühlte sich im Moment nicht danach, jemandem vorgestellt zu werden. Sie war von den neuen Eindrücken aufgewühlt und kam sich beinahe schuldig vor, weil sie mit kindlichen Erwartungen hierhergekommen war. Natürlich lebten die Indianer nicht mehr wie vor hundertfünfzig Jahren. Wie konnten sie auch nach allem, was sie durchgemacht hatten?

Lee stieg aus dem Wagen, ließ die Tür hinter sich zufallen und verschwand nach kurzem Anklopfen im Haus.

Carla versuchte, ihre Gedanken zu sammeln und ihre Gefühle unter Kontrolle zu bringen. Sie war so sehr mit sich selbst beschäftigt, dass sie nichts anderes wahrnahm. Erschrocken fuhr sie zusammen, als sich mit einem Mal die Beifahrertür öffnete und sie anstatt Lee Rick Silvers hämisches Gesicht erblickte.

»Einen schönen Tag wünsche ich Ihnen, Miss Bergmann«, meinte er in herablassendem Ton.

Sie starrte bewegungslos in sein Gesicht. Dann flogen ihre Blicke auf der Suche nach einem Fluchtweg hinüber zur Fahrertür. Panisch stellte sie fest, dass ihr von dort Ricks Freund, Dan Shepherd, amüsiert entgegenblickte.

Sie war umzingelt. Wie hatte sie nur so leichtfertig sein können? Wie hatte sie sich so in Sicherheit wiegen können?

»Was willst du?«, zischte sie, entschlossen, ihre Angst zu überspielen.

»Oh, ich wollte nur guten Tag sagen«, erwiderte Rick, noch immer ein selbstzufriedenes Grinsen im Gesicht. Carla hörte Dan auflachen.

Es ist Spaß für sie, andere Leute in Angst und Schrecken zu versetzen, ein Sport, ging es ihr durch den Kopf.

»Was für ein glücklicher Zufall, habe ich eben noch

zu Dan gesagt«, fuhr Rick nun fort, »dass wir Ghost Horses Wagen bemerkt haben.« Die Männer wechselten amüsierte Blicke durch die Fenster des Pick-up.

»Eigentlich hatte ich daran gedacht, Ghost Horse eine kleine Lektion zu erteilen. Ich habe mir nicht träumen lassen, dass ich etwas viel Besseres vorfinden würde. Obwohl ich mir natürlich hätte denken können, dass du an seinem Rockzipfel hängst, wo ihr doch so gute Freunde zu sein scheint.« Und belustigt setzte er hinzu: »Zu dumm, dass er dich allein gelassen hat. Sollte man nie machen. Es gibt so viele gefährliche Dinge in der Wildnis. Ich dachte, Ghost Horse wüsste das ...« Seine Stimme verlief sich in der Stille, und er schüttelte, gespielt betrübt, den Kopf. Dann streckte er seine Hand nach Carla aus und fuhr sich mit der Zunge über die Lippen.

Sie wich entsetzt zurück. Schnell blickte sie zwischen den Männern hin und her, aber Dan mischte sich nicht ein. Er schien seinem Freund den Vortritt zu geben.

»Fass mich an«, drohte sie, »und du wirst dir wünschen, du wärst nie geboren worden!«

Rick lachte laut auf.

Carla überlegte fieberhaft. Was machte Lee so lange im Haus? Sie hoffte, die Männer mit ihren Worten hinhalten zu können. Aber es schien nicht zu klappen. Jetzt schob sich Rick mit seinem gesamten Oberkörper in den Pick-up, einen entschlossenen Ausdruck auf dem Gesicht.

Ohne weiter zu überlegen, schwang Carla ihre Beine plötzlich und mit voller Wucht gegen Rick. Gleichzeitig rutschte sie auf die Fahrerseite hinüber und drückte mit aller Kraft auf die Hupe.

Rick und Dan richteten sich erschrocken auf und wichen zurück.

»Ghost Horse wird nicht immer zur Stelle sein«, zischte Rick. »Eines Tages kriegen wir dich.«

In diesem Moment flog die Tür des kleinen Hauses auf, und Lee stürzte auf die Veranda. Er verpasste die beiden Männer nur knapp. Sie rannten zu ihrem Pick-up und fuhren mit quietschenden Reifen davon.

Carla war erstaunt, dass Lee Rick und Dan so einfach hatte verscheuchen können. Doch als sie genauer hinsah, bemerkte sie den Grund dafür: Lee hatte eine Pistole in der Hand, die er gerade wieder unter seinem Hemd verschwinden ließ. Von diesem Augenblick an wusste sie, dass Lee mehr Ärger erwartete, als er ihr anvertraute.

Emma erschien in der Tür, eine Schrotflinte in der Hand, und fragte, ob sie Hilfe brauchten. »Danke«, sagte Lee abwehrend, »alles in Ordnung.«

Dann ging er zu Carla hinüber, die in der offenen Tür des Pick-up saß und noch immer wütend vor sich hin starrte. »Ich hätte dich nicht allein im Wagen lassen sollen«, meinte er entschuldigend.

Sie schüttelte den Kopf. »War nicht deine Schuld.«

»Vielleicht ist es besser, wenn du einfach wieder nach Deutschland zurückfliegst«, sagte er ernsthaft. »Es wird mit den Silvers nicht besser werden, und ich will nicht, dass dir etwas passiert.« Der Gedanke an Carlas mögliche Abreise war für ihn unerträglich, aber er konnte nicht riskieren, dass ihr etwas zustieß. Silver war ein skrupelloser Mann!

»Ich kann nicht gehen. Noch nicht«, meinte Carla bestimmt.

Lee hatte nichts anderes erwartet. »Dann musst du stark sein.«

Carla nickte und schluckte ihre Bitte um Beistand hinunter.

Lee sah ihr fest in die Augen. »Du weißt, du kannst auf mich zählen, ob du es nun magst oder nicht!«

Sie erwiderte seinen Blick und fühlte ein merkwürdiges Ziehen in ihrem Herzen.

»Komm, lass uns zurückfahren«, meinte Lee schließlich. »Mariah wird sonst unruhig.«

»Bitte, erwähn diesen Vorfall ihr gegenüber nicht«, bat Carla. »Ich möchte nicht, dass ihr Abend mit Chris verdorben wird.«

Lee sah sie anerkennend an. »Okay«, stimmte er zu, »aber ich werde von jetzt an bei dir bleiben. Wir passen heute Abend also gemeinsam auf Lily auf – und keine Widerrede!«

Carla gab sich gern geschlagen. Im Moment fühlte sie sich überhaupt nicht danach, den Abend in einem fremden Haus zu verbringen.

KAPITEL 12

Vorahnungen

Sie fuhren zurück zur Ghost Horse Ranch, und Lee erstattete seiner Familie einen kurzen Bericht.

Dann fuhren sie zur Singing Bear Ranch, um Carlas Sachen zu holen. Es war bereits fast vier Uhr, als sie endlich bei Chris und Mariah eintrafen.

»Kein Wort«, wiederholte Carla, bevor sie ausstiegen. Dann begrüßte sie Mariah überschwänglich und erklärte, dass Lee helfen wolle, auf Lily aufzupassen.

Die Freundin zwinkerte ihr vielsagend zu und führte sie ins Wohnzimmer, wo Chris mit Lily auf dem Fußboden spielte. Chris freute sich, Lee so unerwartet zu sehen, und die beiden verschwanden kurz darauf in der Küche, vertieft in ihr Gespräch. Sobald sie außer Hörweite waren, fragte Mariah interessiert: »Nun, warum ist Lee wirklich hier?«

Carla versuchte möglichst gleichgültig auszusehen und zuckte mit den Schultern. »Ich weiß nicht ...«, begann sie.

Mariah sah sie erwartungsvoll an. »Ist nichts vorgefallen? Ich meine zwischen euch beiden?«

Carla schüttelte lachend den Kopf. »Nichts in dieser Richtung!«, erklärte sie der enttäuschten Freundin.

»Warte ab!«, prophezeite Mariah.

Aber Carla wehrte ab. »Vergiss nicht, dass ich bald wieder nach Hause fahre.«

Zu ihrer Überraschung war Mariah nun die Zweite, die ihr mitteilte: »Das werden wir sehen!«, und fügte dann hinzu: »Ich freue mich so auf heute Abend. Es ist sehr lieb von dir, dass du eingesprungen bist. Ich hoffe nur, dass ich etwas essen kann.«

Carla sah sie fragend an.

Mariah lächelte vielsagend. »Ich habe in den letzten Tagen mit Übelkeit zu kämpfen.« Und als Carla noch immer nichts sagte, erklärte sie: »Ich erwarte wieder ein Baby!«

»Wann?«, fragte Carla erfreut.

»Anfang nächsten Jahres«, erwiderte Mariah.

»Ich freue mich so für euch! Lily wird das bestimmt gut gefallen.« Carla umarmte die Freundin.

»Das hoffe ich«, meinte Mariah. »Chris ist außer sich vor Freude. Wir haben seit einiger Zeit gehofft, dass es mit einem zweiten Baby klappen würde, aber es hat lange auf sich warten lassen. Nun sind wir doppelt froh.«

Die Männer kamen aus der Küche zurück. »Du machst dich besser fertig, Mariah, sonst wird es zu spät«, bat Chris.

»Oh, es ist schon halb sechs«, sagte sie mit einem Blick auf ihre Uhr und verschwand im Schlafzimmer, um sich umzuziehen.

Kurz darauf erschien sie wieder im Wohnzimmer, um sich den anderen zu zeigen.

»Geht es so?«, wollte sie von Carla wissen. Diese schaute die Freundin bewundernd an. Sie hatte ein gelbes, eng geschnittenes Sommerkleid an, das ihr bis kurz über die Knie reichte. Die Farbe sah toll aus zu ihrer dunklen Haut und den schwarzen Haaren.

»Du siehst umwerfend aus«, meinte Carla voller Anerkennung.

»Das muss ich auch sagen«, stimmte Chris ihr zu.

Bevor Mariah und Chris das Haus verließen, zeigten sie Carla und Lee, wo sie Lilys Spiele, Nachtzeug und Abendessen finden konnten.

»Für euch ist Lasagne im Kühlschrank«, rief Mariah, als sie schon dabei war, ins Auto zu steigen. »Und lasst Lily bald essen, sonst ist sie zu müde und meckert die ganze Zeit.«

Carla und Lee standen in der Tür. Lee hatte Lily auf dem Arm, und alle drei winkten fröhlich. »Mach dir keine Gedanken!«, rief Carla zurück.

»Wir kriegen das schon hin«, meinte Lee, als sie ins Haus zurückkehrten. »Immerhin sind wir zwei gegen eine.«

»Wo gehen die beiden eigentlich hin? Nach Prince Edward?«, wollte Carla wissen.

»Nein, nur nach Midtown zu Freddy's. Dort waren sie bei ihrem ersten Date und seither jedes Jahr wieder.«

Carla grinste. Das war irgendwie süß.

Neben ihnen fing Lily an zu singen: »Ich habe Hunger! Ich habe Hunger!« Und sie machten sich auf den Weg in die Küche.

Das Abendessen verlief ruhig. Carla hatte sich auf mehr Schwierigkeiten eingestellt, aber Lily war sehr lieb und quengelte überhaupt nicht. Sie schaufelte ihr Essen fröhlich in den Mund und kleckerte nur wenig. Carla war beeindruckt. Es war das erste Mal, dass sie auf solch ein kleines Kind aufpasste. Es schien nicht so schwer und nervenaufreibend zu sein, wie sie angenommen hatte.

»Ich glaube, es ist besser, wenn wir ihr den Schlafanzug anziehen und ihr die Zähne putzen, während sie noch so gut drauf ist«, schlug Lee vor. »Ich habe das schon öfter beobachtet. Ihre Laune schlägt abends von einer Minute zur nächsten um, und dann ist absolut nichts mehr zu machen.«

Carla nahm den Tipp dankbar entgegen und verschwand mit der Kleinen im Kinderzimmer. Lee räumte die Küche auf. Doch schon wenige Minuten später rief Carla um Beistand. Mit amüsiertem Gesicht erschien Lee in der Kinderzimmertür.

Lily hüpfte lediglich in ihrer Unterwäsche wild im Zimmer umher und rief immer wieder: »Ich bin eine Wolke.«

Carla, den Schlafanzug in der Hand, redete besänftigend auf sie ein und versuchte, sie zum Stillstehen zu bewegen. Überall verstreut im Zimmer lagen Kleidungsstücke herum. Lily hatte sie ausgezogen und einfach irgendwo hingeschmissen.

»Ich dachte, sie sollte jetzt müde sein«, meinte Carla vorsichtig. Wo nahm das Kind nur so viel Energie her?

Lee lachte. »Dies ist der letzte Energieschub vor dem völligen Zusammenbruch.«

Mit viel Gerede und Spielerei schafften sie es letztendlich, dem Kind den Schlafanzug anzuziehen und es davon zu überzeugen, dass auch kleine Wolken jetzt schlafen müssten.

Lily flitzte noch ein paar Mal durch das Zimmer, dann ließ sie sich aufs Bett plumpsen und rieb sich die müden Augen. Gähnend zeigte sie auf das Buch, das sie vor dem Einschlafen vorgelesen haben wollte, und kuschelte sich an Carla und Lee, die sich zu ihr aufs Bett gesetzt hatten.

Im Schein der kleinen Nachttischlampe las Carla dem Kind vor und stellte nach einer Weile erstaunt fest, dass Lily bereits eingeschlafen war. Zärtlich strich sie der Kleinen übers Haar und steckte die Bettdecke fest.

Wenig später saß sie mit Lee in der Küche beim

183

Abendessen. Carla verdrängte den Vorfall vom Nachmittag und versuchte, das schöne Gefühl, das sie beim Anblick des schlafenden Kindes empfunden hatte, in ihrem Herzen zu bewahren.

Sie unterhielten sich leise beim Essen und kamen auf indianische Kunst zu sprechen. »Es ist schwer, in Kanada von Kunst zu leben«, meinte Lee. »Besonders von indianischer.«

Carla blickte ihn erstaunt an. »Aber die Galerien in Vancouver sind voll davon. Viele Touristen kaufen dort ein.«

»O ja«, entgegnete Lee. »Die Galerien verdienen gut. Sie verkaufen einen Kunstgegenstand für mehrere hundert oder gar tausend Dollar. Aber der Künstler selbst bekommt oft nur fünfzig Dollar für sein Werk, an dem er viele Tage oder sogar Wochen gearbeitet hat.«

»Ich weiß, dass in Deutschland viele Leute verrückt nach indianischer Kunst sind.«

»Hier ist es meist reines Touristengeschäft. Kanadier selbst kaufen lieber ein zweites Auto, einen größeren Fernseher oder ein Snowmobil, bevor sie Geld für Kunst ausgeben. Kunst hat hier keinen wahren Wert, und Künstler zu sein ist kein richtiger Beruf. Nicht wie in Europa«, erklärte Lee. »Hier wird jeder Künstler genannt, der in seiner Freizeit Handarbeiten anfertigt. Hauptberuflich macht es so gut wie keiner.«

Carla war überrascht. Wirkliche Künstler gab es in Europa auch immer seltener, aber wenigstens waren sie angesehen.

»Dazu kommt«, fuhr Lee fort, »dass indianische Kunst sofort als kulturelle Arbeit eingruppiert wird, die höchstens in ein Museum gehört. Es ist schwierig. In unserem Volk gibt es viele talentierte Künstler, die als Handwerker abgestempelt werden, nur, weil sie Indianer sind. Natürlich hat der Staat immer ein paar indianische Vorzeige-Künstler, aber um den Rest wird sich nicht gekümmert.«

Carla war nachdenklich. Doch bevor sie weiter nachfragen konnte, hörten sie Lily im Kinderzimmer weinen.

»Ich sehe nach, was los ist«, meinte Lee und ließ Carla in der Küche zurück. Sie räumte den Tisch ab und begann abzuwaschen.

Es passierte, während sie unter dem monotonen Plätschern des Wasserstrahls die Teller spülte.

Bilder tauchten vor ihren Augen auf. Schreckliche Bilder! Mariah war allein. Irgendwo im Dunkeln. Und sie schrie in panischer Angst.

Carla vergaß, was Lee ihr über ihre Träume oder Visionen, oder wie immer man sie nennen wollte, gesagt hatte. Die Bilder waren so real, so stark, dass sie den Teller und die Spülbürste aus den Händen gleiten ließ und, ohne den Wasserhahn zuzudrehen, aus der Küche stürzte. Sie wusste, dass Lees Autoschlüssel im Pick-up steckten.

Durch den Lärm alarmiert, erschien Lee mit Lily auf dem Arm in der Kinderzimmertür. »Was ist los, Carla?«

»Mariah!«, war das einzige Wort, das sie herausbrachte. Dann saß sie auch schon im Pick-up und raste die Einfahrt der Harrisons hinunter.

»Carla, warte!«, schrie er ihr ungläubig nach. Vergebens.

Lee wusste, dass die Situation ernst sein musste, sonst hätte Carla nicht so überstürzt gehandelt. Er musste schnell etwas unternehmen.

»Tut mir leid, Lily, aber ich kann dich nicht hierlassen.« Er wickelte das Kind kurzerhand in eine Decke und rannte in die Küche. Neben dem Telefon hing der

Schlüssel zu Steves Firmenwagen. Lee hatte bei ihrer Ankunft gesehen, dass dieser Pick-up neben dem Haus geparkt war. Mit wenigen Sätzen war er draußen und schob Lily auf den Beifahrersitz. Das Mädchen blickte ihn mit großen, erschrockenen Augen an, während er die holprige Einfahrt der Harrisons hinunterraste.

Carlas Kopf arbeitete auf Hochtouren. Sie fuhr wie automatisch, achtete nicht auf die Straße. Sie hatte Glück, dass kein Verkehr war.

Sie versuchte, die Bilder wieder vor ihrem geistigen Auge aufzurufen, um einen Anhaltspunkt darüber zu bekommen, wo Mariah sich zurzeit befand. War sie noch immer bei Freddy's? Oder hatte sie das Lokal verlassen? Und warum war Chris nicht bei ihr?

Carla wusste vom ersten Augenblick an, dass sie auf sich allein gestellt war. Von der hiesigen Polizei war keine Hilfe zu erwarten. Sie hatte Lee ohne Fahrzeug bei den Harrisons zurückgelassen und keine Idee, wo Chris sich befand. Sie kannte sonst niemanden in Midtown, an den sie sich hätte wenden können. Sie wusste nur, dass ihre Freundin in Not war und Hilfe brauchte. Sie konnte es beinahe körperlich spüren.

Carla erinnerte sich an ihre eigene Notlage am Nachmittag, und kalte Schauer liefen ihr über den Rücken. »Ich bin unterwegs, Mariah«, flüsterte sie. »Halt aus!«

Die Lichter von Midtown tauchten vor ihr auf, und sie verlangsamte die Geschwindigkeit des Pick-up. Wohin nun? Ohne zu überlegen, lenkte sie den Wagen die Straße hinunter. Es war, als folge sie einer unsichtbaren Karte. Sie bog links in eine Seitenstraße ein, folgte der nächsten rechts herum und näherte sich unbewusst dem Seiteneingang zu Freddy's. Sie verlangsamte das Tempo erneut und schaltete das Fernlicht ein. Jetzt konnte sie

Bewegungen an der vor ihr liegenden Gebäudewand wahrnehmen.

Der Atem stockte ihr. Zwei dunkle Gestalten zerrten an einer dritten, die einen Sack über dem Kopf hatte und mehr lag als ging. Unter dem Sackrand konnte sie gerade noch ein Stück von Mariahs Kleid hervorblitzen sehen.

Carla gab Gas und steuerte auf die Gruppe zu. Dabei hupte sie wild. Sie wollte die Aufmerksamkeit der Männer auf sich ziehen.

Nichts in ihrem Kopf machte Sinn. Sie konnte keine klaren Gedanken fassen. Alles, was sie fühlte, war unglaubliche Wut – und gleichzeitig eine anormale Gelassenheit.

Mit quietschenden Reifen brachte sie den Pick-up wenige Zentimeter vor den Männern zum Stehen. Instinktiv griff sie nach einem Schraubenschlüssel, der im Türfach steckte. Dann stürzte sie aus dem Wagen und warf sich mit wildem Geschrei auf die Männer.

Geblendet vom Licht der Scheinwerfer und überrascht von der Aggressivität der angreifenden Gestalt, ließen die Männer unter lautem Fluchen von Mariah ab.

Mariah erkannte Carlas Stimme und schöpfte neuen Mut. Sie begann sich aus dem Sack zu befreien. Sie traute ihren Augen nicht, als sie die Freundin in dem grellen Scheinwerferlicht sah. Es schien nicht dieselbe Carla zu sein! Mit einem Geschrei, das einem das Blut in den Adern gefrieren ließ, und einem Schraubenschlüssel in der Hand attackierte sie die beiden Männer. Eine ungeheure Kraft schien von ihr auszugehen. Skrupellos schlug sie auf die Männer ein. Mariah hörte die Männer fluchen und schreien. Einer von ihnen blutete so stark aus einer Platzwunde an der Stirn, dass das Blut in hohem Bogen herausschoss. Er versuchte vergeblich, es mit seinem Hemd zu stillen.

Mariah suchte den Boden hastig nach ihrer Handtasche ab. Da war sie endlich! Sie wühlte darin herum, bis sie das Messer fand, dass Chris ihr vor einiger Zeit für Notfälle gegeben hatte. Es war nur ein kleines Klappmesser, aber die Klinge war scharf. Mit einem wilden Aufschrei kam sie zu Carlas Unterstützung.

Die Männer flohen.

Mariah schaute sich aufgebracht um. Eine Traube von Menschen hatte sich außerhalb des Restaurants versammelt. Stumm verfolgten sie die Szene.

Lee hielt den Pick-up abrupt an. Das Bild, das sich ihm bot, war unwahrscheinlich. Gerade noch sah er zwei Gestalten in der dunklen Nebengasse verschwinden. Eine wild aussehende Carla ließ langsam die Hand sinken, in der sie fest umschlossen seinen schweren Schraubenschlüssel hielt. Ihr Blick war leer, und sie schien in einer Art Trance. Neben ihr stand eine zerzauste Mariah.

»Die Schweine«, schrie Mariah hinter den flüchtenden Männern her. Sie hielt ein Messer in der Hand. Überall waren Blutspuren.

Jetzt wandte sie sich einer Gruppe von Schaulustigen zu. Sie tat einige Schritte auf die Leute zu und brüllte ihnen ein lautes, aufgebrachtes »Feiglinge!« entgegen.

Ein panischer Chris bahnte sich seinen Weg durch die Menge. Er rannte auf seine Frau zu. Sein Gesicht war leichenblass. »Was ist passiert? ... Alles ist in Ordnung«, versuchte er sie zu beschwichtigen. »Gib mir das Messer!«

Mariah drückte ihm wortlos das Messer in die Hand. »Nichts ist in Ordnung!«, meinte sie bitter. Dann drehte sie sich um und ging zu Carla hinüber. Die beiden Frauen fielen sich erleichtert in die Arme.

Lee wusste nicht, was genau vorgefallen war, aber der Ausdruck auf Carlas Gesicht ließ sein Herz beinahe stillstehen. Betont ruhig griff er nach Lilys Hand. Er wollte das Kind nicht noch mehr ängstigen. Dann murmelte er etwas von: »Wir gehen jetzt zu Daddy.« Er brachte das Kind zu Chris hinüber, der unentschlossen neben den Frauen stand, und drückte sie ihm in die Arme.

Dann ging er zu Carla. Er bemerkte sofort, dass sie noch immer diesen starren Ausdruck in den Augen hatte. Und obwohl sie körperlich anwesend war, wusste er, dass ihr Geist nicht in dieser Welt weilte. Entfernte sie sich zu weit, würde es für sie keinen Rückweg geben.

Langsam und ruhig nahm er sie aus Mariahs Armen und legte seine fest um sie. Wieder und wieder flüsterte er Worte in indianischer Sprache in ihr Ohr. Dann endlich spürte er, wie ein Zittern durch ihren Körper ging.

»Chris«, rief er seinem Freund zu, »lass uns nach Hause fahren.«

Wortlos führte Chris Frau und Kind zu dem Pickup, mit dem Lee gekommen war, und fuhr in Richtung Harrison Farm davon.

»Bist du verletzt?«, wollte Lee von Carla wissen. Sie schüttelte den Kopf.

»Das ist die Hauptsache.« Damit hob er sie hoch und trug sie zu seinem Pick-up, der noch immer mit laufendem Motor und aufgeblendeten Scheinwerfern vor dem Seiteneingang zu Freddy's stand. Sachte schob er sie auf die vordere Sitzbank und ließ sich dann auf den Fahrersitz fallen.

Kurz darauf erreichten sie das Haus von Mariah und

189

Chris. Lee hielt den Wagen an, stieg aber nicht aus. Stattdessen unterhielt er sich mit Chris, der in der Tür erschienen war, durch das Fenster auf der Fahrerseite.

»Ist Mariah okay?«, wollte er wissen.

»Körperlich ja«, entgegnete Chris. »Lily war auch sehr verängstigt und durcheinander und wollte nicht alleine bleiben. Ich habe beide in unser Bett gesteckt. Hoffentlich können sie ein wenig schlafen. Ich selbst werde kein Auge zutun«, fügte er hinzu. »Ich fühle mich für den Vorfall verantwortlich. In einem kleinen Laden wie Freddy's. Unglaublich!« Er fuhr sich aufgebracht mit den Händen durchs Haar.

»Hat Mariah erzählt, was passiert ist?«

Chris nickte. »Wir waren gerade mit dem Essen fertig, als der alte James am Nebentisch im Suff umgekippt ist. Freddy hat gefragt, ob ich ihn nach Hause bringen könnte. Mariah meinte, sie könne für die paar Minuten im Restaurant warten – schließlich wohnt der alte James ja gleich nebenan. Also bin ich mit ihm losgegangen. Das Auto habe ich bei Freddy's stehen lassen. Ich wollte nicht, dass er alles vollkotzt. Während ich weg war, ist Mariah zur Toilette gegangen. Wie du weißt, sind die Toiletten gleich neben dem Seiteneingang, und normalerweise gibt es nie Probleme. Die Türen sind von allen Tischen voll einsehbar.

Wie ich es verstanden habe, haben ihr zwei Männer in der Toilette aufgelauert, ihr einen Sack über den Kopf gestülpt und sie aus dem Lokal gezerrt. Dabei haben sie ihr die schlimmsten Dinge angedroht. Es muss schrecklich für sie gewesen sein! Sie sagte, sie hatte panische Angst und hat losgeschrien, konnte sich aber nicht befreien. Die Männer zerrten sie weiter und weiter.« Chris schluckte hart.

»Plötzlich kam ein Wagen mit hoher Geschwindigkeit, aufgeblendeten Scheinwerfern und lautem Gehupe auf sie zugefahren. Mariah konnte nicht wissen, um wen es sich handelte, und meinte, sie wäre vor Angst beinahe in Ohnmacht gefallen. Dann hat sie Carlas Stimme erkannt. Sie meinte, sie sei sich erst nicht sicher gewesen, weil Carla so wild herumgeschrien hat und ihre Stimme ganz anders klang als sonst. Sie sagte, sie hätte so etwas noch nie in ihrem Leben gehört. Wie Kriegsgeheul.«

Er sah Lee entschuldigend an. Er hatte ihn mit seiner Wortwahl nicht beleidigen wollen. »Auf jeden Fall haben die Männer sie aufgrund von Carlas Attacke losgelassen. Mariah meinte, sie sei auf einmal derart wütend und gleichzeitig so besorgt um Carla gewesen, dass sie sich aus dem Sack befreien und ihr Messer aus der Handtasche holen konnte. Sie sei ihr zu Hilfe geeilt, obwohl sie mir versicherte, dass Carla keine Hilfe nötig hatte. Dann sind die Männer geflohen und wir, du und ich, sind auf der Bildfläche erschienen. Leider zu spät«, fügte er hinzu.

»Nicht zu spät«, erwiderte Lee mit einem wissenden Blick auf Carla. Er dachte an den starren, losgelösten Ausdruck, den er auf ihrem Gesicht gesehen hatte.

»Ich bin Carla zu großem Dank verpflichtet«, sagte Chris. »Ist sie in Ordnung?«

»So weit ja«, erklärte Lee. »Ich werde sie nach Hause bringen, das heißt, wenn ihr hier alleine zurechtkommt.«

»Mach dir keine Gedanken.«

»Hat Mariah die Männer erkannt?«, wollte Lee noch wissen.

Chris schüttelte den Kopf. »Sie meinte, sie hätte Dan Shepherds Stiefel erkannt. Aber damit werden wir bei der Polizei nicht weit kommen. Ich habe keine Zweifel an ihrer Aussage, aber wir müssen wohl nach Augenzeugen suchen.«

»Vergiss die Polizei, Chris! Du weißt so gut wie ich, wer es gewesen ist, und die Polizei wird nichts unternehmen.« Damit ließ Lee seinen Freund stehen und brachte Carla zur Singing Bear Ranch.

Dort angekommen, hielt er den Wagen vor dem Wohnhaus an. Er ließ jedoch den Motor laufen und die Scheinwerfer an, damit er etwas sehen konnte. Soot beobachtete ihn.

Wenig später hatte Lee in beiden Zimmern Öllampen angezündet und kam zurück zum Wagen, um Carla zu holen. Er stellte den Motor ab, schaltete die Scheinwerfer aus und trug Carla ins Haus. Dort legte er sie auf ihr Bett und verriegelte die Haustür. Mit wenigen gekonnten Handgriffen brachte er das Feuer im Ofen wieder zum Brennen. Dann brachte er Carla ein großes Glas Wasser.

»Willst du mir sagen, was passiert ist?«

Carla richtete sich vorsichtig auf und trank das Wasser in kleinen Schlucken. Sie nahm von ihrer Umgebung nur wenig wahr. Sie wusste, sie war zurück auf der Singing Bear Ranch, aber sie spürte lediglich eine unendliche Müdigkeit, ein Gefühl von komplettem Energieverlust. Noch nie in ihrem Leben hatte sie sich körperlich und seelisch derart erschöpft gefühlt.

Was geschehen war? Sie wusste es selbst nicht recht. Und sie war nicht imstande, darüber zu sprechen.

»Carla!« Lees Stimme war jetzt fordernder. »Es ist wichtig, dass du mir sagst, was passiert ist. War es eine deiner Visionen?« Er hatte ihr eine Hand auf die Schulter gelegt und rüttelte sie sanft.

»Ich war in der Küche und habe das Geschirr abgespült«, begann Carla langsam zu erzählen. »Auf einmal habe ich Bilder gesehen. Schreckliche Bilder! Und Mariah. Ich wusste, sie war allein, wusste, sie brauchte meine Hilfe. Und ich konnte nicht anders, ich musste einfach losfahren.«

Lee nickte. So etwas hatte er sich schon gedacht. »Woher wusstest du, wo du Mariah finden würdest?«

»Ich habe es nicht gewusst«, entgegnete Carla. »Ich bin einfach losgefahren und irgendwie automatisch bei ihr gelandet. Als hätte ich eine eingebaute Fernsteuerung in mir.«

»An was erinnerst du dich sonst noch?«

»Nicht viel«, sagte sie nachdenklich. »Als ich die Gestalten erblickte, die an Mariah zerrten, habe ich laut gehupt und bin direkt auf sie zugefahren. Dann bin ich aus dem Wagen gesprungen und habe irgendwas Schweres in die Hand genommen. Der Rest, ich weiß es nicht. Oh, Lee, es ist so ein komisches Gefühl! Als wäre ich weit, weit weg von hier gewesen, wo alles ruhig und langsam vor sich geht, wie auf Watte.« Sie blickte ihn hilfesuchend an. »Was ist mit mir geschehen?«

»Ich weiß es nicht genau«, begann Lee kopfschüttelnd. »Ich denke, du warst in einer Art Trance. Mariah hat gemeint, es sah aus, als seiest du im Besitz von außergewöhnlichen Kräften gewesen. Sie meinte, du hättest den beiden Angreifern derart zugesetzt, dass sie blutend und angsterfüllt davongelaufen sind. *Ich* weiß«, fügte er hinzu, »dass ich einen mächtigen Schrecken bekommen habe, als ich dein Gesicht sah. Du hast wie eine der Personen in Grandmas Erzählungen ausgesehen. Ich wusste, du warst weit, weit fort von hier.«

Carla brauchte nicht zu fragen, was er damit meinte, sie spürte es selbst.

»Was ist mit Mariah?«, flüsterte sie schließlich.

»Sie ist in Ordnung. Ich denke, es ist nicht zu viel behauptet, wenn ich sage, dass du ihr das Leben gerettet hast.«

Carla schloss die Augen und hoffte inständig, dass das Baby in Mariahs Bauch durch diesen Schock keinen Schaden genommen hatte.

»Diese fürchterlichen Männer«, fuhr sie auf, hielt sich aber sofort den Kopf, der ihr noch immer dröhnte.

»Hast du sie erkannt?«, wollte Lee wissen.

Sie schüttelte den Kopf. »Mariah?«

»Sie glaubt, dass der eine Mann Dan Shepherd gewesen ist.«

Carla sah den verschlossenen, bitteren Ausdruck in Lees Gesicht und bekam beinahe Angst.

»Lee, bitte tu nichts Unüberlegtes!«

»Mach dir keine Sorgen«, erwiderte er ruhig und fügte dann hinzu: »Du ruhst dich jetzt besser aus. Ich werde hierbleiben und in einem der Sessel schlafen. Ruf mich, wenn du etwas brauchst.«

Carla wusste, sie hatte es ihm zu verdanken, dass sie unversehrt aus ihrer Trance gekommen war. Sie erinnerte sich an seine Stimme, seine starken Arme, die sie gehalten hatten. Ohne dieses Gefühl von Schutz und Geborgenheit würde sie in dieser Nacht kein Auge zutun. Doch sie musste Ruhe finden. Sie war so unendlich müde.

»Bitte lass mich nicht allein«, bat sie. Und wie immer verstand Lee auch diesmal genau, was in ihr vorging. Er legte sich zu ihr aufs Bett und zog sie vorsichtig in seine Arme. Das Feuer prasselte leise im Ofen, und eine angenehme Stille legte sich über das kleine Haus.

Carla legte ihren Kopf an Lees Schulter und lauschte

seinen ruhigen Atemzügen. Sie fühlte, wie sich ihr Körper mehr und mehr entspannte und sie langsam in einen tiefen Schlaf glitt.

Bevor sie endgültig einschlief, hörte sie Lee flüstern: »Ich hätte dich heute verlieren können, Carla.«

Lee beobachtete, wie sich die Morgendämmerung langsam über der Singing Bear Ranch ausbreitete. Er hatte die Nacht nicht eine Minute schlafen können.

Während Carla ruhig in seinen Armen geschlummert hatte, hatte er mit seinen Gefühlen gekämpft. Er wusste, dass es für ihn niemals eine andere Frau geben würde als Carla. Aber er hatte Angst, sie zu verlieren. Nicht an einen anderen Mann, sondern auf die Art, wie sein Vater seine Mutter verloren hatte.

Lee verstand seit dieser Nacht, was in seinem Vater vor sich ging. Und es war in diesen Stunden, dass er ihm ein für alle Mal verzieh.

Sein Arm war längst eingeschlafen, doch er hätte Carla niemals losgelassen. Wie sollte er jemals wieder ohne ihre Nähe, ohne ihre Berührung zufrieden sein? Und doch durfte er sie nicht an sich binden. Sie musste zurück nach Deutschland – so schnell es ging. Sie durfte nicht zu Schaden kommen.

Dann wusste er, was er zu tun hatte. Langsam rollte er sich aus dem Bett, bemüht, Carla nicht zu wecken. Im fahlen Licht des frühen Morgen verließ er das Haus. Er musste die Geistwesen um Hilfe bitten.

Carla erwachte, als die ersten Sonnenstrahlen ihr Gesicht berührten. Sie reckte sich und stellte überrascht fest, dass sie selten so gut geschlafen hatte.

Dann fielen ihr die Ereignisse vom vergangenen Abend wieder ein. Sie blickte sich um. Wo war Lee?

Sie wusste, er allein war der Grund, warum es ihr besserging. Sie hatte ihm so viel zu verdanken.

»Du bist ja wach«, stellte Lee erfreut fest, als er kurz darauf ins Zimmer zurückkam.

»Danke für alles«, sagte Carla leise.

Lee nickte schweigend und verschwand im anderen Zimmer, um nach etwas Essbarem zum Frühstück zu suchen.

Carlas Gedanken wanderten zurück zum vorherigen Tag. Ihr Gesicht verdunkelte sich, und so bemerkte sie erst nach ein paar Minuten, dass Lee in der Zimmertür stand und sie interessiert anschaute.

»Lee, diese Träume oder Visionen, oder was immer sie sein mögen, sie machen mir Angst«, sagte sie schließlich.

Er setzte sich ans Fußende des Bettes. »Ich weiß«, sagte er ruhig. »Aber du darfst sie nicht als Feind betrachten, Carla, sondern vielmehr als Geschenk.« Er suchte nach den richtigen Worten. »Nicht viele Leute haben dieses Geschenk. Die Visionen und Träume wollen dir nicht schaden. Ihretwegen bist du hierhergekommen, und ihretwegen hast du einer jungen Frau das Leben gerettet. Es wäre falsch, so ein Geschenk abzulehnen.«

Carla biss sich auf die Unterlippe. »Das stimmt«, entgegnete sie vorsichtig. »Aber dieser Trancezustand, dieses *Geleitetwerden*. Ich mag es nicht.«

»Warum nicht?«, hakte Lee nach.

»Ich weiß nicht, was mit mir passiert, ich habe keine Kontrolle über die Dinge. Was, wenn ich ungewollt auf dich losgehe? Oder Mariah?«

»Es ist nicht der Teufel, der von dir Besitz ergriffen hat«, erklärte Lee lächelnd. »Vielmehr sind es die Geistwesen, die versuchen, dir etwas mitzuteilen, um dich und deine Lieben zu schützen. Du kannst mit ihnen kommunizieren. Deshalb haben sie sich gestern an dich gewandt, als Mariah Hilfe brauchte.«

Carla sah ihn zweifelnd an.

»Du musst stark sein, deine Gabe als etwas Positives sehen und sie annehmen, sonst wird es dich zerbrechen«, fuhr er eindringlich fort. »Viele von denen, die diese Gabe haben, können dem Druck nicht standhalten, kämpfen zu sehr dagegen an. Sieh die Visionen als Teil von dir, und sie werden dir nichts als helfen.«

Carla schwieg nachdenklich.

»Ich weiß, es muss dich sehr viel Kraft und Energie kosten. Doch es hat den Anschein, als befändest du dich im Moment in einer besonderen Zeit. Deshalb hast du die Träume und Visionen im Augenblick so häufig. Deine Hilfe wird gebraucht. Man will dich auf etwas vorbereiten.«

Man?, dachte sie verwirrt. Doch bevor sie etwas sagen konnte, sah sie Chris und Mariahs Pick-up vor dem Haus vorfahren und war mit einem Satz draußen.

»Du bist okay?«, flüsterte sie, als sie die Freundin umarmte.

»Ja«, erwiderte Mariah leise. »Und du?«

»Ich auch.«

»Ich muss mich sehr bei dir bedanken«, erklärte Mariah mit zittriger Stimme. »Eine Freundin wie dich findet man nur einmal im Leben.«

Chris trat zu ihnen. »Ich stehe tief in deiner Schuld.«

Carla schüttelte energisch den Kopf. »Ich bin froh, dass ich eine Hilfe sein konnte.« Dann wandte sie sich erneut an Mariah: »Und das Baby?«

»Scheint alles in Ordnung zu sein!«

In diesem Augenblick zog etwas an Carlas Hosenbein. Sie blickte hinunter und bemerkte Lily, die mit großen braunen Augen zu ihr aufschaute. »Kommst du morgen mit zum Campen?«

Carla sah ihre Freunde erstaunt an. »Ihr wollt den Trip immer noch machen? Solltest du dich nicht lieber ausruhen, Mariah?«

Chris wehrte ab. »Mariah braucht Ruhe, ja. Gerade deshalb haben wir uns entschlossen, schon ein paar Tage früher aufzubrechen. Am See sind wir ungestört und können überlegen, was zu tun ist. Man soll Dinge nie überstürzen.« Er warf Lee einen dankbaren Blick zu.

Lee lächelte erleichtert. Er hatte sich Sorgen gemacht, dass Chris in seiner Wut Amok laufen würde. »Mir gefällt die Idee«, meinte er daher und klopfte seinem Freund anerkennend auf die Schulter.

»Also dann morgen«, meinte Carla und schwang die kleine Lily im Kreis.

KAPITEL 13

Sapphire Lake

Der Sapphire Lake lag, umgeben von Crown Land – Land, das der Regierung gehört, aber der Öffentlichkeit zur Benutzung zur Verfügung steht –, nördlich der Singing Bear Ranch versteckt in den Bergen. Mariah hatte erklärt, dass sie den Sapphire Lake bevorzugten, nicht nur wegen seiner Schönheit, sondern auch, weil er nicht in einem Park gelegen war. Der See war daher nicht viel besucht, und die Männer konnten ihre Gewehre mitnehmen, was in Mariahs Augen wichtig war, besonders weil sie Lily dabeihatten. In den Parks war das Mitführen von Schusswaffen verboten, obwohl es jährlich viele – zum Teil tödlich verlaufende – Zwischenfälle mit Bären und Berglöwen gab, die in den Medien gerne verschwiegen wurden.

Es war ein schöner Frühsommertag. Sie waren seit ungefähr einer Stunde unterwegs, und Carla hatte sich am Ende des kleinen Trecks gehalten. Lee ritt voraus, gefolgt von Chris und Mariah, die Lily vor sich im Sattel hatte. Nun wurde der Pfad etwas breiter und Mariah hielt ihr Pferd zurück, um sich mit Carla zu unterhalten.

»Du bist so ruhig heute Morgen«, stellte sie fest, als sie neben ihr war. »Ist alles in Ordnung?«

Carla blickte ihre Freundin erstaunt an. »Ja, ich fühle mich nur immer noch etwas erschöpft.«

»Warum hast du Soot nicht mitgebracht?«

»Das habe ich versucht, aber er hat die Veranda nicht verlassen wollen«, entgegnete Carla.

»Und wie gefällt dir der Ritt?«, wollte Mariah wissen, um die Unterhaltung nicht abbrechen zu lassen.

Carla brauchte nicht lange zu überlegen. Im Augenblick durchritten sie ein enges Tal, das an beiden Seiten von steilen Hängen umgeben war. Das Gras war kurz, und der karge Boden übersät mit kleinen Wildblumen, die zwischen den Gesteinsbrocken hervorsprossen. Die Bäume waren viel kleinwüchsiger als weiter unten auf der Singing Bear und der Ghost Horse Ranch. Sie mussten mehrere hundert Meter Höhenunterschied zurückgelegt haben. Ein Murmeltier schaute hinter einem Felsbrocken hervor und ließ seinen ulkigen Pfiff ertönen, und ein paar Hirsche grasten friedlich am Hang.

»Mir gefällt der Ritt ausgesprochen gut.«

Mariah schenkte ihr ein Lächeln, und Carla fiel auf, dass die Freundin viel entspannter und fröhlicher wirkte als am Tag zuvor. *Die Natur hat wundersame Kräfte*, stellte sie andächtig fest. Sogar die kleine Lily jauchzte vergnügt und brabbelte unaufhörlich vor sich hin. »Schau, da ist der See!«, sagte sie gerade und deutete nach vorn.

Carla folgte dem ausgestreckten Arm des Kindes und erblickte Flecken von tiefblauem Wasser, die zwischen den Bäumen hervorschienen.

Es dauerte eine weitere halbe Stunde, bis sie den See endlich erreichten. Das Hochtal, durch das sie gekommen waren, fiel zum See hin sanft ab, und sie folgten dem Lauf eines schmalen Baches, der sich durch das kleine Tal schlängelte und schließlich in den See mündete. Kiefern und Fichten versperrten bis zuletzt den Blick, gerade so als hüteten sie einen Schatz.

Doch schließlich lichteten sich die Bäume und gaben

ihr wohlbehütetes Geheimnis preis. Sapphire Lake lag in voller Pracht vor ihnen.

Sie hielten die Pferde an und genossen den atemberaubenden Ausblick.

Carla hatte keine Zweifel, woher der See seinen Namen hatte. Sein Wasser war azurblau. Es glitzerte ruhig im frühen Licht des Sommertages und reflektierte die Berge wie ein Spiegel.

Der See war ungefähr einen Kilometer lang und etwa halb so breit, er war umringt von Bergen, die nun wieder runder und dicht bewaldet waren, weil der See viel tiefer lag als das Hochtal, über das er zu erreichen war. Eine leichte Brise strich über die Berge, und die Wipfel der Kiefern und Fichten wiegten sich sanft im Wind.

Einen Augenblick lang waren sie alle still und ließen den Anblick auf sich einwirken. Es war, als könne man die Anspannung der vergangenen Tage, die alle Beteiligten mit sich gebracht hatten, weichen hören.

Dann setzte sich die kleine Gruppe wieder in Bewegung, um das letzte Stück des Weges hinter sich zu bringen. Ein paar Bergschafe liefen erschrocken davon, als die Reiter sich näherten. Die Farbe ihres Fells glich den Felsen, zwischen denen sie lebten, und sie hatten schöne, geschwungene Hörner. Carla konnte sich vom Anblick der Landschaft und der wilden Tiere kaum losreißen.

Der Pfad endete direkt am See. Lee hielt jedoch nicht sofort an, sondern führte seine Freunde etwas weiter am Ufer entlang. Sie erreichten eine Stelle, wo große Kiefern eine Lichtung bildeten. Kurzes Gras bedeckte den Boden und erstreckte sich bis zum Ufer. Hier endlich endete der Ritt, und Carla war froh, dass sie absitzen konnte. Ihr Körper war steif von dem langen Ritt.

Neidisch musterte sie ihre Freunde. Keiner von ihnen

zeigte Anzeichen von Steifheit. Gerade schwang Lee sich mit gewohnter Leichtigkeit aus dem Sattel, und Chris, der schon abgesessen hatte, streckte seine Arme aus, um Lily vom Pferd zu helfen.

»Müde?«, fragte Lee in seiner ruhigen Art und kam zu Carla herüber.

Carla reckte sich. »Ein bisschen …«, sagte sie verlegen.

»Hast dich gut gehalten«, erwiderte Lee. »Der Rückweg wird dir leichter fallen.« Dann half er Chris, die mitgebrachten Sachen abzuladen.

Sie hatten bewusst nur das Nötigste mitgenommen. Mariah hatte erklärt, dass die Einfachheit das Besondere an ihrem jährlichen Campingtrip sei. Carla war sehr gespannt, wie gut sie mit der *Einfachheit* ihrer Freunde zurechtkommen würde. Ihr Haus auf der Ranch war *einfach*, aber immerhin ein Haus. Lee hatte nicht einmal ein Zelt mitgenommen.

Doch jetzt wurde sie erst einmal zum Ufer des Sees gerufen, wo Lily ihr unbedingt etwas zeigen wollte. Es war für die Kleine nicht leicht gewesen, den langen Ritt über still zu sitzen. Umso aktiver war sie nun, da sie wieder Boden unter den Füßen hatte.

Nachdem Carla ein paar Steine ins Wasser geworfen hatte, die Lily zu wildem Geschrei veranlassten und sie am Ufer vor Freude hin- und herspringen ließen, meinte Mariah: »Ich glaube, wir sollten den Männern unsere Hilfe anbieten. Sonst kriegen sie noch schlechte Laune.«

»Okay«, erwiderte Carla und rieb sich die Hände. »Ich bin schon mächtig gespannt auf eure *Einfachheit*.«

Sie stellte schnell fest, dass bei ihren Freunden *einfach* tatsächlich *einfach* bedeutete. Lee und Chris spannten am Rande der Lichtung eine große Plane waagerecht zwischen vier Bäume, so dass man bequem darunter stehen konnte.

»Für Schatten während der heißen Mittagsstunden und falls es regnen sollte«, erklärte Mariah fachmännisch.

Rechts und links der Plane stellten die Männer Schlafquartiere her. Dazu legten sie je eine Plane über ein paar Seile, die etwas entfernt voneinander und auf unterschiedlichen Höhen zwischen den Bäumen gespannt waren. Vorne war die Plane etwa einen Meter zwanzig vom Boden entfernt, sie stieg zur Mitte hin an und fiel am hinteren Ende auf den Boden. Dach und Rückwand waren entstanden. Die verbleibende Länge der Plane falteten die beiden um, so dass das kleine Schlaflager eine Unterlage bekam. Diese beschwerten sie an den Kanten mit Steinen. Dann wandten sie sich mit überaus zufriedenen Gesichtern an die Frauen. »Nun?«, meinte Chris. »Zufrieden mit eurem Palast?«

»Und wo schlafe ich?«, wollte Lily sofort wissen.

»Du schläfst mit Mommy und Carla unter dieser Plane«, erklärte Chris, »und Lee und ich werden dort drüben einziehen.«

Mariah hob eine Augenbraue. »Moment mal«, warf sie ein. »Dies ist unser Familienurlaub. Also schläfst du mit Lily und mir hier«, sie deutete auf die rechte Plane. »Und Carla und Lee können sich um die andere Plane streiten.«

Chris wusste nicht, was er antworten sollte, doch Lee meinte lachend: »Schon gut, Mariah, du hast gewonnen. Zum Glück ist Carla ja schlank. Ich bin mir sicher, dass wir uns über die andere Plane einig werden.« Er schenkte Carla ein umwerfendes Lächeln und wandte sich dann an seinen Freund. »Lass uns die Feuerstelle

203

bauen, Chris, damit wir etwas zu essen kriegen. Ich bin am Verhungern! Hey, Lily, du kannst uns helfen.«

Die beiden sammelten Steine in allen Größen und legten eine große Mulde damit aus. Lily half tüchtig mit. Zum Schluss entfernten sie noch das Gras rund um die Feuerstelle und stellten für eventuell auftretende Notfälle einen Klappspaten und einen Behälter mit Wasser bereit.

Carla und Mariah sammelten Reisig und Feuerholz, und schon bald brannte ein herrliches Lagerfeuer. Die Frauen begannen das Mittagessen zuzubereiten, und Lee sah nach den Pferden, die am Rande der Lichtung im Schatten der Kiefern angepflockt waren. Chris schaffte das Sattelzeug unter die Planen und packte die Lebensmittel aus. Zum Schutz vor Bären hängte er sie in sicherem Abstand vom Boden an einem hochgelegenen Ast auf.

»Klappt nicht immer«, erklärte er Carla. »Ist aber einen Versuch wert.«

»Du meinst, Bären kommen hierher?«, fragte sie entgeistert. »Und wir schlafen unter diesen mickrigen Planen?«

Lee lachte. »Die Bären sind hier zu Hause.«

Sie verbrachten einen ungezwungenen Tag am See. Mariah und Carla servierten zum Mittag hausgemachte Hot Dogs, und Lily hielt anschließend einen Mittagsschlaf. Die jungen Frauen lagen faul in der warmen Sonne und warteten, dass Lily aufwachte. Die Männer gingen zum See, um Forellen für das Abendessen zu angeln.

Carla seufzte tief und sah den Kiefernzweigen zu, die sachte im Sommerwind tanzten. Es duftete nach Wald und feuchtwarmer Erde, und kleine Wellen schwappten leise ans Ufer des Sees. Wie leicht konnte man an diesem Ort alles andere auf der Welt vergessen. Alle Anfeindungen, Schwierigkeiten und Sorgen schienen zu verschwinden. Hier war es einfach, sich nur auf den Augenblick zu konzentrieren. Carla fühlte sich lebendig und voller Energie. Und obwohl die kleine Gruppe alleine am Sapphire Lake war, fühlte sie sich nicht einsam. Die Berge und Wälder und der See schienen vor Leben zu vibrieren. Sie konnte es deutlich spüren.

Carla blickte ihre Freundin an, auf deren Gesicht ebenfalls ein entspannter, friedlicher Ausdruck lag. Mariah kannte diesen See gut und war schon oft hier gewesen. Sie musste gewusst haben, was für einen positiven Einfluss dieses Fleckchen Natur auf alle Anwesenden ausüben würde. *Kein Wunder, dass sie vorgeschlagen hat, einen Tag früher aufzubrechen*, dachte Carla. Der Aufenthalt hier war Balsam für die Seele.

Sie bewunderte die Freundin für ihre mentale Stärke und Umsicht. Carla selbst wusste nicht, ob sie sich nach solch einer Attacke so schnell wieder hätte fangen können. Aber Mariah hatte Lily und das ungeborene Kind. Für sie musste sie stark sein.

Carlas Blick schweifte zu den Männern hinüber, die schweigend am Ufer des Sees saßen und fischten. Sie musste lächeln. Warum konnte das Leben nicht einfach für immer so weitergehen? Ein ewiger Sommer in wunderschöner Natur, umgeben von lieben Menschen, mit denen man die Stunden teilen konnte.

»Mommy!« Lily rieb sich verschlafen die Augen.

Die Ruhe war vorbei. Lily hatte ausgeschlafen und war voll neuer Energie und Tatendrang. »Hey, habt ihr unser Abendessen schon gefangen?«, wollte Mariah von den Männern wissen. »Lily möchte baden.«

Chris drehte sich um. »Nur zu! Nur zu! Ansonsten fischen wir noch den gesamten See leer.«

»Ich ziehe mich kurz um«, erklärte Mariah, »allein kann sie da nicht reingehen.« Damit verschwand sie, ihr Badezeug unter dem Arm, hinter der Plane.

»Komm her, Lily«, rief Carla. »Ich helfe dir beim Umziehen. Wo ist dein Badeanzug?«

Lily quiekte vor Vergnügen und konnte kaum still stehen. Carla war komplett aus der Puste, als die Kleine endlich in ihrem Badeanzug steckte.

»Gehst du auch schwimmen?«, wollte Lee wissen und setzte sich zu ihr.

»Ich glaube, ich warte bis morgen«, antwortete Carla. »Das Wasser sieht kalt aus, und mir ist gerade so schön warm.«

»Dann bleibe ich bei dir.«

Aus sicherer Entfernung sahen sie zu, wie Lily vergnügt im kalten Wasser planschte und Chris, der noch immer am Ufer saß, nass spritzte, während Mariah versuchte, sich irgendwie warm zu halten.

»Ich wollte etwas mit dir besprechen«, begann Lee. »Es handelt sich um deinen Vater.«

Carlas Interesse war sofort geweckt.

»Ich habe viel über Silvers Angebot, die Singing Bear Ranch zu kaufen, nachgedacht. Etwas hat mich daran gestört, aber ich wusste nicht genau, was es war. Ich wollte eigentlich schon längst mit dir darüber gesprochen haben, aber mit all den Vorfällen der letzten Tage ...«

»Was ist es?«, fragte sie gespannt.

»Ist dir aufgefallen, wie sehr Silver auf sein Angebot bestanden hat?« Carla nickte kurz. »Nun, wir wissen, dass er auf Gold oder Silber aus ist, aber dafür bräuchte er die Ranch nicht unbedingt zu kaufen.«

»Nicht?«, fiel Carla ungläubig ein.

»Nein«, erklärte er. »Silver könnte einfach einen

Claim abstecken und mit Ausgrabungen anfangen – und du könntest nichts dagegen tun. Es sei denn …«

»Silver kann einen Claim abstecken, obwohl die Ranch mir gehört?«

»Ganz legal«, meinte Lee. »Denn jedem in diesem Land gehört nur die obere Schicht seines Grundstücks. Der Rest gehört der Regierung, und die gibt ihn unter bestimmten Voraussetzungen an Goldschürfer frei. Alles, was du dazu brauchst, ist eine Lizenz, und die hat Silver natürlich. Er hat in der Gegend schon ganze Landstriche abgesteckt, überall kleine Minen aufgemacht und die Natur zerstört.«

»Aber ich wohne auf der Ranch.«

Lee zuckte mit den Schultern. »Das ändert nichts.«

»Hat Silver einen Claim auf eurer Ranch?«, wollte Carla aufgebracht wissen.

»Nein«, sagte Lee. »Meine Familie hat die Schürfrechte an unserer Ranch. Mit Silver als Nachbarn muss man vorsichtig sein. Aber das ist es nicht, worauf ich hinauswollte. Ich denke, dass jemand bereits die Schürfrechte an der Singing Bear Ranch besitzt, sonst hätte Silver auf dieser Schiene schon längst etwas unternommen. Es muss jemand sein, der seine Rechte nicht an Silver verkaufen will, denn das könnte er legal tun.« Er sah sie triumphierend an. »Carla, ich glaube, es ist dein Vater, dem die Schürfrechte an der Ranch gehören.«

Und als sie ihn lediglich verwirrt anblickte, erklärte er: »Wir können deinen Vater mit Hilfe der Eintragung beim Claimsoffice ausfindig machen. Jeder Claim wird dort erfasst und sein Besitzer angegeben – mit Adresse.«

»Lee«, Carlas Augen leuchteten nun, »das ist phantastisch! Wo ist dieses Amt? Können wir dorthin fahren?«

»Wir brauchen lediglich dort anzurufen. Mit ein

bisschen Glück könntest du die Information schon am Montag haben.«

»Montag«, flüsterte sie überwältigt. »Wie bist du darauf gekommen, Lee?«

»Zufall. Ich hatte, wie gesagt, schon eine Weile über Silvers Angebot nachgedacht, als für uns ein Brief vom Claimsoffice eintraf. Grandpa hat ihn am Mittwoch vom Postamt mitgebracht, und da ist mir ein Licht aufgegangen«, sagte er.

»Ich glaube nicht an Zufälle«, murmelte Carla und setzte dann hinzu: »Danke, Lee. Vielen, vielen Dank.«

Er winkte ab. »Lass uns erst sehen, ob wir wirklich fündig werden.« Er machte eine Pause und fuhr dann ernster fort: »Nun etwas ganz anderes. Ich habe etwas für dich.« Er ging zu seiner Satteltasche und holte etwas daraus hervor. Als er wieder neben Carla saß, zeigte er ihr, was er in der Hand hielt. »Dies ist für dich«, erklärte er und hielt ihr ein Jagdmesser hin. Es hatte einen Griff aus Horn und eine Scheide aus glänzendem braunem Leder. »Niemand sollte hier draußen ohne ein Messer sein.«

»Das ist zu viel«, wehrte sie ab.

»Es gefällt dir also?«, wollte er wissen.

»Es ist wunderschön.« Carla hatte das Messer aus der Scheide gezogen und betrachtete es eingehend. Es lag gut in der Hand, und die Klinge war sehr scharf.

»Gut, dann möchte ich, dass du es behältst. Aber du musst mir einen Nickel dafür geben, sonst schneidet das Messer unsere Freundschaft entzwei«, fügte er hinzu.

»Das möchte ich nicht riskieren«, lachte Carla und holte einen Nickel aus der Hosentasche. Dann befestigte sie das Messer an ihrem Gürtel und übte, es herauszunehmen.

»Vielen Dank, Lee«, sagte sie etwas verlegen.

»Gern geschehen«, erwiderte er.

Im gleichen Augenblick traf ihn ein nasses Etwas am Hemd. Es war Lily, die aus dem Wasser gekommen war und sich an Carla und Lee herangeschlichen hatte. Jetzt warf sie ihren kleinen, nassen, kalten Körper gegen ihn.

»Uh«, machte Lee und verzog das Gesicht. »Chris, ein Fisch ist aus dem See gesprungen.«

»Nein«, quietschte Lily fröhlich, »das bin doch nur ich, Lee.«

»Tatsächlich«, sagte er und hielt sie auf Armeslänge entfernt. »Ich hätte schwören können, es sei eine Forelle.«

Lily kicherte. Dann lief sie zu ihrer Mutter, um sich abtrocknen zu lassen.

Den Rest des Nachmittags verbrachte Carla damit, mit Lily zu spielen. Sie spielten Verstecken, bauten eine Sandburg und verarzteten einen Kiefernzweig.

Als die Zeit kam, Mariah beim Zubereiten des Abendessens zu helfen, meinte Carla erschöpft: »Ich glaube, Lily wird ihr Geschwisterchen lieben. Dann hat sie den ganzen Tag über jemanden zum Spielen.«

Lee hatte ein neues Feuer entzündet. Carla hängte einen Topf mit Kartoffeln darüber, und Mariah bereitete die von den Männern geangelten Forellen zu. Der Lagerplatz war erfüllt mit dem Duft von gegrilltem Fisch, und Carla war so hungrig, dass sie nicht eine Sekunde lang daran dachte, dass die gesamte Tierwelt um sie herum ebenfalls den Geruch des guten Essens in der Nase haben musste.

Zum Essen setzten sie sich einfach auf die Erde und hielten die Teller in den Händen. Carla verbrannte sich beinahe die Finger, weil sie nicht abwarten konnte. Sie aßen Forelle und Kartoffeln mit Butter, bis ihnen die Bäuche zu platzen drohten.

Nach dem Aufräumen kehrten sie alle zum Lagerfeuer zurück. Lee hatte das Feuer geschürt, und die Flammen stiegen hell in die Abenddämmerung empor.

Der würzige Geruch des Feuers und die tanzenden Flammen zogen Carla in ihren Bann. Sie liebte Lagerfeuer. Sie saß neben Lee und beobachtete, wie sich die Nacht langsam über den See legte. Von der anderen Seite des Feuers rief Lily aufgeregt: »Da ist der erste Stern.«

»Das ist die Venus, der Abendstern«, erklärte Chris ihr.

Dann wurde Lilys Gebrabbel zunehmend leiser, und schließlich bedeutete Mariah ihnen, dass die Kleine auf ihrem Schoß eingeschlafen war.

Es war jetzt völlig dunkel, und der Himmel war mit Sternen übersät. Neben der Landschaft war es besonders dieser großartige Nachthimmel, der es Carla seit ihrer Ankunft in Kanada angetan hatte. Solch einen Himmel sah man in der Stadt nicht. Hier draußen war er überwältigend, und die Sterne schienen zum Greifen nahe. Sie sah zu den unzähligen, funkelnden Sternen empor und spürte, wie sie selbst mit all ihren Sorgen und Problemen zusammenzuschrumpfen schien. Wieder wurde ihr bewusst, dass sie nur ein winziger Punkt auf dem Planet Erde war und die Erde nur ein winziger Teil des Universums. Ehrfurcht überkam Carla und ließ sie erschauern.

»Ist dir kalt?«, fragte Lee leise.

Carla sah, wie Chris eine Decke über die schlafende Lily legte und Mariah einen Pullover brachte. Es war tatsächlich kühl geworden.

»Ja«, erwiderte sie. »Ich glaube, ich hole mir auch einen Pulli.«

»Bleib sitzen«, sagte Lee. »Ich bringe dir eine Decke.«

Kurze Zeit später kehrte er zurück und legte eine Decke um Carlas Schultern.

»Wir können die Decke gerne teilen«, bot sie freundschaftlich an. »Dir muss auch kalt sein.«

Lee sah sie einen Moment lang schweigend an. Dann ließ er sich neben ihr nieder und zog das eine Ende der Decke um sich.

Eine Zeitlang schwiegen alle, und jeder hing seinen Gedanken nach. Über ihnen funkelten die Sterne, und vor ihnen prasselte das Feuer.

Carla war jetzt angenehm warm. Die Decke hielt die kühle Nachtluft ab, und ihr Gesicht glühte von der Hitze des Feuers. Sie schwieg, konnte jedoch an nichts anderes denken als an Lees Nähe. Sie spürte seine Schulter an ihrer und sog den herben Duft des Feuers ein, der in seinem Haar und seiner Kleidung hing. Ohne zu überlegen, legte sie den Kopf an seine Schulter.

Als Lee ihren Kopf an seiner Schulter spürte, hob er behutsam seinen Arm und legte ihn um sie.

Viel später bemerkte er, dass sie eingeschlafen war. Das Feuer war heruntergebrannt, und Chris, Mariah und Lily hatten sich längst unter ihre Plane zurückgezogen.

Stumm verfluchte Lee die gesamte Silver-Familie. Ohne sie wäre Carla außer Gefahr. Er könnte sie einfach in seine Arme nehmen und ihr sagen, was er fühlte. Aber es ging nicht. Wegen Silver.

Vielleicht sollte er mit ihr nach Deutschland gehen. Allein der Gedanke war absurd. Er gehörte zu diesem Land. Er konnte es nicht verlassen.

Verdammt!, dachte Lee ärgerlich. Er hatte sich nie von einem Silver diktieren lassen, wie er sein Leben zu leben hatte, und er würde es auch jetzt nicht zulassen. Carla gehörte zu ihm. Sein Vater hatte wenigstens fünfzehn schöne Jahre mit Ruby verbracht, bevor sie bei dem Unfall ums Leben gekommen war. Carla war das

Geschenk seines Lebens. Er würde es sich nicht nehmen lassen, nicht, solange er am Leben war.

»Carla«, meinte er und rüttelte sie sanft wach. Verschlafen öffnete sie die Augen. »Lass uns schlafen gehen.«

Fröstelnd folgte sie ihm unter die Plane. Sie wollte gerade in ihren Schlafsack schlüpfen, als sie ein lautes, durchdringendes Heulen vernahm. Sofort war sie hellwach. »War das ein Wolf?«, fragte sie flüsternd.

Lee lachte leise. »Nein, bloß ein Kojote.« Er knipste seine Taschenlampe an und sah ihr besorgtes Gesicht. »Hab mir gedacht, dass dich das nicht beruhigen würde.« Er schaltete die Lampe wieder aus und fügte hinzu: »Komm, rück näher zu mir herüber.«

Am nächsten Morgen wurde Carla von Lilys Stimme geweckt, die von der anderen Plane zu ihr herüberdrang. »Wach auf, Mommy, ein neuer Tag ist da!«

Verschlafen rieb Carla sich die Augen. Alles, was sie sah, war eine sehr schwache graue Morgendämmerung. Sie hatte die Nacht in Lees Armen verbracht und lag dort auch jetzt noch. Sie wollte sich nicht rühren und schon gar nicht aufstehen. Sie wollte einfach für immer dort liegen bleiben.

»Wie spät ist es?«, fragte sie müde.

»Sieht mir nach vier Uhr aus«, entgegnete Lee ebenso verschlafen und hielt sie enger umschlungen. »Bleib liegen. Ist nicht unser Kind.«

Doch daraus wurde nichts. Nachdem sich niemand rührte, begann Lily mit ihrer Taschenlampe die Gesichter der Erwachsenen abzuleuchten, um zu sehen, ob sie noch am Leben waren. Gerade fragte sie fröhlich: »Warum schläfst du in Lees Schlafsack, Carla?« Und da war Carla klar, dass es kein Entrinnen gab.

Frühstückshunger hatte außer Lily zu dieser Stunde noch niemand, aber um einfach nur dazusitzen, war es zu kalt. Also kochte Mariah Tee, obwohl sie selbst noch sehr verschlafen war. »Weiß nicht, warum dieses Kind so früh aufgewacht ist«, meinte sie entschuldigend.

Nachdem sie den Tee getrunken und die Schlafstätten aufgeräumt hatten, war es zwar immer noch sehr früh, aber die ersten Sonnenstrahlen färbten die Wolken am Himmel rosa, und die Vögel begannen zu zwitschern. Die kühle Morgenluft hatte das ihre getan, und Carla fühlte sich wach und voller Energie.

Als die ersten Sonnenstrahlen auf die kleine Lichtung fielen, meinte Lee: »Hast du Lust auf einen Spaziergang?« Und sie stimmte gut gelaunt zu.

Lee griff nach seinem Gewehr und einer Wasserflasche, und sie machten sich auf den Weg. Unter den Bäumen und im Schatten war es noch sehr frisch, aber die Bewegung wärmte sie schnell auf. Sie folgten einem engen überwachsenen Pfad, der sich nahe dem Ufer am See entlangschlängelte, und sahen allerlei andere Frühaufsteher. Ein Reiher stand im seichten Uferwasser und wartete auf eine Gelegenheit, sich Frühstück zu verschaffen. Ein paar Streifenhörnchen hüpften auf den Zweigen einer großen Fichte herum, und ein Specht mit rotem Kopf und schwarzem Federkleid flog empört davon, als Carla und Lee näher kamen. Eine besondere Stimmung lag über der Wildnis, und Carla genoss ihren Reiz.

»Der frühe Morgen und der Abend sind die Zeiten der Geistwesen«, erklärte Lee leise. »Spürst du ihren Zauber?« Er hielt inne und zog Carla an sich. »Vielleicht hast auch einfach du mich verzaubert«, fügte er hinzu und lächelte sie liebevoll an.

»Oder du mich«, erwiderte Carla und sah ihm tief in die Augen.

Zögernd streckte sie ihre Hand aus und strich ihm zärtlich übers Gesicht. Das Gesicht, das ihr so lieb geworden war.

Es schien eine Ewigkeit zu vergehen, bis sie seine Lippen auf ihren spürte. Zuerst nur ganz sachte, dann fester. Die Welt um sie herum begann zu weichen. Ihr Herz klopfte so laut, dass sie glaubte, Lee höre es bestimmt. Dann spürte sie, wie er seine Arme um sie legte und sie fest an sich zog.

Nach einer Weile lösten sie sich voneinander und gingen Hand in Hand weiter.

Ein Hirsch trat vor ihnen aus dem Dickicht, um am See zu trinken.

»Es sind so viele Tiere hier«, meinte Carla, um das Schweigen zu unterbrechen.

»Erinnerst du dich, was ich dir über die Geistwesen erzählt habe?«, sagte Lee leise. »Die Tiere sind eng mit den Geistwesen verbunden. Du wirst mehr von ihnen sehen zu den Tageszeiten, in denen auch die Geistwesen aktiver sind und …«

Plötzlich drangen Stimmen an ihr Ohr. Schreie. Verwirrt sah Carla sich um.

Lee bedeutete ihr, still zu sein. »Das sind Mariah und Chris. Irgendetwas muss passiert sein.« Schnell liefen sie zurück zum Lager.

Noch bevor sie die Lichtung erreichten, stießen sie auf eine weinende Mariah und einen aufgebrachten Chris. »Lee!«, rief Mariah verzweifelt. »Habt ihr sie gesehen?«

»Wen?«, fragte Lee barsch und rüttelte Mariah am Arm. »Wovon redest du?«

»Lily«, schluchzte sie. »Sie ist verschwunden.«

KAPITEL 14

Rückkehr

Seit wann?«, wollte Lee wissen, während Carla sich erschrocken umschaute.

»Ich weiß es nicht genau«, wimmerte Mariah.

Lee blickte verwirrt von einem zum anderen.

»Lily ist eingeschlafen, kurz nachdem ihr losgegangen seid«, erklärte Chris schließlich. »Ihr wisst ja, wie früh sie heute Morgen aufgestanden ist.« Carla und Lee sahen ihn erwartungsvoll an, bis er verlegen hinzufügte: »Na ja, Lily hat geschlafen, und ihr wart unterwegs, also haben Mariah und ich uns gedacht ...«

Lee winkte ab. »Ist schon gut. Ich kann es mir vorstellen. Wann habt ihr bemerkt, dass sie verschwunden ist?«

»Erst vor ein paar Minuten«, erwiderte Mariah aufgelöst.

»Okay«, meinte Lee. »Sie ist verschwunden, daran lässt sich nichts mehr ändern. Es ist sehr wahrscheinlich, dass sie sich nicht allzu weit vom Lager entfernt hat. Sie hat euch nicht gesehen und ist euch suchen gegangen. Wahrscheinlich ist sie unterwegs auf etwas Interessantes gestoßen und hat euch darüber schlichtweg vergessen. Ihr wisst, wie Kinder sind.«

Carla war beeindruckt von Lees ruhigen, gut gewählten Worten und konnte spüren, wie Mariah und Chris sich sofort beruhigten.

»Ich schlage vor«, fuhr Lee fort, »dass wir Lily in zwei Gruppen suchen. Ihr auf dieser Seite des Lagers und Carla und ich auf der anderen. Ruft laut, und wir werden sie bald gefunden haben.« Er sah auf die Uhr. »In einer halben Stunde treffen wir uns wieder hier.«

Carla folgte Lees Anweisungen. Sie rief Lilys Namen laut in alle Richtungen und wartete auf eine Antwort, während sie die nähere Umgebung absuchte. Lee hatte keine Fußspuren von Lily finden können, weil der Boden gleich außerhalb des Lagers sehr steinig wurde. Also schauten sie hinter große Felsbrocken und dicke Baumstämme, einfach alles, hinter denen sich Lily hätte verstecken können. Aber sie hatten keinen Erfolg.

Carla blickte auf ihre Uhr. Die Zeit verging schnell. Die Suche dauerte viel länger, als sie angenommen hatte. »Sie kann überall sein, Lee!«, rief sie schließlich verzweifelt und ließ sich entmutigt auf einen Felsbrocken fallen.

»Versuch ruhig zu bleiben«, bat Lee. »Wenn du in Panik gerätst, übersiehst du vielleicht etwas Wichtiges.«

Carla zwang sich zur Ruhe und blickte erneut auf die Uhr. »Wir gehen besser zurück zum Lager. Die halbe Stunde ist fast um.«

Schweigend gingen sie zurück zu der kleinen Lichtung. Dort stießen sie auf Chris und Mariah. Sie schüttelten traurig die Köpfe.

Sie setzten die Suche fort. Eine weitere Stunde verstrich ohne ein Anzeichen von Lily. Mit einem Mal kam Carla ein schrecklicher Gedanke. »Meinst du, die Silvers sind uns hierher gefolgt und haben Lily entführt?«

»Das glaube ich nicht«, entgegnete Lee sachlich. »Ich hätte es bemerkt.«

Natürlich. Lee war in solchen Dingen geschult. Hier draußen konnte ihm niemand etwas vormachen.

»Sollen wir die Hänge absuchen?«, fragte sie.

Sie waren weit vom Lager entfernt und Lily war gerade mal drei Jahre alt. So weit konnte sie unmöglich gekommen sein.

Lee schüttelte den Kopf. »Lass uns das Seeufer absuchen«, schlug er vor. »Kinder lieben Wasser.«

Ein kalter Schauer lief Carla über den Rücken. Lily konnte nicht schwimmen. Energisch verbannte sie den Gedanken aus ihrem Kopf und versuchte ein positives Bild vor ihrem geistigen Auge zu formen. Das Bild einer fröhlichen, unversehrten Lily, die irgendwo auf sie wartete.

Donner ertönte über ihren Köpfen. Carla blickte zum Himmel empor. Sie hatte in ihrer Konzentration nicht bemerkt, dass sich ein Unwetter zusammengebraut hatte. Schon fielen die ersten dicken Regentropfen.

Wenige Minuten später öffnete der Himmel seine Schleusen, und ein heftiges Gewitter ergoss sich über Sapphire Lake und die umliegende Wildnis. Kein Tier war mehr zu sehen. Sie wussten, wann es Zeit war, sich ein trockenes Plätzchen zu suchen.

Carla und Lee suchten weiter, bis der Regen zu dicht wurde, und drängten sich schließlich unter eine kleine Fichte. »Ist es nicht zu gefährlich, sich während eines Unwetters unter einen Baum zu stellen?«, rief Carla durch das Prasseln des Regens.

»Die Gegend ist dicht bewaldet, und die meisten Bäume sind viel höher als dieser hier«, entgegnete Lee. »Was mir mehr Sorgen macht, ist, dass der Regen nun endgültig alle Spuren von Lily verwischt.«

Carlas Gedanken wanderten zu der kleinen Lily, die irgendwo hier draußen, genauso nass wie sie selbst, allein und verängstigt auf Rettung wartete. Sie schloss die Augen und bat still um Hilfe.

Als sie die Augen wieder öffnete, war ihr, als hätte der Regen etwas nachgelassen. Der Wind schien ein leises Lied zu singen, und Carla glaubte, die Gestalt einer alten Indianerin hinter dem nächsten Baum verschwinden zu sehen. Auf der Schulter der alten Frau saß ein großer schwarzer Vogel.

Ohne zu überlegen, folgte Carla der Gestalt, die das Lied des Windes mit sich zu nehmen schien. Sie wusste nicht, welche Richtung sie einschlug, sie folgte einfach.

Der schwarze Vogel flog jetzt dicht neben ihr und ließ einen lauten Schrei ertönen. Ein Zittern durchlief ihren Körper. *Es fühlt sich genauso an wie an dem Abend, als Mariah in Not war*, ging es Carla durch den Kopf. Aber es gab absolut nichts, was sie gegen diesen unsichtbaren Bann tun konnte. Sie wollte Lee zurufen, er solle ihr folgen, aber sie konnte keinen Laut herausbringen. Also konzentrierte sie sich auf die beiden Gestalten vor ihr und folgte ihnen blind. Sie spürte nicht, wie das Unterholz ihr die Arme zerkratzte und die triefnasse Kleidung schwer an ihrem Körper hing.

Lee drehte sich erstaunt um. Wo war Carla? Vor einer Sekunde noch war sie neben ihm gewesen, und nun konnte er keine Spur von ihr entdecken. Wie hatte sie das fertiggebracht? Eine Frau verschwand nicht einfach aus seiner Nähe, ohne dass er es bemerkte.

Lee schaute auf seine Uhr und hob erstaunt die Augenbrauen. Er wusste, er hatte eben erst darauf geschaut, als Carla noch neben ihm gestanden hatte. Doch nun sah er, dass seither fast zwanzig Minuten vergangen waren. Wie war das möglich? War etwas mit seiner Uhr nicht in Ordnung? Er konnte unmöglich im Stehen eingeschlafen sein.

Suchend blickte er in den strömenden Regen, aber es

war zwecklos. Es regnete noch immer heftig. Es blieb ihm nichts anderes übrig, als unter dem Baum auszuharren, bis das Unwetter vorüberzog.

Und das gefiel ihm ganz und gar nicht.

Carla blinzelte durch den dichten Regen. Wohin waren die beiden Gestalten verschwunden? Sie blieb stehen. Ohne die Richtung zu kennen, würde es sinnlos sein, in diesem Unwetter umherzuirren. Hatte ihre Phantasie ihr einen Streich gespielt? War sie hinter etwas hergelaufen, das in Wirklichkeit nie da gewesen war? War sie nun, genauso wie die kleine Lily, in der Wildnis verloren?

Panik stieg in ihr auf. Im selben Moment erinnerte sie sich jedoch an George seniors Mahnung, dass in der Wildnis Panik der schlimmste Feind sei, und sie versuchte sich zu beruhigen. Vielleicht konnte sie den Weg zurück finden, wenn der Regen nachließ.

Plötzlich vernahm sie wieder den lauten Schrei des geheimnisvollen schwarzen Vogels. Erstaunt blickte sie auf. Das Tier flog dicht vor ihr her, gerade so, als würde es sie bitten, ihm zu folgen. Carlas Füße setzten sich in Bewegung. Sie folgte dem Vogel ein paar Meter zwischen den Bäumen hindurch. Dann sah sie etwas unter einer großen Kiefer sitzen. Es war Lily! Die Kleine war keine drei Schritte von ihr entfernt.

Sie lief zu dem Kind hinüber und nahm es in die Arme. Die Kleine weinte lauthals, aber der Regen überdeckte das Weinen fast gänzlich. Carla wusste nicht, wo sie waren, aber wenigstens war Lily nicht mehr allein. Sie drückte das Mädchen fester an sich und schaute sich suchend um. Sie konnte weder die Gestalt der alten Frau noch die des Vogels irgendwo erblicken. »Vielen Dank!«, rief sie daher einfach so laut sie konnte.

»Wie bist du hierhergekommen?«, wollte sie dann von Lily wissen.

»Ich bin einem Streifenhörnchen hinterhergerannt«, erklärte das Kind. »Ich wollte mit ihm spielen, aber es ist nicht stehen geblieben. Jetzt ist es irgendwo in diesem Baum. Ich wollte warten, bis es wieder runterkommt.«

»Hast du uns nicht rufen hören?«, fragte Carla.

»Nein«, beteuerte das Mädchen. »Ich habe mit Tannenzapfen gespielt, bis es angefangen hat zu regnen. Dann ist es mir zu kalt und nass geworden, aber niemand hat mich abgeholt.« Empörung lag in ihrer Stimme.

»Du musst doch deinen Eltern sagen, wo du hingehst.«

»Aber die waren ja nicht da«, erwiderte Lily.

Carla seufzte. »Wir müssen hier warten, bis der Regen aufhört«, sagte sie. »Komm, in meinem Arm wird dir nicht so kalt sein!«

»Du bist ganz nass«, meinte Lily.

Carla lachte. »Du aber auch.«

Lee blickte wiederholt auf seine Uhr. Es regnete nun schon seit fast einer Stunde ununterbrochen. Der Donner war längst verstummt, aber Lee blieb dabei, dass es sich lediglich um einen Schauer handelte.

Nach weiteren fünf Minuten wurde seine Ausdauer belohnt. Der Regen ließ nach, und er konnte die Umgebung wieder klar erkennen. Schnell legte er die Strecke bis zum Lager zurück. Dort fand er Mariah und Chris zusammengekauert unter der großen Plane, aber von Carla und Lily fehlte jede Spur.

»Sieht aus, als müssten wir nun auch nach Carla suchen!«, rief er gerade, da kam diese mit Lily auf dem Arm ins Lager.

»Vielen Dank!«, sagte sie laut über ihre Schulter.

Lee, Mariah und Chris sahen sich überrascht um. Dann war Mariah mit einem Satz bei den beiden und drückte sie fest an sich. »Du hast sie gefunden«, rief sie immer wieder, und Tränen der Erleichterung liefen ihr übers Gesicht.

Lily befreite sich aus Carlas Armen und kletterte auf den Arm ihrer Mutter. »Da bist du ja, Mommy«, lachte die Kleine und schmiegte sich an sie.

»Carla«, flüsterte Lee neben ihr, »ich bin froh, dass ich dich wiederhabe.«

»Ich war so in Sorge, dass ich das Lager nicht wiederfinden würde«, meinte sie. »Aber eine alte Indianerin mit einem großen schwarzen Vogel hat mir den Weg gezeigt.«

Die anderen sahen sie verblüfft an, und Carla erzählte der Reihe nach: wie sie die alte Indianerin und den mächtigen schwarzen Vogel gesehen hatte und ihnen gefolgt war; wie sie beinahe in Panik geraten, aber doch ruhig geblieben war; und wie sie schließlich mit Hilfe des Vogels Lily gefunden hatte. Sie schloss ihren Bericht mit den Worten: »Als der Regen nachließ, war uns beiden so kalt, dass ich nochmals um Hilfe gebeten habe. Derselbe schwarze Vogel kam herangeflogen und hat uns den Weg zum Lager gezeigt. Wir waren gar nicht weit von hier entfernt, nur ein Stück den Abhang hinauf. Aber die Bäume stehen dort so dicht, dass man nicht weit sehen kann. Die alte Indianerin war gerade eben noch bei diesem Baum und hat mir zum Abschied zugewinkt.« Sie deutete auf eine große Kiefer, nahe der Lichtung.

Mariah war noch immer verblüfft und fragte Lily: »Hast du den Vogel und die Frau auch gesehen?«

»Ja«, antwortete das Mädchen einfach und sprang

vom Arm ihrer Mutter, um einem Schmetterling hinterherzulaufen.

»Moment!«, rief Chris und schnappte sich das Kind. »Erst mal trockene Sachen anziehen!«

Damit verschwand Familie Harrison unter ihrer Plane.

Lee sah Carla lächelnd an. »Die alte Indianerin und der schwarze Vogel aus deinen Träumen?«

Sie nickte. »Aber diesmal habe ich nicht geträumt. Sie waren einfach da.«

»Ich weiß, Carla«, bestätigte er.

Sie sah ihn fragend an.

»Zeit ist nicht, was wir uns darunter vorstellen«, meinte er dann. »Unser Volk glaubt, dass die Vergangenheit nie aufgehört und die Zukunft bereits begonnen hat.«

»Du meinst, dass Vergangenheit, Gegenwart und Zukunft gleichzeitig passieren?«

»So ungefähr«, erwiderte er. »Wir glauben, dass unsere Vorfahren noch immer unter uns und mit uns sind genauso wie die Generationen, die nach uns kommen.«

»Sie sah nicht tot aus, Lee.«

»Weil sie nicht tot ist«, erklärte er.

»Nicht?«

»Nein. Die Vergangenheit geschieht noch immer.« Er lächelte sie nachsichtig an.

»Und manchmal helfen diese anderen Wesen uns?«, wollte sie wissen.

»Denen, die die Fähigkeit haben, sie zu sehen, ihnen zuzuhören und sie um Hilfe zu bitten«, stimmte er zu.

Carla überlegte. Sie hatte ganz klar um Hilfe gebeten. Zweimal. Und zweimal war ihr Hilfe gewährt worden.

Eine Gänsehaut lief über ihren Körper.

»Komm«, beendete Lee das Gespräch. »Du musst dir etwas Trockenes anziehen.«

Erst jetzt bemerkte Carla, wie kalt ihr war, obwohl die Sonne längst wieder warm vom Himmel schien. Sie ließ sich also in Richtung Satteltaschen schieben. Aber Lees Worte gingen ihr nicht aus dem Kopf.

Wer war die alte Indianerin, zu der sie eine so starke Verbindung zu haben schien? Würde sie es jemals herausfinden?

Der Samstagmorgen brach mit einem wolkenlosen Himmel und Sonnenschein an. Als Carla erwachte, waren die anderen bereits auf den Beinen. Es musste beinahe sieben Uhr sein. Sie hatte verschlafen.

Sie hörte Mariahs leise Stimme, roch den Rauch des Lagerfeuers und frischen Kaffee. Nur Lilys kleine Stimme fehlte. Carla lächelte. Das gestrige Abenteuer musste das Kind ziemlich mitgenommen haben, sonst wäre es bestimmt schon aufgestanden.

Carla selbst war todmüde gewesen und früh schlafen gegangen. Fest eingeschlafen war sie allerdings erst, als Lee sich eine Stunde später neben sie gelegt und seinen Arm um sie geschlungen hatte.

Sie fragte sich, warum sie sich so lebendig und froh fühlte, wenn er bei ihr war, und so leer und unruhig, wenn sie getrennt waren. Warum ihr sein Respekt und sein Rückhalt so wichtig waren. Warum er so viel Platz in ihren Gedanken und in ihrem Leben einnahm.

Ihr Herz kannte die Antwort sofort.

Gedankenversunken schälte Carla später am Vormittag Kartoffeln für das Mittagessen. Morgen schon würden sie zurückreiten. Carla konnte nicht glauben, wie schnell die Zeit vergangen war. Gerade jetzt wäre sie gern für immer hiergeblieben. Wenigstens für den Rest des Sommers.

»Ist alles in Ordnung?«, wollte Mariah wissen.

223

Carla schreckte aus ihren Gedanken auf. »Ja, alles in Ordnung! Ich habe nur gerade gedacht, wie schade es ist, dass wir morgen schon zurückreiten werden.«

Mariah starrte auf den See hinaus. »Dasselbe habe ich auch schon gedacht«, erwiderte sie. »Es muss dieser See sein. Ich finde, ein ganz besonderer Zauber liegt über ihm. Deswegen kommen Chris und ich so gerne hierher. Seit wir zusammen sind, verbringen wir mindestens ein Wochenende im Jahr hier.« Dann fügte sie versonnen hinzu: »Eigentlich war es hier, dass wir zusammengekommen sind.« Ihre Blicke wanderten zurück zu ihrer Schale mit Marinade, und sie lächelte versonnen. »Ich habe das Gefühl, dass der Zauber des Sees auch für dich und Lee wirkt. Hab ich recht?«

Carla errötete verlegen. Sie war es nicht gewohnt, so offen über ihre Gefühle zu sprechen.

»Es ist nichts dabei«, fuhr Mariah freundschaftlich fort. »Ihr gebt ein tolles Paar ab. Seit Jahren habe ich mich gefragt, wann es Lee wohl endlich erwischt. Aber er hat auf dich gewartet. Und du musstest einen weiten Weg zurücklegen, um ihn zu finden. Ich bin froh, dass du es bist, der er sein Herz geschenkt hat.«

In dieser Nacht hatte Carla einen Traum. Hellwach setzte sie sich im Schlafsack auf.

»Dad!«, flüsterte sie verwirrt.

Im Traum hatte sie wieder die alte Indianerin gesehen. Diesmal stand sie unter dem hölzernen Torbogen in der Einfahrt der Singing Bear Ranch und grüßte jemanden mit den Worten: *Du bist gekommen. Die Zeit drängt.* Ihre Stimme war ruhig und ihr runzeliges Gesicht ernst. Der Empfänger ihrer Worte trat aus dem Schatten einer großen Kiefer hervor und ging zögernd auf sie zu. Auch sein Gesicht war ernst und zeigte Spuren von angespannter Erwartung.

Der Mann war kein anderer als Charles Ward. Er war älter als auf dem Hochzeitsfoto, das Carla in den Sachen ihrer Mutter gefunden hatte. Seine Haare waren jetzt lang und mit silbernen Strähnen durchzogen, und sein Gesicht zeigte leichte Falten. Aber es war unverkennbar Charles Ward. Ihr Vater war auf die Singing Bear Ranch zurückgekehrt.

Wochenlang hatte Carla vergeblich auf eine Nachricht von ihm gewartet und ihm in Gedanken Botschaften gesandt. Nichts war geschehen. Jetzt endlich würde er zur Singing Bear Ranch zurückkehren. Sie wusste es mit Sicherheit.

Lee griff im Dunkeln nach ihrem Arm. »Carla, bist du okay?« Er setzte sich neben ihr auf.

»Mein Vater, ich habe ihn gesehen. Er ist auf dem Weg zur Singing Bear Ranch. Sehr bald schon«, flüsterte sie aufgewühlt. Freude stieg in ihrem Herzen auf.

Lee lächelte. Carla war wirklich außergewöhnlich. Sie hatte ihrem Vater unbewusst eine mentale Nachricht gesandt, und er hatte sie erhalten. Die Fähigkeiten, die in ihr ruhten und von denen sie dreiundzwanzig Jahre lang nichts gewusst hatte, entfalteten sich wie die ersten Blumen im Frühling. Zuerst ist nur eine Blume zu sehen, und dann, plötzlich, ist der gesamte Hang von ihnen bedeckt.

»Ich freue mich für dich«, sagte er. »Und für mich«, setzte er ernsthaft hinzu. »Ich würde ihn nämlich gern etwas fragen.«

Carla half Mariah verträumt das Frühstücksgeschirr zu säubern, als sie ihren Blick auf sich ruhen fühlte.

»Es tut mir leid«, meinte sie entschuldigend. »Ich bin heute Morgen keine gute Gesellschaft. Ich kann mich überhaupt nicht konzentrieren.«

Nun lachte Mariah laut auf. »Ich habe selten zwei Menschen getroffen, die es so schlimm erwischt hat wie euch – außer Chris und mir natürlich.«

Carla war erleichtert, sich nicht um Verheimlichungen bemühen zu müssen. »Er liebt mich«, raunte sie glücklich.

Mariah griff nach ihrer Hand. »Ich weiß. Ich weiß es seit dem Tag, an dem ich euch beide das erste Mal zusammen gesehen habe. Ihr seid füreinander bestimmt.«

Der Rückritt schien Carla trotz der leichten Bewölkung noch wunderbarer als der Hinweg. Die Felsen, Bäume und Blumen schienen schöner, die kleine Lily fröhlicher und die Freunde enger verbunden zu sein.

Sie ertappte sich bei dem schrecklichen Gedanken, dass Dinge nicht immer so schön bleiben konnten, vergrub sich aber in dem Schein, dass es so sei. Sie war besonders freundlich zu Mariah, Chris und Lily und bemühte sich, nicht zu sehr an Lee zu hängen, damit sich die anderen nicht unerwünscht vorkamen.

»Wir haben viel Zeit«, sagte sie sich so lange, bis sie den Ritt einfach genießen konnte.

Viel Zeit schien auf Erbsengröße zu schrumpfen, nur fünf Minuten nach ihrer Ankunft auf der Ghost Horse Ranch. Ein Blick in George seniors Augen verriet Carla sofort, dass während ihrer Abwesenheit etwas Unerfreuliches passiert war, und es ließ das Lächeln von ihren Lippen verschwinden. Unruhig und in Gedanken versunken, brachte sie die Satteltaschen zur Veranda, wo Lee mit seinem Großvater sprach.

»Ist etwas mit meinem Vater?«, fragte sie besorgt, als sie die Veranda betrat.

»Nein«, erwiderte er langsam.

Sie atmete erleichtert auf. Es war nicht ihr Vater. Was mochte sonst vorgefallen sein? Auf einer Ranch konnten das tausend Dinge sein. Gerade wollte sich erneut ein Lächeln auf ihrem Gesicht zeigen, als es von Lees Worten im Ansatz erstickt wurde. »Es hat mit der Singing Bear Ranch zu tun.«

Carla erstarrte. *Bitte, nicht die Ranch!* Sie war das Einzige, was ihr von den Eltern geblieben war.

»Sieht so aus, als wollten Rick Silver und Dan Shepherd gestern Nacht auf der Singing Bear Ranch ihren Unfug treiben.« Er hob seine Hand, damit sie ihn nicht unterbrach. »Die Ranch ist okay, Carla. Rick und Dan sind lediglich bis zum Tor gekommen. Dann ist der Pick-up umgestoßen und den Abhang hinuntergerollt worden.« Er sah sie fest an.

»Wer hat sie den Abhang hinuntergerollt? Und woher wissen wir all das?«, fragte Carla verwirrt.

»Wenn du mich fragst, waren es die Little People«, erwiderte Lee ruhig. »Ich habe dir erzählt, dass die Leute aus der Umgebung Angst davor haben, die Ranch zu betreten. Es scheint, als ob Leute, die mit böser Absicht kommen, am eigenen Leib zu spüren bekommen, was es heißt, Empfänger schlechter Absichten zu sein.« Er blickte finster drein. »Die Kerle wussten nicht, dass du nicht da warst, Carla. Das ist es, was mich am meisten anwidert. Rick und Dan wollten dir Schaden zufügen.«

»Sind die beiden tot?«, fragte Mariah vorsichtig.

Lee schüttelte den Kopf. »Nein, als sie nicht zurückgekommen sind, hat Silver sie suchen lassen. Sie sind mit Gehirnerschütterung, ein paar gebrochenen Rippen und Quetschungen ins Krankenhaus eingeliefert worden.«

»Waren sie betrunken?«, wollte Mariah wissen.

Carla hingegen kämpfte mit einer plötzlich aufsteigenden Wut.

»Kein Alkohol im Blut«, wehrte Lee ab. »Außerdem haben Grandpa und Dad sich die Stelle angesehen. Sie sagen, die Wagenspuren hören auf, gerade so, als hätte sich der Wagen in Luft aufgelöst. Das Wrack war gerade noch vom Abhang sichtbar gewesen. Grandpa meint, es habe ausgesehen, als habe ein Riese den Wagen hochgehoben und über den Abhang geschleudert.«

»Woher wissen wir von Rick und Dan?«, wiederholte Carla ihre Frage.

»Kleine Stadt«, meinte Lee achselzuckend. »So etwas spricht sich schnell herum. Besonders, wenn ein Grundstück wie die Singing Bear Ranch betroffen ist, das sowieso eine Geschichte hat. Grandpa sagt, dass inzwischen der Abschleppdienst da gewesen sei und den Wagen abgeholt hat.«

Carla schwieg.

»Ich glaube, es ist besser, wenn du für die nächste Zeit auf der Ghost Horse Ranch bleibst, Carla«, brach Chris das Schweigen.

Doch Carla winkte entschieden ab. »Mein Land beschützt mich«, erklärte sie, »und meine Familie. Ich muss mich ihrem Schutz würdig erweisen.« Dann fügte sie hinzu: »Und dann ist da mein Vater. Wenn ich hierbleibe, werde ich ihn verpassen.«

»Carla, wer weiß, wann dein Vater kommen wird. Und ob er überhaupt kommt!«, rief Mariah aus.

»Mein Vater ist auf dem Weg hierher«, versicherte Carla. »Ich habe in der letzten Nacht davon geträumt.«

»Lee«, bat Mariah, »sag ihr, dass sie hierbleiben muss.«

Lees Gesicht war ernst und finster, und er blickte seinen Freunden fest in die Augen. »Carla muss tun, was sie für richtig hält. Ich persönlich finde, sie sollte sich nicht verstecken. Die Ranch gehört ihr, und Heimatterritorium ist immer von Vorteil. Natürlich gehe ich mit ihr.« Er schaute zu Carla hinüber, um zu sehen, ob er ihre Zustimmung hatte. Sie nickte, das Gesicht starr wie ein Stein. Sie hatte ihren Entschluss gefasst, und sie würde daran festhalten.

Bald darauf brachen Carla und Lee mit ihren Pferden zur Singing Bear Ranch auf. Lee wollte unter den gegebenen Umständen bei Tageslicht auf der Ranch eintreffen und die Gebäude und Umgebung abchecken. Mariah und Chris waren mit Lily nach Hause gefahren, und Lee hatte seinem Freund geraten, Frau und Kind in der nächsten Zeit nicht aus den Augen zu lassen.

»Ich bin sehr stolz auf deinen Entschluss«, meinte Lee, um die Stille zu unterbrechen. »Du weißt, ich werde es nicht zulassen, dass dir jemand in irgendeiner Weise weh tut, solange ich hier bin.« Er blickte bei diesen Worten nicht auf Carla, sondern den Horizont.

Solange er hier war? Carla hoffte, dass er lediglich eine Redewendung benutzt hatte. Aber in ihrem Herzen wusste sie, dass er es bitterernst meinte. Auf einmal wünschte sie sich nichts mehr, als zusammen mit Lee weit weg an einem anderen Ort zu sein. Sollte sie fortlaufen? Sie wusste, es war unmöglich. Ihr Schicksal war mit dem der Singing Bear Ranch auf unsichtbare, geheimnisvolle Weise verbunden, und sie konnte nicht gehen, bis sie die Aufgabe, die ihr anvertraut war, erfüllt hatte.

In diesem Augenblick hielt Lee sein Pferd abrupt an und deutete auf den linken Torpfosten der Ranch. Etwa auf Augenhöhe war ein Zettel an den Pfosten geheftet.

Lee ritt näher. Ohne von Tetiem zu steigen, nahm er den Zettel ab. Er blickte sich vorsichtig um, überflog die Notiz und winkte Carla, zu ihm zu kommen. Wortlos hielt er ihr den Zettel entgegen.

Sie nahm die Notiz mit zitternder Hand entgegen und

las die gekritzelten Worte laut vor: »Freu dich nicht zu früh. Das nächste Mal werden wir Erfolg haben. Ab jetzt wird es ernst!« Die Nachricht war nicht unterzeichnet. Aber es bedurfte keiner hellseherischen Fähigkeiten, um herauszufinden, wer für diese Zeilen verantwortlich war.

Carla zerknüllte den Zettel und warf ihn den Abhang hinunter. Ihre Hände zitterten noch immer, aber sie ignorierte es. Dann ritt sie an Lee vorbei in Richtung Ranchhaus.

Eine Weile später hatten sie die Gebäude der Ranch inspiziert und die Pferde versorgt. Alles schien in Ordnung zu sein.

Lee spaltete etwas Feuerholz vor dem Haus.

»Alles wird gut werden«, meinte er besänftigend, als Carla auf dem Weg ins Haus an ihm vorbeiging, und strich ihr zärtlich eine Haarsträhne aus dem Gesicht.

Carla lächelte, aber die Sorge verschwand nicht aus ihrem Gesicht. Dann ging sie ins Haus, um zu sehen, was sie zum Abendessen anbieten konnte.

Sie war noch keine fünf Minuten in der Küche, als sie ein seltsames Ziehen im Herzen verspürte. Sie versuchte das Gefühl zu verdrängen, aber es wurde immer stärker. Jemand rief ihren Namen.

Carla ließ die Hände sinken und drehte sich zum Fenster. Niemand war zu sehen.

»Dad!«, flüsterte sie. Sie wusste ohne den geringsten Zweifel, dass ihr Vater ganz in der Nähe war. Mit zittrigen Händen ging sie hinaus, um ihn zu begrüßen.

Lautlos erreichte sie das Ende der Veranda und hielt sich eine Hand über die Augen, um im Licht der untergehenden Sonne besser sehen zu können.

Lee stand auf dem Hof und blickte ebenfalls die lange Einfahrt hinunter.

»Carla!«, rief er, ohne sich umzudrehen. »Du kommst besser raus. Du hast Besuch.«

»Ich weiß«, entgegnete sie leise.

Lee drehte sich erstaunt um. Er hatte sie nicht aus dem Haus kommen hören.

Was für ein Bild sie abgab. Sie stand reglos im warmen Licht der späten Nachmittagssonne. Der Wind spielte in ihrem langen Haar, und die Hand, die sie über ihre Augen hielt, warf einen Schatten auf ihr Gesicht. Sie wirkte geradezu mystisch. Wäre es nicht schon lange passiert, in diesem Augenblick hätte Lee sich unweigerlich in sie verliebt.

Carla musterte den Mann, der sich dem Hof zu Fuß näherte, so gut es auf die Entfernung ging. Noch konnte sie sein Gesicht nicht erkennen, aber er war groß und schlank und kam mit langen, sicheren Schritten auf sie zu. Er trug blaue Jeans und ein schwarz-rot kariertes Hemd. Und obwohl ihm seine Haare nun bis über die Schultern fielen und mit silbergrauen Strähnen durchzogen waren, wusste Carla tief in ihrem Herzen, dass ihr Wunsch in Erfüllung gegangen war. Sie hatte Charles Ward gefunden. Ihr Vater war zur Singing Bear Ranch zurückgekehrt.

Jetzt hob er grüßend die Hand.

Carla stockte der Atem, denn sie erkannte, dass Charles Ward in ihrem ersten Traum eben diese Einfahrt heraufgekommen war. Und er hatte die alte Frau gegrüßt, die, wie Carla es in diesem Augenblick tat, im Hof auf ihn gewartet hatte.

Carla nahm die Hand von der Stirn und erwiderte den Gruß. »Ich bin hier, Vater!«, rief sie mit klarer Stimme. »Ich habe euch gehört.«

KAPITEL 15

Charles Wards Rückkehr

Tränen der Freude liefen über Carlas Gesicht, während sie auf ihren Vater zuging. Charles Ward änderte sein Tempo nicht, aber sie konnte nun erkennen, dass er lächelte. Schließlich stand er vor ihr, den Blick fest auf sie gerichtet. »Du hast die Augen deiner Mutter geerbt, mein Kind«, sagte er ruhig.

Carla brach aus ihrer Starrheit. »Oh, Vater!«, rief sie und schlang ihm die Arme um den Hals.

Charles Ward drückte sie fest an sich, gerade so, als kannten sie sich seit Ewigkeiten.

Carla war so überwältigt von dem Augenblick, dass es ihr nicht in den Sinn kam, dass sie einen eigentlich völlig fremden Mann umarmte. Nichts fühlte sich für sie fremd an. Dies war ihr Vater. Sie hatte ihn noch nie zuvor gesehen, aber das änderte nichts an der Tatsache. In ihrem Herzen war er schon immer ein Teil von ihr gewesen, und nun hatte dieser Teil ein Gesicht bekommen, eine Persönlichkeit. Carla fühlte, dass sich ihr Vater auf gleiche Weise mit ihr verbunden fühlte. Auch von ihm war keinerlei Zurückhaltung zu spüren.

Er befreite sich jetzt aus ihrer Umarmung, hielt sie auf Armeslänge von sich und betrachtete sie eingehend. Carla hoffte, dass sie seinem Bild von einer Tochter genauso entsprach wie er dem Bild, das sie sich von ihm gemacht hatte.

Das Alter war Charles Ward gut bekommen. Sein nun schulterlanges Haar brachte seine edlen Züge noch mehr zur Geltung, und die kleinen Lachfältchen um Mund und Augen gaben seinem Gesicht Charakter. Seine indianische Abstammung ließ sich genauso wenig abstreiten wie sein Sinn für Humor. Carla erkannte auch, dass er viel körperliche Arbeit leistete. Seine Hände waren rau und stark, aber nicht grob. Und obwohl Charles Ward mindestens eins fünfundachtzig groß war, wirkte er nicht schlaksig. Seine Figur war kräftig und muskulös, seine Schultern breit.

Carlas Herz schlug höher. Endlich durfte sie in eigener Person und nicht nur von einem Foto feststellen, wie viel sie von ihrem Vater geerbt hatte: ihre Größe, ihre Gesichtszüge, ihren Gang.

»Du siehst mir sehr ähnlich«, stellte Charles Ward mit sanfter Stimme fest, »aber die Augen hast du von deiner Mutter.« Und dann fügte er hinzu: »Die Augen und das große Herz. Ist Anna auch gekommen?« Fast hoffnungsvoll, so schien es Carla, sah er sich um.

»Dad«, entgegnete sie leise und schluckte. »Mutti ist im März gestorben.«

Der Hoffnungsschimmer verschwand aus seinem Gesicht. »Sie hat dir nie selbst von mir oder der Singing Bear Ranch erzählt, hab ich recht?«

Carla schüttelte den Kopf.

»Sie musste sterben, damit du rechtzeitig hierherkommen konntest«, flüsterte er. »Meine arme Anna.« Für einen Moment verfinsterte sich sein Gesicht, dann nickte er entschlossen und murmelte: »Es war so bestimmt.«

Sein Blick fiel nun das erste Mal auf Lee, der noch immer an der gleichen Stelle stand und die Szene stumm verfolgte. Charles Ward ließ seine Hände von Carlas

233

Schultern gleiten und betrachtete den jungen Mann näher. »Du bist Ghost Horse juniors Sohn?«

Lee ging hinüber und streckte ihm die Hand entgegen. »Ja, Sir, das ist richtig. Mein Name ist Lee Ghost Horse.«

Die beiden Männer schüttelten sich herzlich die Hände. »Ich kann mich leider nicht an Sie erinnern, Mr Ward …«, begann Lee.

»Bitte, nenn mich Charles, Junge«, fiel Carlas Vater ihm ins Wort. »Ich nehme an, du bist nicht ohne Grund hier?« Er sah die beiden an.

»Lee und ich gehören zusammen, Dad«, erwiderte Carla lächelnd. Es gab anscheinend nicht viel, was ihrem Vater entging.

Ein zufriedener Ausdruck erschien auf Charles' Gesicht. »Ich hätte es selbst nicht besser inszenieren können. Gute Wahl. Du meine Güte, ich habe in meiner Aufregung noch nicht einmal nach deinem Namen gefragt, Kind!«

»Ich heiße Carla, Vater. Carla Bergmann.«

»Carla«, murmelte er vor sich hin. »Wunderschöner Name.« Dann wandte er sich an Lee. »Und du hast natürlich auch eine sehr gute Wahl getroffen. Meine Carla ist etwas ganz Besonderes.« Er drückte ihre Hand.

Einen Moment lang schwiegen sie alle. Carla war noch immer so überwältigt von der Situation, dass sie nicht recht wusste, was sie sagen sollte.

»Carla, wenn es in Ordnung ist, würde ich gerne meinen Pick-up und Anhänger vom Tor abholen und über Nacht bleiben«, meinte Charles schließlich.

»Dad«, rief sie empört, »ich hoffe, du bleibst länger als nur eine Nacht!«

»So lange du möchtest, Tochter«, erwiderte er. Dann drehte er sich um und ging die Einfahrt hinunter.

Carla blickte ihm nach und bemerkte plötzlich, dass sie zitterte. Sie schlang ihre Arme fest um sich, aber es war nicht der kühle Abendwind, der sie zittern ließ.

Lee trat zu ihr und legte vorsichtig den Arm um sie, so als wüsste er nicht, ob es in Ordnung war.

»Mein Vater ist tatsächlich gekommen«, sagte sie leise.

»Ja, und was für ein Vater«, fügte Lee anerkennend hinzu.

Carla sah zu ihm auf. »Du hast recht, er ist wunderbar. Aber nicht so wunderbar wie du.«

Lee zog sie fester an sich. Er wusste, dass er nicht um seine Stellung würde kämpfen müssen.

Sobald Charles sein Pferd aus dem Anhänger entlud, war Carla und Lee klar, warum er es so eilig gehabt hatte, das Tier bei sich zu haben. Es handelte sich um einen wunderschönen pechschwarzen Quarter-Horse-Wallach, der allem Anschein nach sehr an ihm hing – und umgekehrt. Er hörte auf den Namen Mohqwa, was in indianischer Sprache *großer Vogel* bedeutete. Sie ließen ihn zu Seliya und Tetiem auf die Weide und beobachteten die Tiere eine Weile.

»Reitest du gerne, Carla?«, wollte Charles wissen.

»Ja«, antwortete sie, ohne zu zögern. »Lee hat es mir beigebracht.« Sie schenkte dem jungen Mann ein bewunderndes Lächeln.

»Sie brauchte wirklich nicht viel Hilfe«, erklärte Lee.

»Das kann ich mir vorstellen«, meinte ihr Vater. »Und du bist vorher nie geritten?«

»Mutter wollte es nicht«, sagte sie nüchtern und wechselte das Thema. »Wie wäre es mit Abendessen?«

Sie hatte nicht viel anzubieten, da sie gerade erst von ihrem Campingausflug zurückgekehrt waren. Also wärmte sie dicke Bohnen mit Schweinefleisch auf. Ein alter Western-Klassiker. Den Männern schien es zu schmecken. Überhaupt schienen sie gut miteinander auszukommen und bestritten während des Essens den Hauptteil der Unterhaltung.

Carla hielt sich zurück. Es gab so vieles, was sie den Vater hatte fragen wollen, Dinge, für die sie eine Erklärung wünschte. Nun saß Charles Ward mit ihr am Tisch auf der Veranda und sie konnte kein Wort herausbringen.

Schließlich flüsterte eine Stimme in ihrem Kopf: *Nicht jetzt. Es bleibt noch viel Zeit für Erklärungen und Fragen.* Und sie entspannte sich.

Ein wohliges Gefühl breitete sich in Carla aus, als sie liebevoll die beiden Männer betrachtete, die ihr so viel bedeuteten, und beglückt feststellte, dass sie auch am nächsten Tag noch bei ihr sein würden. Es war, als hätte sie die Familie wiedergefunden, die sie durch den Tod ihrer Mutter verloren geglaubt hatte. Und in diesem Augenblick war sie einfach nur glücklich.

Nach dem Essen saßen sie noch lange auf der Veranda und beobachteten, wie die untergehende Sonne den Himmel und das Land zunächst in warme Gold- und Orangetöne und dann in lange Schatten tauchte, die langsam der Abenddämmerung wichen. Die Luft wurde kühler, behielt jedoch ihren würzigen Duft nach Nadelwald, Sommer und Bergen, der Carla so ans Herz gewachsen war.

»Hier hat sich kaum etwas verändert«, unterbrach Charles mit seiner melodischen Stimme die Stille und zündete seine Pfeife an. »Die Bäume sind gewachsen, aber die Gebäude und die Stille sind dieselben.« Er paffte nachdenklich an seiner Pfeife. »Wir haben oft hier draußen gesessen, deine Mutter und ich. Haben den Abend begrüßt und den Morgen.«

Carla schluckte. Sie wollte nicht gern über ihre Mutter sprechen. Nicht in diesem Augenblick. »Wie lange bist du nicht hier gewesen?«, fragte sie, um das Gespräch in eine andere Richtung zu lenken.

Charles dachte eine Zeitlang nach. »Es muss mindestens zwanzig Jahre her sein. Nach einer Weile des Alleinseins habe ich die Singing Bear Ranch aufgegeben und seither nie wieder einen Fuß auf diesen schönen Flecken Erde gesetzt.«

Diese Aussage ließ viele Fragen in Carla aufkommen, aber eine lag ihr besonders am Herzen. »Warum bist du gerade jetzt zurückgekommen?« Sie sah ihren Vater direkt an.

Charles ließ überrascht seine Pfeife sinken. »Du hast nach mir gerufen, oder nicht?«

Carla schloss die Augen. Sie hatte diese Antwort in gleichem Maße erwünscht und gefürchtet, denn sie bedeutete, dass, was immer sie in ihrem Geiste formte, auf ihren Wunsch hin andere Menschen erreichen konnte. Ja, sie hatte nach ihrem Vater gerufen, aber …

»Ich habe es nicht für möglich gehalten, dass du meinen Ruf vernehmen würdest«, entgegnete sie leise.

Charles lächelte. »Du darfst die Kraft des Geistes nicht unterschätzen.« Und nach einer kleinen Pause fügte er hinzu: »Wie lange bist du schon auf der Ranch, und wie hast du von ihr erfahren?«

»Ich bin seit drei Wochen hier«, antwortete Carla und holte tief Luft. Dieser Teil war einfach zu erklären. Der zweite Teil würde mehr Zeit in Anspruch nehmen. Sie berichtete, wie die Dinge ihren Lauf genommen hatten: von dem unerwarteten, plötzlichen Tod ihrer Mutter, den versteckten Papieren im Schlafzimmer und der Heirats- und Grundstücksurkunde. Sie musste weiter ausholen, um dem Vater die Reichweite der Dinge klarzumachen. Sie erzählte von Tante Margit und ihren Sticheleien, von ihrer, Carlas, Verbindung zur Mutter und warum sie noch immer eine Wohnung geteilt hatten. Sie schloss mit den Worten: »Mutters Tod hat mein gesamtes Leben auf den Kopf gestellt, mir den Boden unter den Füßen weggezogen. Sie war alles, was ich hatte. Aber gleichzeitig ist mir etwas Wichtiges gegeben worden: Du, Dad! Nach all den Jahren mit Tante Margits Anspielungen über meinen fehlenden Vater und den Sticheleien der anderen Kinder über mein Aussehen und mein Verhalten … Mutters Tod hat mir meine Identität geschenkt. Mir ist endlich klargeworden, warum Dinge so sind, wie sie sind, und nicht anders. Und ich bin froh darüber.«

Beide Männer schwiegen nachdenklich. Nach einem weiteren Zug aus seiner Pfeife meinte Charles schließlich: »Du hast vieles durchmachen müssen. All diese Erfahrungen, du darfst sie nicht als negativ ansehen. Sie haben dich geprägt, dich stark gemacht, für Aufgaben, die noch vor dir liegen. Ich weiß, es scheint ungerecht, dass deine Mutter dir meine Identität verschwiegen hat, aber man kann dem auch etwas Gutes abgewinnen.«

Carla wurde jetzt fast ärgerlich. Der Vater hatte gut reden. »Warum hast du nie Kontakt zu mir aufgenommen? Du musst gewusst haben, dass Mutter schwanger war.«

»Ich *habe* von der Schwangerschaft gewusst, und ich *habe* versucht, mit dir und deiner Mutter Verbindung aufzunehmen. Leider vergeblich.« Sein Tonfall verriet, dass er nicht auf weitere Details eingehen wollte.

Carla blickte schweigend zu Boden.

Plötzlich fragte Charles in die Stille hinein: »Hast du ein neueres Foto von Anna dabei? Darf ich es sehen?«

Sie blickte ihn erstaunt an. »Ich habe eins, und natürlich darfst du es sehen.«

Sie verschwand im Haus, erschien jedoch schon bald darauf wieder mit einer Kerze und einigen Fotos. Die Bilder waren nicht alle neueren Datums. Einige stammten aus Carlas Kindertagen, aber sie dachte, ihr Vater würde auch sie gern sehen. Sie zündete die Kerze an und reichte ihm die Abzüge.

Es war deutlich, dass die Fotos Charles bewegten. Carla warf Lee einen fragenden Blick zu. Hatte der Vater die Trennung von ihrer Mutter nicht gewollt? Hatte etwa sie ihn verlassen? Warum hatte er angedeutet, dass er versucht hatte, Kontakt aufzunehmen? Und warum hatte Anna Bergmann nie wieder geheiratet und war immer von einem Hauch Melancholie umgeben gewesen? Als Carla von Charles Ward erfahren hatte, hatte sie angenommen, dass die Traurigkeit auf eine Trennung seinerseits zurückzuführen war, aber sie musste sich getäuscht haben.

Sie wurde von ihrem Vater aus den Gedanken gerissen. Er gab ihr die Fotos abrupt zurück und klopfte seine Pfeife aus. »Es ist schon spät. Wir sollten schlafen gehen. Wer weiß, was der morgige Tag bringt.«

»Wie du meinst, Dad«, entgegnete Carla verwirrt. »Ich kann dir ein Lager im Wohnzimmer herrichten.«

Er schüttelte den Kopf. »Ich werde in meinem Pickup schlafen. Hab alles dabei. Mach dir keine Umstände.« Dann wandte er sich an Lee. »Du bleibst besser bei Carla im Haus.« Und als dieser zögerte, fügte er hinzu: »Es würde mich besser schlafen lassen.«

Erst als Lee zustimmend nickte, murmelte Charles: »Gute Nacht, meine Carla. Gute Nacht, Lee.« Dann ging er zu seinem Pick-up, der neben Carlas Wagen im Hof geparkt war.

Carla sah ihm nach.

»Mach dir keine Gedanken«, bat Lee und blies die Kerze aus. »Auch dein Vater muss viel zu verarbeiten haben.«

Sie gingen schweigend ins Haus. Erst jetzt fiel Carla auf, dass ihr Vater das Wohnhaus der Ranch bisher nicht betreten oder erwähnt hatte. Er hatte nur auf der Veranda gesessen, den Stuhl auf den Horizont gerichtet.

Carla seufzte und ließ die Tür ins Schloss fallen. Es würde noch viel zu besprechen geben.

Am nächsten Morgen stellte Carla erleichtert fest, dass ihr Vater wieder ungezwungen war und die Schatten auf seinem Gesicht verschwunden waren. Sie machten einen Rundgang über den Hof und unterhielten sich angeregt, während Lee bei den Pferden war. Er wollte Carla Gelegenheit geben, mit ihrem Vater allein zu sein.

Carla wusste nicht recht, ob sie ihm dafür dankbar war. So sehr sie sich auf ein Treffen mit dem Vater gefreut hatte und so sehr er ihr gefiel und sie sich mit ihm verbunden fühlte – es überkam sie nun doch eine gewisse Befangenheit, als sie allein neben ihm über die Wiese lief.

Die Morgensonne schien warm auf die Ranch herab und ließ den Tau auf den Gräsern und Wildblumen schnell verdunsten. Charles blieb stehen und holte tief Luft.

»Ich weiß nicht, ob du dir vorstellen kannst, wie sehr ich all dies vermisst habe, Carla.« Und mit einer ausladenden Handbewegung fügte er hinzu: »Schau dich um. Unsere Familie lebt hier seit Generationen. Oft spüre ich die Anwesenheit unserer Ahnen. Wir sind für immer mit diesem Land verbunden. Vergiss das nie.«

Sein Blick schweifte über die Wiesen und Gebäude und schließlich über die angrenzenden Wälder und Hügel.

Carla beobachtete ihren Vater. Sie war sich fast sicher zu wissen, was er fühlte, denn tief in ihrem Herzen fühlte sie es selbst. Sie wollte ihn fragen, warum er so lange von der Ranch fortgeblieben war, wo sie ihm doch so sehr am Herzen lag. Aber sie wollte das Gespräch nicht wieder auf ihre Mutter bringen. Deshalb fragte sie: »Was hast du all die Jahre gemacht, Dad?«

Charles lachte auf. »Oh, genau das, was ich vorher auch gemacht habe. Gearbeitet, gejagt, meinen Hobbys nachgegangen.«

Das war nicht sehr genau. »Und was sind deine Hobbys?«

Er sah sie entschuldigend an. »Manchmal vergesse ich, dass wir uns erst gestern kennengelernt haben. Natürlich möchtest du wissen, was ich so mache – genau wie ich interessiert an deinem Leben bin.« Er hielt kurz inne und überlegte. »Also, ich lese gern und viel, und ich liebe die Natur. Eigentlich bin ich meistens draußen.«

Carla lächelte. Darauf hatte sie selbst schon geschlossen.

»Ich sammle wilde Kräuter und Wurzeln und verkaufe die Dinge an einen Trading Post, also einen Handelsposten, der sie dann wiederum an Stadtleute verkauft«, fuhr Charles fort. »Scheint ziemlich gefragt zu sein. Manchmal verkaufe ich auch Tierhäute, die ich mit indianischen Motiven bemale. Du glaubst nicht, wie wenig die meisten Leute von der Natur wissen. Manchmal treffe ich ein paar Stadtmenschen im Trading Post, wenn ich meine Sachen abliefere. Die schauen mich immer ganz ungläubig an. Manche haben sogar Angst vor mir und vor der Wildnis. Kannst du glauben, dass es so weit gekommen ist? Leute haben Angst vor der Natur, die uns alles gibt, was wir zum Leben brauchen.«

Carla schaute verlegen zur Seite und dachte an ihre eigene Unwissenheit über diese Dinge. Natürlich hatte sie viele Bücher über Natur und Pflanzen gelesen. Aber seit sie auf der Ranch wohnte, war es ihr sehr bewusst geworden, wie viel sie *nicht* wusste.

»Wie auch immer«, fuhr ihr Vater fort. »Ich genieße diese Arbeiten.«

»Und wo wohnst du?«, wollte Carla wissen.

»Am Rande einer abgelegenen Ranch, die einem Freund gehört, etwa vier Autostunden von hier entfernt. Es ist schön dort. Natürlich nicht so schön wie hier. Du hast meinen Pick-up gesehen, reich bin ich nicht. Meine kleine Hütte hat keinen Strom und nur ein Plumpsklo, aber ich bin zufrieden mit meinem Leben. Bisher hat das Geld immer irgendwie gereicht, und ich bin weitgehend unabhängig und mein eigener Herr. Nicht jeder misst den Erfolg seines Lebens am Umfang seines Bankkontos.«

Carla musste unwillkürlich an ihre Tante und ihren Onkel denken und grinste. »Einige Leute nehmen viel auf sich, nur um Geld und Ansehen zu erlangen«, sagte sie.

Charles wurde ernst. »Viele Leute würden heutzutage alles tun, um ans große Geld zu kommen. Ich meine wirklich *alles*. Viel mehr Leute, als du annimmst. Geld ist zum Statussymbol geworden. Nur wer viel davon hat, hat Ansehen. Aber schau genau hin, wer Ansehen erlangt. Ist das wirklich eine Person, zu der es sich aufzuschauen lohnt, eine Person, die das Ansehen tatsächlich verdient hat?«

Carla schwieg nachdenklich.

Ihr Vater schüttelte den Kopf und fuhr fort: »Hypokriten! In unserer Vergangenheit, bei deinen indianischen Vorfahren, Carla, hatte Ansehen nichts mit Geld oder materiellem Reichtum zu tun. Es hatte damit zu tun, wie viel man gibt, wie man seine Mitmenschen behandelt, und mit Ehrenhaftigkeit, Tapferkeit und Gerechtigkeitssinn. Wenn ich dem Alten Weg folge, fühle ich mich reich. Und ich möchte es wagen zu behaupten, dass die Welt anders aussehen würde, würden ihre Bewohner mehr Wert auf andere Dinge legen als auf Geld. Aber wir müssen nicht bei unserem ersten Treffen über so große Themen sprechen«, setzte er lachend hinzu. »Komm, lass uns Lee bei den Pferden Gesellschaft leisten.«

Wenig später erreichten sie die Koppel, die dem Haus am nächsten gelegen war. Dort grasten die Pferde friedlich in der Morgensonne. Lee lehnte am Zaun und beobachtete sie. Er zeigte sich nicht überrascht, als die beiden sich zu ihm gesellten, und Carla wusste, dass er sie hatte kommen hören.

»Du hast ein wundervolles Pferd«, wandte er sich an Carlas Vater.

Charles ließ einen besonderen Pfiff ertönen, und Mohqwa kam von der anderen Seite der Koppel zu ihm herübergetrabt. »Wenn Mohqwa diesen Pfiff hört«, erklärte er, »weiß er, dass ich ihn brauche. Gerade, wenn man alleine in der Wildnis ist, finde ich solch ein Zeichen unabdingbar. Ich kann Mohqwa damit über große Distanz zu mir rufen.« Lee stimmte zu, und sofort waren die Männer in ihr Lieblingsthema vertieft.

Carla schmunzelte. Sie war froh, dass sich die beiden so gut verstanden. Sie lehnte sich ebenfalls an den Zaun und ließ den Blick über die umliegenden Bergwiesen und Hänge schweifen. Sie war so vertieft in die Schönheit des Morgens und der Landschaft, dass es eine Weile dauerte, bis sie bemerkte, dass sie irgendetwas störte. Sie wusste nicht genau was, aber etwas stimmte nicht. Sie dachte an den gestrigen Drohbrief und an die Leute der Silver Spur, und ein kalter Schauer lief ihr über den Rücken. Unvermittelt und ohne auf eine Pause im Gespräch zu warten, fragte sie: »Lee, ist jemand in der Nähe?«

Er hielt sofort inne. »Was ist los?«

»Ich weiß nicht. Nur ein Gefühl, dass etwas nicht stimmt.«

Langsam schüttelte Lee den Kopf. Er hatte wie immer ein waches Auge auf die Umgebung gehalten, und es war ihm nichts Ungewöhnliches aufgefallen. »Niemand ist hier«, erwiderte er ruhig.

Niemand. Plötzlich wurde Carla bewusst, dass stattdessen jemand fehlte. Soot war verschwunden. Sie hatte ihn seit ihrer Rückkehr vom Sapphire Lake nicht mehr gesehen.

»Soot ist verschwunden«, sagte sie leise.

Lee atmete sichtlich auf.

»Soot?«, wollte Charles wissen. »Und warum bist du so angespannt, dass jemand in der Nähe sein könnte?« Sein Blick war forschend und ernst.

Carla sah nervös zu Lee hinüber. Wie viel von dem, was sie in den letzten Wochen erlebt und erfahren hatte, konnte sie dem Vater anvertrauen? Würde er sie verstehen? Oder würde er sie auslachen?

Lee nickte ihr fast unmerklich zu. Also fasste sie sich ein Herz und erzählte ihrem Vater kurz von ihren Visionen, ihren Träumen und Gefühlen. Sie erzählte von dem teilnahmslosen Verhalten der Leute in Midtown, berichtete von den rassistischen Cowboys der Silver Spur und den Anfeindungen und Drohungen Silvers, weil sie das Land nicht verkaufen wollte.

Charles hörte aufmerksam zu und unterbrach sie nicht. Erst als sie geendet hatte, holte er tief Luft und murmelte: »Natürlich, Silver!« Und laut fügte er hinzu: »Verstehe. Und wer ist Soot?«

»Soot ist ein Hund, der hier aufgetaucht ist, als ich eingezogen bin«, erklärte Carla. »Erst war ich etwas skeptisch, aber er war überhaupt nicht bedrohlich, nur verlassen und hungrig. Er ist mir überallhin gefolgt, solange ich auf dem Hof gearbeitet habe oder in der Umgebung spazieren gegangen bin. Wenn ich im Haus war, hat er auf der äußersten Stufe der Veranda gelegen. Aber wenn ich die Ranch mit dem Auto oder dem Pferd verlassen habe, ist er nicht mitgekommen, sondern hat hier auf mich gewartet. Irgendwie hatte ich mich an ihn gewöhnt. Vielleicht kommt er wieder.« Sie versuchte optimistisch zu klingen und sah die Männer hoffnungsvoll an.

Lee blickte zu Boden, und Charles schüttelte den Kopf. »Ich möchte kein Spielverderber sein, Carla, aber ich glaube nicht, dass dein vierbeiniger Freund zurückkommt.«

Sie runzelte die Stirn und wollte gerade zu einer Antwort ansetzen, als ihr Vater abwehrend die Hand hob. »Lass es mich erklären«, meinte er und suchte nach den richtigen Worten. »Ich glaube, das Tier war zu deinem Schutz hier. Jetzt hast du anderen Schutz gefunden«, sein Blick schweifte kurz zu Lee hinüber, »und Soot hat sich außer Dienst gestellt.«

»Aber, Vater«, begann sie zweifelnd, »das würde bedeuten, dass der Hund wusste, was hier vor sich geht.«

Lee lächelte verhalten, als ihm klar wurde, dass Charles auf das Gleiche hinauswollte, was er selbst von Anfang an gespürt hatte: Der Hund war ein Geistwesen.

»Ein Geistwesen?«, meinte Carla, als ihr Vater seine

Erklärung abgeschlossen hatte. »Aber Lee hat ihn auch gesehen.«

»Ich habe nicht gesagt, dass du dir den Hund eingebildet hast«, warf Charles ein. »Ich wage lediglich zu behaupten, dass das Tier aus einem bestimmten Grund zu dir geschickt wurde. Und als seine Aufgabe erfüllt war, konnte es weiterziehen.«

Die Worte drangen in Carlas Unterbewusstsein vor, und je mehr sie über Soots Verhalten nachdachte, desto bewusster wurde ihr die Tatsache, dass ihr Vater recht hatte. Wie weit hergeholt es auch scheinen mochte, er hatte recht.

Lee sah, dass Carla verstanden hatte, und lächelte zufrieden.

»Könntest du mir eine Tasse Tee kochen, Carla?«, bat Charles sie.

Carla schmunzelte, weil er noch immer nicht ins Haus wollte, und machte sich auf den Weg zur Küche.

Als sie gegangen war, wandte Charles sich wieder den Pferden zu und fragte Lee beiläufig: »Wie ernst schätzt du die Situation mit Silver ein?«

»Sehr ernst, Charles. Johnny Silver hat Gold oder Silber gewittert, da ist er nicht mehr zu bremsen. Der Mann ist besessen.«

Charles nickte zustimmend. »Ich weiß. Schlimmer noch als sein Vater.«

Damit drehte er sich um und ging zur Veranda, um seinen Tee zu trinken. Er ließ einen verdutzten Lee an der Pferdekoppel zurück.

Wenig später saßen sie alle zusammen auf der Veranda und tranken schweigend Tee.

»Ich wollte dich nach deinen Träumen fragen, Carla«, unterbrach Charles schließlich die Stille. »Hattest du sie schon immer? Und sind es stets dieselben?«

Carla sah ihren Vater überrascht an. »Nein, die Träume und Visionen haben erst nach Mutters Tod begonnen. Oft betreffen sie eine augenblickliche Situation und kommen, wenn ich eigentlich hellwach sein sollte.« Sie hielt verlegen inne.

Charles lächelte ihr aufmunternd zu. »Ich weiß, wovon du sprichst. Erzähl weiter.«

»Den ersten Traum hatte ich noch in Deutschland. Du bist darin vorgekommen und die Ranch. Natürlich wusste ich das damals nicht. Das habe ich mir erst zusammenreimen können, als ich dich gestern die Einfahrt habe heraufkommen sehen. In meinem Traum bist du genau wie gestern die Einfahrt heraufgekommen und hast eine alte Frau begrüßt, die im Hof hier auf dich gewartet hat. Und du hast zu ihr gesagt: *Sie kommt!*« Sie blickte den Vater offen an. »Das ist für mich der letzte Auslöser gewesen, nach Kanada zu kommen und nach dem Grundstück auf der Urkunde zu suchen – und nach dir.«

»Und was ist mit den anderen Träumen?«, wollte er wissen. »Treten sie häufig auf?«

»Sie scheinen sich im Moment zu häufen, meist über Tag oder in bestimmten Situationen. Aber ich habe noch einmal von dir und der alten Frau geträumt. Ich war damals schon auf der Ranch. Im Traum standest du mit ihr neben einer Quelle, um die hohes Farnkraut wuchs. Die Quelle befand sich auf einer Lichtung, die mit hohen Kiefern umstanden war. Die alte Frau sagte zu dir: *Dies ist der Ort.*«

Charles schlug die Augen nieder, fing sich jedoch sofort wieder. Er nickte und forderte Carla auf, weiterzusprechen.

»In einem der Träume hast du mit Mutter gesprochen, oder besser gesagt, sie mit dir. Sie sagte so etwas wie: *Sie ist hier, aber sie braucht Hilfe.* Und im letzten Traum bin ich durch den Wald gelaufen und habe dich gesucht. Etwas schien nicht in Ordnung zu sein.« Dann berichtete sie von den Visionen, die es ihr ermöglicht hatten, Mariah und Lily zu helfen.

Charles schwieg eine Weile. »Du hast eine besondere Verbindung zur Geisterwelt, Carla«, meinte er schließlich. Er legte ihr die Hand auf den Arm und sah sie ernst an. »Mehr noch, als ich angenommen habe. Es ist ein Geschenk. Du darfst dich nicht dagegen wehren, auch wenn es oft schwierig scheint.«

Etwas in seinen Augen verriet Carla, dass er wusste, wovon er sprach, und es beruhigte sie.

»Wusstest du, dass meine Großmutter für eine Weile mit Anna und mir auf der Singing Bear Ranch gelebt hat? Sie war der Grund, warum ich hierblieb, nachdem deine Mutter nach Deutschland zurückkehrte. Aber nach ihrem Tod sah ich keinen Sinn mehr, auf der Ranch zu bleiben, wo die Erinnerung an meine Verluste so nahe, so lebendig war.

Meine Großmutter war eine großartige Frau. Sie hat Anna sehr geliebt, und es traf sie schwer, als sie uns verließ. Sie sind sehr gut miteinander ausgekommen. Wie auch immer, Grandma ist bald nach Annas Abreise krank geworden und kurz darauf gestorben«, er blickte versunken vor sich hin. »Ich wünschte, du hättest sie kennengelernt. Ihr hättet euch verstanden.«

Die alte Frau aus ihren Träumen und Visionen erschien immer wieder vor Carlas geistigem Auge, und plötzlich musste sie lächeln. »Ich glaube, ich kenne sie, Dad. Aus meinen Träumen!«

Charles hob langsam den Kopf, und auch auf seinem Gesicht erschien ein Lächeln. »Ja, du hast recht. Du kennst sie.«

»Wie heißt sie?«, flüsterte Carla und sah ihren Vater fest an, während ihr eine Gänsehaut über den Körper lief.

»Lucy Shining Earth«, erwiderte er, ohne den Augenkontakt zu lösen.

»Lucy Shining Earth«, wiederholte sie leise, fast lautlos.

»Warte hier!«, rief Charles und rannte zu seinem Pick-up. Er wühlte einen Moment im Handschuhfach und kam dann zurück zur Veranda. »Hier ist ein Foto von ihr«, erklärte er aufgeregt und hielt ihr einen Schwarzweißabzug entgegen.

Carla fühlte, wie alle Wärme ihren Körper verließ, nur um Sekunden später als Hitzewelle zurückzuströmen. Ihr Nackenhaar sträubte sich: Das Foto zeigte eine alte Frau, eindeutig indianischer Abstammung, in traditioneller Kleidung, mit weisen, dunklen Augen und dünnem grauem Haar, das ihr über die Schultern fiel.

Es bestand nicht der geringste Zweifel: Die Frau, die sie in ihren Träumen und im Regen am Sapphire Lake gesehen hatte, war keine andere als Lucy Shining Earth – ihre Urgroßmutter!

KAPITEL 16

Alte Verbindungen

Carla ritt an der Seite ihres Vaters und Lee über die Singing Bear Ranch. Es war spät am Nachmittag, und die Sonne warf ein sanftes Licht auf die Wildnis. Am Himmel standen kleine weiße Wolken, und eine warme Brise wehte über den Berg.

Carla holte tief Luft. In den letzten Wochen waren so viele Dinge geschehen, und sie konnte es nicht verhindern, dass die Ereignisse wieder und wieder vor ihrem geistigen Auge abliefen. Sie hatte schon oft über alles, was passiert war, nachdenken müssen, und auch darüber, *warum* es geschehen war. Der Tod ihrer Mutter, die Reise nach Kanada, der Aufenthalt auf der Ranch, Lee, ihr Vater, die Träume und Visionen, das alles ergab für sie nun ein Bild und machte Sinn. Aber tief in ihrem Herzen spürte sie, dass es noch etwas anderes gab, etwas, das wichtiger war, als sie bisher angenommen hatte, und das sich noch im Verborgenen befand.

»Du reitest sehr gut«, sagte ihr Vater und ließ sie aus ihren Gedanken aufschrecken. »Und du hast wirklich erst vor ein paar Wochen damit angefangen?«

Carla nickte.

»Ich bin sehr stolz darauf, wie du hier zurechtkommst, Carla, und noch mehr darauf, dass es dir so gut gefällt.«

»Ich liebe die Singing Bear Ranch. Ich habe mich nie

vorher in meinem Leben irgendwo zugehörig gefühlt, aber hier passe ich anscheinend genau hin.«

Charles lachte. Er hatte ein warmes, herzliches Lachen, und es kam Carla sehr vertraut vor, obwohl sie es erst seit den letzten vierundzwanzig Stunden kannte.

»Du bist ein Teil dieses Landes«, fügte Charles hinzu.

»Dad, es gibt eine Sache, die ich wirklich nicht verstehe. Warum habt ihr euch getrennt, du und Mutter? Ich meine, offensichtlich magst du sie noch immer, und sie hat mich nach dir benannt.«

»Das ist mir auch aufgefallen: Charles – Carla. Ich mag es sehr. Über den anderen Punkt habe ich lange und oft nachgedacht.«

Er hielt sein Pferd an und saß ab. Carla und Lee taten es ihm gleich. Sie ließen die Tiere grasen und gingen hinaus auf den Felsvorsprung, auf dem Carla vor einigen Tagen bereits mit Lee gewesen war. Es schien der richtige Ort für Gespräche zu sein. Der Ausblick war grandios und ließ die Seele leicht werden, sich öffnen.

»Hoffentlich langweilen wir dich mit all diesen Familiengeschichten nicht zu sehr, Lee. Du musst verzeihen, wenn wir im Moment nicht allzu gesellig sind. Ich verspreche Besserung.«

Lee wehrte sofort ab. »Keine Sorge, Charles. Ich verstehe vollkommen. Carla und ich, wir haben viel Zeit. Und ich erfahre gern mehr über ihre Familie. Also, wenn ich nicht störe … Ansonsten lasse ich euch allein.«

»Nein«, warf Carla eilig ein, »wir möchten, dass du bleibst, nicht wahr, Dad?«

Charles nickte zustimmend.

Sie setzten sich ins Gras, und Charles holte tief Luft. »Ich kann selbst nur Vermutungen anstellen, denn seit Anna von hier fortgegangen ist, habe ich nicht wieder mit ihr gesprochen.« Er machte eine längere Pause. »Als wir uns kennenlernten, war es für uns beide Liebe auf den ersten Blick, obwohl wir sehr gegensätzlich waren. Deine Mutter klein und blond, mit diesen wunderschönen Augen und aus der Großstadt. Ich dagegen groß und dunkel und aus der Wildnis. Wir schienen uns gut zu ergänzen, und die erste Zeit verlief wie im Traum. Ich brachte Anna hierher, und zusammen haben wir die Gebäude der Singing Bear Ranch errichtet. Deine Mutter war fasziniert von der Wildnis, von mir und von einem Leben, das so ganz anders war als das, was sie gewohnt war.

Ich kann natürlich nicht abstreiten, dass es auch Probleme gab. Der Alltag brachte einige davon mit sich. Andere hingen mit der Sprache zusammen, obwohl ich ihr natürlich gerade deswegen viele Zugeständnisse eingeräumt habe. Die meisten Probleme jedoch hingen mit der unterschiedlichen Mentalität zusammen.« Er blickte zu Boden, suchte nach den richtigen Worten. »Hier in der Wildnis fanden die meisten Regeln, mit denen deine Mutter aufgewachsen war, keine Anwendung, und sie hat sich schwergetan, die neuen Regeln anzunehmen.« An dieser Stelle fing er Carlas fragenden Blick auf und erklärte: »Zum Beispiel das Geld. Ich habe einen anderen Rhythmus zu arbeiten, bringe weniger Geld nach Hause, fühle mich damit aber sehr zufrieden. Wir haben über diesen Punkt bereits gesprochen, Carla. Es gibt keine wirklichen Sicherheiten im Leben.« Er hielt erneut inne.

»Dazu kam der Rassismus, der uns fast überall, wohin wir gegangen sind, begegnete. Für mich war es nichts Neues. Ich habe schon früh gelernt, damit umzugehen. Aber Anna war so ... wie soll ich sagen? Das Wort Rassismus existierte für sie nicht. Sie hatte ein sehr gutes, großes Herz, genau wie du, Carla, und es war schwer genug für sie, mit dem Rassismus fertig zu werden, der gegen mich gerichtet war. Aber an dem Rassismus gegen sich selbst wäre sie beinahe zerbrochen.« Er blickte Carla fest in die Augen. »Du musst verstehen: Als sie mich heiratete, ist sie in den Augen vieler Leute von *Weiß* zu *Squaw* abgestiegen und auch dementsprechend behandelt worden. Eine Tatsache, die Anna nicht verstehen und bei den Leuten, die so dachten, auch nicht ändern konnte. Und dann wurde sie schwanger, und von zu Hause kamen immer öfter Briefe. Schließlich meinte sie, sie würde ihre Familie in Deutschland gern besuchen, und ich konnte ihr das natürlich nicht abschlagen. Zwei Wochen wollte sie bleiben. Dann hat sie geschrieben, dass sie etwas länger bleiben wollte, und dann sind keine Briefe mehr gekommen. Ich habe ihr noch einige Male geschrieben, aber nie eine Antwort erhalten.« Er beendete seine Erzählung und sagte betont heiter: »Wenn ich dich heute sehe, wünsche ich mir mehr denn je, sie hätte mein Bitten erhört und wäre zurückgekommen. Aber auf der anderen Seite«, fügte er hinzu, »das Leben in Deutschland, allein mit deiner Mutter, hat dich zu dem gemacht, was du heute bist. Auch wenn es nicht einfach war, auch wenn es für dich jetzt vieles zu lernen gibt. Es hat dich stark gemacht, meine Tochter.«

Carla saß schweigend da und kämpfte mit den Tränen. Denn obwohl sie verstand und aus eigenen Erfahrungen mit Silver nachvollziehen konnte, was zwischen ihren Eltern passiert war und wie ihre Mutter sich gefühlt haben musste, so trauerte ein Teil in ihr dennoch um die Familie, die sie nie gehabt hatte, und um eine glückliche Kindheit in der Natur, in der sie sich viel wohler gefühlt hätte als in der Stadt.

Plötzlich überkam sie ein anderer Gedanke. Ihre

Mutter hatte insgeheim alle Dinge aufbewahrt, die mit ihrem Ehemann zu tun hatten: die Heiratsurkunde, das Hochzeitsfoto, die Grundstücksurkunde. Aber warum nicht die Briefe?

»Dad, hast du noch Mutters Briefe, die sie dir damals aus Deutschland geschrieben hat?«

Charles blickte erstaunt auf, und auch Lee wurde hellhörig. »Ja«, entgegnete er. »Warum fragst du?«

»Mutter hat alle anderen Dinge aufbewahrt, die mit dir zu tun hatten. Aber Briefe habe ich nicht gefunden.«

»Vielleicht war sie zu ärgerlich und hat sie verbrannt«, mutmaßte Charles.

»Das glaube ich nicht. Ich habe das Gefühl, dass sie dich insgeheim noch immer geliebt hat. Nicht nur hat sie alle Dinge aufbewahrt, die sie an dich erinnert haben, und mich nach dir benannt, es hat auch nie wieder einen anderen Mann in ihrem Leben gegeben. Nein, Dad, ich glaube, sie hat deine Briefe nie erhalten.« Ein triumphierender Blick lag in Carlas Augen.

»Aber«, erwiderte er langsam, »die Briefe sind nie zurückgekommen.«

»Ich denke, meine Großmutter hat sie abgefangen. Sie war genau wie Tante Margit, und die müsstest du mal über uns reden hören.«

»Was genau passiert ist, werden wir wohl nie herausfinden …«, begann Charles, aber Carla unterbrach ihn. »Ich werde es aus Tante Margit herausbekommen, keine Angst. Jetzt will ich die ganze Wahrheit wissen.«

Ihr Vater lächelte sie liebevoll an. »Genau wie deine Mutter. Das Herz am rechten Fleck.«

»Ich werde ihr von der Ghost Horse Ranch aus eine E-Mail schicken. Ist das okay, Lee?«

»Natürlich!«

Carla war zufrieden. Tante Margit liebte es, die klei-

nen hässlichen Details auszupacken, wenn man sie auf
den Punkt brachte. »Warum hat die Singing Bear Ranch
eigentlich Mutter gehört? Ich hätte nicht gedacht, dass
sie damals schon so viel Geld gespart hatte.« Sie sah
ihren Vater erwartungsvoll an. Sie war begierig, so viel
wie möglich zu erfahren. Nicht nur über ihren Vater,
sondern auch über die verborgenen Seiten ihrer Mutter,
die sie nie kennengelernt hatte.

»Ich habe die Ranch gekauft und sie deiner Mutter zu
unserer Hochzeit geschenkt«, erklärte Charles.

»Warum hast du nicht wenigstens deinen Namen mit
auf die Besitzurkunde setzen lassen?«

Charles schwieg eine Weile. »Weißt du, Carla, in
meiner Familie waren es immer die Frauen, die sich des
Landes angenommen, es gepflegt, bebaut und beschützt
haben. Vielleicht ist es schwer zu verstehen, aber ich
glaube nicht an das moderne System, das unser Land
in kleine Stücke aufteilt und verkauft. Für mich gehört
eine Person zu dem Land, auf dem sie lebt, solange sie
es mit Respekt behandelt. Taten machen ein Stück Land
dein Eigen, nicht Papiere und Geld. So war es bei unserem Volk schon immer, und so empfinde ich auch heute
noch.«

In Lees Augen lag ein bewundernder Ausdruck, und
auch Carla war beeindruckt. »Und du hast Mutter vertraut, dass sie nicht sozusagen mit dem Land abhaut?
Ich meine, es war trotz allem dein Geld und deine Arbeit, die die Ranch erworben und aufgebaut haben.«

Charles lächelte gutmütig. »Ich habe deiner Mutter
vertraut, ja, und wie wir alle sehen, bin ich nicht enttäuscht worden. Deine Mutter hatte, wie gesagt, ein
großes, gutes Herz, Carla. Ich habe ihr damals all diese
Dinge erläutert, und ihr Herz hat die Wichtigkeit, die
die Situation für mich darstellte, verstanden. Ich habe

sie gebeten, mir zu versprechen, die Singing Bear Ranch niemals zu verkaufen oder zu beleihen, und sie immer mit Liebe zu behandeln, bis eine unserer Töchter bereit sei, als nächste Hüterin der Ranch einzutreten.«

Carla schluckte. *Eine unserer Töchter.* Ihr Vater hatte daran geglaubt, dass er gemeinsam mit seiner Frau eine richtige Familie auf der Ranch großziehen würde. Er hatte niemals von hier weggehen wollen. Und er hatte recht, Anna Bergmann hatte ihn nicht enttäuscht. Sie hatte all die Jahre die Tatsache, dass ihr in Kanada Land gehörte, verschwiegen und die Ranch in Sicherheit gehalten – wenn auch aus der Ferne. Und sie hatte sie an ihre Tochter weitergegeben – wenn auch ohne die notwendigen Erklärungen.

Carla musste an den Traum denken, den sie gehabt hatte, kurz nachdem sie auf der Ranch angekommen war. Sie hatte ihre Eltern im großen Zimmer des Wohnhauses sitzen sehen, und ihre Mutter sagte zu ihrem Vater: *Sie ist hier, genau, wie ich es versprochen habe.* Und sie wusste, dass ihre Mutter das Versprechen, das sie Charles Ward als junge Frau gegeben hatte, an keinem Tag ihres kurzen Lebens und auch über den Tod hinaus nicht vergessen hatte.

»Familie Ghost Horse kommt für einen kurzen Besuch vorbei, Dad«, verkündete Carla, als sie vor der Veranda von Seliya absaß. Es war Dienstagmorgen, und gerade hatte sie auf der Ghost Horse Ranch eine Mail an ihre Tante geschickt. Lee hatte sie begleitet, denn er ließ sie in diesen Tagen nicht gerne aus den Augen. Eine Tatsache, die Carla genoss.

Sie konnte ihr Glück noch immer nicht fassen. Nicht nur hatte sie endlich ihren Vater kennengelernt, sondern gleichzeitig den Mann ihres Herzens gefunden. Die Liebe und Zärtlichkeit, die sie in Lees Augen las, wenn sie allein waren, ließen ihr jedes Mal Schauer von Glück über den Rücken laufen. Sie selbst konnte ihm nun so viele bewundernde Blicke zuwerfen, wie sie wollte. Die ganze Welt durfte wissen, was sie in ihrem Herzen fühlte. Zur Krönung hatte sich herausgestellt, dass Lee und Charles Ward sich in vielerlei Hinsicht ähnlich waren und gut miteinander auskamen. Carlas Glück wäre perfekt, wenn es Silver nicht gäbe.

»Dad, hast du gehört?«, fragte sie nun, während sie die Zügel um einen der Verandapfosten schlang.

Charles Ward saß, Pfeife rauchend, auf einem Stuhl an der äußersten Ecke der Veranda, wo die Morgensonne noch immer ihr warmes Licht verbreitete. Der Rest der Veranda lag bereits im Schatten. »Ja, hab ich«, erwiderte er ruhig. »Wo ist Lee? Ich hoffe, er hat dich den weiten Weg nicht allein reiten lassen.«

Carla lächelte über diese väterliche Fürsorge. »Ist schon in Ordnung, Dad. Er kommt im Pick-up mit seinem Vater und seinen Großeltern.« Sie drehte sich um und blickte die Einfahrt entlang. »Siehst du, da sind sie schon!« Dann fügte sie etwas kleinlaut hinzu: »Lee wollte, dass ich Seliya auf der Ghost Horse Ranch lasse und im Pick-up mitfahre, aber ich wollte sie gern zu Hause haben. Also hat er darauf bestanden, dass ich auf dem Weg hierher nahe beim Truck bleibe. Und das habe ich die meiste Zeit auch getan. Aber ich wollte dich wenigstens über den bevorstehenden Besuch vorwarnen.«

Charles sah seine Tochter liebevoll an.

In diesem Moment hielt Lees Pick-up auf dem Hof. Noch bevor sich die Staubwolke gelegt hatte, war er aus dem Wagen gesprungen und bei Carla. »Ich dachte, wir hätten vereinbart, dass du nahe beim Wagen bleibst, wo ich dich sehen kann.«

»Tut mir leid, Lee. Aber ich wollte Dad eine kleine Warnung geben.« Sie schenkte ihm ein bezauberndes Lächeln, das Charles auf der Veranda schmunzeln ließ.

»Aber das nächste Mal …«, begann Lee mit ernstem Gesicht.

»Bestimmt, versprochen!«, erwiderte Carla sofort.

Lee zog sie in seine Arme und küsste sie. Hinter ihm kletterten seine Großeltern und sein Vater kopfschüttelnd aus dem Pick-up und gingen langsam auf die Veranda zu. Charles erhob sich aus seinem Stuhl, um die Gäste zu begrüßen.

Carla war überrascht, wie gut ihr Vater mit Menschen umgehen konnte. Sie hatte erwartet, dass er eher kurz angebunden und nicht übermäßig erfreut über den Besuch sein würde. Seiner Erzählung nach lebte er ja die meiste Zeit abgeschieden und allein in der Natur und begab sich nur selten in die Stadt und unter Menschen. Und die Ghost Horses hatten ihr am Anfang ihres Aufenthaltes erzählt, dass sie nicht viel über Charles Ward wüssten, da dieser seine Privatsphäre liebte. Nun wurde sie eines Besseren belehrt. Ihr Vater hatte den Gästen gegenüber sehr gute Manieren und zeigte sich, obwohl er nicht viel sagte, offen und freundlich.

»George, gut dich zu sehen«, begrüßte er Lees Vater. »Ich war sehr betroffen, als ich von deinem Verlust gehört habe.«

»Danke«, erwiderte George junior. »Schön, dich wiederzusehen. Dinge beginnen sich abermals aufzubauen.«

»Ich habe davon gehört«, antwortete Charles ernst. Dann wandte er sich an Lees Großeltern. »Rose, George, schön, dass ihr gekommen seid.«

Carla war so erfreut über die Entwicklung der Dinge und die entspannte Stimmung, dass sie sofort ins Haus lief, Kaffee und Tee kochte und alles Essbare aus der Speisekammer zusammensuchte, was sie finden konnte.

Als sie wenig später mit einem vollen Tablett wieder auf der Veranda erschien, fand sie Rose auf einem der beiden Stühle im Schatten. Die Männer saßen auf den Stufen der Veranda in der Sonne. Sie schenkte Tee und Kaffee aus und reichte Kekse. Dann ließ sie sich auf den freien Stuhl fallen. Sie strahlte förmlich vor Glück. Rose lächelte sie an und nickte bedächtig.

Es dauerte nicht lange, bis die Männer in Richtung Weide verschwanden, um die Pferde zu begutachten. Das war ein Thema, das sie alle verband und an dem sie höchstes Interesse hatten. Lee hatte von Charles Wards ausgezeichnetem Pferd berichtet, das bei dieser Gelegenheit natürlich eingehend betrachtet werden musste.

Auf der Veranda wandte Rose sich an Carla. »Ich bin sehr froh, dass du Charles gefunden hast. Wie es ausschaut, bist du zufrieden mit dem Ergebnis deiner Suche.«

Carla, die den Männern lächelnd nachgeschaut hatte, nickte. »Es hätte nicht besser sein können. Ich war oft unsicher, ob ich wirklich den richtigen Schritt unternommen hatte, als ich mich auf die Suche nach Dad machte. Aber nun bin ich so froh, dass ich es gewagt habe.« Dann fügte sie leise hinzu: »Ich habe nicht gedacht, dass es so einfach sein würde, ihn Dad zu nennen.«

»Lee ist auch sehr beeindruckt von ihm«, meinte Rose.

»Ich bin erleichtert, dass die beiden so gut miteinander auskommen«, erklärte Carla. »Aber Dad hat noch immer keinen Fuß ins Haus gesetzt.«

Rose klopfte ihr beruhigend auf den Arm. »Keine Sorge, mein Kind. Solche Dinge brauchen Zeit. Du wirst sehen, wenn Charles so weit ist, wird es von alleine geschehen. Es hat nichts mit dir zu tun.« Sie nahm einen Schluck Tee. »Ich bin froh, dass Charles wieder in dieser Gegend ist. Du wirst sehen, sobald Silver davon erfährt, wird er dir und der Ranch gegenüber vorsichtiger sein.«

Carla warf ihr einen überraschten Blick zu. »Wie meinst du das? Warum sollte Silver sich darum kümmern, ob Dad hier ist oder nicht?«

Nun war es Rose, die überrascht war. »Hat Charles dir nicht erzählt, dass es wegen der Singing Bear Ranch schon einmal Ärger mit den Silvers gegeben hat? Damals hatte Johnny Silvers Vater noch das Sagen in der Familie. Muss über zwanzig Jahre her sein. Aber dein Vater hat ihnen eine Lektion erteilt, an die sie sich noch lange erinnert haben!«

»Sie scheinen darüber hinweggekommen zu sein«, erwiderte Carla ärgerlich.

Rose lächelte sanft. »Silvers Vater ist kürzlich gestorben. Nun meint Johnny, dass die damals aufgestellten Regeln nicht mehr gelten. Der Mann ist fanatisch und gefährlich. Aber dein Vater hat die Silvers schon einmal auf ihren Platz verwiesen, und ich möchte wetten, dass er es auch ein zweites Mal schafft.« Als sie Carlas noch immer überraschten Gesichtsausdruck bemerkte, fügte sie hinzu: »Ich habe gedacht, der Ärger mit Silver sei der Grund für seine Rückkehr. Hat er dir gegenüber nichts davon erwähnt?«

Carla schüttelte den Kopf. »Ich habe ihm von Silver berichtet, aber er hat sich nicht mal anmerken lassen, dass ihm der Name etwas sagt.«

»Unterschätz deinen Vater nicht. Er ist in den letzten Jahren vielleicht älter geworden, aber er hat noch immer seinen starken Willen und seine sportliche Figur.«

Carla grinste. Ihr Vater war gerade fünfzig geworden. Und alt fand sie ihn überhaupt nicht.

»Was aber viel wichtiger ist«, fuhr Rose fort, »und davon hat Silver nicht den leisesten Schimmer, dein Vater achtet und respektiert die Geisterwelt. Er ist tief mit ihr verbunden. Und er macht seinem Namen alle Ehre.«

»Seinem Namen?«

»Ist es dir noch nicht aufgefallen? Ward? Der Behüter? Und Charles behütet dieses Land wirklich wie kein anderer.« Sie lächelte Carla nachsichtig an, so als sei die Verbindung ganz offensichtlich.

Bevor Carla etwas erwidern konnte, kehrten die Männer auf die Veranda zurück. Das Gespräch der Frauen wurde unterbrochen, und die Unterhaltung wandte sich anderen Dingen zu.

Carla jedoch war in Gedanken versunken und beteiligte sich kaum, bis sie Lee sagen hörte: »Sie stellt ausgezeichnete Salben her«, und seinen liebevollen Blick auffing. Sie blickte entschuldigend in die Runde.

»Tatsächlich«, meinte Charles. »Meine Großmutter und Urgroßmutter waren auch sehr bewandert im Bereich der Pflanzen und Heilkräuter. Es ist gut zu sehen, dass Carla diese Gabe geerbt hat.«

Carla errötete und entgegnete, dass ihre Fähigkeiten auf diesem Gebiet wirklich sehr begrenzt waren. Aber die anderen wollten nichts davon hören.

Kurz darauf erklärte Rose, sie müsse sich schleunigst um das Mittagessen kümmern, und Familie Ghost Horse fuhr nach einer herzlichen Verabschiedung nach Hause.

Carla stand auf dem Hof und winkte den Besuchern nach. Lee hatte ihr versprochen, am Abend zurückzukommen. Den Nachmittag über wurde er zu Hause gebraucht. Charles würde solange ein Auge auf sie halten. Sie schmunzelte. Lee hatte seinen Beschützerposten bisher aus keinem Grund aufgegeben, und sie vermutete, dass er Charles und ihr etwas Zeit allein verschaffen wollte.

»Nette Leute«, meinte Charles jetzt. »Genau, wie ich sie in Erinnerung hatte.« Damit drehte er sich um und ging zu Carlas grenzenlosem Erstaunen direkt ins Haus.

Verdutzt und gleichzeitig erfreut, folgte sie ihm. In der Tür blieb sie stehen und beobachtete, wie ihr Vater langsam durchs Wohnzimmer schritt, hier und da innehielt und einige Dinge fast zärtlich berührte. Er schien ihre Gegenwart nicht wahrzunehmen, sondern in Erinnerung an vergangene Tage versunken zu sein.

Dann wurde ihr bewusst, dass ihr Vater im Gegensatz zu ihr selbst nicht nur gute, sondern auch sehr schmerzliche Erinnerungen mit diesen Räumen und Gegenständen verband. Sie musterte sein Gesicht, aber es ließ keine Schlüsse über seine Gefühle zu, wirkte völlig neutral.

Charles ging vom Wohnzimmer hinüber ins Schlafzimmer und blieb schließlich vor der Kommode stehen, auf der die alten Fotos von Anna und ihm standen. Carla hatte zu den alten Fotos ein neueres Bild ihrer Mutter gestellt. Ihr Vater nahm dieses Foto vorsichtig in die Hände und betrachtete es eingehend. Sie war gerührt.

Entgegen ihrer Annahme musste ihr Vater wissen, dass sie auf der Türschwelle stand, denn in diesem Augenblick stellte er den kleinen Bilderrahmen entschlossen auf die Kommode zurück und wandte sich an sie. »Du hast das Haus sehr schön hergerichtet. Muss ziemlich verstaubt gewesen sein.« Mit diesen Worten kehrte er auf die Veranda zurück. Er ließ sich auf einem der Stühle nieder und zündete seine Pfeife an.

Carla gesellte sich zu ihm. Sie wusste nicht, wie sie es

am besten formulieren sollte, aber sie wollte unbedingt herausfinden, was hinter Roses Worten vom Vormittag steckte. »Ich habe gehört, du hast selbst auch schon unliebsame Bekanntschaft mit den Silvers gemacht«, begann sie behutsam.

»Wer sagt das?«, wollte ihr Vater in ruhigem Ton wissen.

»Rose Ghost Horse hat vorhin so etwas angedeutet«, meinte sie, immer noch vorsichtig. »Du hast sie damals anscheinend sehr beeindruckt.«

Charles lachte herzlich auf, sagte aber nichts.

»Dad, willst du mir nicht davon erzählen? Vielleicht ist es wichtig für die Dinge, die jetzt gerade geschehen«, setzte Carla erneut an.

»Wie viel weißt du schon?«

Sie wiederholte, was Rose ihr am Vormittag gesagt hatte.

»Das ist im Großen und Ganzen auch schon alles«, erklärte er zu ihrer Überraschung.

Carla dachte anders darüber, spürte jedoch, dass er nicht gerne über dieses Thema sprach. »Welche Ursache hat der Ärger mit den Silvers damals gehabt?«

Ihr Vater schwieg eine Weile. »Die gleiche wie heute«, meinte er schließlich. »Die Silvers wollten die Ranch kaufen, und ich habe abgelehnt.«

»Silver soll von seiner Gier nach Gold und Silber besessen sein«, überlegte sie laut. »Ist es das? Vermutete er ein Vorkommen auf unserer Ranch?«

»Ein großes Vorkommen.«

»Und«, hakte sie nach, »hat er recht?«

Charles blickte sie jetzt so durchdringend an, dass ihr beinahe schwindelig wurde. »Hast du gesehen, was mit Silver City geschehen ist? Hat dir der Anblick gefallen?«

Carla schluckte. Es gab also Gold oder Silber auf der

Ranch. Ihr Vater wusste davon und wollte das Land vor Raubbau schützen. »Der Platz jagt mir Grauen ein, Dad. Aber das war eine sehr große Mine.«

Charles starrte sie noch immer unverwandt an. »Die Singing Bear Ranch würde schlimmer aussehen, Carla.«

Schlimmer? Die Bedeutung dieser Worte dämmerte ihr langsam, und mit offenem Mund sah sie ihren Vater an. Dann schweifte ihr Blick über die weitläufigen Wiesen mit den Wildblumen, über die Berghänge mit den Kiefern, Fichten und Espen und zu den Vögeln, die sich vor der Scheune in die Lüfte schwangen. Nicht auszudenken, dass unter all dem mehr Geld in Gold oder Silber lag als in der Mine von Silver City.

War all das Geld es wert, die Singing Bear Ranch und diese wunderschöne unberührte Bergwelt, mit der sie sich so sehr verbunden fühlte, in eine Geröllwüste zu verwandeln?

Nein. Niemals.

Dies war ihr Zuhause, hier lagen ihre Wurzeln. Was nützte ihr alles Geld der Welt, wenn sie nicht hierher zurückkehren konnte? Und was war mit den Pflanzen, den Tieren, dem Wasser? Carla wusste, dass diese Dinge Silver nichts bedeuteten. Er war ein Mann ohne Skrupel und anscheinend auch ohne Seele.

»Du hast unser Land vor der Zerstörung bewahrt«, sagte sie zu ihrem Vater.

Charles nickte. »Ich verabscheue Leute wie Silver. Außerdem wurde mir dieses Land von unseren Ahnen zum Schutz anvertraut. Unsere Familie hat seit Generationen ihr Bestes gegeben, um diesen Ort zu erhalten. Du musst wissen, Carla, dass dieses Land neben einem Zuhause für die Tiere und Pflanzen auch ein Platz für die Little People ist. Solche Plätze waren bei unserem Volk hoch angesehen, und bei vielen sind sie es auch heute noch. An solchen Plätzen können Menschen der Geisterwelt besonders nahe sein.«

»Lee hat mir von den Little People erzählt«, sagte Carla, »und ich habe ihr Werk mit eigenen Augen gesehen.« Sie erzählte ihm von Ricks und Dans unerklärlichem Unfall am Tor der Singing Bear Ranch.

Charles lächelte. »Wie ich schon sagte, die Singing Bear Ranch ist ein besonderer Ort. Nicht jeder ist hier willkommen. Besonders nicht diejenigen, die Böses im Herzen tragen.«

»Die Leute in der Umgebung haben mich für verrückt erklärt, als ich hier eingezogen bin. Bei ihnen heißt es, dass es hier oben spukt.«

»Viele Leute spüren die Anwesenheit der Little People, wissen aber nicht, was es ist, das ihnen begegnet, und das macht ihnen Angst. Deine Mutter hat ihre Anwesenheit sehr deutlich gespürt. Ich habe versucht ihr zu erklären, dass sie keine Angst zu haben braucht, im Gegenteil. Aber ihre Furcht ist nie ganz gewichen. Alleine hier oben zu sein wie jetzt du, das hätte sie niemals gewagt.«

Carla dachte darüber nach. »Ich kann verstehen, warum Mutter so reagiert hat«, erklärte sie dann. »Dies alles muss sehr fremd für sie gewesen sein. In Deutschland redet niemand von Little People und Geistwesen. Ich fühle oft die Anwesenheit dieser anderen Kräfte, aber sie ängstigen mich nicht.«

»Sie sind ein Teil von dir«, erwiderte Charles.

Sie schwiegen eine Weile. Dann wollte Carla wissen: »Wer hat auf dieses Land aufgepasst, als du nicht hier warst? Wer beschützt es jetzt gegen Silver?«

Sobald sie die Worte ausgesprochen hatte, wurde ihr bewusst, dass sie ihre weite Reise nicht umsonst gemacht hatte. Die in Deutschland gespürte Dringlichkeit, hierherzukommen, und die bisher undefinierte Hilfe, die sie geben sollte, ja sogar der Tod ihrer Mutter fielen plötzlich an ihren Platz. Es war *ihr* zugeteilt, die Singing Bear Ranch gegen Silver und seine Machenschaften zu schützen. Vielleicht nicht allein, aber sie war ein Teil, ein wichtiger Teil der Schutzaktion. Wie sie es bewerkstelligen sollte, wusste Carla jedoch nicht.

Charles schien ihre Gedanken zu erraten. »Auch ich weiß, wann ich gebraucht werde, ich brauche keine schriftliche Nachricht. Ich bin nicht nur deinetwegen gekommen, Carla, sondern auch, weil mir die Geister verraten haben, dass meine Anwesenheit hier vonnöten ist. Zum ersten Mal in all diesen Jahren!«

Carla begann zu verstehen, was Rose gemeint hatte, als sie sagte, sie solle ihren Vater nicht unterschätzen.

Es wurde bereits dunkel, als Lees Truck endlich auf dem Hof der Singing Bear Ranch vorfuhr. »Tut mir leid, dass es so spät geworden ist«, meinte er, als er Carla auf der Veranda in die Arme schloss. »Grandma hat mir ein paar Kleinigkeiten fürs Abendessen mitgegeben.« Er hielt ihr einen Korb entgegen.

»Ein paar Kleinigkeiten?« Der Korb quoll über mit Leckereien.

Lee zuckte mit den Schultern. »Du weißt, wie Grandma ist. Ich habe ihr erzählt, dass du noch nicht zum Einkaufen gekommen bist, wegen der Ankunft deines Vaters und allem. Und da hat sie sofort mit dem Einpacken angefangen.«

Viel später lagen Carla und Lee in ihrem gemütlichen Bett. Carla war müde, aber ihre Gedanken kreisten noch immer um die Ereignisse des Tages: die E-Mail an ihre Tante, der Besuch von Familie Ghost Horse, die neuen Erkenntnisse über ihren Vater.

Es war nicht nur die Geschichte über die Silvers, die dazu beitrug, dass sie von ihrem Vater beeindruckt war. Am Nachmittag hatte sie zudem festgestellt, dass er neben einer starken Persönlichkeit mit spiritueller Gabe umfassende Kenntnisse über die Natur, die Tiere und Pflanzen besaß und ein echter Waldläufer war. Sie hatten eine kleine Wanderung gemacht, bei der Carla viel Wissenswertes über ihre unmittelbare Umgebung erfahren hatte. Aber sie war dabei komplett außer Atem gekommen, während ihr Vater eine exzellente Kondition aufgewiesen hatte.

Beim Wandern war das Gespräch unter anderem aufs Schießen gekommen, und Carla hatte von ihrem Unterricht erzählt. Zurück auf der Ranch, musste sie ihr Können sogleich unter Beweis stellen. Glücklicherweise klappte alles fabelhaft, und Charles schien sehr zufrieden. Als er ihr die eine oder andere Kleinigkeit zeigte, hatte Carla schnell festgestellt, dass ihr Vater zu allem noch ein erstklassiger Schütze war. Nicht zu vergessen sein Umgang mit Pferden. Es war fast zu viel. Aber Charles Ward hatte ihr bisher nie das Gefühl gegeben, nicht gut genug zu sein. Er gab sein Wissen freizügig weiter, sobald er danach gefragt wurde. Er prahlte nie, und bis jetzt hatte er alle Menschen, die er in Carlas Gegenwart getroffen hatte, mit Respekt behandelt. Das gefiel ihr am besten.

Es waren die ruhigen Minuten vor dem Einschlafen, in denen Carla Gelegenheit hatte, Dinge zu überdenken. So auch jetzt, als ihre Gedanken von ihrem Vater, der noch immer nicht im Haus schlafen wollte und von dem sie so angetan war, zu ihrer Mutter schweiften.

Ihr Vater hatte ihr am Nachmittag etwas gesagt, was sie wirklich beeindruckte – zum einen, weil sie es in ähnlicher Weise von Lee gehört hatte, zum anderen, weil sie es absolut verstehen konnte. Er hatte gesagt: »Die meisten Leute leben in Angst, nicht in Vertrauen und Liebe, wie es sein sollte. Deine Mutter hatte die Chance, den richtigen Weg zu gehen. Sie hat auf der Singing Bear Ranch ein Leben ohne Sicherheiten, dafür jedoch mit sehr viel Liebe und felsenfestem Vertrauen kennengelernt. Aber sie hat es nicht ausgehalten, konnte ihre Ängste nicht überwinden.«

Erst jetzt wurde Carla bewusst, wie viel Vertrauen ihr Vater in ihre Mutter gehabt haben musste. Er kannte ihre Schwächen und Ängste genau, und er liebte die Ranch sehr. Trotzdem hatte er Anna die Ranch anvertraut. Er hatte alles aufs Spiel gesetzt, hatte an sie geglaubt und war nicht enttäuscht worden. Carla war sich nicht sicher, ob sie selbst so viel Vertrauen in ihre Mutter gesetzt hätte. Und plötzlich wusste Carla, dass es nicht nur Traurigkeit gewesen war, die sie in den Augen ihrer Mutter gelesen hatte. Es war Angst gewesen. Angst, die Sicherheiten in ihrem Leben zu verlieren. Angst, ihre Tochter an die Art von Leben zu verlieren, zu dem sie selbst nicht fähig war. Daher das Verbot für die Reitstunden und die Ablehnung alles Andersartigem, das Carla hatte unternehmen wollen.

Endlich verstand sie, dass es am Ende diese Ängste gewesen waren, die ihre Mutter in die Knie gezwungen hatten.

Arme Mutti, dachte Carla traurig. *Wärst du nur ein bisschen mutiger gewesen. Wir alle hätten ein viel glücklicheres Leben haben können. Zumindest wären wir als Familie zusammen gewesen.*

KAPITEL 17

Feinde

Am nächsten Morgen verkündete Carla beim Frühstück, dass sie unbedingt einkaufen müsse, und blickte die Männer erwartungsvoll an. Lee meinte daraufhin entschuldigend, dass er am Vormittag erneut auf der Ghost Horse Ranch aushelfen müsse, weil sie am vergangenen Tag nicht mit allen Reparaturarbeiten fertig geworden seien.

»Ist schon gut«, meinte sie abwinkend. »Du brauchst nicht mitzukommen. Ich will ohnehin nur schnell in den kleinen Laden in Midtown.«

»Okay«, erwiderte Lee und stand entschlossen auf. »Ich sehe euch zum Mittagessen. Und Charles, danke, dass du das übernimmst.«

Wenig später war Carla mit ihrem Vater auf dem Beifahrersitz auf dem Weg nach Midtown. Am Ende der Silver Mountain Road bog sie jedoch kurz entschlossen in die entgegengesetzte Richtung ab und fuhr wenig später die Einfahrt der Harrisons hinauf.

»Ich will nur schnell nach meiner Freundin sehen«, erklärte sie. »Und natürlich möchte ich, dass du sie kennenlernst.«

»Wer wohnt hier?«, wollte Charles wissen, als sie vor Chris und Mariahs Haus hielten.

»Die Farm gehört June und Steve Harrison, aber in diesem Haus wohnt ihr Sohn Chris mit seiner Frau Ma-

269

riah und Tochter Lily. Mariah ist eine liebe Person, und ich mag sie sehr gerne. Sie hat es nicht leicht hier. Chris ist okay, er ist eng mit Lee befreundet.«

Sie stieg aus und ging auf die Haustür zu, die gerade geöffnet wurde. Charles folgte seiner Tochter zögernd.

»Carla!«, rief die kleine Lily freudig und hüpfte auf ihren Arm.

Aus dem Haus ertönte Mariahs Stimme. »Lily, wie oft habe ich dir schon gesagt, du sollst nicht allein die Haustür öffnen?«

»Aber es ist Carla, Mommy«, rechtfertigte sich die Kleine.

Mariah kam zur Tür, ein Lächeln auf dem Gesicht. Sie umarmte die Freundin herzlich und wandte sich dann an Charles. »Sie müssen Carlas Vater sein. Mein Name ist Mariah Harrison, und dies ist meine Tochter Lily. Mein Mann, Chris, ist im Moment leider nicht hier. Aber bitte, kommen Sie doch herein!«

Mariahs offene Art ebnete den Weg, und der Rest des kurzen Besuchs verlief entspannt und heiter. Carla war froh darüber, denn es war nur die halbe Wahrheit, dass sie nach Mariah hatte sehen wollen. Zum ersten Mal in ihrem Leben hatte sie eine wahre Freundin, und zum ersten Mal in ihrem Leben hatte sie einen Vater. Carla war stolz auf beide und hatte es kaum abwarten können, sie einander vorzustellen.

Als Carla und Charles bald darauf aufbrachen, um ihre Einkäufe in Midtown zu erledigen, sahen sie gerade noch Chris in die Einfahrt einbiegen. Carla winkte ihm zu, wollte jedoch nicht erneut anhalten, da sie schon spät genug dran waren.

Chris stieg aus dem Pick-up und fuhr sich überrascht durchs Haar. »War das etwa Carlas Vater?«, wollte er von Mariah wissen, die mit Lily auf dem Arm in der Haustür auf ihn wartete.

»Ja, das war Charles Ward«, sagte sie.

»Hat er tatsächlich auf die Anzeige geantwortet?«, fragte Chris sprachlos.

»Das fragst du sie am besten selbst«, entgegnete Mariah lächelnd.

Carla fuhr gemächlich den Highway entlang. Als sie die ersten Häuser von Midtown erreichten, hörte sie ihren Vater neben sich seufzen.

»Ist etwas nicht in Ordnung?«, wollte sie wissen.

»Oh, alles in Ordnung, meine Carla«, entgegnete er. »Es ist nur, du weißt, ich bin seit Ewigkeiten nicht mehr hier gewesen. Irgendwie habe ich die Erinnerungen, die ich mit Midtown verbinde, verdrängt. Nicht nur wegen deiner Mutter«, fügte er hinzu. »Meine Beziehung zu vielen der Ortsansässigen war nicht immer rosig.«

»Ich verstehe.« Carla überlegte einen Moment, dann bog sie kurzerhand rechts ab.

Charles sah sie erstaunt an. »Hat hier ein neuer Laden aufgemacht?«

Carla lachte auf. »Nein! Ich habe gedacht, wir machen eine kurze Runde durch den Ort. Dann kannst du sehen, was gleich geblieben ist und was sich verändert hat. Und vielleicht können wir zusammen neue Erinnerungen an Midtown aufbauen. Erinnerungen, die gut sind und die uns beide einbeziehen – und alle anderen Leute, die hier leben und ein gutes Herz haben.«

Nun war es ihr Vater, der lachte. »Du hast hohe Idealvorstellungen, Carla. Aber es wäre schön, wenn es klappen würde.«

Sie machten ihre kleine Tour durch den Ort, und Charles kommentierte die Dinge, an denen sie vorbeifuhren. »Schau nur, wie heruntergekommen das Haus der Millers ist. Ich frage mich, ob Peter immer noch dort wohnt.« Oder: »Curling scheint an Beliebtheit verloren zu haben. Schau, sie haben die Halle geschlossen.« Und: »Gibt es hier keine kleinen Kinder mehr? Warum kümmert sich niemand um den Spielplatz?« Aber auch: »Da geht Jane Evans mit ihrem Hund. Sie schien schon vor zwanzig Jahren steinalt zu sein.« Und: »Unser Park ist noch immer genauso hübsch wie früher.«

Carla schmunzelte, als sie den Wagen langsam durch die wenigen Straßen von Midtown lenkte und den Worten ihres Vaters lauschte.

Schließlich hatten sie alles gesehen und hielten vor dem kleinen Laden.

»Dieses Gebäude hat sich überhaupt nicht verändert«, stellte Charles fest.

Sie stiegen aus und betraten den hell erleuchteten Laden. Charles folgte Carla durch die schmalen Gänge, während sie ihre Liste abarbeitete. Ab und zu fragte sie ihn nach seinen Wünschen oder seiner Meinung, um das Gespräch in Gang zu halten. Aber er war nun genau so, wie sie ihn sich vor ihrer Bekanntschaft vorgestellt hatte: groß, ernst und schweigsam.

»Meinst du, Joghurt hält sich in unserem Kühlraum?«, fragte sie ihn gerade, als ihnen eine Männerstimme vom anderen Ende des Ganges zurief: »Bist du das, Charles?«

Charles drehte sich langsam um und betrachtete den rundlichen Mann mit dem Einkaufskorb in der Hand. »Guten Tag, Angus.«

Die Miene des Mannes hellte sich auf. Freudig rief er seiner Frau zu, die am anderen Ende des Ladens mit der Verkäuferin sprach: »Ellie, komm mal rüber! Du glaubst nicht, wen ich gefunden habe. Charles Ward!«

Für einen Augenblick legte sich Schweigen über den Laden. Es schien Carla, als blickten von allen Seiten Augenpaare durch die Regale hindurch zu ihnen herüber.

Der ruhige, ernste Gesichtsausdruck ihres Vaters änderte sich nicht.

Vom anderen Ende des Ladens kam nun eine Frauenstimme. »Angus, wenn du mir einen Streich spielst, werde ich dir das niemals vergessen.« Schritte näherten sich, und kurz darauf schaute eine kleine, sehr resolut wirkende Frau um das Ende der Regalreihe, in der Carla und Charles sich befanden. »Bei Gott, Angus. Es *ist* Charles!« Sofort kam sie auf ihn zu, streckte ihm ihre Hand entgegen und lächelte aufrichtig. »Charles, es ist gut, dich wiederzusehen!«

Zu Carlas Überraschung erschien nun auch auf dem Gesicht ihres Vaters ein kleines Lächeln, und er erwiderte den Handschlag. »Ellie«, meinte er einfach.

»Immer noch derselbe«, entgegnete die Frau und versuchte einen Blick auf Carla zu erhaschen. »Und das ist?«, fragte sie geradeheraus.

»Meine Tochter, Carla«, erwiderte Charles kurz. »Sie wohnt seit kurzem auf der Singing Bear Ranch.«

»Oh, sehr erfreut«, sagte Ellie und streckte auch Carla die Hand entgegen. »Sie müssen sehr stolz auf Ihren Vater sein. Ich bin Ellie McGregor, und das ist mein Mann Angus. Wir haben eine kleine Farm außerhalb der Stadt, aber das wissen Sie ja sicherlich von Charles. Immerhin verdanken wir es ihm, dass die Farm noch immer uns gehört.«

Charles fiel ihr freundlich ins Wort. »Ellie, Angus, wir sehen uns bestimmt noch. Carla und ich müssen jetzt wirklich weiter.« Sie verabschiedeten sich flüchtig von dem Ehepaar, und Charles schob Carla in Richtung Kasse.

»Dad, ich wollte noch …«, begann sie, aber er ließ keine Widerrede zu.

Während sie an der Kasse standen, kamen noch andere Leute auf sie zu und schüttelten Charles Ward die Hand. Carla bemerkte jedoch auch ein paar Männer, die sich wortlos und mit finsteren Mienen an ihnen vorbei aus dem Geschäft stahlen. Bei ihrem Anblick überkam sie ein ungutes Gefühl, und sie wünschte sich, dass die Kassiererin weniger reden und schneller einpacken würde.

Mit unruhigem Blick sah sie zu ihrem Vater, der sich zwar freundlich, aber zugleich ernst und zurückhaltend gab. Unbemerkt drückte Charles ihre Hand und gab ihr zu verstehen, dass sie sich nicht sorgen sollte.

Carla konnte ihr ungutes Gefühl jedoch nicht loswerden. Sie war froh, als sie wieder draußen waren. Erleichtert atmete sie auf. Sie schob die Einkaufstüte in den anderen Arm und fischte ihren Wagenschlüssel aus der Hosentasche.

Dann blieb sie plötzlich entsetzt stehen. Johnny Silver stand in Begleitung seiner Helfer, dem Indianer Tommy Bad Hand und Rick Silvers Freund Dan Shepherd, neben ihrem Wagen und sah sie hochmütig an. Carla fiel sofort auf, dass Dan Shepherd eine große Platzwunde an der Stirn hatte, die gerade erst abheilte, und sie musste an die Männer denken, die Mariah angegriffen und die sie mit dem Schraubenschlüssel in die Flucht geschlagen hatte. Sie warf ihm einen finsteren Blick zu.

Charles, der hinter ihr ging und selbst zwei große Einkaufstüten trug, gab ihr einen kleinen Schubs. Carla ging langsam weiter, den Blick unverwandt und finster auf Silver und seine Kumpane gerichtet. Sie traute der Situation nicht.

Am Wagen angekommen, versuchte Carla sich an

den Männern vorbeizuschieben und einzusteigen. Aber Silver stand mit seiner übergewichtigen Figur vor der Fahrertür und machte keine Anstalten, Platz zu machen. Abschätzig blickte er an Carla vorbei, direkt in Charles' Gesicht.

Charles verzog keine Miene.

Die Männer bauten sich vor ihnen auf. »Charles Ward«, meinte Silver, »ich würde es nicht für möglich halten, würde ich deine Visage nicht mit eigenen Augen vor mir sehen. Ich dachte, du hättest schon lange ins Gras gebissen!«

»Tut mir leid, dich zu enttäuschen«, erwiderte Charles trocken. »Wenn du nun bitte den Weg frei machen würdest …«

Johnny Silvers Miene verdunkelte sich. »Denke nicht, dass ich mich von dir einschüchtern lasse, Ward!«, zischte er. »Das hat vielleicht bei meinem alten Herrn geklappt. Vor mir nimmst du dich besser in Acht. Verschwinde von hier und halte dich aus meinen Geschäften raus, sonst wird es dir leidtun.«

Charles stellte seine Tüten auf der Motorhaube ab, und sein Gesicht verfinsterte sich. Er schob Carla hinter sich und machte einen Schritt auf Silver zu. Silver wich sofort zurück. »Sag mir nicht, was ich zu tun oder zu lassen habe, Silver! Ich bin, wo ich bin, und ich tue, was mir gefällt. Im Augenblick besuche ich meine Tochter, und ich wäre dir herzlichst verbunden, wenn du uns in Ruhe lassen würdest.«

»Nun gut, Ward, wie du willst«, sagte Silver. »Spiel den Ahnungslosen, aber sei gewarnt. Niemand kommt mir in die Quere, ohne dafür zu bezahlen.«

Er gab Bad Hand und Shepherd ein Zeichen, und alle drei stiegen in Silvers Pick-up, der provokativ quer vor Carlas Wagen geparkt war, und fuhren davon.

Charles nahm die Tüten von der Motorhaube. »Wir nehmen die Einkäufe besser mit nach vorn«, meinte er, als sei nichts geschehen. »Auf der Ladefläche werden sie zu sehr durchgeschüttelt.« Dann fügte er hinzu: »Carla, die Wagentür ist abgeschlossen.«

»Wie?«, meinte Carla verwirrt, und dann: »O ja.« Sie blickte sich um und sah, dass einige Leute vor der Ladentür stehen geblieben waren und sie beobachteten. Hatten sie den Wortwechsel verfolgt? Ihren Gesichtern zufolge, ja. Sie flüsterten und schauten unverwandt zu ihnen herüber. Carla drehte sich um und unterdrückte einen entnervten Aufschrei. Hatte denn niemand in diesem Ort etwas Mumm in den Knochen?

Wütend öffnete sie die Fahrertür und schob ihre Tüte auf die Sitzbank. Dann nahm sie ihrem Vater die anderen Tüten ab, stellte sie ebenfalls auf den Sitz und stieg ein. Als er die Tür hinter ihr schloss, entdeckte sie einen beinahe vergnügten Ausdruck auf seinem Gesicht. Verdutzt öffnete sie ihm die Beifahrertür und wartete, bis er eingestiegen war. Sie startete den Wagen und sah ihn erwartungsvoll an.

»Er hat nichts vergessen«, meinte Charles zufrieden. »Nun lass uns fahren. Wir wollen Lee nicht warten lassen.«

KAPITEL 18

Knappes Entkommen

Zwei Tage später machte Carla sich fertig, um zusammen mit ihrem Vater und Lee zur jährlichen
Gründungstagsfeier nach Midtown zu fahren. Sie war
dagegen gewesen, denn sie wollte nicht noch mehr Ärger mit den Silvers heraufbeschwören. Aber beide Männer hatten erklärt, es sei wichtig, den Leuten im Ort zu
zeigen, dass sie sich von Silvers Drohungen nicht einschüchtern ließen. Für den Wortwechsel vor dem Laden
hatte es Zeugen gegeben, und mit Sicherheit hatte es
sich schnell im Ort herumgesprochen.

Mariah war am Vortag auf der Singing Bear Ranch
gewesen und hatte erzählt, dass sie gerne zu den Fest-
lichkeiten gehen würde – Lily zuliebe. Es würde einige Karussells und Spiele für die Kinder geben, und Lily
freute sich seit langem auf den Tag. Auch Lees Familie
wollte teilnehmen, und schließlich gab Carla sich geschlagen. Ihr ungutes Gefühl jedoch blieb. Irgendje-
mand von der Silver Spur würde bei den Feierlichkeiten
anwesend sein, und das hatte bereits auf der Party der
Harrisons zu Ärger geführt.

Carla hatte Lee natürlich von dem Zusammentreffen
mit Silver berichtet, und die Geschichte hatte ihn sehr
aufgebracht. Die Männer hatten noch am selben Nachmittag ein längeres Gespräch unter vier Augen geführt,
an dessen Ende Lee ernst, aber bestimmt genickt hatte.

Als Mariah von der Gründungsfeier erzählt hatte, hatten Lee und Charles ein paar Blicke gewechselt, und noch bevor Carla etwas hatte sagen können, erklärt, dass sie zusammen hingehen sollten.

Carla traute ihren Ohren nicht, fing jedoch den Blick ihres Vaters auf und brachte nur ein schwaches »Meinst du wirklich, Lee?« heraus, das sofort überstimmt wurde.

Später, nachdem Mariah und Lily abgefahren waren, fragte Carla Lee, was vor sich ginge, aber ihr Vater antwortete an seiner Stelle und betonte lediglich erneut, wie wichtig es sei zu zeigen, dass sie sich durch Silvers Drohungen nicht einschüchtern ließen.

Carla hatte ihren Vater scharf angesehen und ihn nach dem wahren Grund gefragt.

Lees Gesicht wirkte verschlossen, aber ihr Vater lachte auf. »Dir entgeht wohl nichts.« Dann hatte er ernst hinzugefügt: »Dinge müssen in die richtige Bahn gelenkt werden, damit sie ihren Lauf nehmen können.«

Das war alles, was sie aus ihrem Vater und Lee herausgebracht hatte. Charles schien einen Plan zu haben. Doch so sehr Carla ihn respektierte und ihm vertraute, es wäre ihr lieber gewesen, er hätte auch sie in seinen Plan eingeweiht.

Nachdenklich betrachtete Carla ihr Spiegelbild in dem kleinen Wandspiegel über der Kommode im Schlafzimmer. Es war jetzt zwei Uhr nachmittags, und ihr Vater und Lee warteten auf der Veranda. An der Einfahrt zur Ghost Horse Ranch würden sie auf Lees Großeltern und George junior treffen, die in ihrem eigenen Pick-up fuhren, und zusammen wollten sie Mariah, Chris und Lily abholen. Lee würde fahren, und das war Carla sehr recht, denn sie war noch immer aufgewühlt. Ihr ungutes Gefühl ließ sich einfach nicht verscheuchen.

»Bist du so weit, Carla?«, rief Lee von der Veranda.

»Ich komme«, erwiderte sie betont fröhlich und warf einen letzten Blick in den Spiegel. Der Tag war warm und sonnig, und sie hatte ihr hübsches, geblümtes Sommerkleid angezogen, das sie bereits auf der Party der Harrisons getragen hatte. Trotz der Wärme trug sie eine leichte Baumwolljacke, denn tief in ihrem Innersten fröstelte sie.

Der Park, in dem die Feierlichkeiten stattfanden, war bereits voller Menschen, und sie mussten in einiger Entfernung parken. Sobald sie am Park angekommen waren, stellte Carla fest, dass es sich bei den meisten Besuchern um Familien mit Kindern handelte. Es war früh am Nachmittag, und das Wetter war herrlich. Und somit waren die Feierlichkeiten ein angenehmes Ausflugsziel.

Eine kleine Bühne war aufgebaut worden, und eine Band machte Musik. Nach der Ruhe und Stille vom Sapphire Lake und der Singing Bear Ranch empfand Carla die laute Musik beinahe als Belästigung. Sie musste lächeln. Vor ein paar Wochen, als sie noch ein eingefleischter Stadtmensch gewesen war, hätte sie dem Lärm keine Beachtung geschenkt.

Links und rechts der Bühne befanden sich Imbissbuden, wo Hot Dogs, Kuchen und Getränke verkauft wurden. Überall im Park waren Picknicktische aufgestellt, an denen Familien es sich gemütlich machten. Außerdem gab es Ponyreiten, Hau-den-Lukas und ein paar Karussells für die Kleinsten. Und am Rande des Geschehens bereiteten sich einige Erwachsene und Kinder auf die Parade vor, die den Höhepunkt der Feierlichkeiten darstellte. Sie waren allesamt festlich und wie zu Gründerzeiten gekleidet und hatten auch ihre Tiere und Wagen herausgeputzt und mit Blumen und

Plakaten geschmückt. Gespannt warteten sie auf ihren großen Auftritt.

Lee gab sich heiter. »Hey, Chris! Schau dir die Menschenmenge an. Das gute Wetter lockt immer viele Leute an.« Dann wandte er sich an Carla. »Du hättest den Park letztes Jahr an diesem Tag sehen sollen. Es war kühl mit Nieselregen, und insgesamt waren wohl nur dreißig Leute da.« Er schenkte ihr ein aufmunterndes Lächeln und drückte ihr die Hand. Carla verstand. Sie sollte sich keine Sorgen machen.

Sie blickte zu Mariah hinüber, die versuchte, der kleinen Lily klarzumachen, dass sie sich auf keinen Fall von ihren Eltern entfernen durfte, und musste lächeln, als sie das Kind gedankenverloren nicken sah, den Blick fest auf das nächstgelegene Karussell gerichtet. Ungeduldig zog es an der Hand seiner Mutter.

Beim Karussell angekommen, sahen sie Lily zu, die laut lachend eine Runde nach der anderen drehte. Jeder der Erwachsenen musste einmal mit ihr fahren, denn sie war zu klein, um alleine auf das Karussell zu gehen. George senior und junior lehnten ab, aber alle anderen gaben ihr die Ehre einer Fahrt.

Carla vergaß für einen Augenblick all ihre Sorgen, als sie beobachtete, wie liebevoll und fürsorglich Lee seine Runde mit dem Kind absolvierte. Sie konnte sehen, dass er seinen Spaß hatte und die Kleine wirklich mochte. Herzlich lachen musste sie, als sich ihr Vater etwas unsicher neben Lily zwängte. Die Kleine jauchzte vor Vergnügen, aber Carla fand, dass ihr Vater vollkommen fehl am Platz aussah.

Im Vergleich zu einer Großstadt war dies natürlich ein sehr kleiner Rummelplatz mit wenigen Besuchern. Aber Carla konnte verstehen, dass es für einen Ort von Midtowns Größe eine wichtige Angelegenheit war.

Eine Weile studierte sie die Gesichter der Besucher, konnte aber weder Johnny noch Rick Silver oder irgendwelche ihrer Helfer sehen. Sie empfand diese Tatsache beinahe als unheimlich. Sie hätte wetten mögen, dass zumindest Johnny Silver auf einer solch wichtigen Festlichkeit anwesend sein würde.

Für einen Moment überkam Carla Angst, dass sie die Ranch nicht hätte allein lassen sollen. Dann schob sie den Gedanken energisch beiseite. Die Ranch würde sicher sein, genau wie vor wenigen Tagen, als sie mit den anderen am Sapphire Lake zum Camping gewesen war. Silver und seine Männer würden wahrscheinlich erst am Abend auftauchen, wenn Alkohol ausgeschenkt wurde und das Publikum älter war.

Sie hatte keine Gelegenheit, weiter darüber nachzudenken, denn Lily war das Karussell satt und verkündete, dass sie sehr hungrig sei. Sie verdrückte zwei Hotdogs und wollte dann noch Kuchen haben. Mariah lehnte entschieden ab. »Man möchte meinen, dass wir diesem Kind heute überhaupt noch nichts zu essen gegeben haben«, sagte sie halb entsetzt und halb lachend.

»Du passt besser auf, dass Lily sich keine Bauchschmerzen holt«, meinte Rose besorgt. »Unser George hat sich auf solchen Veranstaltungen immer übergessen.«

Carla hörte gerade noch, wie George junior entsetzt »Mom!« murmelte und sich an einen der anderen Picknicktische zurückzog, wo er sich mit Charles in ein Gespräch vertiefte.

Carla fand es bemerkenswert, wie die Hitze und das Getümmel Rose überhaupt nichts auszumachen schienen. Sie wirkte geradewegs verjüngt. Aber als sie diesen Gedanken leise mit Lee teilte, erklärte er: »Das ist immer so. Aber wart's ab. Sie überschätzt sich, und in spätestens einer halben Stunde wird Grandpa sie nach Hause fahren müssen.«

Und richtig. Vierzig Minuten später verkündete eine völlig erschöpfte Rose, dass sie sich dringend zu Hause hinlegen müsse, und verabschiedete sich zusammen mit Lees Großvater von den anderen. Lees Vater dagegen wollte noch nicht zurückfahren, denn er war noch immer in sein Gespräch mit Charles vertieft. Er erklärte, dass er später mit Carla, Lee und Charles zurückfahren würde.

Nachdem sie mit Lily beim Ponyreiten und allen weiteren Karussells gewesen waren, die Parade begutachtet und die Ansprachen gehört hatten, begann auch Carla sich müde zu fühlen. Sie fragte sich, wie es möglich war, dass Lily keine Anzeichen von Erschöpfung zeigte, während sogar Mariah sich für eine Weile hinsetzen musste.

»Wie macht Lily das bloß?«, wollte Carla wissen, als sie zu ihr kam.

»Sobald wir im Auto sitzen, wird sie einschlafen. Sieh nur, sie ist völlig überdreht.« Es bedurfte denn auch sowohl Chris' als auch Lees Aufsicht, um sie ruhig und in der Nähe der Erwachsenen zu halten.

Auf der Bühne begann erneut die Band zu spielen. Carla schloss die Augen und wäre beinahe eingeschlafen. Doch Lees sanfte Stimme holte sie in die Gegenwart zurück. »Darf ich um diesen Tanz bitten?«

Sie blickte in sein vertrautes Gesicht, ergriff lächelnd seine Hand und ließ sich in seine Arme ziehen. Sie fragte sich, wie sich ihr Leben in so kurzer Zeit so drastisch hatte ändern können. Noch vor ein paar Wochen hätte sie sich einen Mann in ihrem Leben nicht vorstellen können. Nun war für sie ein Leben ohne Lee undenkbar!

Niemand anders tanzte, aber das störte sie wenig. Sie befanden sich am Rande des Festplatzes, und niemand schien sich um sie zu kümmern. Die Aufmerksamkeit der Besucher war auf die Bühne gerichtet. Normalerweise hätte Carla den Tanz und die Nähe zu Lee sehr genossen, aber sie konnte sich nicht entspannen.

»Findest du es nicht merkwürdig, dass Silver sich nicht blicken lässt?«, fragte sie Lee leise.

»Mach dir keine Sorgen«, erwiderte er. »Genieß den Tanz.«

Also schob Carla ihre Gedanken beiseite und merkte schon bald, wie sie sich mehr und mehr entspannte. Sie hatte den Kopf an Lees Brust gelegt und spürte seinen Herzschlag. Es war der einzige Rhythmus, dem sie lauschte. Sie fühlte, wie sie tiefer und tiefer sank, in eine Welt, in der es nur Liebe und Geborgenheit gab und … Die Vision kam plötzlich, unerwartet und stark: Derselbe geheimnisvolle schwarze Vogel stürzte sich laut schreiend aus dem Himmel herab und umkreiste ihren Kopf.

Carla blieb instinktiv stehen.

Lee stieß gegen sie und sah sie verwundert an. Ein Blick in ihre Augen genügte, um ihm zu zeigen, dass etwas nicht in Ordnung war. »Was ist los?«

»Eine Warnung«, sagte sie. »Etwas stimmt nicht.«

Lee blickte zu Chris und Mariah hinüber, die mit Lily im Gras saßen. Dann hinüber zu dem Tisch mit seinem Vater und Charles, und schließlich über den restlichen Festplatz. Alles schien in Ordnung. Aber der Ausdruck in Carlas Augen und der Klang ihrer Stimme reichten, um ihn zu äußerster Vorsicht zu drängen. »Vielleicht sollten wir besser nach Hause fahren«, meinte er. »Es ist schon fünf Uhr vorbei, und Lily ist quengelig.«

Carla nickte. Sie wusste nicht, was ihr die Vision, oder wie immer man es nennen mochte, sagen wollte – außer dass Gefahr drohte. Von welcher Seite auch immer.

Gemeinsam gingen sie zu Mariah und Chris, und diese stimmten einem Aufbruch sofort zu. »Für Lily war es mehr als genug«, erklärte die erschöpfte Mariah.

Carla wartete bei den jungen Harrisons, während Lee die Väter benachrichtigte. Sie wusste nicht, was er ihnen erzählte, aber Charles warf ihr einen forschenden Blick zu. Dann erhob er sich von seinem Stuhl und kam gemeinsam mit George junior zu ihnen herüber.

Zusammen machten sie sich langsam und unauffällig zu der Nebenstraße auf, in der sie die Autos geparkt hatten. Dort verabschiedeten sie sich voneinander. Mariah, Chris und Lily fuhren in ihrem Wagen ab, die anderen machten es sich in Lees Pick-up bequem. George junior und Charles stiegen hinten ein. Carla setzte sich neben Lee nach vorn.

Sie verließen den Ort über die Hauptstraße und konnten, bevor sie in die Silver Mountain Road abbogen, sehen, wie Mariah und Chris in einiger Entfernung in die Einfahrt ihres Grundstücks einbogen. Carla atmete erleichtert auf. Zu wissen, dass ihre Freunde sicher zu Hause angekommen waren, ließ ihr Herz leichter werden.

Gedankenverloren schaute sie aus dem Fenster. Welche Gefahr lauerte auf sie? Hätte sie ihrem Gefühl folgen und die Singing Bear Ranch nicht verlassen sollen?

Lee steuerte den Wagen sicher und in mäßigem Tempo die Silver Creek Road hinauf. George junior und Charles unterhielten sich auf der Rückbank. Carla hörte ihnen nicht zu. Sie beobachtete die vertrauten Dinge, die an ihrem Fenster vorbeizogen. Heute erschien ihr der Weg endlos lang.

Der andere Wagen kam wie aus dem Nichts. Lee blickte in den Rückspiegel. »Da hat es aber jemand eilig«, meinte er scherzhaft.

Carla warf einen Blick in den Seitenspiegel. Bei dem Fahrzeug handelte es sich um einen kleinen Viehtransporter. Aber für ein Farmfahrzeug fuhr er viel zu schnell, besonders auf dieser kurvigen Straße.

Auf der Rückbank blickten Charles und George junior sich interessiert um und sahen den Transporter gefährlich nahe auffahren. Ein Blick genügte den beiden.

George junior fühlte sich um zwölf Jahre zurückversetzt an den Abend, als er bei dem Autounfall seine Frau verloren hatte. Auch damals war ein Wagen aus dem Nichts hinter ihnen aufgetaucht. Das Fahrzeug hatte seinen Wagen von der Straße abgedrängt, und seitdem war sein Leben nicht mehr dasselbe. Seine Augen verengten sich zu finsteren Schlitzen, aber er vermochte nicht zu sprechen.

»Der will uns nicht überholen. Denk an die Warnung!«, rief Charles.

Lee hielt das Lenkrad fest in den Händen und beschleunigte den Pick-up. Hinter ihnen beschleunigte der Transporter ebenfalls. Carla klammerte sich an den Türgriff, die Augen weit aufgerissen vor Entsetzen. Sie wurden auf einer engen, abschüssigen und kurvigen Bergstraße von einem Lastwagen verfolgt!

Aber es kam noch schlimmer. Ein gewaltiger Stoß machte Carlas schlimmsten Alptraum wahr: Der Laster hatte den Pick-up gerammt! Sie schloss die Augen und betete wie noch nie zuvor in ihrem Leben.

Die nächste Minute zog sich endlos hin. Es kam Carla vor, als bestünde ihr gesamtes Leben aus einem einzigen Kampf mit einem verrückt gewordenen Laster.

Der Pick-up war auf gerader Strecke schneller als der Laster, aber in den Kurven war ihr Tempo gleich. Der Laster hinter ihnen schwankte bedenklich, und Carlas Magen zog sich zusammen.

285

Der Laster rammte sie ein weiteres Mal. Carla warf Lee einen ängstlichen Blick zu. Er war konzentriert, aber ruhig. Die Warnung hatte ihn wachsam sein lassen. Er hatte Schwierigkeiten erwartet.

Nach der ersten überraschenden Sekunde hatte er sich völlig auf die Situation eingestellt. Er wusste jetzt, was er zu tun hatte. Bevor sie das Hochtal erreichten, würden sie eine Klippe passieren, das war ihre Chance. Wahrscheinlich die einzige, die sich ihnen bieten würde.

Carla hielt den Atem an, als sie sah, dass Lee direkt auf den Felsabhang zusteuerte. Die Straße machte dort eine scharfe Linkskurve, und nur eine großzügige Ausweichbucht trennte die Fahrbahn von dem Abgrund.

Sie hatten einen guten Abstand zwischen sich und den Transporter gebracht, als Lee plötzlich scharf bremste und den Wagen auf genau dieser Ausweichbucht zum Stehen brachte. Direkt hinter ihnen fiel der Abhang dreißig Meter steil in die Tiefe.

Carla traute sich nicht aus ihrem Fenster zu schauen. Sie hoffte einfach, dass Lee einen wirklich guten Plan hatte.

Der Laster raste geradewegs auf sie zu. Er schien allein auf ihren Pick-up fixiert zu sein. Carla schloss die Augen. Das war ihr Ende! In dieser Sekunde trat Lee aufs Gaspedal. Mit quietschenden Reifen brachte er den Wagen zurück auf die Straße und damit aus der Bahn des Verfolgers.

Der Fahrer des Lasters erkannte seinen Fehler und bremste scharf.

Vergebens. Die Schubkraft des Fahrzeugs war zu groß. Sie drückte den Laster über die Ausweichbucht hinaus in die Tiefe.

Lee hielt den Pick-up an. Schweiß stand auf seiner Stirn, und sein Atem ging schnell. »Sollen wir zurückfahren und sehen, ob wir helfen können?«, richtete er sich fragend an Carlas und seinen Vater.

»Sohn, der Schweinehund hat gerade versucht uns umzubringen!«, fuhr George junior auf.

»Nach einem Sturz von dreißig Metern die Klippe hinunter ist von denen nichts mehr übrig. Lass uns zusehen, dass wir nach Hause kommen«, entgegnete Charles ganz ruhig.

»Silver«, zischte Carla leise und ballte die Fäuste.

Vom Rücksitz kam die ruhige Stimme ihres Vaters. »Ja, Silver.«

Den restlichen Weg zur Ranch verbrachte Carla in einer Art Wattewolke. Sie zitterte noch immer am ganzen Körper und konnte nicht wirklich begreifen, dass sie eben nur knapp dem Tod entgangen waren.

»War damals genau dasselbe!«, murmelte George junior und sah seinem Sohn durch den Rückspiegel fest in die Augen.

»Dad«, begann Lee, »warum sollte Silver …«

»Warum tut er es jetzt? Jemand hat etwas, das Johnny haben will, und gibt es nicht freiwillig her. Carla und Charles haben die Singing Bear Ranch – und ich hatte deine Mutter«, fügte er leise hinzu.

Die Tragweite dieser Worte war für Lee unfassbar. Johnny Silver war für den Tod seiner Mutter verantwortlich. Ihm war es zu verdanken, dass sein Vater jetzt ein verkrüppelter gebrochener Mann war. Lee musste tief Luft holen und sich mit aller Kraft aufs Fahren konzentrieren.

»Mom«, flüsterte er verzweifelt, als er die Wahrheit in den Worten seines Vaters erkannte.

Lee hielt den Pick-up vor dem Wohnhaus der Ghost Horse Ranch an und ließ seinen Vater aussteigen.

»Bis morgen«, meinte Lee und klopfte George junior freundschaftlich auf die Schulter.

»Bis morgen«, erwiderte sein Vater und winkte ihnen lächelnd nach.

Lee wendete den Wagen und fuhr die letzten Kilometer zur Singing Bear Ranch. Im Auto herrschte Schweigen.

Carla sah einige Male zu Lee hinüber. Sie wusste, was der Verlust der Mutter für Lee bedeutet hatte, und ahnte, was die neuen Erkenntnisse bei ihm auslösten. Aber er schenkte ihr keine Beachtung.

Schließlich erreichten sie die Ranch – wie, konnte Carla nicht sagen.

Alles schien ruhig und friedlich, aber Charles bat Carla und Lee trotzdem, im Wagen zu bleiben, während er Gebäude und Umgebung überprüfte. »Nur zur Vorsicht«, betonte er. »Wir haben für heute genügend Aufregung gehabt.«

Als sie allein im Wagen saßen, bemerkte Lee Carlas besorgten Blick. »Bist du in Ordnung?«, fragte er betont ungezwungen.

Carla musste beinahe lachen, wie sollte man sich schon fühlen, wenn man gerade einem irren Laster entkommen war? »Ich bin okay, und du?«

Lees einzige Antwort war ein kurzes Kopfnicken.

Charles kam zum Wagen zurück und teilte mit, dass alles in Ordnung war.

Carla stieg aus und hielt inne. »Kommst du?«, wollte sie von Lee wissen. »Lee?«, hakte sie nach, als sie keine Antwort bekam.

Er sah sie gedankenverloren an. »Nein, ich glaube, ich sehe lieber kurz nach Dad.« Dann startete er auch schon den Pick-up und fuhr schnell vom Hof.

Carla sah ihm erstaunt nach.

»Mach dir keine Sorgen, Carla«, meinte Charles. »Gib Lee Zeit, die Dinge zu verarbeiten. Er liebt seine Eltern sehr.«

»Ich weiß.«

Sie gingen ins Haus und warteten eine Weile auf ihn. Carla war nicht nach Reden zumute. »Ich glaube, ich gehe ins Bett«, meinte sie, als Lee zwei Stunden später noch nicht zurück war. »Mein Kopf fühlt sich nicht gut an.«

»Gute Idee«, stimmte Charles zu. »Ich werde im Wohnzimmer schlafen. Ich glaube nicht, dass Lee heute Abend noch zurückkommt, und ich möchte nicht, dass du allein im Haus bist.«

Er baute sich sein Bett auf dem Fußboden des großen Zimmers und verriegelte die Tür.

Carla ließ sich so, wie sie war, aufs Bett fallen. Sie wollte nicht denken. Alles, was sie wollte, war ein tiefer, traumloser Schlaf.

Es hatte lange gedauert, bis Carla in den Schlaf fand, und sie war nicht überrascht, dass die Sonne schon hoch am Himmel stand, als sie am nächsten Morgen aufwachte. Sie hatte geschlafen, ja, aber sie fühlte sich weder ausgeruht noch entspannt.

Ein Motorengeräusch näherte sich, und für einen Augenblick blieb Carlas Herz stehen. Dann erkannte sie, dass es Lee war. Sie lief hinaus auf die Veranda. Charles saß dort in einem der Stühle und rauchte seine morgendliche Pfeife.

Lee parkte den Pick-up und kam zu ihnen. Carla konnte sehen, dass auch er eine schlechte Nacht hinter sich hatte – und dass er keine guten Nachrichten brachte.

»Mein Vater ist verschwunden«, erkläre er ohne Umschweife. »Hat es wahrscheinlich auf Silver abgesehen. Ich bin nur gekommen, um zu sagen, dass ich ihn suchen werde. Brauchst nicht auf mich zu warten, Carla. Und noch etwas – ich denke, es ist besser, wenn wir getrennte Wege gehen.«

Er war schon im Begriff, sich umzudrehen und wieder in den Wagen zu steigen, als Charles ihn zurückhielt. »Lee, überstürze nichts. Erzähl, was geschehen ist.«

Lee verlangsamte seinen Schritt und kehrte schließlich zur Veranda zurück. Dort ließ er sich mit hängendem Kopf auf den Stufen nieder.

Carla stand noch immer wie angewurzelt da. Ihr Gesicht war kreidebleich. Charles bedeutete ihr, ruhig zu bleiben und abzuwarten. Aber Carla hätte ohnehin kein Wort herausbringen können.

»Hat George junior gesagt, dass er Silver zur Rede stellen will?«

»Das nicht«, erwiderte Lee. »Aber wir haben gestern Abend über Silver und den Unfall von damals gesprochen. Und heute Morgen war Dad nirgendwo zu finden.« Seine Augen verengten sich. »Er hat gewusst, dass ich Silver selbst zur Rede stellen würde, nach dem, was gestern passiert ist. Deshalb ist er mir zuvorgekommen. Ich weiß einfach, dass er zur Silver Spur gegangen ist. Eins der Pferde fehlt. Keine Ahnung, wie er es geschafft hat, mit seinem steifen Knie auf das Tier zu steigen. Allein hat er keine Chance. Ich muss ihm helfen!« Er fuhr sich aufgebracht durchs Haar.

»Ich kann mir gut vorstellen, wie du dich fühlst, Lee. Glaub mir«, sagte Charles. »Aber dein Vater würde nicht wollen, dass du ihm folgst. Wäre er sonst in aller Stille verschwunden?«

»Ich weiß, du meinst es gut, Charles, aber …«

Der mitfühlende Blick verschwand aus Charles' Gesicht. »Lee, du weißt, die Geister wollen nicht, dass du gehst«, meinte er. »Es ist nicht deine Aufgabe. Deine Aufgabe ist hier.« Er zeigte auf Carla, die noch immer reglos dastand. »Du darfst nicht dagegen ankämpfen, Lee. Dein Vater weiß, was er tut. Du musst auf die Geister vertrauen.«

Lee verbarg seinen Kopf in den Händen, dann nickte er langsam. »Du hast recht. Tut mir leid, dass ich mich so habe gehen lassen.«

»Schon gut, Junge«, beschwichtigte Charles ihn. »Immerhin geht es um deinen Vater. Auf einen Sohn wie dich kann ein Mann stolz sein. Aber du musst dir darüber im Klaren sein, was von dir gefordert wird. Nun, denke ich, ist es Zeit, dass du Carla erklärst, warum du sie nicht mehr sehen willst.« Dann drehte er sich um und verschwand im Haus.

Lee schwieg eine Weile. Schließlich stand er auf und ergriff Carlas Hände. »Carla, ich möchte nicht, dass du so endest wie meine Mutter. Das könnte ich nicht ertragen. Wenn wir nicht mehr zusammen sind, kannst du einfach nach Deutschland zurückfliegen, in Sicherheit.«

Sie blickte ihn ungläubig an. Konnte er tatsächlich annehmen, dass sie ihn und die Singing Bear Ranch einfach verlassen und vergessen würde? Wegen Silver? Eher würde sie sterben!

Lees Verhalten zeigte Carla jedoch deutlich, wie gefährlich er die Situation einschätzte, und auch, wie sehr er um sie besorgt war. Einerseits war sie erleichtert, dass lediglich die Probleme mit Silver Auslöser für seinen Stimmungswandel waren. Doch sie spürte ebenfalls eine große Notwendigkeit, eben diese Probleme zu lösen, was immer es kosten möge. Zuerst aber musste sie mit Lee ins Reine kommen.

»Es ist berauschend zu wissen, dass ich dir so viel bedeute«, erklärte sie und sah ihn unverwandt an. »Aber ich darf nicht denselben Fehler machen wie meine Mutter. Sie war vor langer Zeit in einer sehr ähnlichen Lage und hat, in meinen Augen, die falsche Entscheidung getroffen – aus Angst. Ich darf nicht zulassen, dass meine Angst jetzt meine Gefühle beherrscht. Ich werde mein Leben und meine Liebe nicht wegen des ersten Problems, das sich abzeichnet, aufgeben.«

»Carla, Silver ist nicht nur irgendein Problem. Er ist gefährlich. Hat der Laster gestern das nicht bewiesen? Und Dad?«, warf Lee beinahe verzweifelt ein.

»Ich kann mir gut vorstellen, wie du dich wegen deines Vaters fühlst. Ich habe selbst kein gutes Gefühl. Aber er hat seine Entscheidung getroffen, und wir müssen sie akzeptieren. So schwer es uns auch fallen mag. Mein Vater hat recht. George würde nicht wollen, dass du dich seinetwegen in Gefahr begibst. Deshalb ist er alleine gegangen. Und Silver – ich weiß, was für ein Typ er ist. Aber manchmal muss man aufstehen und sich für Dinge, die recht sind, einsetzen. So jemand wie Silver darf nicht gewinnen!«

Lee sah sie lange schweigend an. Er wusste, dass sie recht hatte. Aber er wusste auch, dass jedes Einstehen für das Gute Opfer mit sich brachte. Und er betete mit aller Kraft, dass es nicht Carla war, die geopfert werden würde. Er zog sie in seine Arme und drückte sie fest an sich.

Carla war erleichtert. Was immer auch kommen mochte, Lee würde an ihrer Seite sein.

Kurz darauf erschien Charles wieder auf der Veranda. Er lächelte zufrieden, als er Carla in Lees Armen sah. Dann zündete er erneut seine Pfeife an und setzte sich auf einen der Stühle.

»Wir müssen reden«, erklärte er ruhig und wartete, bis die jungen Leute ihm ihre volle Aufmerksamkeit schenkten.

Carla setzte sich auf den anderen Stuhl, und Lee lehnte sich gegen einen der Verandapfosten. »Geht es um Silver, Dad?«

»Es gibt einiges, was du und vielleicht auch Lee nicht über Silver wisst. Und in einer Situation wie dieser ist es von äußerster Wichtigkeit, so viel wie möglich über seinen Gegner zu wissen. Man darf seinen Gegenspieler nicht einen Augenblick unterschätzen. Das wäre ein Fehler mit fatalen Folgen. Ich fange am besten von vorn an und erzähle euch alles, was ich weiß.«

Er machte eine Pause und sammelte seine Gedanken. »Johnny Silver ist Besitzer der Silver Spur Ranch. Er ist Ende fünfzig, Witwer, und Rick ist sein einziges Kind. Er hieß ursprünglich Darren Turple. Das ist jedem hier bekannt, aber keiner würde es wagen, ihn bei diesem Namen zu nennen. Jetzt gibt es nur noch Johnny Silver. Eine Menge zwielichtiger Typen arbeiten für ihn und verrichten seine dreckige Arbeit. Er ist reich und besitzt mittlerweile eine Menge Land und Einfluss in der Gegend. Beides hat er meinen Informationen zufolge nicht auf ehrliche Weise erlangt.« Er blickte in die Runde.

Carla nickte. So viel war ihr bekannt. Silver liebte es, Leute einzuschüchtern und sein Geld und seine Beziehungen als Druckmittel einzusetzen, das hatte sie am eigenen Leib zu spüren bekommen.

»Vor vielen Jahren«, fuhr Charles fort, »betrieb Silvers Vater die große Mine auf der anderen Seite der Stadt. Silver City. Wie Johnny besaß auch er keine Feinsinnigkeit. Auch er hat das Land nur als Möglichkeit zur Ausbeute betrachtet, ohne Rücksicht auf die Konsequenzen, die eine solche Handlungsweise mit sich bringt. Er war allein auf Reichtum aus, deshalb bin ich vor vielen Jahren mit ihm zusammengestoßen. Er hat auf der Singing Bear Ranch ein Goldvorkommen vermutet und wollte mir die Ranch abkaufen. Ich habe abgelehnt. Den Rest der Geschichte habt ihr bereits gehört.«

Er hielt erneut kurz inne, um keine Einzelheit zu vergessen. »Johnny ist nun im Gegensatz zu seinem Vater nicht nur von dem Gedanken an Reichtum und Macht besessen, sondern auch von der Gier nach Gold und Silber.

Obwohl er Kanadier ist, ging er mit dem US-Militär nach Vietnam. Er war Teil der US Military Intelligence und stationiert in Da Nang. Seiner gesamten Truppe werden dunkle Geschäfte während des Krieges und danach nachgesagt. Ihm ging es auch damals schon nur um Gold und Silber. Er hat jede Möglichkeit genutzt, die sich ihm bot: Drogen- und Waffenhandel, Prostitution. Für seine illegalen Machenschaften in Vietnam wollte er ausschließlich in harter Währung bezahlt werden. Mit nichts anderem. So erhielt er den Namen Johnny Silver, mit dem er aus Vietnam zurückkehrte.

Er kam mit einem neuen Namen, viel Geld, einer Menge zwielichtiger Geschäftsbeziehungen und seinem Armeetraining zurück nach Midtown. All diese Dinge hat er seither rücksichtslos dazu benutzt, seine jetzige Position zu erlangen.

Als Erstes kaufte er die Silver Spur Ranch. Von dort aus hat er sich in der Umgebung ausgebreitet. Er hat seine Beziehungen und sein Geld, aber vor allem seine Militärerfahrungen immer wieder in der Öffentlichkeit hervorgehoben, und schon bald ist den Leuten klargeworden, dass er vor nichts zurückscheut, um seine Ziele zu erreichen. Vor allem sein Militäreinsatz und seine Position in Vietnam beeindruckten und ängstigten die Leute, und so reichte in den meisten Fällen eine großzügige Summe, um Probleme zu Silvers Gunsten zu regeln. In den übrigen Fällen haben sich die Leute anschließend gewünscht, sie hätten sein Geld angenommen. Deshalb ist er so wütend auf dich, Carla. Er ist es nicht gewohnt, auf Ablehnung zu stoßen.«

»Aber er ist auch bei dir auf Ablehnung gestoßen«, erwiderte sie.

Charles lächelte. »Damals war es, wie ich schon sagte, Silvers Vater. Aber ja, ich habe mich geweigert, und das ist noch recht lebhaft in Johnnys Erinnerung. Ich denke, deshalb hat er sofort zu drastischen Mitteln gegriffen, als er sah, dass ich wieder hier bin.«

Er atmete tief aus. »Silver verhält sich so wahnsinnig aus Gier nach Macht und Reichtum. Und er ist nicht der Einzige. Seht euch die lange Reihe von wahnsinnigen Weißen an, die vor lauter Gier komplett verrückt geworden sind. Die vielen Gold- und Silberminen, in denen sich die Indianer für sie zu Tode arbeiten mussten, nur damit sich die Königshäuser in Europa mit neuen Gedecken schmücken konnten.

Deshalb teilen wir unsere Geheimnisse heute nicht mehr mit Fremden. Sogar Silver versucht, sich mit dem hiesigen Reservat gut zu stellen, um gewisse Informationen zu erlangen. Aber bis auf ein paar schwache Seelen schenkt ihm dort niemand Beachtung. Leider gehört der derzeitige Chief zu diesen Schwachstellen.

Aber wie ich schon sagte, Silver und seinesgleichen sehen im Land und in den Menschen nur Möglichkeiten zur Ausbeute. Unser Volk hingegen weiß, dass es das Land ist, das uns alles gibt, was wir zum Leben brauchen. Deshalb haben wir seit jeher darauf geachtet, den

Rhythmus der Natur nicht zu stören. Geld kann man nicht essen.«

»Silver darf nicht gewinnen, Vater«, erklärte Carla entschlossen.

Den restlichen Vormittag verbrachten sie in gedrückter Stimmung. Lee blieb auf der Singing Bear Ranch, denn es gab nichts, was er für George junior hätte tun können. Er würde seinem Vater vertrauen und darauf warten müssen, dass er zurückkehrte. Aber er war noch schweigsamer als sonst und keine gute Gesellschaft. Carla konnte es ihm nicht verdenken. Lee und George junior hatten ihre Schwierigkeiten, aber ihr Gespräch am vergangenen Abend hatte Licht auf die Schattenseiten ihrer Beziehung geworfen. Lee war ein familienorientierter Mensch. Was auch immer geschah, George junior war und blieb sein Vater. Es musste schwer für Lee sein, einfach nur abzuwarten. Das war einfach nicht seine Art.

Carla überlegte, wie sie ihm helfen konnte, aber ihr fiel nichts ein. Sie selbst hatte ebenfalls ein ungutes Gefühl über das Abtauchen von George junior. Besonders, weil sie, so sehr sie sich auch anstrengte, kein Bild davon bekam, was mit ihm geschehen war. George junior war ihr sehr ans Herz gewachsen, und deshalb wurde auch ihre Sorge mit jeder Stunde größer.

Carla beobachtete Lee, der Tetiem auf der Weide striegelte. Dann ließ sie ihren Blick über die Ranch schweifen. Dunkle Wolken hingen über den Bergen und schickten ihre Schatten über das Land. Sie schienen Carlas Gemüt zu spiegeln.

Ihr Blick blieb schließlich an ihrem Vater hängen, der noch immer auf der Veranda saß. Und sie konnte nicht anders, als dankbar zu sein, so unendlich dankbar, dass nicht er es war, der verschwunden war.

296

Langsam ließ sie sich auf den Stufen der Veranda nieder, die Blicke immer wieder auf Lee gerichtet.

»Es gibt im Augenblick nichts, was wir tun können«, meinte Charles, der ihrem Blick folgte. »Wir wissen nicht mit Sicherheit, wo George sich im Moment aufhält, und es wäre dumm, unsere gute Position auf der Ranch aufzugeben. Die Geister und Little People sind hier auf unserer Seite.«

»Die Little People beschützen uns und die Ranch«, sagte Carla. »Dafür bin ich sehr dankbar.«

»Gut zu hören, dass es dir kein Unbehagen bereitet, über die Geistwesen zu sprechen«, meinte Charles.

»Warum sollte es?«

»Vielen Leuten machen Dinge, die sie nicht sehen können, Angst, auch wenn diese ihnen kein Leid zufügen«, erklärte ihr Vater. »Nimm zum Beispiel deine Mutter. Es war eine neue Erfahrung für mich festzustellen, dass es für jemand anderen vollkommen unmöglich war, sich eine Welt neben der, die wir täglich vor und um uns sehen, vorzustellen. Für mich war es Teil meiner Kindheit, meines Lebens. Für Anna war es fremd und furchteinflößend, obwohl sie die Anwesenheit und guten Absichten der Little People deutlich spüren konnte. Mir scheint es, dass es einem im Blut liegt, sich mit der Geisterwelt anzufreunden oder nicht. Du hattest keine Probleme damit, Carla.«

»Du meinst, Mutti hat auf der Ranch wirklich Angst gehabt? Deshalb hat sie dich verlassen?«

»Nicht nur deshalb, aber zu einem großen Teil. Du weißt, was die umliegenden Anwohner über die Ranch sagen. Keiner von ihnen würde freiwillig einen Fuß auf dieses Land setzen. Es sind die Dinge, die sie nicht sehen können und die sie nicht verstehen, die ihnen Unbehagen verursachen. Sie spüren die Anwesenheit einer

Kraft, die bis in die abgelegensten Winkel ihrer Herzen blicken kann, aber sie können sie nicht sehen, sie nicht greifen, und das macht ihnen Angst.«

Carla erinnerte sich an die erschrockenen Reaktionen der Leute, als sie erfuhren, dass sie auf der Ranch eingezogen war. Sogar June und Steve Harrison hatten keine Ausnahme gebildet. War es ihrer Mutter ebenso ergangen? Es war Carla bisher nicht wirklich in den Sinn gekommen, dass ihre Mutter aus diesem Grund unglücklich auf der Singing Bear Ranch gewesen war.

»Wir dürfen nicht zu streng urteilen«, fuhr Charles fort. »Unsere Familie ist ein Teil dieses Landes, ist seit Generationen hier angesiedelt.«

Carla blickte Charles erstaunt an. »Ich dachte, du hast die Ranch gekauft, als du Mutter geheiratet hast.«

Er lächelte geheimnisvoll. »Richtig. Aber lass es mich ein wenig ausführlicher erklären. Bevor es das Reservat gab, lebten die indianischen Familien in kleineren und größeren Gruppen überall verstreut in dieser Gegend. Als die weißen Siedler das Land vor ungefähr hundertfünfzig Jahren übernahmen, mussten sich die Indianer registrieren lassen. Sie mussten ihren Namen angeben und den Ort, an dem sie lebten. Diese Informationen benutzte die Regierung dann, um Lage und Größe der Reservate festzulegen. Das übrige Land wurde entweder für die weißen Siedler freigegeben oder zu Regierungsland erklärt.

Unsere Familie hat den Weißen nie getraut und wollte nichts mit ihnen zu tun haben. Sie lebte friedlich und abseits von allem in der Wildnis, auf dem Land, auf dem schon Generationen vor ihr gelebt hatten und aus dem sie, den alten Geschichten zufolge, ursprünglich gekommen ist: hier. Sie fühlte sich als Teil des Landes, wollte es nicht besitzen, sondern schützen und erhalten – besonders, als gierige Männer wie Silver in der Gegend auftauchten. Das Misstrauen unserer Familie gegenüber den Regierungsbeauftragten blieb bestehen, und ihre Mitglieder ließen sich nie als Indianer registrieren.«

Charles lachte bitter auf. »Ich kann meine Großmutter noch empört sagen hören: *Die Weißen müssen sich nicht eintragen lassen, um zu zeigen, dass sie wirklich weiß sind.* Wie auch immer, da wir nie registrierte Indianer waren, wurde dieses Land, die heutige Singing Bear Ranch, nicht in das Reservatsgebiet miteinbezogen.

Damals herrschte so viel Durcheinander, und Krankheiten dezimierten die indianische Bevölkerung so schnell, dass es bald in Vergessenheit geriet, dass es unsere Familie überhaupt gab. Niemand wusste genau, was den anderen Familien mit der Zeit zugestoßen war, und die Namen änderten sich häufig. Während dieser Zeit gab es immer jemanden in unserer Familie, der als Beschützer auf diesem Land gelebt hat.

Doch die Zeiten haben sich geändert. Deine Urgroßmutter Lucy Shining Earth war die letzte wahre Hüterin dieses Landes. Die Regierung hat das Land schließlich zum Kauf freigegeben, und ich musste die Gelegenheit ergreifen, es zu erstehen, bevor jemand anderer es tat.

Die alten Traditionen halten nichts von Landbesitz im heutigen Sinne, und ich auch nicht. Darum habe ich mit deiner Mutter vereinbart, die Besitzurkunde auf ihren Namen ausschreiben zu lassen. Außerdem stimmte sie, wie schon gesagt, zu, das Land niemals zu verkaufen oder zu beleihen und später an unsere Kinder weiterzugeben, so dass die Tradition erhalten bliebe. Das hat sie denn auch getan.« Er blickte Carla an.

»Dieses Land wird immer in unserer Familie bleiben«, versicherte Carla mit fester Stimme.

Ihr Vater lächelte. »Deine Urgroßmutter hat immer gesagt, dass du einmal eine würdige Erbin dieses Fleckchens Erde sein würdest. Sie war eins mit dem Land. Nachdem sie ihre lange Reise angetreten hatte, habe ich ihre Asche mit dem Wind über der Singing Bear Ranch verstreut. Sie hat für dieses Land gelebt und wird immer ein Teil von ihm sein. Manchmal«, fügte er hinzu, »spüre ich ihre Anwesenheit so stark, dass ich sie beinahe sehen kann.«

Carla schlug die Augen nieder. Sie wusste, wovon ihr Vater sprach. »Ich hoffe, ich werde ihrem Vertrauen Ehre machen«, sagte sie. Sie hätte ihre Urgroßmutter so gerne persönlich kennengelernt. *Aber wenigstens kenne ich sie in meinem Herzen*, ging es ihr durch den Kopf.

»Sie wäre sehr stolz auf dich gewesen«, meinte Charles unvermittelt. »Ich weiß, ihr hättet euch großartig verstanden.«

KAPITEL 19

Im Verborgenen

Am Nachmittag ritt Lee zur Ghost Horse Ranch, um zu sehen, ob sein Vater zurückgekehrt war. Carla tat sich schwer, ihn gehen zu lassen. »Versprich mir, dass du ihn nicht suchen wirst, sollte er noch immer nicht zurück sein«, bat sie eindringlich, bevor er vom Hof ritt.

Carla war nervös. Was, wenn George noch immer verschwunden war? Wie lange würde sie Lee zurückhalten können? Sie versuchte zu lesen, konnte sich aber nicht konzentrieren. Charles war auch keine Hilfe, denn er war bei seinem Pferd und schien in Gedanken versunken. Er blickte nicht ein einziges Mal zur Veranda herüber.

Es war schwer abzuschätzen, wann Lee zurückkehren würde. Aber Carla hoffte inständig, es würde nicht zu lange dauern.

Nach einer Weile des Wartens beschloss sie, das Haus zu putzen. Es gab in dem kleinen Haus zwar nicht viel aufzuräumen, aber es würde ihr Ablenkung verschaffen.

Sie machte sich also ans Werk, entstaubte alle Möbel, sortierte ihre wenigen Kleidungsstücke in der Kommode und ordnete die Dinge in der kleinen Vorratskammer. Sie arbeitete wie im Rausch. Gedankenversunken musterte sie die Fenster, an denen wirklich nichts auszusetzen war, blickte dann auf den Boden, den sie schon zweimal gefegt hatte, und trug schließlich die Vorleger zum Ausklopfen auf die Veranda.

Sie reinigte gerade den letzten Vorleger, als sie eine Bewegung am Waldrand wahrnahm. Gespannt richtete sie sich auf und blinzelte ins grelle Sonnenlicht. Es war Lee! Er kam über die Bergwiese geritten. Als er den Hof erreichte, stieg er neben der Scheune ab. Charles saß dort im Schatten. Die beiden Männer wechselten ein paar Worte, während Lee Tetiem absattelte.

Carla war so erleichtert, dass sie unwillkürlich auflachen musste. Schnell lief sie über den Hof. »Lee«, rief sie, »ich bin so froh, dass du zurück bist. Gibt es Neuigkeiten von deinem Vater?«

Lee schüttelte den Kopf. »Niemand hat ihn gesehen«, erwiderte er. »Grandpa scheint nicht sonderlich besorgt zu sein. Aber Rose ist sehr aufgebracht.«

»Sollen wir zu ihnen gehen?«, fragte Carla besorgt.

»Es gibt nichts, was wir tun können«, sagte Lee. »Grandma putzt das ganze Haus, da will man ihr besser nicht in die Quere kommen.«

Carla musste über diese Anmerkung schmunzeln, weil sie gerade genau dasselbe getan hatte.

»Bevor ich es vergesse«, meinte Lee und zog ein gefaltetes Blatt Papier aus der Hemdtasche. »Du hattest eine E-Mail von deiner Tante. Ich habe sie für dich ausgedruckt.«

Er reichte Carla das Papier, und sie überflog stirnrunzelnd den Inhalt. Schließlich sah sie auf und bemerkte die interessierten Gesichter der Männer. »Nun«, sagte sie, »die E-Mail trieft von den üblichen Sticheleien und negativen Bemerkungen. Aber davon abgesehen, erklärt Tante Margit spitz, dass meine Großmutter *natürlich* die Briefe von dir, Dad, abgefangen habe. Ich könne doch nicht erwarten, dass sie meiner Mutter in ihrem Zustand solche Korrespondenz zugemutet hätte. Es hätte sie nur unnötig unter Druck gesetzt. Großmutter hat deine ungeöffneten Briefe vor Tante Margits Augen verbrannt.« Sie blickte Charles an. »Es tut mir so unendlich leid, Dad. Aber wenigstens haben wir die Wahrheit nun schwarz auf weiß. Arme Mutter!«

Charles drehte sich wortlos um. Er ging zurück zur Veranda, zündete seine Pfeife an und starrte in die Ferne.

Carla wollte ihm folgen, aber Lee hielt sie zurück. »Lass ihn eine Weile allein.«

Der Sonntagmorgen brachte den Sonnenschein zurück. Carla hatte eine unruhige Nacht verbracht und war erleichtert aufgestanden, als sich draußen die Dämmerung abzeichnete. Lee folgte ihr, und wenig später standen beide auf der Veranda und atmeten die kühle, klare Bergluft ein. Der Morgenstern war gerade noch zu sehen, aber der Tag zog schnell über den umliegenden Bergen auf. Es regte sich nicht das kleinste Lüftchen, und nicht eine Wolke stand am Himmel.

»Heute wird es heiß«, erklärte Lee. »Ich hatte auf mehr Regen gehofft. Es ist viel zu trocken für Mai.«

Carla blickte auf die friedliche Landschaft. Die Gräser waren mit Tau bedeckt, und in einigen Winkeln entdeckte sie dünne Dunstschleier. Auf der Koppel wieherten die Pferde.

Carla wurde aufmerksam, als ihr Wiehern lauter wurde. »Was ist mit den Pferden?«

Lee hieß sie, still zu sein. Er lauschte und sah sich aufmerksam um.

Charles kam von der Scheune zu ihnen herüber. »Etwas stimmt nicht«, sagte er.

In diesem Moment drehte er sich um und entdeckte eine schmale graue Säule, die weiter unten am Berg zwischen den Bäumen emporstieg. »Rauch!«, stieß er aus.

Lee folgte seinem Blick. »Der Rauch kommt von der Ghost Horse Ranch!«, rief er erschüttert.

Noch bevor jemand etwas erwidern konnte, war Lee auf dem Weg zu seinem Pferd.

Carla war bleich vor Schreck. Sie hatte keine Zweifel, wer für das Feuer verantwortlich war. Aber was war mit Lees Großeltern geschehen? Waren sie wohlauf?

Sie erschauderte und wünschte sich nichts sehnlicher, als dass Silver und seine Leute für immer verschwinden würden. Doch sie spürte deutlich, dass die Dinge erst schlimmer werden würden, bevor sie sich zum Guten wenden konnten.

Ihre Gedanken flogen zurück zu Lee, der im Aufbruch war, und ihre Angst vom Vortag kehrte zurück. »Lee«, rief sie und rannte über den Hof, »geh nicht!« Sie erreichte ihn außer Atem.

Er blickte sie ruhig an. »Du weißt, dass ich gehen muss«, erklärte er. »Meine Großeltern sind allein zu Hause. Sie brauchen meine Hilfe.«

»Was, wenn Silver dort ist? Was, wenn es eine Falle ist?«

»Das werden wir sehen, wenn es so weit ist«, entgegnete Lee.

»Dann komme ich mit dir«, erklärte sie entschlossen.

»Nein!«, lautete seine kurze Antwort.

»Wenn du mich jetzt nicht mitnimmst, folge ich dir, sobald du fort bist«, gab Carla zurück.

Lee sah sie scharf an. »Das würdest du nie …« Er bemerkte ihren entschlossenen Blick. Die Diskussion kostete ihn unnötige Zeit. »Also gut. Aber beeil dich!«, meinte er schließlich.

Charles hatte Carlas Gewehr aus dem Haus geholt und reichte es ihr. »Seid vorsichtig!«, mahnte er.

Glücklicherweise wehte noch immer kein Wind. Die

Rauchsäule stand fast still in der Luft, aber sie war dunkler und größer geworden. Lee trieb sein Pferd an, so gut es in dem bergigen Gelände ging. Sie hielten sich von der Straße fern, nahmen eine Abkürzung über die Bergwiesen und gelangten schließlich zu dem Stückchen Wald, das an die Weiden der Ghost Horse Ranch grenzte.

Von hier konnten sie den Hof überblicken. Die große Scheune der Ranch stand in Flammen. Lees Großeltern liefen durch den Rauch hin und her und trugen Sachen aus der Scheune.

»Komm!«, rief Lee. »Wir müssen ihnen helfen. Wer weiß, wann die Feuerwehr eintrifft.«

»Was ist mit Silver?«, wollte Carla wissen.

»Ich glaube, die Luft ist rein«, sagte Lee und ritt los.

Die Nordseite der großen Scheune war ein einziges Flammenmeer. Carla hatte Probleme, Seliya unter Kontrolle zu halten. Die Stute mochte den Rauch überhaupt nicht. Es bedurfte einiger Versuche, bis es ihr gelang, sie an einem der Verandapfosten festzubinden. Dann eilte sie hinüber zur Scheune. Lee ging seinen Großeltern bereits zur Hand.

»Die Kaninchen!«, rief ihr Rose im Vorbeilaufen zu.

Lee kam ihr beladen mit Sattelzeug entgegen. »Sei vorsichtig!«, ermahnte er Carla. »Die Balken halten nicht mehr lange.«

Carla musste heftig husten, als sie die Scheune betrat. Der Rauch war so dick, dass sie kaum etwas sehen konnte, und er trieb ihr Tränen in die Augen. Sie hatte Probleme, Luft zu bekommen.

So schnell es ging, tastete sie sich vorwärts. Endlich sah sie die Käfige vor sich. Sie hob die Drahtgestelle auf und lief zurück zum Scheunentor. Aber das Feuer war ihr zuvorgekommen. Hohe Flammen versperrten den Ausgang. Panik erfasste sie. Dann nahm jemand ihr die Käfige ab und zog sie nach draußen. Lee war ihr zu Hilfe geeilt.

Carla ließ sich in sicherem Abstand zur Scheune zu Boden fallen. Sie hustete und sog gierig die frische Morgenluft ein. Entsetzt blickte sie auf das Flammenmeer.

»Da kommt endlich die Feuerwehr!«, rief Rose. Sie brachte Carla hinüber zum Wohnhaus. Von dort aus konnten sie sehen, dass bereits ein Baum, der nahe an der Scheune stand, und Teile des angrenzenden Graslandes in Flammen standen. Und Carla wurde plötzlich klar, dass auch nur der kleinste Windstoß den gesamten Berg in Flammen setzen würde.

Nach einiger Zeit hatten die Löschfahrzeuge das Feuer unter Kontrolle gebracht. Eine weitere Ausbreitung war verhindert, aber die Scheune war nicht mehr zu retten. Glücklicherweise waren sowohl das Wohnhaus als auch Lees kleines Haus verschont geblieben. Auch von den Tieren war keins zu Schaden gekommen. Die Windstille hatte sie gerettet. Doch der Schaden war groß genug. Die Scheune musste bis zum Einbruch des Winters wieder aufgebaut werden, und das bedeutete viel Arbeit und Geld, denn die Außengebäude waren nicht versichert.

Erschöpft und geschockt ließ Rose sich neben Carla auf der Veranda nieder. Nachdem Lee und George senior mit den Feuerwehrleuten gesprochen hatten, kamen auch sie dazu.

»Dass ich das noch erleben muss«, murmelte George senior.

»Du weißt so gut wie ich, Grandpa, dass es Brandstiftung war«, sagte Lee. Sein Großvater schwieg. »Ich denke, es wäre besser, wenn ihr für eine Weile mit zur Singing Bear Ranch kommen würdet. Es ist sicherer, wenn wir alle zusammen sind«, erklärte Lee.

»Das mag sein«, antwortete George senior. »Aber diese Ranch ist alles, was wir haben. Ich kann sie nicht im Stich lassen, Junge, schon gar nicht jetzt.«

Rose nickte zustimmend. »Danke für das Angebot, aber ich möchte hier sein, wenn dein Vater zurückkommt.«

Carla blickte betrübt zu Boden. Sie hätte sich besser gefühlt, wenn sie Lees Großeltern in Sicherheit gewusst hätte. Aber sie konnte ihre Entscheidung verstehen. Sie selbst würde die Singing Bear Ranch auch nicht im Stich lassen.

Trotz des Schattens, den die Veranda spendete, war es sehr heiß. Der Anblick und das Ausmaß des Feuers trugen zusätzlich dazu bei. Carla beobachtete die Löschmaßnahmen und konnte bald nicht mehr sagen, wie spät es war. Sie hatte jegliches Zeitgefühl verloren.

Plötzlich sah sie ihren Vater auf den Hof reiten. Er ritt direkt auf Lee zu und wechselte ein paar Worte mit ihm. Carla war zu müde und ihr war zu heiß, um aufzustehen. Sie wartete, bis ihr Vater zu ihr herüberkam. Er hockte sich neben sie. »Carla, es ist Zeit, zur Singing Bear Ranch zurückzukehren«, sagte er leise.

»Ist etwas vorgefallen?« Ihre Lebensgeister kehrten mit einem Schlag zurück.

»Noch nicht«, erwiderte ihr Vater. »Aber ich habe ein ungutes Gefühl.«

Carla schluckte. Wenn ihr Vater ein ungutes Gefühl hatte, handelte es sich nicht um eine Kleinigkeit. Ein Blick in Lees Gesicht verriet ihr, dass er genauso dachte.

Lee sagte seinen Großeltern Bescheid, dass er Carla und Charles zur Singing Bear Ranch begleiten und anschließend zur Ghost Horse Ranch zurückkommen würde.

Die Feuerwehrleute fuhren ab, und Carla bemerkte erst jetzt, dass es schon Nachmittag war. Die Scheune stand in Trümmern, aber wenigstens war das Feuer gelöscht. *Nur ein Windstoß*, dachte Carla beim Anblick der verkohlten Balken, *und Silver Mountain wäre verloren gewesen.*

Lee holte sein Gewehr. Dann ritten sie zusammen mit Charles auf der Abkürzung über die Wiesen zur Singing Bear Ranch.

Als sie das Gelände ihrer Ranch erreichten, meinte Carla, Rauch zu riechen. »Es ist komisch, dass man den Rauch so stark bis hierher riechen kann, wo doch kein Wind weht«, stellte sie fest.

Lee und Charles blickten Carla erstaunt an. Dann suchten sie den Horizont ab. Ihre Blicke blieben an einer Stelle hängen. Eine lange dünne Rauchsäule erhob sich in der Ferne, an der Grenze zwischen der Singing Bear und der Silver Spur Ranch.

»Silver hat auf unserer Ranch Feuer gelegt!«, rief Carla entsetzt.

Sie trieben ihre Pferde an und preschten auf die Rauchwolke zu. Die Brandstelle war zu weit von der Ghost Horse Ranch entfernt, um dort ihren Ursprung zu haben.

»Silver muss direkt an der Grundstücksgrenze Feuer gelegt haben«, meinte Charles. »Er weiß, dass er es nie bis auf die Ranch schaffen würde, deshalb versucht er es nun auf diese Weise.«

Carlas Gedanken überschlugen sich. Was, wenn Silvers Plan aufging? Die Singing Bear Ranch würde nur noch ein Stück verbrannte Erde sein. Und sie alle könnten bei dem Versuch, die Ranch zu retten, sterben.

»Es ist windstill«, rief sie. »Vielleicht können wir das Feuer eindämmen.«

»Vielleicht«, war alles, was ihr Vater antwortete.

Es wird nicht einfach sein, dachte sie verzweifelt.

»Ich nehme an, dass Silver einen Plan hat, um das Feuer schneller zu verbreiten – und zwar in unsere Richtung«, erklärte Charles und zügelte sein Pferd. »Es ist außerdem sehr wahrscheinlich, dass er sich in der Nähe der Feuerstelle aufhält. Wir sollten also leise sein und uns nur vorsichtig nähern. Haltet die Augen offen.«

Sie näherten sich der Brandstelle bis auf wenige hundert Meter. Dann saßen sie ab und gingen zu Fuß weiter. Die Pferde führten sie mit sich.

Nach einer Weile erreichten sie eine kleine Senke. Charles bedeutete ihnen, die Pferde an eine Kiefer zu binden und nur mit den Gewehren in der Hand weiterzugehen.

Carla sah einen Revolver unter der Weste ihres Vaters hervorblitzen. Ihr Herz begann laut zu klopfen.

Kurz darauf gab Charles ihnen das Zeichen, sich zu ducken. Langsam und vorsichtig durchquerten sie die Senke. Sie kamen an eine kleine Erhebung. Lautlos bahnten sie sich einen Weg hinauf.

Der Anblick, der sich ihnen von dort aus bot, ließ Carla das Blut in den Adern gefrieren. Eine Gruppe von Rancharbeitern hatte auf der anderen Seite der Senke Feuer gelegt.

»Silvers Leute«, flüsterte Lee.

Mit Schaufeln und Hacken versuchten die Männer das Feuer in Richtung der Singing Bear Ranch zu lenken.

»Das wird nie was«, raunte Charles, aber Carla wusste nicht mit Sicherheit, ob er von ihren eigenen Absichten oder Silvers Männern sprach.

Plötzlich spürte sie, dass sich etwas verändert hatte. Wind war aufgekommen und wehte ihr stetig in den

Nacken. Sie hörte die Zweige der Bäume und die langen Gräser sachte im Wind rauschen. Sie blickte auf. Die großen Bäume, die in einiger Entfernung wuchsen, bewegten sich nicht im Geringsten. *Seltsam*, dachte sie.

Mittlerweile wurde die Brise, die sie im Nacken spürte, immer kräftiger. Zu ihrem Entzücken entdeckte sie, dass sie direkt in die Gesichter von Silvers Handlangern wehte, direkt in das Gebiet der Silver Spur Ranch!

Carla beobachtete, wie Silver und seine Männer erst unruhig und dann zunehmend panischer wurden. Der Wind wurde stärker und ließ die Flammen höher und höher schlagen. Schon hatten sie das Grasland der Silver Spur erfasst.

Carla sah sich um. Nur fünfzig Meter zu ihrer Rechten und Linken bewegte sich nichts in den Bäumen. Dies war mehr als purer Zufall. Und eine Gänsehaut jagte über ihren Rücken.

Aus dem Augenwinkel nahm sie jetzt eine Bewegung an der Grundstücksgrenze wahr. Ihr war, als hätte sie etwas winziges Braunes am Zaun entlangflitzen sehen. *Ein Streifenhörnchen*, dachte Carla, wunderte sich jedoch gleichzeitig darüber, dass sich ein Tier freiwillig so dicht an einem offenen Feuer aufhielt.

»Hast du das kleine braune Etwas am Zaun gesehen?«, fragte sie Lee leise.

Er schüttelte den Kopf.

Silvers Männer stiegen unterdessen hastig in ihren Pick-up und rasten davon. Feuerwehrsirenen ertönten, und Carla wusste, dass jemand den Rauch gesehen und die Feuerwehr zurückgerufen hatte.

»Wir warten hier, bis die Löschfahrzeuge eintreffen«, sagte Charles leise.

»Können sie bis hierher kommen?«, wollte Carla besorgt wissen. »Die Wege sind so schlecht.«

»Mit ein bisschen Glück dürften sie es schaffen«, erwiderte ihr Vater.

Für einen Augenblick fiel die Anspannung von ihnen ab. Carla drehte sich auf den Rücken und richtete sich leicht auf. Sie blickte nachdenklich vor sich hin.

»Woran denkst du?«, fragte Lee. Er flüsterte noch immer, obwohl sonst niemand in der Nähe war.

»Der Wind, die Brise ...«, begann Carla. »Sieh dir die umliegenden Bäume an. Keine fünfzig Meter von hier bewegt sich nichts. Der Wind weht nur hier, wo das Feuer ist. Das ist doch kein Zufall.«

»Es sind die Little People, Carla. Sie haben wieder einmal ihre schützende Hand über die Singing Bear Ranch und uns gehalten«, mischte ihr Vater sich ein.

»Hast du jemals einen dieser Little People gesehen, Dad?«, wollte Carla wissen.

»Oft«, entgegnete er. »Wenn du mit offenen Augen und Ohren und ohne große Erwartungen durch die Natur gehst, kannst du sie nicht übersehen.«

Carla biss sich auf die Lippe. »Sie sind nicht zufällig so groß«, sie hielt ihre Hände ungefähr fünfzehn Zentimeter auseinander, »und dunkelbraun?«

»Sie kommen in allen möglichen Erscheinungsformen vor, abhängig davon, wo sie leben«, entgegnete Charles. »Ich wiederhole: Sie beschützen uns und die Singing Bear Ranch. Solange *sie* hier sind, sind wir sicher. Wir sollten niemals Scherze über diese Dinge machen.«

Die Ernsthaftigkeit in seiner Stimme war beinahe zu viel für Carla, und sie war froh, dass nun die Motoren der Löschfahrzeuge zu hören waren. Lee und Charles signalisierten zum Aufbruch, sobald die Fahrzeuge in Sichtweite kamen. Leise und unbemerkt kehrten sie zu ihren Pferden zurück.

Carla schien es, als wäre sie von Gefahr umzingelt.

Sie fühlte sich wie eine Fliege im Spinnennetz. Natürlich waren sie auf der Singing Bear Ranch sicher. Das spürte sie deutlich. Sie selbst und alle anderen Menschen, die sich zum Schutz dorthin begeben würden. Aber das löste das Problem nicht im Geringsten. Silver würde nicht aufgeben, bis er sein Ziel erreicht hatte. Koste es, was es wolle! Bis er sein Ziel erreicht hatte oder … bis jemand Silver ausschaltete!

Plötzlich wusste Carla, dass auch George junior diese Tatsache erkannt hatte. Er war nicht aus Zorn gegangen, sondern aus Opferbereitschaft. Er hatte gewusst, dass auch Lee früher oder später zu dieser Erkenntnis kommen würde, und er hatte ihn schützen wollen.

Noch etwas wurde Carla eindeutig klar. »Wir können uns nicht für immer auf der Ranch verstecken«, gab sie den Männern zu bedenken.

»Ich weiß«, entgegnete Charles, ohne sie direkt anzusehen.

Carla sah zu Lee hinüber und wusste sofort, dass auch er die Situation richtig einschätzte. Doch Lee war, genau wie ihr Vater, ruhig und gelassen, und sein Gesicht verriet nicht im Geringsten, was in ihm vorging.

Als sie den Hof der Ranch erreichten, versetzte Carla der friedvolle Anblick einen Stich ins Herz. Schweigend sattelten sie die Pferde ab und gingen dann hinüber zum Haus. Carla kochte Tee und bereitete Sandwiches für die Männer zu. Aber sie selbst verspürte nicht den geringsten Hunger.

Nachdem sie ihre kleine Mahlzeit eingenommen hatten, zündete Charles wie gewöhnlich seine Pfeife an. Nach ein paar Zügen wandte er sich an seine Tochter. »Du weißt, dass Silver nichts unversucht lassen wird.«

Sie nickte.

»Die nächsten Tage werden nicht einfach werden«, fuhr er fort, »aber sie werden eine Entscheidung bringen, so oder so.«

So oder so? »Meinst du, Silver wird gewinnen, Dad?«, fragte sie verunsichert.

Charles schüttelte den Kopf. »Niemand weiß, was die Zukunft bringen wird. Es hängt alles von uns und unseren Entscheidungen ab, Carla.«

Die Worte hallten in ihrem Kopf wider. *Von uns und unseren Entscheidungen.* Carla dachte an ihren ersten Traum, den sie noch in Deutschland gehabt und der sie zu dem Entschluss gebracht hatte, nach Kanada zu reisen. Damals hatte sie gefühlt, dass sie hier aus irgendeinem Grund gebraucht wurde.

Nun war sie hier, und der Grund für ihre Anwesenheit hatte sich ihr gezeigt. Wenn tatsächlich sie es war, die gebraucht wurde, um gegen Silver vorzugehen, und wenn die Worte ihres Vaters wahr waren, dann hing der Ausgang der Situation zu einem großen Teil, wenn nicht zum größten Teil, von ihren Entscheidungen ab.

Hatte sie die Nerven, eine so gefährliche Situation, die in jeder Sekunde in eine Auf-Leben-und-Tod-Situation umschlagen konnte, durchzustehen? War sie stark genug, die Verantwortung zu schultern und mit den Konsequenzen zu leben? All diese Dinge gingen ihr durch den Kopf, während sie die Worte ihres Vaters abwog.

Niemand wusste, was die Zukunft bringen würde, hatte Charles gesagt. Carla konnte nicht wissen, ob sich ihr Mut und ihre Entschlossenheit am Ende auszahlen oder ob sie vergebens sein würden. Und welche Opfer würden von ihr verlangt werden?

Ihr Blick, bisher auf einen unbestimmten Punkt in der Ferne gerichtet, kehrte zur Veranda und den beiden Männern zurück, die neben ihr saßen.

»Du sollst wissen, dass es dir niemand übelnimmt, solltest du dich dazu entschließen, nicht hierzubleiben. Dies ist kein Spaß, sondern bitterer Ernst, und du«, ihr Vater hielt kurz inne, »nun ja, du bist eine wohlbehütete junge Frau.«

Carla musste bei seinen letzten Worten beinahe auflachen. Sie dachte an Lucy Shining Earth, ihre Ur-großmutter, die laut Charles so großes Vertrauen in sie gesetzt hatte, und die ihr in ihren Träumen und am Sapphire Lake erschienen war. Carla spürte auch jetzt bei dem bloßen Gedanken an diese bemerkenswerte Frau die starke Verbundenheit, die nur Blutsbande mit sich brachten. Und sie fühlte etwas von Lucy Shining Earths Stärke in sich selbst.

Carla reckte entschlossen das Kinn. »Wenn es eine Möglichkeit gibt, dass ich der Singing Bear Ranch und unserer Familie eine Hilfe sein kann, dann bleibe ich, Dad«, erklärte sie mit fester Stimme.

Charles blickte sie stolz an. »Okay, das wäre also geregelt.«

»Wenn es dir recht ist, Carla«, warf Lee jetzt ein, »würde ich gern nach meinen Großeltern sehen. Ich habe ihnen versprochen, dass ich zurückkomme, sobald ich dich auf der Ranch abgeliefert habe. Das ist nun schon eine ganze Weile her, und ich möchte nicht, dass sie sich unnötig Sorgen machen.«

Carla stand sofort auf. »Natürlich, du gehst besser gleich.«

Sie verabschiedeten sich, und Carla winkte ihm nach, als er über die Bergwiesen in Richtung Ghost Horse Ranch davonritt. Dann setzte sie sich erneut zu ihrem Vater auf die Veranda. Es gab nichts anderes zu tun.

Sie machte ein paar Bemerkungen, aber Charles war noch schweigsamer als sonst. Er saß auf seinem Stuhl und paffte an seiner Pfeife. Es schien Carla, als würde er sie überhaupt nicht hören.

Nach einer Weile legte er seine Pfeife beiseite und blickte sie entschlossen an. »Es gibt etwas, das du nicht weißt. Oder sagen wir, etwas, worüber du nicht alles weißt.«

Sofort hatte er Carlas volle Aufmerksamkeit.

»Wir haben nicht viel Zeit«, begann er, »darum rede ich nicht um den heißen Brei herum. Du kennst die Gerüchte, die sich seit den Goldrauschtagen in dieser Provinz – und wahrscheinlich darüber hinaus – halten, die Spekulationen, dass die *Motherload*, die Mutter aller Goldadern, noch nicht gefunden wurde.

Die Goldsucher sind allen möglichen Seitenarmen der großen Flüsse gefolgt. Vergeblich. Die Funde in Barkerville sahen sehr vielversprechend aus, aber es war nicht die Goldader aller Goldadern, von der die Leute geträumt hatten.

Ich habe über die Jahre meine eigene Theorie entwickelt.« Er sah zu Carla hinüber, die ihm interessiert zuhörte.

»Du musst verstehen, ich musste erst sicherstellen, dass du ...« Seine Stimme verlor sich. Aber Carla wusste, was er meinte. Er hatte erst herausfinden müssen, ob er ihr voll vertrauen konnte. Sie erwiderte nichts, sondern wartete, dass ihr Vater fortfuhr. »Meine Theorie beschäftigt sich nicht damit, *wo* die Mutter aller Goldadern sich befindet, sondern wie sie *dorthin* gekommen ist, wo sie ist.«

Carla schloss die Augen. Sie spürte, worauf ihr Vater hinauswollte, aber sie konnte es kaum begreifen.

»Meiner Theorie zufolge verschwindet die Goldader im Untergrund, und anstatt ziemlich gerade nach Norden zu verlaufen und in Barkerville wieder an die

315

Oberfläche zu kommen, macht sie zuerst eine Kurve Richtung Süden. Kannst du mir folgen?«

»Die Ader verläuft durch die Singing Bear Ranch?«, flüsterte Carla.

Charles lächelte. »Die Ader kommt hier an die Oberfläche, bevor sie wieder verschwindet und nach Norden abdreht. Aber ich möchte meinen, dass sie dort nur sehr abgeschwächt ankommt. Die größte Last hat sie nämlich bereits abgelegt – in den Bergen dieser Ranch.«

Carlas Mund öffnete und schloss sich, ohne einen Laut hervorzubringen. Ihr Vater hatte zwar schon einmal etwas in dieser Richtung angedeutet, aber sie war sich über das Ausmaß nicht wirklich klar gewesen.

»Also ist Silvers Nase richtig«, sagte sie leise.

»Gold-richtig, würde ich sagen«, meinte Charles lachend. »Johnny Silvers Nase und die seines Vaters ebenso.«

Carla schwirrte der Kopf. »Und das ist es, was unsere Familie seit Generationen behütet?«

Nun schüttelte ihr Vater energisch den Kopf. »Wir hüten nicht das *Gold*, Carla, sondern das *Land*. Die Geistwesen und Little People wissen unsere Hilfe zu schätzen, deshalb helfen sie uns im Gegenzug. Geben und Nehmen, Carla. Es muss beides vorhanden sein, um die Balance zu wahren. Leute wie Silver nehmen alles und geben nichts zurück.«

Mit einem Mal erhob Charles sich. »Komm, ich möchte dir etwas zeigen. Vielleicht hätte ich es schon eher tun sollen. Jetzt drängt die Zeit.«

Carla folgte ihrem Vater überrascht zu seinem Wagen. Er nahm sein Gewehr und Munition heraus. Sie wollte schon in Richtung Weide gehen, aber Charles hielt sie zurück. »Wir gehen zu Fuß«, erklärte er und schulterte das Gewehr.

Es war ein langer Fußmarsch, aber Carla erkannte schnell, warum sie die Pferde zu Hause gelassen hatten. Zu Fuß hinterließen sie viel weniger Spuren.

Der Weg, den ihr Vater einschlug, führte steil bergauf über kahle Steinböden und verlief in eine Richtung, in die Carla bisher nicht gegangen war. Sie war zusammen mit Lee die Grundstücksgrenzen abgeritten, aber die Ranch war einfach zu groß, um in so kurzer Zeit alle Winkel kennenzulernen.

Nach einer halben Stunde erreichten sie eine kleine Lichtung, umgeben von majestätischen Kiefern und Fichten. Viele der Bäume hatten einen solchen Stamm-umfang, dass Carlas ausgestreckte Arme nicht einmal die Hälfte zu umspannen vermochten. Mitten auf der Lichtung befand sich eine kleine Quelle, so dicht mit Farnkraut überwuchert, dass sie kaum zu erkennen war. In unmittelbarer Nähe dazu lagen Felsbrocken, so groß, dass der kleinste Charles an Höhe überragte. Sonnenlicht fiel durch die Zweige der Bäume und spren-kelte den Waldboden mit goldenen Lichtern.

Carla brauchte nur eine Sekunde, bis sie den Ort wie-dererkannte. Sie war in ihrem Traum hier gewesen. Sie hatte ihren Vater gesehen, viel jünger als heute, der den Worten von Lucy Shining Earth lauschte. Sie erinnerte sich an das, was ihre Urgroßmutter zu ihrem Vater ge-sagt hatte: *Dies ist der Platz.*

Sie wusste jetzt, dass sie im Traum dem Augenblick beigewohnt hatte, in dem Lucy Shining Earth Charles die Stelle gezeigt hatte, an der die Goldader zu finden war. Nun war es an ihm, das Geheimnis an die nächste Generation weiterzugeben.

Charles hielt inne und drehte sich zu Carla um. Er hatte während des Fußmarsches nicht ein einziges Wort gesprochen. »Du kennst diesen Ort?«

Carla nickte. »Ich habe ihn in einem meiner Träume gesehen.«

Ihr Vater lächelte. »Dann ist es richtig, dass du hier bist.« Er holte eine kleine Taschenlampe hervor. »Komm, es gibt mehr zu sehen!«

Erstaunt und gespannt folgte sie ihrem Vater um die Felsbrocken herum. An der Nordseite wuchsen hohe Büsche und junge Fichten. Carlas Blick fiel auf einen riesigen Dornbusch. Er war über und über mit fast zwei Zentimeter langen und erstaunlich dicken Stacheln versehen. Sie hatte keine Zeit, sich darüber zu wundern, denn nun hielt ihr Vater inne, knipste die Taschenlampe an und schob das dornige Buschwerk zur Seite. Dann verschwand er zwischen den Felsen.

»Folge mir«, hörte Carla seine Stimme wie aus dem Nichts. »Aber sei vorsichtig, dass du die Zweige des Busches nicht brichst. Er ist Wächter eines wichtigen Ortes und verdient äußersten Respekt. Außerdem wollen wir so wenig Spuren wie möglich hinterlassen. Und pass auf, dass du dir nicht den Kopf stößt.«

Carla holte tief Luft. Was würde sie auf der anderen Seite erwarten?

Vorsichtig schob sie die Zweige beiseite und folgte ihrem Vater. Die Dornen hinterließen trotz aller Vorsicht einige Kratzer an ihren Händen und Armen, aber das kümmerte sie nicht. Auf der anderen Seite angekommen, sah sie sofort den Strahl der Taschenlampe. Trotzdem brauchten ihre Augen einige Minuten, um sich an das schwache Licht zu gewöhnen.

Sie befanden sich in einem Felsspalt. Es war keine richtige Höhle und auch kein Tunnel. Lediglich eine Öffnung in den Felsen, etwa einen Meter breit und zwei Meter lang. Carla blickte sich um, konnte aber nichts Außergewöhnliches entdecken. Der Raum war leer. Nicht einmal Spuren von Tieren waren zu sehen. Carla war nicht überrascht, denn sie dachte an die Dornen. Welches Lebewesen fügte sich selbst absichtlich Schmerzen zu? Sie lächelte über diese großartige natürliche Schutzmauer vor der Felsspalte, die sowohl Tieren als auch Menschen den Zutritt zu verweigern schien, und sah ihren Vater abwartend an. Was hielt die dornige Hecke noch verborgen?

Charles schob einen Felsbrocken zur Seite, der in einer Ecke auf dem mit Tannennadeln übersäten Boden lag. Er bedeutete ihr erneut, ihm zu folgen, und verschwand, so schien es zunächst, spurlos im Boden.

Als Carla die Stelle näher betrachtete, sah sie den Strahl der Taschenlampe ungefähr zwei Meter unter sich in der Tiefe leuchten. Der Felsbrocken hatte einen engen Schacht verborgen gehalten, gerade weit genug, um eine schlanke Person hindurchzulassen.

»Lass dich fallen«, rief er ihr leise zu. »Es ist nicht tief.«

Carla zögerte einen Moment. Dann ließ sie sich durch den Spalt gleiten und landete auf festem Boden. Sofort bemerkte sie, dass der Untergrund nun aus purem Fels bestand. Der weiche Nadelboden war verschwunden. Sie befanden sich unter der Erde.

Gerade wollte sie etwas sagen, als Charles ihr bedeutete, leise zu sein. Er schob den Felsbrocken zurück an seine Stelle und sagte dann mit lauter Stimme: »Ich bringe den neuen Hüter dieses Landes. Bitte seid ihr ebenso wohlgesinnt wie mir. Wir werden nicht lange stören.« Er wartete eine Weile.

Carla vernahm keine Antwort. Ihr Vater jedoch schien zufrieden, denn er nickte lächelnd. »Komm«, forderte er sie auf.

Carlas Herz klopfte laut. Wohin führte der Vater sie?

Sie befanden sich jetzt in einem schmalen Tunnel, vielleicht fünfundsiebzig Zentimeter breit und eins fünfzig hoch. Sowohl Charles als auch sie selbst mussten sich bücken, um vorwärtszukommen. Der Weg fiel spürbar nach unten ab, und Carla folgte ihrem Vater schweigend. Ihr war, als könne sie ihren Herzschlag in dem Dunkel des Tunnels, das alles sonst zu verschlucken schien, deutlich hören.

Der Tunnel schlängelte sich hierhin und dorthin. Carla vermochte nicht zu sagen, wie tief sie ins Erdreich vorgedrungen waren. Die Luft wurde feuchter und wärmer, und ein rhythmisches Geräusch stellte sich ein, erst leise, dann zunehmend lauter. Sie konnte es nicht einordnen. Mit einem Mal öffneten sich die Felswände, und Carla fand sich in einer Höhle wieder. Erstaunt blickte sie sich um.

Charles blieb stehen und leuchtete mit seiner Taschenlampe die Umgebung ab, so dass sie mehr erkennen konnte. Sie befanden sich in einer kleinen Tropfsteinhöhle. Das rhythmische Geräusch, das Carla hörte, war das ständige Tropfen von Wasser auf Stein.

»Wo sind wir?«, wollte sie wissen, während sie alle Einzelheiten dieses seltsamen Ortes aufzunehmen versuchte.

Durch die hohe Luftfeuchtigkeit waren Boden und Wände der Höhle mit einem schleimigen, grünlichen Film überzogen, und hier und da zogen sich Moos und algenähnliche Gewächse an den Felsen entlang. Die Luft war drückend wie in einem tropischen Gewächshaus, und Carla hatte das Gefühl, nicht richtig atmen zu können. In den versteckten Ecken der Höhle schienen dunkle Schatten zu tanzen. Die Atmosphäre war beinahe unheimlich.

»Dies ist der Ort, von dem die alten Geschichten

unseres Volkes sprechen. Dieser Ort ist ein Tor zur Geisterwelt. Durch dieses Tor, so heißt es in den alten Legenden, kam einst unser Volk aus der Geisterwelt, um das Land und die Berge in dieser, unserer Welt zu besiedeln«, erklärte Charles leise. »Sei also vorsichtig, wohin du trittst.«

Carla wagte kaum Luft zu holen.

»Wir befinden uns nicht etwa in einer einzelnen Höhle«, fuhr Charles fort, »sondern in einem weit-greifenden System von Tropfsteinhöhlen. Sie schützen, was unter ihnen verborgen liegt. Selbst wenn jemand es bis hierher schaffen sollte, so würde er wegen des un-heimlichen Gefühls, das auch dir jetzt im Gesicht steht, sofort wieder umkehren. Aber es ist nicht nur die At-mosphäre. Mit der heutigen Technologie wird es immer schwerer, etwas vor neugierigen Augen zu verbergen. Kaum jemand geht mehr mit Hammer und Schaufel auf Goldsuche. Stattdessen haben sie riesige Sonargeräte, die den Boden von der Luft her absuchen. Ihnen ent-geht nichts.«

»Lee und ich haben so ein Gerät vor kurzem über den Berg fliegen sehen. Lee glaubt, es war Silver. Er scheint überall in der Umgebung die Schürfrechte zu besitzen«, flüsterte Carla. Lauter zu sprechen schien ihr respektlos und unangebracht.

»Das ist richtig. Silver macht überall in der Gegend rücksichtslos Minen auf. Er fügt sowohl dem Land als auch den Geistwesen großen, unnötigen Schaden zu. Nicht auf unserer Ranch«, stellte Charles fest. »Die Schürfrechte an der Singing Bear Ranch gehören nach wie vor mir. Eine Sache, die Silver großes Missbehagen bereitet.«

Carla lächelte, weil Lees Vermutung vor einigen Ta-gen richtig gewesen war. »Silver weiß also von unserem

Familiengeheimnis, deshalb das Angebot, die Ranch zu kaufen.«

Charles schüttelte den Kopf. »Das Sonargerät gibt nicht an, ob und welche Edelmetalle sich im Boden befinden.«

»Lediglich die Dichte des Gesteins«, ergänzte Carla.

»Richtig. Nun«, fuhr Charles fort, »alles, was das Sonargerät über diesem Teil der Ranch findet, ist dank dieses Höhlensystems Kalkstein. Und Kalkstein deutet absolut nicht auf Gold oder Silber hin. Nur auf viele Höhlen und viel Feuchtigkeit.« Er grinste. »Außerdem beeinträchtigt das ständige Tropfen des Wassers die Genauigkeit des Sonargeräts. Das Ergebnis der Sonar-auswertung ist verwirrend, denn niemand vermutet so viel Kalkstein in dieser Gegend. Der Berg besteht weit-gehend aus viel härterem Gestein, aus Quarz und Ser-pentin. Daher die große Mine auf der anderen Seite des Berges.«

»Ich dachte, die Goldablagerung sei auf natürliche Weise geschehen«, warf Carla ein.

»Das stimmt.«

»Es scheint zu perfekt, um Zufall zu sein, dass die Höhlen die Goldader vor Entdeckung durch moderne Technologie schützen«, sagte sie.

»Es ist auch kein Zufall«, erwiderte ihr Vater ruhig.

Carla sah ihn verwirrt an.

»Die Little People haben es so arrangiert.«

»Dad«, begann sie zweifelnd, »die Little People können nicht gewusst haben, welche Technologie die Zukunft bringt. Dieses Höhlensystem und die Gold-ablagerung sind vor langer, langer Zeit entstanden und ...«

Charles wehrte kopfschüttelnd ab. »Denk nicht wie eine Weiße«, meinte er entrüstet. »Es gibt mehr Dinge, als bei bloßem Hinsehen zu erkennen ist. Für die Little People gibt es keine Begrenzungen. Vergangenheit, Gegenwart und Zukunft geschehen gleichzeitig. *Natürlich* wissen die Geistwesen, was die Zukunft bringt, und verhalten sich dementsprechend. Aber nun komm, wir haben nicht viel Zeit. Und achte auf Schlangen!«

Schlangen? Carla sah sich entsetzt um. Es gab viele dunkle Ecken in der Höhle. Der Gedanke an Schlangen war für sie weitaus angsteinflößender als das fleißige Schaffen der Little People.

Sie hielt sich dicht an ihrem Vater, als dieser jetzt weiterging. Er hielt auf einen Stalagmit zu, hinter dem sich drei weitere dunkle Tunnel befanden. Ohne Zögern wählte er den linken.

Der Weg fiel erneut steil ab, aber Carla spürte sofort, dass sich die Atmosphäre veränderte. Die Luft wurde kühler und klarer, die Felsen rauer und trockener, und das unheimliche Gefühl verließ ihren Magen. Der fahle Schein der Taschenlampe tanzte auf den engen Wänden des Tunnels und ließ ihre Augen vor Erstaunen groß werden. Zu beiden Seiten, und über die gesamte Länge des Tunnels, befanden sich Markierungen an den Wänden. Nicht nur irgendwelche Markierungen, wie Carla schnell feststellte, sondern sehr markante Zeichnungen, die in die Felswände eingraviert waren. Es handelte sich um Petroglyphen aus vorgeschichtlicher Zeit.

»Dad!«, flüsterte sie heiser und ließ ihre Finger über die Symbole gleiten.

»Bemerkenswert, findest du nicht?«, meinte Charles und hielt inne. »Sie erzählen Geschichten aus Tagen, die längst vergessen sind. Oder besser gesagt, die laut vieler moderner Gelehrter nie existiert haben.«

Voller Erfurcht betrachtete Carla die Zeichnungen, während sie dem Tunnel folgten. Die Petroglyphen waren einfach, aber deutlich. Carla erkannte viele Dinge, die in heutiger Zeit als reine Mythologie oder bloßer Humbug dargestellt wurden, und Schauer der Erkenntnis jagten ihr über den Körper.

Wenn all diese Dinge tatsächlich wahr waren, dann mussten auch andere Menschen davon wissen. Warum wurde dieses Wissen von der breiten Masse ferngehalten?

Sie spürte, es hatte mit Gier nach Macht und Kontrolle zu tun.

Vor ihnen wurde der Gang breiter, und Carla wurde aus ihren Gedanken gerissen.

Sie befanden sich in einer Grotte, die die Größe einer kleinen U-Bahn-Station hatte. Durch ihre Mitte zog sich ein unterirdischer Fluss. Sein Wasser schimmerte seltsam im Schein der Taschenlampe.

Carla sah sich genauer um und stellte fest, dass alles in der Grotte schimmerte. Eine Gänsehaut jagte die nächste, und obwohl dieser unterirdische Ort ihr durch seine Erscheinung beinahe Angst machte, übte er zugleich eine ungeheure Anziehungskraft auf sie aus. Der Strahl der Taschenlampe streifte flüchtig den Boden. War es Gold, das auf ihren Schuhen glitzerte? Carla sah ihren Vater sprachlos an.

»Sieh dich genau um«, sagte Charles. »Vor dir liegt, was für Johnny Silver die Welt bedeutet. Gold.« Er schwenkte den Strahl der Taschenlampe langsam über den Boden, hinüber zu den vielen kleineren und größeren Klumpen, die matt schimmerten, und schließlich zu dem seichten Wasser des unterirdischen Flusses, das ebenfalls golden glänzte. Dann richtete er den Strahl der Lampe auf die Decke und Wände der Grotte. Auch hier sah Carla das bekannte Glitzern. Alles hier schien aus Gold zu sein.

»Ist dies wirklich alles Gold?«, hauchte sie fast andächtig, aber ihr Vater lachte nur.

»Im wahrsten Sinne des Wortes eine Goldgrube.«

Carla vermochte nicht abzuschätzen, wie viel das Gold, das so einladend vor ihr lag, wert war, aber es musste ein ungeheures Vermögen sein.

»Dies ist nur das Gold, das direkt an der Oberfläche liegt oder an die Oberfläche geschwemmt wurde«, erklärte ihr Vater. »Der weitaus größere Teil befindet sich gleich darunter und ist einfach abzubauen. Jemand wie Silver würde nicht eine Sekunde zögern und den gesamten Berg abtragen, wüsste er mit Sicherheit, wo und was sich hier unten befindet.«

Carla fröstelte. Nicht, weil ihr kalt war, sondern weil sie sich vorstellte, wie ihre geliebte Singing Bear Ranch aussehen würde, sollte Silver freie Hand über das Goldvorkommen bekommen.

»Niemals«, flüsterte sie. Der Reichtum dieser Grotte war unvorstellbar, aber Charles hatte recht. Gold konnte man nicht essen, und es war auch für niemanden ein Zuhause. Nicht für sie, nicht für die Tiere und Pflanzen und auch nicht für die Geister und Little People.

»Komm, lass uns zurückgehen«, sagte Charles nach einer Weile des Schweigens. »Du bist die neue Hüterin dieses Landes, und du hast die Wichtigkeit deiner Aufgabe erkannt. Der Berg und die Little People haben dich kennengelernt und akzeptiert. Für uns gibt es hier unten nichts weiter zu tun.«

Carla drückte schweigend seine Hand und sah sich ein letztes Mal um. Dann machten sie sich an den Aufstieg.

Sie stellte verwundert fest, dass sie die Grotte nicht auf dem gleichen Weg verließen, auf dem sie gekommen waren. Stattdessen folgten sie dem unterirdischen

Fluss bis zum gegenüberliegenden Ende der Grotte. Dort angekommen, überquerten sie den Wasserlauf an einer seichten Stelle. Am anderen Ufer befand sich, gut verborgen hinter einigen Felsbrocken, ein weiterer Tunnel, identisch mit dem, durch den sie gekommen waren. Der einzige Unterschied bestand darin, dass dieser Tunnel viel steiler war als der erste und aufwärts führte.

Carla hatte Mühe, ihrem Vater zu folgen. Ihre nassen Schuhe erschwerten das Vorankommen auf dem glatten, steilen Felsboden erheblich, und ein paar Mal stolperte sie. Schließlich rutschte sie aus und fiel hin.

»Alles in Ordnung?«, wollte ihr Vater wissen.

»Alles okay«, antwortete Carla und bedeutete ihrem Vater weiterzugehen.

Gerade wollte sie sich aufrichten, als sie ein kleines Wesen vor sich entdeckte. Es war keine dreißig Zentimeter groß mit Augen, die in der Dunkelheit wie kleine Lampen leuchteten. Carla stockte vor Schreck der Atem, aber auch ihr Gegenüber schien verwirrt.

Ehe sie das winzige, runzelige braune Gesicht genauer betrachten konnte, war die Gestalt schon wieder verschwunden. Carla blinzelte. Hatte sie eine Halluzination gehabt?

Doch noch bevor ihr Vater rief: »Sei vorsichtig, es ist heute viel Verkehr hier unten!«, wusste sie in ihrem Herzen, was dieses Etwas, von dem sie nur einen kurzen Blick hatte erhaschen können, gewesen war: einer der Little People.

Sie raffte sich verwirrt auf und machte sich daran, ihren Vater einzuholen.

Den Rest des Weges hielt sie sich dicht an ihn. Sie hatte nicht wirklich Angst, war jedoch von großer Ehrfurcht erfasst, begleitet von undefinierbarem Unbehagen. Carla schien es mit einem Mal, als hätten die Wände Augen und Ohren, und sie war erleichtert, als sie das Ende des Tunnels erreichten.

Als sie hinaus ins strahlende Sonnenlicht traten, musste Carla sich eine Hand über die Augen halten und blinzeln. Die vergangene Dreiviertelstunde kam ihr vor wie ein Traum, und dennoch wusste sie mit absoluter Sicherheit, dass sie wirklich geschehen war. Sie blickte an ihren Beinen herunter und fand, dass ihre Hose von der Durchquerung des unterirdischen Flusses noch immer bis über die Knöchel nass war.

Charles sah sie verständnisvoll an. Er wusste aus eigener Erfahrung, was in diesem Augenblick in seiner Tochter vor sich ging.

»Noch etwas, Carla, an das du dich immer erinnern musst: Es stimmt auf der einen Seite, dass es ein großes Opfer ist, unser Leben als Hüter dieses Landes zu verbringen. Aber ehrliche Opferbereitschaft ist eine wahre Tugend. Und Dinge beginnen oftmals ihren Lauf zu nehmen, weil jemand bereit ist, ein Opfer zu bringen. Es ist fast wie Zauberei. Achte darauf, und du wirst sehen, dass ich recht habe!«

Sie setzten ihren Weg fort. Aber Carlas Gedanken schwirrten so wild durcheinander, dass sie erst nach einigen Schritten feststellte, dass der Ausgang des Tunnels unweit des Wohnhauses lag. Sie befanden sich nur ein kleines Stück den Hang hinauf zwischen den großen Kiefern, die den Hof der Ranch säumten und die sich jetzt majestätisch im Wind wiegten.

Carla musste lächeln, als sie schließlich um die Ecke des Wohnhauses gingen und Lee wartend auf der Veranda vorfanden. Er blickte ihnen ruhig entgegen, und sie spürte instinktiv, dass er wusste, wo sie mit ihrem Vater gewesen war und was sie gesehen hatte.

KAPITEL 20

Unliebsame Überraschungen

Als Carla früh am nächsten Morgen erwachte, war ihr nicht sofort nach Aufstehen zumute. Ihr Bett schien ihr einziger Zufluchtsort zu sein. Hier konnte sie abschalten und alle Sorgen für eine Weile vergessen. Meistens. Manchmal ließen ihre Träume sie nicht zur Ruhe kommen. Die letzte Nacht hatte sie jedoch in traumlosem Schlaf verbracht, und sie wollte sich dieses sorglose Gefühl einen Augenblick länger erhalten.

Carla lag auf dem Rücken und versank in Tagträume. Tagträume, die keine Silvers beinhalteten. Unvermittelt streckte sie ihre Hand nach Lee aus. Er war es, der ihr Mut und Stärke gab. Zugegeben, sie hatte ihren Vater, der Vertrauen in sie setzte und der stolz auf sie war und dessen Weisheit und Stärke sie sehr beeindruckte. Aber das war nicht das Gleiche. Ihr Vater würde ihr immer sehr nahe sein, aber nie Teil ihrer selbst, so wie sie es bei Lee empfand.

Der Gedanke an den Vater ließ sie nun doch aus dem Bett steigen. Carla wusste, dass er schon lange auf den Beinen war – jeden Morgen mit der ersten Tagesdämmerung – und sicherlich auf die gemeinsame morgendliche Tasse Tee auf der Veranda wartete. Schnell zog sie sich an und machte auf dem Propankocher Wasser für den Tee heiß. Bei den derzeitigen Temperaturen war es unnötig, den Holzofen anzufeuern.

Sie ging hinaus auf die Veranda, um Charles guten Morgen zu sagen, aber er war nicht da. Sie blickte zur Weide, wo alle drei Pferde friedlich in der Morgensonne grasten. Aber auch dort konnte sie Charles nicht entdecken. Also ging sie hinüber zur Scheune und rief nach ihm. Keine Antwort. Nervös sah Carla sich um. Der Pick-up ihres Vaters war noch immer dort geparkt, wo er auch gestern gestanden hatte. Sie spähte hinein und sah Charles' Gewehr hinter dem Fahrersitz liegen. Sollte ihr Vater einen morgendlichen Spaziergang machen, so war es merkwürdig, dass er sein Gewehr nicht mitgenommen hatte. Hier in der Wildnis konnte man nie wissen, worauf man stieß, darauf hatten die Männer sie immer wieder hingewiesen.

Langsam ging sie zurück zum Haus. Auf der Veranda stieß sie auf Lee, der durch ihr Rufen und das kochende Teewasser aufgewacht war.

»Ich kann Dad nicht finden«, sagte Carla.

Zu ihrer Überraschung blieb Lee ruhig. »Er macht wahrscheinlich nur einen Spaziergang.«

»Sein Gewehr ist noch im Auto, und er hat keine Nachricht hinterlassen«, meinte Carla aufgebracht.

Lee konnte Carla schließlich dazu bewegen, ohne Charles zu frühstücken. Aber sie konnte die stille Zweisamkeit mit Lee nicht ertragen. Sie brachte kaum einen Bissen herunter.

»Darum hat er mir den Ort gestern gezeigt«, meinte sie plötzlich. »Er hat gewusst, dass etwas passieren würde, oder schon gestern einen Plan gehabt, von dem er uns nichts hat wissen lassen.« Ihr Magen zog sich unwillkürlich zusammen.

Lee legte ihr beruhigend eine Hand auf den Arm. »Er wird bald wieder hier sein, Carla. Mach dir keine Gedanken.«

Sie schüttelte energisch den Kopf. »Dad muss eine Vorahnung gehabt haben«, war sie überzeugt, »oder einen Plan. Sonst hätte er sich gestern anders verhalten.«

Sie sah Lee fest an, aber er wich ihrem Blick aus.

»Silver«, flüsterte sie unvermittelt.

»Du weißt, dass Silver nicht auf die Singing Bear Ranch kommen kann.«

»Ich habe nicht gesagt, dass Silver hier gewesen ist. Ich denke vielmehr, dass Dad zu ihm gegangen ist.«

»Warum sollte er ...«, begann Lee zögernd, sah jedoch sofort, dass diese Argumentation keine beruhigende Wirkung hatte. »Carla«, sagte er daher, »was auch immer vorgefallen sein mag, Charles wusste, worauf er sich einlässt. Dein Vater hat sein Leben lang in der Wildnis gelebt, und er kennt Silver. Er ist stark und weise, und, was das Wichtigste ist, die Geister, die Little People, sind auf seiner Seite. Er weiß, was er tut. Darauf müssen wir vertrauen. Und wir müssen hier ausharren, bis wir ein Zeichen oder eine Nachricht von ihm erhalten.« Er sah ihr fest in die Augen. »Jemandem zu vertrauen kann die schwerste Sache der Welt sein. Dein Vater hat dir gezeigt, dass er Vertrauen in dich hat, und nun müssen wir ihm beweisen, dass wir ihm vertrauen. So wie ich meinem Vater vertrauen muss«, fügte er leise hinzu.

Sein letzter Satz ließ Carla ruhig werden. George junior war seit Tagen verschwunden. Wie musste Lee sich fühlen? Das lähmende Gefühl der Ungewissheit war etwas, das sie erst jetzt wirklich nachvollziehen konnte.

Sie zwang sich also zur Ruhe und versuchte, ihren alltäglichen Beschäftigungen nachzugehen. Aber ihr Körper und ihr Geist schienen nicht miteinander koordinierbar. Während ihr Körper aufräumte, schien ihr Kopf ganz woanders zu sein. Wie gerne hätte sie jetzt eine ihrer Visionen oder einen Traum gehabt. Um Gewissheit zu erlangen, um etwas tun zu können.

Einige Stunden später geschah etwas Seltsames. Leute fanden sich auf der Ranch ein. Zunächst kamen Lees Großeltern in ihrem Pick-up und meinten, sie hätten lediglich nach dem Rechten sehen wollen. Dann trafen Chris und Mariah mit Lily ein, dicht gefolgt von Chris' Eltern, June und Steve. Sie erklärten, sie hätten ein starkes Verlangen gespürt, Charles Ward und der Ranch einen Besuch abzustatten. Umso erstaunter waren sie, als sie feststellten, dass Charles nicht da war.

Minuten später trafen weitere Leute ein, die dasselbe erklärten und die sich ebenso erstaunt über Charles' Abwesenheit zeigten wie die Harrisons. Sie meinten, sie seien sich sicher gewesen, ihn gerade heute anzutreffen.

Innerhalb von einer Stunde war die Ranch so voller Menschen, wie Carla es sich nie hätte vorstellen können. Auf dem Hof waren die Wagen der Besucher geparkt, und überall tummelten sich Leute, die auf Charles Wards Rückkehr warteten. Die Frauen unterhielten sich auf der Veranda, und die Männer sprachen im Schatten der großen Scheune miteinander.

Mariah zog ihre Freundin zur Seite. »Was geht hier vor?«

Carla schüttelte den Kopf und erklärte, dass sie ihren Vater den gesamten Vormittag über nicht gesehen habe und sich ernstlich Sorgen mache.

»Kennst du all diese Leute?«, wollte Carla wissen.

»Das sind alles alteingesessene Nachbarn«, erklärte Mariah. »Wie ich gehört habe, kennen und schätzen sie deinen Vater von früher. Obwohl er das wohl nicht gerne hören wird. Warum um alles in der Welt kommen sie ausgerechnet alle heute zu Besuch?«, fügte sie erstaunt hinzu.

Carla konnte nur mit den Schultern zucken. Sie wusste es selbst nicht zu erklären. Es sei denn … es sei denn, ihr Vater wollte all diese Leute aus einem bestimmten Grund heute auf der Ranch haben. Ja, so musste es sein!

Carla zweifelte keine Sekunde, dass ihr Vater über solche mentalen Fähigkeiten verfügte, doch das beruhigte sie keineswegs. Im Gegenteil, sie wurde jetzt so nervös, dass sie sich kaum beherrschen konnte. Wo war ihr Vater? Und was wurde hier gespielt?

Etwas später, als die ersten Besucher sich gerade wieder auf den Weg nach Hause machen wollten, wurde die ruhige Atmosphäre von Lärm unterbrochen.

Zuerst vermochte Carla nicht zu sagen, was es war, so ungewohnt war jedes laute Geräusch auf der sonst friedlichen Ranch. Und auch die Gäste schauten sich erstaunt um.

Carla ging auf den Hof hinaus und in Richtung Tor. Lee begleitete sie, und sie lauschten gespannt.

Eine Stimme drang durch ein Megaphon von der Einfahrt her zu ihnen herüber. Es wehte kein Wind, aber die Entfernung zur Einfahrt war doch erheblich, und Carla war froh, dass fast augenblicklich alle Gäste verstummten, um der Ansage des Lautsprechers zu lauschen.

Noch bevor die eigentliche Ansage begann, wusste Carla, dass es Johnny Silver war. Sie wusste es mit Sicherheit, obwohl seine Stimme durch das Megaphon sehr verzerrt klang. Sie war ungewöhnlich ruhig, fast erleichtert, endlich den Stand der Dinge zu erfahren.

»Hier spricht Johnny Silver. Ich habe Charles Ward in meiner Gewalt. Überschreib mir die Singing Bear Ranch, oder er stirbt! Du hast bis morgen früh Zeit.«

Silver wiederholte seine Forderung dreimal. Danach

war von der Einfahrt her alles still, aber auf dem Hof der Ranch brach Stimmengewirr aus.

Lee legte eine Hand auf Carlas Schulter und rief leise ihren Namen. Langsam drehte sie sich zu ihm um. Es war unübersehbar, dass sie wütend war.

»Silver wird Dad umbringen. Wir müssen etwas tun!«

»Was?«, fragte Lee.

»Wir müssen uns etwas einfallen lassen«, erklärte George senior, der zu ihnen herübergekommen war.

Überall um sie herum wurden nun Empörungsrufe gegen Silver laut.

»Wir dürfen uns das nicht mehr bieten lassen«, hörte Carla einen älteren Mann sagen.

»Land aufzukaufen ist eine Sache, solche Druckmittel anzuwenden eine andere«, meinte ein Zweiter aufgebracht. Sogar die Frauen fielen in die Empörungsrufe ein.

Und mit einem Male wusste Carla, warum all diese Leute heute hier waren. Jahrelang hatten sie Silvers Machenschaften erduldet oder über sie hinweggesehen. Silvers heutige Drohung, die alle Anwesenden mit angehört hatten, brachte die Leute endlich dazu, sich zur Wehr setzen und Silver Einhalt gebieten zu wollen. Carla allein würde nicht viel gegen Silver und seine Handlanger ausrichten können. Aber zusammen mit diesen Leuten hatte sie eine Chance. Würden sie hinter ihren Worten stehen?

Carla wusste nicht, wie ihr Vater Silver in die Hände gefallen war, wusste nur, dass sie ihn befreien musste. Entschlossen sah sie sich um. Die meisten der anwesenden Männer schienen bodenständig und in recht guter physischer Verfassung zu sein. Lee und Chris waren allerdings die Einzigen unter fünfunddreißig. Der größte Teil war im Alter ihres Vaters, und zwei der Männer schätzte sie auf über sechzig. Alle erweckten jedoch den Eindruck, sich in der Wildnis und der Gegend gut auszukennen.

Carla bemerkte erst jetzt, dass George senior das Wort ergriffen und sich an alle Anwesenden gewandt hatte. Gerade noch hörte sie, wie er sagte: »Ihr wisst vielleicht nicht, dass auch mein Sohn seit zwei Tagen verschwunden ist. Ich habe den Verdacht, dass Silver auch da dahintersteckt. Und vor drei Tagen hat jemand versucht, Carla, Lee, George junior und Charles mit dem Auto über die Klippen zu schicken. Ich sage euch, es reicht! Wir müssen uns endlich gegen Silver wehren. Die Polizei frisst ihm aus der Hand, und jemand muss Charles und meinem Sohn zu Hilfe kommen, bevor es zu spät ist.«

Die Umstehenden nickten zustimmend.

»Was schlägst du vor, Ghost Horse?«, rief jemand.

Lee mischte sich ins Gespräch. »Ich denke, es ist wahrscheinlich, dass Silver versuchen wird, uns zu beobachten, um herauszufinden, was hier vor sich geht. Ich schlage daher vor, dass ihr alle nach und nach abfahrt und so tut, als sei nichts geschehen. Am frühen Abend wird Chris euch dann in seinem Pick-up abholen.« Er grinste. »Es wird etwas eng werden, aber wir müssen vermeiden, dass Silver durch zu viel Verkehr in Richtung der Singing Bear Ranch argwöhnisch wird. Haltet euch auf der Fahrt außer Sicht für den Fall, dass Silver die Straße beobachten lässt. Bringt eure Gewehre mit. In der Dämmerung werden wir der Silver Spur Ranch dann einen Besuch abstatten und versuchen, Charles und George junior zu befreien.«

Nach und nach verließen die Wagen den Hof der Ranch. Nur Rose, Mariah und Lily blieben mit Carla und Lee im Schatten der Veranda zurück. Ihre Ehemänner hatten bestimmt, dass sie dort am sichersten aufgehoben wären.

Carla blickte den abfahrenden Autos nach.

»Das ist Kriegsführung, Lee«, wandte sie sich leise an ihn. »Keiner von uns ist dafür ausgebildet. Silver dafür umso·besser.«

Lee nahm ihre Hand. »Ich weiß. Aber die Geister und die Little People sind auf unserer Seite, nicht auf Silvers.« Und nach einer kurzen Pause fügte er hinzu: »Du musst dem Sturm standhalten, Carla. Und du musst Glauben haben, Glauben daran, dass wir erfolgreich sein werden.«

Carla sah in Lees Augen, dass er diesen Glauben in sich trug. Sie wusste, dass auch sie ihn finden musste, bevor der Abend kam.

Den gesamten Nachmittag über ging Carla unruhig auf der Veranda auf und ab. Sie hoffte, dass ihr Vater durch irgendein Wunder vor Einbruch des Abends wieder auf der Ranch auftauchen würde. In ihrem Innersten wusste sie, dass diese Hoffnung vergebens war. Trotzdem spähte sie hin und wieder über die Wiesen und entlang der Einfahrt, bis Rose zu ihr trat. »Mach dich nicht verrückt mit Warten, Kind«, sagte sie mit ungewöhnlich leerem Blick. »Glaub mir, ich weiß, wovon ich spreche.«

Carla blickte die ältere Frau mitfühlend an. Natürlich wusste Rose, wovon sie sprach. Seit Tagen wartete sie vergeblich auf die Rückkehr ihres einzigen Sohnes. Und am Abend würden ihr Ehemann und Enkelsohn ins Ungewisse aufbrechen, während ihr selbst nur das Warten blieb.

Carla legte den Arm um Roses Schultern und drückte sie leicht. Eins war sicher: Sie selbst würde nicht warten. Sie hatte eine Aufgabe zu erfüllen, eine Position ein-

335

zunehmen. Es würde gefährlicher sein als das Warten, aber wenigstens konnte sie etwas tun.

Gegen drei Uhr legte Mariah Lily zum Mittagsschlaf in Carlas Bett. Das Kind hatte im Schatten der Veranda gespielt und war nun müde.

Carla half Mariah, alle Decken, die sie im Haus hatte, zusammenzusuchen, für den Fall, dass auch Mariah und Rose sich am Abend hinlegen wollten.

Lee kam ins Haus und verkündete, dass er zur Ghost Horse Ranch fahren wolle, um weitere Gewehre und mehr Munition zu holen. Rose bat ihn, bei der Gelegenheit gleich weitere Decken und Essen mitzubringen.

Bevor Lee losfuhr, nahm Carla ihn zur Seite. »Irgendeine Chance, dass Silver nur blufft und Dad ganz woanders ist?« Sie sah ihn eindringlich an. Die Befreiungsaktion war ein großes Risiko für alle Beteiligten.

Lee schüttelte den Kopf. »Silver weiß, dass er deinen Vater zumindest zeigen muss, bevor du die Papiere unterschreibst. Denk an seine Vergangenheit. Ein Mann wie Silver weiß, wie das Spiel abläuft. Ich mache mir mehr Sorgen um seine Sicherheitsmaßnahmen.«

Sie schaute ihn fragend an.

»Silver hat eine Menge Gehilfen, und einen Mann wie Bad Hand darf man nicht unterschätzen. Er ist Indianer und weiß um die Geister, auch wenn er ihrem Weg nicht folgt. Er ist ein exzellenter Spurenleser und ein ausgezeichneter Scharfschütze. Sollten sie uns erwarten, bräuchte er lediglich an einem geeigneten Platz auszuharren, um uns von dort aus einen nach dem anderen aus dem Weg zu schaffen.«

»Vielleicht sollten wir dann nicht ...«, begann sie, aber Lee fiel ihr ins Wort. »Wir haben keine andere Möglichkeit, Carla«, erklärte er trocken.

»Aber wir haben nicht annähernd so viele Männer

wie Silver und schon gar nicht sein Waffenlager mit automatischen Gewehren.«

»Ich weiß«, antwortete er. »Sie sind uns an Männern zwei zu eins überlegen, von den Waffen ganz zu schweigen. Wer weiß, was Silver in seinem Keller alles eingelagert hat. Er ist verrückt. Hat wahrscheinlich Handgranaten und Raketenwerfer und wer weiß was noch gebunkert …« Er hielt inne, als er Carlas vor Schreck weit aufgerissene Augen bemerkte.

»Wir werden alle sterben«, flüsterte sie matt.

»Die Möglichkeit besteht«, gab Lee zu. »Aber es ist ebenso gut möglich, dass wir erfolgreich sein werden. Unsere Männer wissen, was sie erwartet, und sie sind freiwillig hier, nicht gegen Bezahlung wie Silvers Leute. Motivation ist ein wichtiger Punkt. Ich glaube, wir haben eine gute Chance, solange die Geister uns gut gesinnt sind. Wir müssen sehr vorsichtig und flexibel sein und besonders auf die kleinen Dinge achten. Silver ist ein Stratege. Er hat seinen Plan ausgearbeitet und in Gang gesetzt. Er wird diesem Plan Punkt für Punkt folgen, weil er, seiner Ansicht nach, genial ist und nicht misslingen kann.

Wir hingegen werden mit allen kleinen Gegebenheiten arbeiten, die sich uns im jeweiligen Augenblick anbieten, und vor allem unserer inneren Stimme folgen. Das ist unser Plus.« Er drückte noch einmal ihre Hand und gab ihr einen Kuss. Dann stieg er in den Pick-up und fuhr davon.

Es dauerte jedoch keine halbe Stunde, bis er zurück war. Carla hatte am Weidezaun über seine Worte nachgedacht und war zu dem Entschluss gekommen, dass er recht hatte.

Eines Tages würde all dies vorüber sein. Vorüber und vergessen, auf welche Art auch immer. Carla wünschte sich mehr als alles andere, dass dieser Tag schon heute wäre, aber das wäre zu einfach. *Es sind unsere Taten, die uns zu dem machen, was wir sind*, dachte sie und versuchte, sich Mut zu machen. Dann ging sie Lee entgegen.

»Was ist passiert?«, fragte sie erschrocken, als sie sein Gesicht sah.

Lee zögerte einen Moment, bevor er etwas aus der Hosentasche zog.

Carla legte die Stirn in Falten. Was sollte das sein?

Er hielt ihr das Etwas entgegen. »Dies habe ich in der Einfahrt zur Singing Bear Ranch gefunden. Es war mit einem Stein beschwert und somit nicht zufällig dort gelandet.«

Carla nahm den Gegenstand entgegen. Es handelte sich um einen ausgeblichenen Stofffetzen mit einem großen dunklen Flecken.

Mit einem Mal wusste sie, was sie in den Händen hielt, und hätte es am liebsten weit von sich geworfen. Gerade rechtzeitig nahm Lee den Fetzen wieder an sich.

Carlas Gesicht war kreidebleich. »Das ist ein Stück von … Dads Hemd«, stammelte sie. »Und der Fleck muss, das ist …«

»Blut«, beendete Mariah den Satz. Sie war mit Rose von der Veranda herübergekommen.

»Ich glaube, es besteht kein Zweifel mehr darüber, wo sich dein Vater befindet, Carla, und was Silver mit ihm vorhat«, entfuhr es Lee bitter.

Langsam kehrte Farbe in Carlas Gesicht zurück. Sie ballte die Hände so fest zu Fäusten, dass die Knöchel weiß hervortraten. »Dafür wirst du bezahlen, Silver!«, zischte sie und marschierte hinüber zum Haus. Die letzten Zweifel über ihr abendliches Vorhaben waren verschwunden. Sie dachte nicht mehr an Niederlage. Sie durfte nicht verlieren. Silver musste zur Rechenschaft gezogen werden für alles, was er getan hatte. Selbst wenn er ihren Vater nur gepikst haben sollte, solche Botschaften zu senden war einfach widerwärtig. Sie ging ins Schlafzimmer und holte das Gewehr, das George junior ihr gegeben hatte, unter dem Bett hervor. Sie war weder wütend noch aufgebracht, lediglich entschlossen.

Silver hätte ihr keinen besseren Gefallen tun können, dachte Lee eine Weile später, als er Carlas Gewehr reinigte und ölte. Als er fertig war, holte er einen Revolver aus dem Handschuhfach des Pick-up und übergab ihn im Haus schweigend an Carla. »Manchmal ist eine Handfeuerwaffe praktischer«, erklärte er.

Sie sah ihn ruhig an. »Und wie funktioniert sie?«

Als Lee ihr die Handhabung erläuterte, schüttelte Rose stumm den Kopf und eine Träne lief ihr über die Wange.

Mariah hatte Mitleid mit ihr, war jedoch mit Carlas Handeln einverstanden. Es war an der Zeit, sich zur Wehr zu setzen.

»Wirst du ein Gewehr hier lassen?«, fragte sie leise.

»Natürlich!« Lee reichte ihr eine doppelläufige Schrotflinte und eine Schachtel mit Munition. »Kennst du dich damit aus?«

Mariah sah sich das Gewehr kurz an und nickte.

Die Sonne war längst untergegangen, als wie verabredet Chris' Pick-up auf dem Hof der Singing Bear Ranch vorfuhr und dicht neben dem Scheunentor parkte. Außer Chris, der mit ruhigen Schritten zum Wohnhaus hinüberging, kletterten im Schutze der Scheunenwand sieben weitere Männer aus dem Wagen und verschwanden mit ihren Gewehren im Dunkel des Gebäudes.

»Die Männer sind bereit«, erklärte Chris auf der Veranda.

»Und mein Großvater?«, wollte Lee wissen.

»Ich habe ihn abgeholt.«

»Ich denke, wir warten besser, bis es etwas dunkler ist«, meinte Lee, woraufhin Chris im Haus verschwand, um nach Mariah und Lily zu sehen.

Lee wandte sich Carla zu, die im Schneidersitz auf der Veranda saß und die umliegenden Berge betrachtete.

»Ist alles bereit?«, wollte sie wissen.

»Noch ungefähr eine halbe Stunde.«

Carla war nicht mehr nervös, sondern umgeben von einer Ruhe und Gelassenheit, ja fast einer gewissen Gleichgültigkeit, was sie selbst sehr überraschte. Die gesamte Situation war so unwirklich, dass es ihr unmöglich schien, Realität in das Geschehen zu bringen.

Es war wie ein schlechter Traum, als sie eine knappe halbe Stunde später in Begleitung der neun Männer den Hof der Ranch verließ. Und es war, als sei sie lediglich eine Beobachterin, und es war nicht sie selbst, sondern jemand anderer, der sich vorsichtig, lautlos und gebückt durch das Buschwerk schlich.

Bevor sie den Hof der Ranch verlassen hatte, hatte sie Mariah und Rose umarmt. Sie wusste, dass Mariah nur wegen Lily auf der Ranch zurückblieb. Gerne hätte sie eine andere Frau bei sich gehabt, besonders Mariah, die ihr eine so gute Freundin geworden war. Auf der anderen Seite war sie jedoch froh zu wissen, dass Mariah, Rose und Lily auf der Ranch in Sicherheit waren – was auch immer mit ihr oder den Männern geschehen würde.

Die Männer, in deren Gesellschaft sie sich jetzt befand, waren alle bewaffnet und hatten entschlossene, ernste Mienen. Besonders auf dem Gesicht von Lees

Großvater konnte Carla Anspannung erkennen. Sie wusste, dass er nicht nur ihren Vater auf der Silver Spur zu finden hoffte, sondern auch seinen Sohn. Wie sehr hoffte sie für ihn und Rose und natürlich auch für Lee, dass George junior wohlauf war.

Neben Lee, seinem Großvater, Chris und dessen Vater Steve waren noch fünf weitere Männer dabei. Alle schienen sich in der Wildnis auszukennen und auch ihre Gewehre regelmäßig zu benutzen. Sie bewegten sich mit sicheren Schritten durch das bergige Gelände und den Wald und handhabten ihre Waffen mit geübten Griffen, die auf viele Stunden Übung schließen ließen. Sie alle waren in der Wildnis aufgewachsen, gingen regelmäßig zum Jagen und beschützten ihre Farmen und Ranches täglich gegen Kojoten, Bären und Berglöwen. Viele von ihnen besaßen ein eigenes Gewehr seit ihrem zehnten Lebensjahr oder früher.

Carlas Erfahrungen stammten allesamt aus den letzten Wochen. Und verglichen mit Silver und seinen Männern, so stellte sie realistisch fest, würden sie alle wie Anfänger aussehen. Sie selbst würde sich einzig und allein auf ihr indianisches Erbgut und ihre Intuition verlassen müssen. Das war alles, was sie aufzubringen hatte, um Silver gegenüberzutreten. Es würde reichen müssen.

Mit dem Wagen war es nicht weit bis zur Einfahrt der Silver Spur Ranch, vielleicht sieben oder acht Kilometer. Zu Fuß würden sie jedoch, obwohl sie querfeldein gingen, mindestens eine Dreiviertelstunde benötigen, um den Abstieg zu den Hauptgebäuden der Silver Spur Ranch zu bewältigen.

Die Dämmerung umhüllte sie, als sie den Grenzzaun zwischen der Singing Bear und der Silver Spur Ranch überstiegen. Von jetzt an konnten sie nicht sicher sein, ob und wo Silver seine Männer postiert hatte. Sie konnten keine Taschenlampen benutzen und kamen folglich nur langsam voran. Carla hoffte, dass sie die Gebäude der Silver Spur erreichen würden, bevor die Nacht vollständig hereinbrach, denn der Mond würde erst in den frühen Morgenstunden aufgehen. Bis dahin würde es stockdunkel sein.

Carla wagte nicht, ihre Gedanken laut zu äußern, aus Angst, dass einer von Silvers Männern sie hören könnte. Lee ging stetig vorwärts, und die anderen Männer folgten ihm schweigend. Dies gab Carla Zuversicht, dass bisher alles planmäßig verlief.

Langsam stellten sich die ersten Nachtgeräusche ein. Eine Eule rief laut von einer großen Kiefer, und in der Ferne heulte ein Kojote. Sein Ruf wurde von der anderen Seite des Berges beantwortet. Wie jeden Abend nahm der Wind zu, und eine stetige, kühle Brise wehte ihnen ins Gesicht. Und obwohl Carla feste Schuhe, lange Jeans und einen Pullover angezogen hatte, begann sie leicht zu zittern. Sie wusste, dass es nichts mit dem Wind oder dem Geheul der Kojoten zu tun hatte, und versuchte sich zu beruhigen. Mit einer zittrigen Hand würde sie niemals ihr Ziel treffen, sollte es notwendig sein. Und mit unsicherem Schritt würde sie womöglich ein Geräusch verursachen, das ihr Kommen verriet. Sie musste aufhören zu zittern!

Sie waren unter einer großen Tanne angelangt, und Lee hielt inne. Er wartete, bis alle Beteiligten da waren, und deutete dann nach unten. Die Bäume standen an dieser Stelle nicht sehr dicht, und sie konnten das schwache Licht einer Hoflampe ausmachen. Die Gebäude der Silver Spur lagen unmittelbar unter ihnen.

Carla warf Lee für seine Fähigkeit, sich im Dunkeln so ausgezeichnet zurechtzufinden, einen bewundernden

Blick zu. Sie selbst hatte längst jegliches Zeitgefühl und auch die Orientierung verloren. Der Abstieg war ihr wie eine Ewigkeit vorgekommen, und sie hätte schwören können, dass sie noch lange nicht am Ziel waren.

Lee signalisierte den Männern, sich so zu verteilen, dass sie sich den Gebäuden von allen Seiten nähern konnten, und mahnte sie zu äußerster Vorsicht.

Carla wusste, dass der weitaus gefährlichste Teil ihres Vorhabens unmittelbar vor ihnen lag. Sie wussten weder, wo genau ihr Vater sich befand, noch wo sich Silver und seine Männer aufhielten oder wie viele Männer er zusammengetrommelt hatte. Die helle Hofbeleuchtung erschwerte die Lage. Aber Lee hatte damit gerechnet. Die meisten Ranches verfügten über starke Hoflichter, um besser für nächtliche Vorfälle gewappnet zu sein.

Carla bewegte sich vorsichtig vorwärts. Zu ihrer Linken, etwa zehn Meter von ihr entfernt, befand sich Chris, und zu ihrer Rechten, im gleichen Abstand, Lee. Als sie den Rand der Bäume erreichten, hielten sie erneut inne, um die Situation einzuschätzen.

Zwei große Viehtransporter und drei Pick-ups waren auf dem Hof und neben der Scheune geparkt. Der Hof und die unteren Räume des Wohnhauses waren hell erleuchtet, der Rest der Gebäude lag im Dunkeln. Nirgends war die geringste Bewegung auszumachen. Die Ranch schien ungewöhnlich still und verlassen.

Unruhe stieg in Carla auf. Sie hatte mehr Widerstand erwartet, Männer, die um die Gebäude herum platziert waren, und Ähnliches. Konnte Silver sich so sicher fühlen, dass er keinerlei Sicherheitsmaßnahmen ergriffen hatte? Sie bezweifelte es. Er musste ihnen eine Falle gestellt haben. Er musste beabsichtigen, sie in Sicherheit zu wiegen.

Während Carla versuchte abzuschätzen, was Silver

im Schilde führte, kam Lee zu ihr herüber. Sie erkannte an seinem Gesicht, dass auch ihm die Situation nicht gefiel. Er bedeutete ihr zu bleiben, wo sie war, und gab Chris das Zeichen zum Vorrücken. Chris gab das Zeichen an den Nächsten weiter und so fort, bis sich die gesamte Gruppe in Bewegung setzte.

Carlas Kehle war wie zugeschnürt. Irgendetwas stimmte nicht. Und sie fühlte sich verlassen und ausgeschlossen auf ihrem Warteplatz im Schutz der Bäume. Es war *ihr* Vater, der von Silver gefangen gehalten wurde. Sie sollte mit den anderen mitgehen.

Aber so sehr Carla sich auch bemühte, ihre Beine wollten sich nicht bewegen. Also schloss sie die Augen und bat um Hilfe. Um Hilfe für ihren Vater, für George junior, für die Männer, die versuchten, ihnen zu helfen, und für sich selbst, auf dass sie bei der Befreiung ihres Vaters von Nutzen sein konnte. Sie konzentrierte sich stark und sah, wie die Bäume um sie herum verschwammen.

»Carla! Carla!« Lees leise Stimme drang aus weiter Ferne an ihr Ohr. Langsam öffnete sie die Augen.

»Niemand ist hier. Die Gebäude sind verlassen«, erklärte er.

Carla war verwirrt. Wie lange hatte sie gebetet? Die Männer waren doch gerade erst aufgebrochen. Dann erinnerte sie sich an die Bilder. »Ich weiß«, entgegnete sie, »sie sind nicht hier, sondern in einer Höhle oder dergleichen.«

Lee verstand. Carla hatte eine ihrer Visionen gehabt. Er winkte seinen Großvater und Chris heran. Er wollte, dass sie die Worte aus erster Hand hörten.

»Carla hat eine Höhle gesehen«, flüsterte er. »Kannst du sie beschreiben, Carla? Es gibt viele Höhlen in dieser Gegend. Und wen hast du dort gesehen?«

»Hoch gelegen«, sagte Carla leise, »mit einem Felsplateau vor dem Eingang. Eine kleine Lichtung grenzt
an das Plateau, und der Platz ist von hohen Bäumen
umgeben. Wahrscheinlich ist es unmöglich, die Höhle
aus der Entfernung zu sehen.« Sie holte Luft und konzentrierte sich. »Silvers Männer sind vor dem Eingang
postiert. Ich habe weder Silver noch unsere Väter gesehen, aber ich weiß mit Bestimmtheit, dass zumindest
mein Vater in dieser Höhle ist.« Sie sah die Männer
erwartungsvoll an. Sie selbst hatte bisher keine solche
Höhle auf dem Berg gesehen.

Lee, Chris und George senior wechselten leise ein
paar Worte. »Das muss die Höhle im Reservat sein«,
meinte Lee. »Deine Beschreibung passt, und außerdem
ist Silver eng mit dem Chief dort befreundet. Es würde
Sinn machen.« Die anderen beiden Männer nickten zustimmend.

»Seid ihr sicher, dass niemand auf der Ranch ist?«,
wollte Carla leise wissen.

Lee nickte und hielt ihr ein Stück Papier entgegen.

»Versuch es noch mal, Ghost Horse!«, las sie. »Und
warum flüstern wir dann noch?«

»Wir können nicht wissen, ob Silver uns vielleicht
nur in Sicherheit wiegen will, um uns auf dem Rückweg
abzufangen, wenn wir nicht mehr damit rechnen.«

Carla schüttelte den Kopf. »Sie sind alle bei der Höhle«, war sie überzeugt. Und sie war sich absolut sicher.

Lee winkte die anderen Männer heran und erklärte,
wie sich die Situation verhielt. »Wir gehen zurück zur
Singing Bear Ranch. Zur Höhle können wir erst bei
Morgendämmerung aufbrechen. Außerdem brauchen
wir Pferde.«

»Von hier ist es nur ein kurzes Stück bis zum
Highway«, meinte einer der Männer. »Ich habe dort

vier Pferde auf meiner Weide stehen und kann euch bei Morgendämmerung am Bach treffen. Dort, wo der Pfad zum Reservat von der Silver Mountain Road abzweigt.«

»Warum nimmst du Ben, James und Tom nicht mit?«, schlug Lee vor. »Dann brauchen unsere Pferde keine doppelte Last zu tragen, bis wir euch treffen. Für die anderen haben wir Pferde auf der Singing Bear und der Ghost Horse Ranch.«

Die Männer stimmten zu.

»Seid vorsichtig«, warnte Lee. »Silver ist nicht zu unterschätzen.«

Die Gruppe trennte sich. Carla machte sich mit Lee, George senior, Chris und Steve Harrison und einem älteren Mann namens Bill zur Singing Bear Ranch auf. Die anderen gingen bergab.

Jetzt war es völlig dunkel, aber Lee wollte sich noch immer nicht auf eine Lichtquelle einlassen. Sie kamen wieder nur sehr langsam voran. Lee hielt Carlas Hand, und sie war dankbar dafür. Sie war vollkommen erschöpft. Das Gewehr in ihrer Hand fühlte sich mit jedem Schritt schwerer an, das Gewicht des Revolvers an ihrem Gürtel zog sie nach unten. Und der Berg schien mit jedem Schritt steiler zu werden. Doch sie konnte nicht anhalten. Das Leben ihres Vaters stand auf dem Spiel. Sie musste weitergehen.

Sie trafen erst gegen Mitternacht wieder auf der Ranch ein. Im Wohnhaus warteten Mariah und Rose beim Schein einer einzigen Kerze auf ihre Rückkehr. Ihre Erleichterung war groß, allerdings auch ihre Betroffenheit, als sie erfuhren, dass die Aktion am frühen Morgen fortgesetzt werden musste.

Lily war im Bett eingeschlafen, und Carla bestand darauf, dass Mariah und Rose sich zu ihr legten. Sie selbst machte es sich mit Roses Decken auf dem Fußboden im Wohnzimmer so bequem wie möglich. Die anderen Männer schliefen, wo immer sie Platz fanden, ebenfalls gut ausgestattet mit Roses Decken.

Carla hatte nicht einschlafen können, und nun, knappe drei Stunden nach ihrer Rückkehr, war es schon wieder Zeit aufzustehen. Sie fühlte sich wie gerädert. Ihr Kopf brummte, ihr Rücken schmerzte, und obwohl sie seit dem vergangenen Tag nichts gegessen hatte, verspürte sie keinen Hunger.

Draußen lag noch alles im Dunkeln. Nur über den Spitzen der Berge war gen Osten ein Schimmer von fahlem grauem Morgenlicht zu sehen. Im Wohnzimmer war es kühl. Der Holzofen war längst ausgegangen, aber es blieb keine Zeit, ihn wieder anzuheizen. Rose und Mariah würden sich später darum kümmern.

Leise stand Carla auf und schloss vorsichtig die Schlafzimmertür, um Lily nicht zu wecken. Dann zog sie ihre Stiefel an und ging hinaus auf die Veranda.

Erleichtert sog sie die kühle Morgenluft ein und streckte ihre steifen Glieder. Sie fühlte sich sofort besser.

Sie dachte an ihren Vater. Wie musste er sich fühlen als Gefangener in Silvers Händen? Hatte er schlafen können? Ging es ihm gut? Immer wieder tauchten schreckliche Bilder vor ihrem geistigen Auge auf. Sie versuchte, sie zu verdrängen, denn sie musste sich auf die bevorstehende Aufgabe konzentrieren.

Lee kam auf die Veranda und legte beruhigend seine Arme um sie. »Bist du so weit?«, fragte er. »Wir müssen die restlichen Pferde von der Ghost Horse Ranch holen und die anderen am verabredeten Ort treffen, bevor es hell wird.«

George senior kam nun ebenfalls auf die Veranda, und zusammen gingen sie zur Scheune und sattelten beim Schein der Öllampe Tetiem, Seliya und Mohqwa.

Sie verabschiedeten sich von Rose und Mariah und warteten, bis sie die Haustür von innen verriegelt hatten. Für die beiden Frauen würden es erneut lange Stunden des Wartens werden.

Carla ritt Mohqwa, das Pferd ihres Vaters, und mit doppelter Besetzung machten sie sich auf den Weg zur Ghost Horse Ranch. Dort angekommen, sattelten sie drei weitere Pferde und ritten querfeldein zum vereinbarten Treffpunkt. Die Dämmerung breitete sich langsam über dem Berg aus, aber es waren noch immer lediglich Schatten im Grau des Morgens zu erkennen.

Carla hatte ihr Gewehr in der dafür vorgesehenen Halterung am Sattel ihres Pferdes verstaut. Verborgen unter ihrem Pullover trug sie den Revolver, den Lee ihr gegeben hatte, und ihr Jagdmesser steckte in ihrem Gürtel. Sie fühlte sich, soweit dies möglich war, vorbereitet.

Eine morgendliche Brise spielte in den Zweigen der Bäume, und unter normalen Umständen hätte Carla den Ritt zu dieser besonderen Stunde sehr genossen. Jetzt jedoch sah sie wenig von der Schönheit der Natur. Sie sah weder den Tau auf den Gräsern der Bergwiesen, über die die Pferde mit sicherem Schritt trabten, noch hörte sie den Gesang der ersten Vögel, der die Morgenstille durchbrach. Und bevor sie es sich versah, hatten sie Pebble Creek erreicht, dessen fröhliches Geplätscher durch die Dämmerung drang. Sie folgten dem Bachlauf auf einem Trampelpfad, der sich am Ufer entlangschlängelte, bis zu dem Punkt, wo sie die übrigen Männer treffen würden.

Die Umrisse der bereits auf sie wartenden Männer zeichneten sich deutlich in der Morgendämmerung ab. Lee zügelte sein Pferd und sprach leise mit ihnen.

»Probleme?« Die Männer schüttelten die Köpfe.

»Wir haben unterwegs nichts Ungewöhnliches gesehen«, erklärten sie. »Sind auf dem alten Holzfällerweg geritten, um keine Spuren auf der Straße zu hinterlassen.«

Lee war zufrieden. »Ich denke, es ist am besten, wenn wir uns in kleinere Gruppen aufteilen. Wird eine Gruppe von Silver aufgehalten, haben die Übrigen dennoch eine Chance durchzukommen.«

»Warum gehen wir nicht in Zweiergruppen«, meinte Bill. »Auf diese Weise können wir uns der Höhle von mehreren Seiten nähern.«

»Gute Idee«, stellte George senior fest.

Also ritt Lee mit Carla, George senior mit Bill, Chris mit seinem Vater und die übrigen Männer ebenfalls zu zweit. Eine Reihenfolge wurde festgelegt, und jede Gruppe überquerte den Pebble Creek im Abstand von einigen Minuten. Auf der anderen Seite angelangt, wurde von jeder Gruppe ein anderer Weg eingeschlagen, so dass sie sich der Höhle von unterschiedlichen Seiten näherten. Außerdem hatten sie Signale für Rückzug und Angriff vereinbart.

Carla und Lee bildeten die letzte Gruppe, da ihre Route sie an der gegenüberliegenden Seite des Pebble Creek entlang und dann bergauf führen würde, während die anderen Gruppen die Höhle von unten her in einem Bogen anzureiten hatten.

Es war kurz nach halb fünf, und obwohl das Licht noch immer fahl war, konnte man jetzt die Umgebung deutlich erkennen. Unter den Nadelbäumen war es noch sehr dunkel, aber entlang des Pebble Creek, wo Laubbäume standen, war die Sicht gut.

Die Geräusche des Waldes, der Berge und der Pferde erschienen Carla in der Morgenstille viel lauter als sonst. Sie war sich sicher, dass Silvers Männer sie schon von weitem hören würden. Sie sagte jedoch nichts dergleichen zu Lee, um weiteren Lärm zu vermeiden, sondern folgte ihm durch den Bach. Sie blickte hinunter auf das Bachbett und wusste, woher der Bach seinen Namen hatte. Unzählige rund gewaschene Steine bildeten den Boden und ließen das Wasser munter gurgeln.

Überrascht stellte Carla fest, dass Lee den Bach nicht vollständig durchquerte, sondern in seiner Mitte nach links schwenkte und dem Bachlauf folgte. Das Wasser war nicht sehr tief und schien die Pferde aufzumuntern. Sie hoben erfreut die Köpfe.

Nach ungefähr hundert Metern verließen sie den Bach.

»Wie weit ist es noch bis zur Höhle?«, flüsterte Carla. Ihre Stimme war kaum zu hören.

»Zu Pferd ungefähr zwanzig Minuten, aber wir können nicht den gesamten Weg reiten. Am Ende wird es zu steil.«

»Wo, denkst du, werden wir auf Silvers Männer stoßen?«

Lee zuckte mit den Schultern. »Ich nehme an, dass sie alle nahe bei der Höhle sein werden, um Silver zu schützen. Aber er wird zumindest Wachposten aufgestellt haben. Silver ist kein Mann, der unnötig Risiken eingeht. Und er weiß, dass wir nach deinem Vater suchen, sonst hätte er auf der Silver Spur keine Nachricht hinterlassen.«

»Aber er hat gesagt, er wird Vater töten, wenn ich die Papiere nicht unterschreibe. Warum dann das Versteckspiel?«

Lee dachte einen Moment lang nach. »Silver liebt es, seine Macht auszuspielen. Sein Ziel wird es sein, Charles zu töten *und* die Papiere für die Ranch zu bekommen. Er wird einen Plan haben. Und er muss sich sicher sein, dass wir ihn in der Höhle vermuten. Warum, weiß ich nicht.«

Carla starrte ihn unvermittelt an. Wie konnte er so

sachlich über die Situation sprechen? So als handele es sich um jemand ganz anderen, nicht sie selbst?

Er drehte sich zu ihr um. »Wir sollten besser nicht mehr sprechen.«

Der Trampelpfad, dem sie folgten, führte vom Bach fort. Sie überquerten eine Bergwiese und näherten sich einem dicht bewaldeten Gebiet, das sich den Berghang bis zum Gipfel hinaufzog. Carla schauderte bei dem Gedanken daran, was sie im Dunkel der Bäume alles erwarten konnte.

Plötzlich hielt Lee sein Pferd an. Schweigend deutete er zu einem der Bäume hinüber.

Carla konnte bei aller Mühe nicht erkennen, was es war, was dort am Fuße des Baumes lehnte. »Was …?«, begann sie, aber Lee schüttelte den Kopf. »Warte hier.« Er saß ab und reichte ihr die Zügel. Sein Gewehr in der Hand, ging er langsam auf den Baum zu.

Und als er sich mit gesenktem Haupt vor dem Stamm niederließ, stieg eine schreckliche Ahnung in Carla auf. Mit zitternden Händen stieg sie von Mohqwa ab und ging, beide Pferde an den Zügeln führend, zu Lee hinüber.

Mit jedem Schritt wurde ihr Herz schwerer und das Gefühl von Übelkeit stärker. Lee verdeckte im Augenblick mit seinem Rücken die Sicht auf den Stamm, aber sie glaubte zu wissen, was er gefunden hatte. Schreckliche Bilder schossen Carla durch den Kopf, und sie hatte alle Mühe, Ruhe zu bewahren und nicht davonzulaufen.

Als Lee sie kommen hörte, drehte er den Kopf in ihre Richtung. Der Blick auf seinem Gesicht ließ ihr den Atem stocken. Seine Züge waren wie versteinert und gleichzeitig voller Schmerz und Trauer. Er wandte sich wieder dem Baumstamm zu.

Carla trat einen Schritt zur Seite, um sich neben ihm niederzulassen, aber das Bild, das sich ihr bot, ließ sie stumm aufschreien. Mit weit aufgerissenen Augen blickte sie auf das Etwas, das zusammengesunken gegen den Stamm lehnte: Es war ein Mann in einem karierten Hemd und mit langem, grauem, geflochtenem Haar. Seine Kleidung war blutdurchtränkt und sein blutüberströmtes Gesicht beinahe unkenntlich. Denn wo der seitliche Schädel hätte sein sollen, klaffte jetzt ein riesiges Loch. Das Austrittsloch einer Gewehrkugel.

Lee hatte seinen Vater gefunden.

»Er ist tot«, flüsterte Carla in unterdrückter Panik.

»Hingerichtet ist das passendere Wort«, stellte Lee bitter fest. »Hier postiert, damit wir ihn finden. Silver hat es so geplant. Und bisher läuft alles genau nach seiner Nase. Wir spielen ihm direkt in die Hände.«

»Hingerichtet«, wiederholte Carla leise, und das Grauen, das sie erfasst hatte, war deutlich in ihrer Stimme zu hören. »Wer weiß, ob mein Vater noch am Leben ist. Du weißt, was sie mit uns machen werden, sollten wir ihnen in die Hände fallen. Wir müssen diese Aktion abbrechen. Lass Silver die Singing Bear Ranch haben! Sie ist es nicht wert, das Leben all dieser Männer aufs Spiel zu setzen.« Ihre Stimme war jetzt laut und ihr Blick wild. Sie schaute entsetzt auf den leblosen und verstümmelten George junior.

Lee warf einen letzten Blick auf seinen Vater. Dann stand er auf und packte Carla an den Schultern. Sein Gesicht war ernst und verschlossen, und er schüttelte sie fest. »Carla, du musst dich in den Griff bekommen. Wir haben keine Zeit, die Nerven zu verlieren. Wir haben eine Aufgabe zu erfüllen. Die anderen zählen auf uns, und das Leben deines Vaters hängt von uns ab!« Er blickte sie scharf an.

Carla hatte aufgehört zu zittern, aber die Panik stand ihr noch immer ins Gesicht geschrieben.

»Carla«, wiederholte Lee, »vergiss nicht, was ich dir gesagt habe: Du musst stärker sein als der Sturm. Du verhältst dich genau so, wie Silver es beabsichtigt hat. Du musst dich zusammenreißen.«

»Aber dein Vater«, flüsterte sie.

»Es gibt eine Zeit für alles. Jetzt ist nicht die Zeit zu trauern. Jetzt heißt es zu handeln!«

Lee hatte recht. Sie musste sich auf die bevorstehende Aufgabe konzentrieren. So brutal es auch schien, sie konnten nichts mehr für George junior tun. Charles andererseits war möglicherweise noch am Leben und auf ihre Hilfe angewiesen.

Carla verfluchte die gesamte Situation und schüttelte ihr Mitgefühl für George junior ab. George war Lees Vater. Wenn Lee seinen Schmerz und seine Trauer aufschieben konnte, dann konnte sie es auch.

»Hör zu«, meinte Lee. »Wir haben schon genug Zeit verloren.« Er blickte ihr fest in die Augen. »Bevor wir weiterreiten, lass es mich noch einmal sagen: Was auch immer geschieht, bleib ruhig. Geh und handle langsam. Je langsamer und aufmerksamer du bist, desto besser werden die Chancen sein, dass wir deinen Vater finden und lebend zur Singing Bear Ranch zurückkehren. Du musst versuchen, Panik und Hektik zu unterdrücken. Hier draußen in der Wildnis mit Silver auf der Lauer sind sie unsere größten Feinde. Wenn du Panik in dir aufsteigen fühlst, dann versuche dich zu beruhigen. Das ist am wichtigsten.«

Sie stiegen wieder in die Sättel, und einen kurzen Augenblick später hatte der Wald sie umschlossen. Lee lenkte sein Pferd auf einen für Carla unsichtbaren Weg mitten durch das Unterholz. Sie folgte dicht hinter ihm.

Hier unter den Bäumen war es noch immer schummrig, und Carla hatte Probleme, sich zu orientieren. Für einen Augenblick dachte sie, dass sie wirklich mehr ein Hindernis als eine Hilfe war und am besten mit Mariah und Rose auf der Ranch zurückgeblieben wäre. Doch jetzt war es zu spät, um umzukehren. Sie musste ihr Bestes tun und durfte sich nicht einschüchtern lassen. Ihr Vater würde das Gleiche für sie tun, das wusste sie. Sie musste beweisen, dass sie ihm eine würdige Tochter war.

Vor ihr zügelte Lee erneut sein Pferd und sah sich vorsichtig um. Sie waren nicht weit gekommen, und Carla wunderte sich, warum er anhielt. Sie konnten die Höhle unmöglich schon erreicht haben.

Über ihr schrie ein Vogel in den Ästen eines Baumes und ließ sie zusammenfahren. Neben ihr raschelte es im Unterholz, aber gerade, als sie unruhig werden wollte, sah sie ein Streifenhörnchen, das vor ihrem Pferd über den Waldboden lief. Wenn so ein kleines Tier schon so viel Lärm machte, wie würde es sich anhören, wenn ein Bär sich im Gebüsch aufhielt?

Lee winkte sie zu sich heran. Sein Gesicht war ernst und konzentriert. »Für den Fall, dass ich nicht da bin, um dich zu führen, will ich dir beschreiben, wie du die Höhle findest.«

Carla war überrascht, unterbrach ihn aber nicht.

»Du reitest in dieser Richtung bergauf, bis du an eine Stelle kommst, die zu steil ist, um weiterzureiten. Lass dein Pferd dort zurück und folge einem der Trampelpfade weiter bergauf. Wenn der Boden anfängt, felsig zu werden, bist du auf der richtigen Höhe. Von dort an gehst du Richtung Südost.« Er sah Carlas fragendes Gesicht. »Rechts«, erklärte er. »Du folgst dem Pfad auf gleicher Höhe nach rechts, bis du auf eine kleine Lichtung stößt, die an eine Felswand grenzt. Dort ist der Eingang zur Höhle.«

Er machte eine Pause und fügte dann hinzu: »Die Höhle selbst hat nur einen Ein- und Ausgang.«

»Ich verstehe«, erwiderte Carla und hoffte, sie würde alle Einzelheiten behalten.

Während sie weiterritten, fragte sie sich, warum Lee ihr all diese Einzelheiten erklärt hatte. Natürlich war es besser, wenn sie für den Notfall wusste, wo sich die Höhle befand. Aber etwas sagte ihr, dass Lee einen anderen Grund dafür gehabt hatte.

Ein ungutes Gefühl stieg in Carla auf, als sie den Hang hinunterblickte und bemerkte, dass dichte Nebelschwaden vom Tal her den Berg hinaufzogen. Sekunden später hüllte sie der Nebel wie ein dichter Schleier ein. Sie spürte die Feuchtigkeit auf ihrem Gesicht und die Kühle, die er mit sich brachte. Lee bedeutete ihr, extra leise zu sein.

Der Nebel wurde immer undurchdringlicher. Kurz darauf war er bereits so dicht, dass Carla Lee kaum noch erkennen konnte. Sie trieb Mohqwa an, um näher zu Lee aufzuschließen, aber eine besonders dicke Nebelschwade zog sich den Berg hinauf und versperrte ihr die Sicht. Es war wie verhext.

Vorsichtig ritt sie weiter, um den Anschluss an Lee nicht zu verlieren, aber es gelang ihr nicht. Als die Sicht endlich besser wurde, konnte sie ihn nirgendwo entdecken. Lee war nicht mehr vor ihr.

Erschrocken hielt Carla an. Hatte sie im Nebel unbemerkt die Richtung geändert? Sie blickte sich suchend nach allen Seiten um. Erneut zog eine dicke Nebelschwade auf und umhüllte sie wie ein Tuch. Carla wartete auf bessere Sicht, doch überall hingen Nebelfetzen wie Gespenster zwischen den Bäumen, und von Lee war keine Spur zu sehen. Sie wollte laut nach ihm rufen, besann sich aber sofort eines Besseren. Lee würde nicht der Einzige sein, der ihren Ruf hören würde. Carlas Herz klopfte immer lauter, als sie sich mit aufsteigender Panik umsah. In ihren Ohren begann es zu sausen. Konnte Lee ihre Trennung vorausgesehen haben?

Unentschlossen blieb sie auf Mohqwa sitzen. Es hatte keinen Zweck weiterzureiten. Sie würde sich nur verirren. Vielleicht hatte sie es bereits.

Plötzlich begannen die Nebelschwaden sich zu verändern. Sie wirkten bedrohlicher und schienen finstere Dinge in ihren Schatten zu verbergen. Angst begann Carla die Kehle zuzuschnüren. Gerade noch rechtzeitig erinnerte sie sich an Lees Worte. Ruhig bleiben. Sie musste ruhig bleiben und sich auf die bevorstehenden Dinge konzentrieren, sonst würde alles verloren sein.

Sie beschloss abzuwarten, bis sich der Nebel etwas lichtete und sie besser sehen konnte. Dann würde sie entscheiden, was zu tun war.

Leise und beruhigend sprach sie auf Mohqwa ein und tätschelte ihm den Hals. In Wahrheit aber waren die Worte für sie selbst bestimmt, denn der Wallach stand ruhig und abwartend im Nebel und schien sich nicht weiter darum zu kümmern.

Carla brauchte nicht lange zu warten. Die Nebelbank zog den Hang hinauf und verschwand genauso schnell, wie sie gekommen war. Sie schaute sich erneut um, konnte Lee aber immer noch nicht entdecken.

»Jetzt sind es nur noch wir beide«, flüsterte sie leise und lenkte Mohqwa entschlossen weiter bergauf, so wie Lee es ihr beschrieben hatte.

Überraschenderweise wurde der Boden bereits nach kurzer Zeit sehr felsig. Sie musste weiter gekommen sein, als sie gedacht hatte. Lees Beschreibung zufolge hätte sie das Pferd schon lange zurücklassen und zu Fuß weitergehen sollen. Sie musste im Nebel einen anderen Weg eingeschlagen haben und sich nun schon nahe der Höhle befinden.

Carla saß ab und ließ Mohqwas Zügel zu Boden gleiten. Das Tier würde hier auf sie warten. Sie nahm ihr Gewehr aus der Halterung am Sattel und machte sich auf den Weg. Laut Lees Beschreibung musste sie sich waagerecht am Berghang vorarbeiten, um auf die Höhle zu stoßen.

Aber schon nach wenigen Minuten stellte sie fest, dass Lee einen anderen Weg gemeint haben musste. Der Boden vor ihr fiel steil ab, und obwohl der Einschnitt relativ schmal war, würde es unvermeidbar sein, die kleine Schlucht zu umgehen.

Carla hatte das ungute Gefühl, sich am völlig verkehrten Ort zu befinden. Um die Schlucht zu vermeiden, würde sie den steilen Berghang etwa fünfundzwanzig Meter hinauf- und auf der anderen Seite wieder hinunterklettern müssen. Sie sah sich nach der besten Möglichkeit um und entdeckte zu ihrer Linken einige Trampelpfade, auf denen die wilden Tiere den Hang durchstreiften. Ihr Gewehr in der Hand, betrat sie einen der schmalen Pfade.

Kleinere Felsbrocken lagen hier und da verstreut. Carla musste sehr achtgeben, da sie leicht unter ihren Füßen wegrollten. Schon nach wenigen Metern geriet sie außer Atem. Sie hielt inne und schaute sich um. Der Pfad, die Felsbrocken, der dichte Wald, der steil abfallende Berghang. Das alles kam ihr bekannt vor, so als sei sie schon einmal hier gewesen. Leichter, warmer Nieselregen setzte ein, und irgendwo schrie ein Raubvogel.

Plötzlich erinnerte Carla sich. Sie war in einem ihrer Träume hier gewesen. In dem Traum hatte sie, wie sie es jetzt tat, im Nieselregen nach ihrem Vater gesucht – auf eben diesem Trampelpfad, auf diesem Abhang, mit diesem Vogelschrei. Und in ihrem Traum hatte ihr der große schwarze Vogel den Weg gezeigt.

»Bitte«, flüsterte sie. »Ich brauche Hilfe. Ich weiß nicht, welchen Weg ich einschlagen soll.«

Sobald sie die Worte geflüstert hatte, wurde ihr bewusst, wie oft sie in den letzten Wochen um Hilfe gebeten hatte, öfter als je zuvor in ihrem Leben. Aber sie musste ihren Vater finden, sie musste rechtzeitig dort sein. Und ohne Hilfe würde sie es nicht schaffen.

Der Schrei des Vogels ertönte erneut, diesmal näher. Carla blickte auf und sah den geheimnisvollen schwarzen Vogel auf sich zufliegen. Er flog so dicht an ihrem Kopf vorbei, dass sie ihn hätte berühren können. Sie hielt den Atem an. Der Vogel flog einen hohen Bogen, kehrte zurück und glitt dicht vor ihr den Berghang hinauf.

Sie brauchte keine zweite Aufforderung. Entschlossen und so schnell es ihr mit dem Gewehr in der Hand auf dem schmalen Weg möglich war, folgte sie dem Vogel.

Trotz ihrer Bemühungen kam sie nur langsam voran. Der Pfad war weiterhin mit losen Gesteinsbrocken und rutschigem Moos übersät, und Carla blieb nur eine Hand, um sich festzuhalten. Ein paar Mal verwünschte sie ihr Gewehr, wusste aber nur zu gut, dass lediglich ein Narr es in dieser ernsthaften Situation zurücklassen würde.

Der Trampelpfad, auf dem sie dem geheimnisvollen Vogel folgte, war steiler als der, den sie selbst gewählt hätte. Er führte bergauf und von der Schlucht fort. Carla meinte in die falsche Richtung zu gehen. Aber im Moment war sie sich über gar nichts mehr sicher. Zu allem Überfluss war ihre Uhr auch noch stehen geblieben, und sie wusste nicht einmal, wie spät es war. Der Himmel war noch immer mit Wolken verhangen, und noch immer fiel leichter Nieselregen.

Carla war mittlerweile vollkommen durchnässt, nahm es aber kaum wahr. Sie hatte jegliches Zeitgefühl verloren und die Orientierung ebenfalls. Ihr kam es vor, als seien Stunden vergangen, seit sie von Lee getrennt worden war, und noch viel länger, seit sie zu Charles' Rettung aufgebrochen waren. Sie hatte das Gefühl, mutterseelenallein in diesem Wald und auf diesem Berg zu sein. Gleichzeitig spürte sie, dass die Höhle, ihr Vater und die Männer, die ihn bewachten, sich ganz in der Nähe befanden. Und somit auch die Freunde, die mit ihr gemeinsam die Rettungsaktion begonnen hatten. Wäre es ihr möglich, nach ihnen zu rufen oder ihnen ein Signal zu geben, so würde jemand sie sicherlich innerhalb von wenigen Minuten finden. Aber es war nicht möglich. Carla musste sich allein auf die Hilfe der Geister verlassen und ihren Zeichen folgen.

Sie hielt erneut inne, um Atem zu schöpfen, und wünschte sich, sie hätte Flügel wie der schwarze Vogel, der sich in einiger Entfernung auf einem Baumstumpf niedergelassen hatte und augenscheinlich auf sie wartete. Während sie kurz verschnaufte, betrachtete sie das Tier. Auch ohne direktes Sonnenlicht schienen seine tiefschwarzen Federn zu glänzen. Seine goldenen Augen waren auf Carla gerichtet und erwiderten ihren Blick. Er schien zu lächeln.

Beinahe wurde Carla ärgerlich. Was gab es zu lächeln? Sie fühlte plötzlich die Schwere ihrer nassen Kleidung und die kühle Brise in ihrem feuchten Haar und begann zu frösteln. Sie wusste, sie musste in Bewegung bleiben. Sie musste dem Vogel folgen, er war ihre einzige Chance.

Entschlossen nahm Carla das Gewehr auf und folgte dem schmalen Pfad weiter bergauf. Hinter ihr fiel der Hang steil ab. Sie erlaubte sich nicht, sich umzudrehen, sondern richtete ihren Blick auf den Weg vor sich. Sie dachte nicht an den Abstieg, sondern hoffte einfach, dass sich ein leichterer Weg finden würde. Aber erst einmal musste sie die Höhle erreichen.

Als Carla wiederholt aufblickte, um nach dem Vogel zu sehen, konnte sie ihn nirgends entdecken. Sie hielt an. Schließlich entdeckte sie ihn zu ihrer Linken. Sie war überrascht. Die Schlucht befand sich zu ihrer Rechten, und ihrer Meinung nach lag die Höhle auf der anderen Seite der Schlucht. Warum deutete das Tier ihr die entgegengesetzte Richtung an? Sie konnte sich unmöglich so sehr irren. Doch es blieb ihr nichts anderes übrig, als dem Vogel zu folgen. Sie hatte ihm bisher vertraut, sie musste es auch jetzt.

Vorsichtig lenkte sie ihre Schritte nach links. Es gab keinen Pfad mehr, und sie musste sich sehr konzentrieren, um nicht auf einen losen Stein oder Stock zu treten.

Eine ganze Zeitlang folgte Carla dem Vogel mit langsamen und vorsichtigen Schritten den steilen Berghang entlang. Plötzlich schrie der Vogel auf, hob sich in die Lüfte empor und verschwand über den Wipfeln der Bäume. Carla sah ihm mutlos und ängstlich nach. Was sollte sie ohne ihn tun?

Die Bäume standen noch immer dicht an dicht, und große Felsbrocken lagen verstreut auf dem abfallenden Boden. Dann hörte sie Rufe. Carla konnte nicht verstehen, wer sprach oder was gesagt wurde, aber die Rufe schienen von weiter unten am Berghang zu ihr heraufzudringen. Sie bückte sich schnell und kroch auf allen vieren weiter.

Plötzlich fiel der Boden steil vor ihr ab. Unter ihr befand sich ein Felsplateau und rechts davon eine kleine Lichtung, die von großen Kiefern und Fichten umstanden war. Carla war an der Höhle angelangt.

Allein hätte sie eine vollkommen verkehrte Richtung eingeschlagen, aber ihre Bitte um Hilfe war erhört worden, und der geheimnisvolle schwarze Vogel hatte ihr den richtigen Weg gezeigt.

Carla fühlte neue Energie durch ihren Körper fließen. Sie war genau über dem Eingang der Höhle und somit auch genau über der Stelle, an der ihr Vater sich befand.

Erneut hörte sie Stimmen und dann auch Schritte auf dem felsigen Grund. Schnell bückte sie sich hinter einen der größeren Felsbrocken und spähte vorsichtig dahinter hervor. Zwei von Silvers Männern verließen gerade die Höhle und gingen in Richtung Lichtung davon. Beide waren bewaffnet. Mit Maschinengewehren!

Carla ging blitzartig zurück in Deckung. Was sollte sie tun? Gegen Maschinengewehre hatte sie keine Chance. Und wo waren Silvers übrige Männer? Vielleicht über ihr? Konnten sie womöglich ihr Versteck einsehen?

Sie brauchte einen Plan.

Wieder ertönten Schritte unter ihr und dann eine Stimme.

»Habt ihr schon irgendwas entdeckt?« Es war Johnny Silver.

Ein anderer Mann verneinte die Frage.

»Wo sind die anderen?«, wollte Silver wissen. Er war anscheinend nicht darüber besorgt, gehört zu werden, denn er sprach sehr laut.

Er muss sich sicher fühlen, dachte Carla.

»Zwei Männer bewachen die Lichtung, die anderen warten auf ihren Positionen auf das Zeichen zum Angriff. Bad Hand wartet auf Ghost Horse.« Der Mann lachte vergnügt auf und setzte dann nüchterner hinzu: »Und was, wenn sie nicht kommen, Boss?«

Silvers hämisches Lachen ertönte vor dem Eingang der Höhle. »Keine Angst, mein Freund, sie kommen ganz bestimmt. Vergiss nicht, wir haben Ward.«

»Lebt er noch?«, wollte der andere wissen.

»Natürlich!«, antwortete Silver sarkastisch. Dann entfernten sich die Schritte von der Höhle.

Carlas Atem ging schnell, und das Herz schlug ihr bis zum Halse. Entsetzt presste sie ihren Rücken gegen den kalten Felsbrocken. Sie überlegte fieberhaft, was sie unternehmen sollte. War ihr Vater tatsächlich in der Höhle? Oder hatte Silver ihnen eine Falle gestellt? Und wo waren Lee und die anderen? Augenscheinlich hatten Silvers Männer sie noch nicht entdeckt. Warum brauchten sie so lange, um zur Höhle zu gelangen? Sie kannten den Weg und hätten vor ihr da sein sollen.

Carla versuchte die Gedanken in ihrem Kopf zu ordnen. Sie wusste nicht, ob die anderen in der Nähe waren oder nicht. Sie musste alleine handeln.

Sie versuchte sich an jedes Wort, jeden gut gemeinten Ratschlag von Lee zu erinnern. Sicher würde sie etwas finden, das ihr helfen würde zu entscheiden, was sie als Nächstes tun sollte.

Die Minuten verstrichen, und Carla kam zu keinem Entschluss. Sie war nicht nur unsicher über den Aufenthaltsort ihres Vaters und der anderen, sondern auch darüber, wie viele Leute Silver in der Höhle bei sich hatte und wo genau sich die übrigen seiner Männer aufhielten. Die Situation war heikel. Sie musste abwarten und versuchen, mehr herauszufinden.

Sie saß noch immer hinter dem Felsbrocken, das Gewehr quer über den Beinen, und lauschte angestrengt. Plötzlich wusste sie, was zu tun war. Sie musste Verbindung zu ihrem Vater aufnehmen. Nicht vage wie in den vergangenen Wochen, sondern konkret, direkt. Sie musste wissen, wo er war. Er musste ihr helfen, ihn zu befreien.

Sie schloss die Augen und konzentrierte sich, so sehr sie konnte.

Der Erfolg dieses Versuchs war so stark und unmittelbar, dass Carla zusammenzuckte. Es war nicht etwa, als könne sie die Stimme ihres Vaters hören, sondern vielmehr konnte sie ihre Verbindung zu ihm und seine Gedanken fühlen. Und sofort wusste sie, dass sich Charles unmittelbar unter ihr in der Höhle befand.

Die nächsten Antworten waren schwerer zu erlangen. Carla spürte, ihr Vater wollte nicht, dass sie den Versuch unternahm, ihm zu helfen. Er verweigerte die Antworten. Carla flehte, doch es nützte nichts.

Aber es gab etwas anderes, was sie von ihrem Vater fühlte. Etwas, das ihn vollkommen zu durchdringen, etwas, das ein Teil von ihm zu sein schien und das er nicht abblocken konnte. Es war Schmerz, nicht mentaler, sondern konkreter, körperlicher.

Carla biss sich auf die Unterlippe. Sie wusste nun mit Sicherheit, wo ihr Vater sich befand und dass er am Leben war. Aber auch, dass er verletzt war oder dass ihm Verletzungen zugefügt wurden und er nicht wollte, dass sie ihm zu Hilfe kam.

»Dad«, flüsterte Carla verzweifelt.

Egal, was er davon hielt, sie konnte ihn nicht in der Höhle lassen, ohne wenigstens zu versuchen, ihm zu helfen. Aber wie sollte sie das anstellen? Wie konnte sie ihm alleine helfen?

Unten am Höhleneingang waren wieder Schritte und Stimmen zu vernehmen. »Was gibt's, Männer?«, hörte sie Rick Silver fragen.

»Nichts Neues, Boss«, erwiderte ein Mann, aber Carla hörte weitere Stimmen leise reden und lachen. Vorsichtig spähte sie um den Felsbrocken herum nach unten, wo die Männer sich aufhielten.

»Kann nicht mehr lange dauern, bis einer von ihnen hier auftaucht«, erklärte Rick. »Ihr wisst, was ihr zu tun habt, also zurück auf eure Positionen.« Dann fügte er hinzu: »Bis einer von denen auftaucht, werden mein Vater und ich uns ein bisschen mit Ward vergnügen. Er ist wieder bei Bewusstsein. Und vergesst nicht, Männer, mein Vater will keine Gefangenen außer der hübschen Bergmann. Die gehört erst ihm und dann mir.« Er lachte finster.

Einige Männer fielen in sein Gelächter ein, aber Carla konnte auf den Gesichtern der anderen einen Anflug von Unbehagen ausmachen. Ihr Boss wies sie an, die Angreifer zu töten.

Carla ließ sich erneut hinter den Felsbrocken sinken und schloss die Augen. Silvers Plan war eindeutig. Wer immer sich der Höhle näherte, wurde getötet. Sie befanden sich auf Reservatsgebiet. Hier kümmerte sich niemand um ein paar Schüsse und deren Konsequenzen. Ihr Vater würde sterben, ob sie unterschrieb oder nicht, und an das Schicksal, das ihr selbst bestimmt war, sollte sie in Silvers Hände fallen, wollte Carla gar nicht erst denken.

KAPITEL 21

Abrechnung

Kostbare Minuten verstrichen, während Carla unentschlossen hinter dem Felsbrocken ausharrte und hin und wieder dahinter hervorblickte, um zu sehen, was sich vor dem Höhleneingang und auf der kleinen Lichtung daneben tat. Sie suchte fieberhaft nach einer Möglichkeit, ihren Vater zu befreien und die anderen zu warnen.

Aber was konnte sie tun? Sie war allein, und von ihrem Vater konnte sie aufgrund seiner körperlichen Verfassung keine Hilfe erwarten. Ihr schwirrte der Kopf, und sie hatte keine Gelegenheit, einen klaren Gedanken zu fassen. Was für eine verfluchte Situation es doch war!

Sie schloss die Augen und wünschte sich für einen Augenblick, Deutschland nie verlassen zu haben. Der Alltag mit seiner geordneten Sicherheit schien Jahrzehnte hinter ihr zu liegen. Sie war ein Großstadtkind, verlor schon im Kaufhaus die Orientierung, und nun sollte sie gegen geübte, bewaffnete Männer antreten? Es schien mehr als lächerlich.

Carla wusste, dies war die Aufgabe, die für sie bestimmt und für deren Erfüllung sie hierhergekommen war. Und noch gestern, bevor sie zur Silver Spur Ranch aufgebrochen waren, hatte sie sich entschlossen und optimistisch gefühlt. Aber all das hatte sich jetzt geändert. Lees Vater war tot. Ermordet. Und sie selbst

365

befand sich allein in der Wildnis mit einem Schicksal, das das von Lees Vater übertraf, sollte sie Silver in die Hände fallen.

Wäre Lee nur bei ihr! Aber er war es nicht. Sie wusste nicht einmal annähernd, wo er sich befand.

Weitere Minuten verstrichen, während Carla ihr innerstes Selbst konsultierte. Was ihr Angst machte, war die Vorstellung, was mit ihr oder ihrem Vater passieren könnte. Sowohl Lee als auch Charles hatten ihr wiederholt erklärt, was der Verstand für Probleme verursachen konnte. Sie wusste, sie selbst war im Moment ihr größter Feind.

Geh langsam vor, hatte Lee gemahnt, und Carla erkannte nun, dass er absolut recht hatte. Sie durfte nicht zu weit voraus denken. Es würde zu einem Fehlschlag führen, ganz gleich, welchen Weg sie einschlug. Sie musste langsam und vorsichtig vorgehen, genau wie Lee es gesagt hatte. Sie musste jeden Schritt so nehmen, wie er sich ihr bot. Das war der einzige Weg, um Erfolg zu haben. Und sie durfte ihre eigene Sicherheit nicht vor die Sicherheit ihres Vaters stellen. Es gab keinen anderen Weg.

Plötzlich fiel alle Unsicherheit von Carla ab. Sie wusste, warum sie hier war. Sie wusste, was sie zu tun hatte. Sie musste aufhören, sich selbst etwas vorzuspielen, sich selbst kleinzumachen. Die Aufgabe wäre ihr nicht zugeteilt worden, würde von vornherein feststehen, dass sie sie nicht erfüllen konnte. Es lag an ihr und ihren Entscheidungen, ob sie Erfolg haben würde oder nicht. Sie hatte eine Chance. Sie verfügte über etwas, worüber niemand anderer verfügte, und dieses Etwas konnte Silver besiegen. Deshalb war ihr diese Aufgabe zugeteilt worden und niemandem sonst. Auf dieses Etwas, was immer es sein mochte, musste Carla sich verlassen.

Ein Ruf nahe dem Höhleneingang riss sie aus ihren Gedanken. »Sie kommen, Boss!«

Carla hörte Schritte aus der Höhle eilen und dann Rick Silvers Stimme rufen: »Okay, Leute, ausschwärmen! Alles wie verabredet.«

Schritte entfernten sich von der Höhle, und Carla vernahm gedämpfte Stimmen.

»Soll ich einen der Männer hierbehalten, Vater?«, fragte Rick.

»Ich denke, wir beide werden auf Ward aufpassen können, Junge. Ist eh nicht viel von ihm übrig.« Johnny Silver lachte höhnisch auf, und beide Männer kehrten in die Höhle zurück.

Stille legte sich über den Berg. Konnte Carla es wagen? Sie war zwar allein, aber niemand schien zu wissen, dass sie sich in unmittelbarer Nähe befand. Ihr Vater war in der Höhle, bewacht von nur zwei Männern. Der Überraschungseffekt war auf ihrer Seite.

Sie konzentrierte sich noch einmal so gut es ging und versuchte, ihrem Vater ihr Vorhaben zu vermitteln. Von der Schwäche seiner Antwort las sie ab, dass er sich an der Grenze seiner Kräfte befand. Sie erschauderte. Wollte sie ihn retten, musste sie jetzt handeln, sonst würde es zu spät sein.

Unter ihr ertönten erneut Schritte auf dem felsigen Boden, und sie erspähte Rick Silver, der über die kleine Lichtung davonlief und im Wald verschwand. Dann war wieder alles still.

Carla hielt den Atem an. Dies war ihre Chance! Nur Johnny Silver war jetzt noch bei ihrem Vater in der Höhle. Besser würde es nicht werden. Sie griff nach ihrem Gewehr, blickte sich vorsichtig um und begann den Abstieg.

Der Eingang der Höhle lag ungefähr acht Meter unter

367

ihr. Langsam und ohne das geringste Geräusch zu verursachen, kletterte Carla den Abhang hinunter. Es war noch immer nebelig, und Berghang und Wald waren in ein geheimnisvolles Licht getaucht.

Irgendwo schrie ein Raubvogel, aber Carla schenkte dem Ruf keine Beachtung. Sie konzentrierte sich allein auf den Abstieg und versuchte, jedes kleinste Geräusch und jede noch so winzige Bewegung wahrzunehmen. Aber selbst wenn jemand kommen sollte, es gab auf dem Hang keine weitere Möglichkeit, in Deckung zu gehen. Sie musste aufs Beste hoffen.

Unbehelligt erreichte Carla den felsigen Boden nahe dem Höhleneingang. Ihr Herz klopfte laut, als sie wie von einem unsichtbaren magischen Band gezogen geradewegs und lautlos auf den Eingang der Höhle zuging.

Sie wählte ihre Schritte gut. Kein Laut ließ Johnny Silver wissen, dass sie dem Eingang der Höhle so nahe war. Sie hatte keine Zeit, sich darüber zu wundern, wie sie es anstellte, sondern konzentrierte sich allein auf den nächsten Schritt. Nur noch wenige Meter und sie würde den Eingang erreicht haben.

Aus dem Inneren der Höhle ertönte Silvers arrogantes Lachen. Von Charles war nichts zu hören.

Carla wagte nicht, ihr Gewehr schon jetzt zu laden. In der Stille würde das Geräusch nicht zu überhören sein. Stattdessen arbeitete sie sich bis zum Eingang vor und spähte blitzschnell um die Ecke, um sich einen Eindruck von der Situation zu verschaffen.

In der Höhle brannte eine Petroleumlaterne, die nur ein schwaches Licht abgab. Silver hatte dem Eingang den Rücken zugedreht.

Carla atmete tief durch und lud ihr Gewehr in derselben Sekunde, in der sie in den Eingang der Höhle trat. »Hände hoch, Silver!«, raunte sie. Sie sprach leise, denn sie wollte keinen von Silvers Männern alarmieren, aber in der Stille der Höhle war ihre Stimme deutlich zu hören und auch das Geräusch, das das Laden ihres Gewehrs verursachte.

Silver wollte sich umdrehen, aber Carla kam ihm zuvor. »Keine Bewegung!«, sagte sie ruhig und machte ein paar Schritte in die Höhle.

Silver nahm langsam die Hände hoch.

»Dreh dich um«, befahl Carla mit fester Stimme.

Überraschenderweise machte Silver keine Probleme.

Als er sich langsam zu ihr umdrehte, sah sie, dass eine Pistole in seinem Gürtel steckte.

»Lass die Pistole fallen, Silver. Zwei Finger, nicht mehr, und ganz langsam.« Ihre Stimme tönte durch die Höhle.

Silver folgte ihren Anweisungen beinahe gelassen, einen gleichgültigen Ausdruck auf dem Gesicht. Doch noch ehe Carla sich darüber wundern konnte, machte er einen Schritt zur Seite und gab die Sicht auf ihren Vater frei.

Der Anblick ließ Carla zusammenfahren. Ihrer Kehle entfuhr ein unterdrückter Schrei. Charles war schlimm zugerichtet. Selbst in dem schwachen Licht gab es darüber keine Zweifel. Sein Oberkörper war nackt und blutüberströmt, und sein Kopf lag leblos auf seiner Brust. Sein Haar war offen. Jemand hatte es auf Nackenhöhe abgeschnitten, und es fiel ihm wirr ins Gesicht. Er lehnte gegen einen großen Felsbrocken, der das Einzige zu sein schien, was ihn aufrecht hielt.

Carla fühlte Tränen in ihre Augen steigen, und ein Zittern durchlief ihren Körper. Die Zeit schien stillzustehen. Sekunden wurden zu Minuten, und sie nahm die Geschehnisse wie in Zeitlupe wahr. Aber das war nicht das Einzige, was in Zeitlupe vor sich zu gehen

369

schien. In ihrem Kopf eröffnete sich eine völlig andere Dimension, und die verschiedensten Gedanken strömten auf sie ein. Was tatsächlich nur wenige Bruchteile einer Sekunde dauerte, nahm in ihrem Kopf das Ausmaß von Minuten an.

Es wird keine Hilfe kommen! Ich habe, was ich benötige, um mit Silver fertig zu werden, in mir, ging es Carla durch den Kopf. Und mit einem Mal wurde sie wütend, rasend. Sie konnte das Gefühl nicht wirklich fassen. Sie wusste nur, dass Silver ins Spiel gebracht worden war, um sie zu verändern. Um sie stark zu machen. Um sie die Wahrheit finden zu lassen. Und ihre Wut!

Opfer, wie auch sie eins sein sollte, starben oft auf grausamste Weise, unverdient und ungehört. Aber Silvers Horror ängstigte Carla nicht mehr. Jetzt, in diesem Augenblick, hatte zu ihrer eigenen Überraschung eine Seite in ihr überhandgenommen, die weder Schwäche noch Aufgeben kannte. Nur rasende Wut und Forderung nach Gerechtigkeit. Silver musste bezahlen – für alles, was er zu verantworten hatte, und insbesondere für die Qualen, die er Lees und ihrem Vater zugefügt hatte.

Johnny Silver war absichtlich zur Seite getreten, um sich durch Carlas Erregung über den Zustand ihres Vaters einen Vorteil zu verschaffen. Er fühlte sich klar überlegen. Umso überraschter war er nun, als er die Veränderung in Carlas Gesicht wahrnahm.

Das Lächeln gefror auf seinem Gesicht im selben Augenblick, als Carla ohne zu zögern den Abzug ihres Gewehres betätigte.

In der Sekunde, in der sie abdrückte, erkannte Carla, dass es zwei Realitäten gab. Eine, in der alles ganz normal ablief, und eine in der Geisterwelt, in der alles in Zeitlupe geschah und es ihr ermöglichte, Dinge intensiver als sonst zu hören, fühlen und sehen. So verfolgte sie denn im Zeitlupentempo, wie ihre Kugel den Gewehrlauf verließ und auf Silvers Brust zusteuerte.

Sie war überrascht, wie schnell ein Gewehr losging. Nur eine kurze Berührung, ohne viel Kraft. Nicht wie in den Filmen, wo man lange Gespräche mit dem Finger am Abzug führte. So etwas war in Wirklichkeit viel zu gefährlich. Sobald sich der Finger am Abzug befand, war der Schuss nur Millisekunden entfernt.

Carla wusste sofort, dass die Kugel ihr Ziel verfehlen würde. Schon lud sie automatisch nach, um ihren Fehler, der ganz klar durch ihre Wut entstanden war, zu beheben. Doch ehe sie ein zweites Mal abdrücken konnte, beobachtete Carla, noch immer in Zeitlupe, wie die erste Kugel an der harten Felswand der Höhle abprallte und in etwas abgedrehtem Winkel, mit verminderter Kraft und stark rotierend, zurückgeschossen kam. Sie sprang zur Seite, verlor die Balance und landete auf dem Boden der Höhle. Die Kugel verfehlte sie, traf aber jemanden, der unbemerkt schräg hinter ihr gestanden hatte.

Johnny Silver wurde kreidebleich und stieß einen gequälten Schrei aus, den Blick unverwandt auf den Höhleneingang gerichtet.

Hinter sich vernahm sie ein wildes Geheul wie von einem verwundeten Tier. Carla drehte sich um und erblickte Rick Silver, der lautlos hinter ihr im Eingang der Höhle aufgetaucht war. Die Kugel, für seinen Vater bestimmt, hatte ein anderes Ziel gefunden und sich in Ricks Unterschenkel gebohrt. Mit dem großen Gezeter und Geheul, das er veranstaltete, machte Rick seinem harten, furchtlosen Image keine Ehre. Er hatte sich auf den Boden fallen lassen und bot eine übertriebene Schau.

Johnny Silver brauchte nur eine Sekunde, um sich zu erholen. Die Verwundung seines einzigen Sohnes löste bei ihm unkontrollierbare Wut aus. Er bückte sich blitzschnell und ergriff seine Pistole, die er vorher auf Carlas Befehl hin hatte fallen lassen.

Carla wusste unmittelbar, was ihr bevorstand. Sie griff nach ihrem Gewehr und bat mit aller Kraft und von ganzem Herzen um Hilfe. Nur die Geister konnten ihr jetzt noch helfen.

Ihre Hand umschloss gerade die Waffe, als sie einen starken Windzug verspürte. In der nächsten Sekunde erfüllten neue Schmerzensschreie die Höhle. Carla drehte sich zum Eingang um, und ihre Augen weiteten sich. Der geheimnisvolle schwarze Vogel war zurück! Jetzt aber war er weder freundlich noch ruhig, sondern wild und aufgebracht und stürzte sich auf Rick, der noch immer am Boden kauerte.

Johnny Silver schrie entsetzt auf und versuchte, den Vogel ins Visier zu bekommen. Aber das Tier hatte sich auf Ricks Kopf festgekrallt. Es riss ihm mit seinen messerscharfen Krallen die Stirn derart auf, dass das Blut in Strömen zu fließen begann. Es lief in Ricks Augen und nahm ihm die Sicht, versetzte ihn in absolute Panik. Laut schreiend, das Gesicht mit den Armen schützend, hinkte er unter lautem Geheul aus der Höhle. Der riesige Vogel hing noch immer wild hackend an seinem Kopf. Rick stürzte den Abhang hinunter und verschwand.

Carla starrte ihm mit offenem Mund nach. Der Angriff, obwohl nur von Sekundendauer, hatte alle Anwesenden vollkommen überraschend getroffen. Selbst Charles hatte den Kopf etwas gehoben.

Das Auftauchen des Vogels schenkte Carla neue Zuversicht und Energie. Sie würde nicht aufgeben!

Plötzlich nahm sie eine Bewegung wahr. Sie drehte

sich um und erblickte eine Gestalt. Ehrfurcht überkam sie. »Urgroßmutter«, flüsterte sie.

Auch Silver sah die Gestalt. Seine Augen weiteten sich in Ungläubigkeit, und ein beinahe ängstlicher Ausdruck trat auf sein Gesicht.

»Lucy Shining Earth«, stammelte er bleich, »du bist tot!« Er hielt noch immer seine Pistole in der Hand.

In dem Zustand, in dem Silver sich jetzt befand, war sein Handeln für Carla noch weniger vorhersehbar als zuvor. Das Gewehr bereit, entschied sie sich, zurückzutreten und abzuwarten.

Die Gestalt Lucy Shining Earths wandte sich nun direkt an Silver. »Dein Leben wird bald ein Ende finden. Zu viel Unrecht ist von dir ausgegangen. Du respektierst weder das Land noch das Leben derer, die auf ihm wohnen. Mach dich bereit für deine Reise.« Sie betrat die Höhle und schritt an Carla vorbei, direkt auf Silver zu.

Silver war in eine Starrheit verfallen, aus der er sich nicht zu befreien vermochte. Mit angsterfüllten Augen sah er die alte Frau an.

Lucy Shining Earth streckte ihre Hand aus und legte sie sachte auf Silvers Schulter.

Während der Anblick und die Worte der alten Frau ihn verwirrt und geängstigt hatten, so schien ihre Berührung ihn in den Wahnsinn zu treiben. Silvers Gesicht spiegelte mehr als Panik. Sein eigener Dämon schien ihm entgegenzublicken, und er war es, der sich auf seinem Gesicht abzeichnete.

Carla schauderte.

Silver begann nun wirre Laute von sich zu geben und sich wild um die eigene Achse zu drehen. »Es kann nicht wahr sein! Nach so vielen Jahren! Verschwinden, ich muss verschwinden! Dieser Ort ist verflucht.«

Mit Silver wirbelte auch seine Pistole im Kreis, und Carla hörte ihren Vater »Runter!« zischen. Sie kam seinem Befehl sofort nach, und keine Sekunde zu früh. Schüsse hallten durch die Stille der Höhle. Silver schoss sein Magazin leer. Die Kugeln prallten an den felsigen Wänden ab. Dass Carla nicht verletzt wurde, kam einem Wunder gleich.

Silver rannte jetzt laut schreiend auf den Höhlenausgang zu. Wild um sich schlagend fiel er den Abhang hinunter, über den auch schon sein Sohn verschwunden war. Es sah aus, als versuche er, sich von etwas zu befreien.

Sobald Silver außer Sichtweite war, entschwand auch die Gestalt der alten Indianerin.

»Urgroßmutter, warte!«, bat Carla eindringlich.

Vergebens. Lucy Shining Earth war nirgendwo mehr zu sehen.

Alles war so schnell und doch gleichzeitig so langsam passiert, dass Carla für einen Moment wie gelähmt war. Dann aber, als seien plötzlich bleischwere Gewichte von ihren Armen und Beinen gefallen, erwachte sie zu neuem Leben und war mit einem Satz an der Seite ihres Vaters.

»Dad«, flüsterte sie, während sie seine Fesseln durchschnitt, »kannst du mich hören?«

Charles nickte schwach, und Carla sah, dass er nicht imstande war zu sprechen, geschweige denn aus eigener Kraft aus der Höhle zu kommen. Sie würde erneut Hilfe brauchen, denn allein konnte sie ihn nicht tragen.

Mohqwa! Mit seiner Hilfe würde sie Charles zurück zur Singing Bear Ranch bringen können. Der treue Wallach befand sich ganz in der Nähe. Würde sie die Stelle, an der sie ihn zurückgelassen hatte, wiederfinden? Nein, sie konnte es nicht wagen, ihren Vater allein zu lassen.

Dann fiel ihr ein, dass Charles diesen besonderen Pfiff für sein Pferd hatte. Er hatte ihr erzählt, dass das Tier immer einen Weg finden würde, zu ihm zu kommen, wenn es diesen Pfiff hörte. Vielleicht konnte sie den Pfiff nachahmen und das Pferd auf diese Weise zur Höhle dirigieren.

»Ich muss es versuchen«, murmelte Carla und verlor keine Zeit. Sie beugte sich zu ihrem Vater herunter und sprach ruhig auf ihn ein. »Allein kann ich dich nicht hier rausbringen. Wir brauchen Hilfe. Mohqwa wartet ganz in der Nähe. Ich werde versuchen, ihn zu rufen. Wirst du solange ohne mich zurechtkommen?«

Charles nickte schwach.

Carla holte einen Becher mit Wasser aus Silvers Vorratscontainer und ließ ihren Vater ein paar Schlucke trinken. Dann legte sie Charles vorsichtig auf eine Decke und breitete eine zweite über ihm aus. Seine Wunden hatten, so weit sie sehen konnte, aufgehört zu bluten. Aber sie musste ihn schleunigst zur Singing Bear Ranch schaffen, besser noch in ein Krankenhaus.

»Ich gehe nicht weit«, wandte sie sich wieder an ihn, »und werde so schnell ich kann zurückkommen.« Sie überließ ihm ihren geladenen Revolver, griff nach ihrem Gewehr und machte sich auf den Weg.

Vor dem Eingang sah sie sich vorsichtig um. Der Nebel hing noch immer über dem Berg, und alles war still. Sie verließ das Felsplateau und kletterte einige Meter den Hang hinauf. Von dort aus ließ sie den Pfiff ihres Vaters dreimal in unterschiedliche Richtungen ertönen. Dann wartete sie im Schatten eines Felsens.

Sie musste sich nicht lange gedulden. Mohqwa erschien zwischen ein paar Kiefern etwas unterhalb des Felsplateaus, das sich vor dem Höhleneingang erstreckte. Langsam erklomm er den Hang und steuerte auf die

Höhle zu. Vorsichtig verließ Carla ihr Versteck und ging zum Höhleneingang, um dort auf das Tier zu warten.

Doch sobald sie um die Ecke bog, die ihr Zutritt zum Felsplateau verschaffte, hielt sie erschrocken inne. Auf der von Nebel umhüllten Lichtung stand kein anderer als Johnny Silver, eine Pistole in der Hand. In seinem Gesicht stand noch immer der Wahnsinn.

Instinktiv hob Carla ihr Gewehr und nahm Silver ins Visier. Dann weiteten sich ihre Augen. Ein riesiger Grizzlybär trat direkt hinter Silver aus dem Wald.

Das Knacken im Gebüsch und ein Schnauben ließen Silver hellhörig werden. Langsam drehte er sich um. »Zu dumm, dass ich cleverer bin und eine Pistole habe«, schrie er den Bären an und fuchtelte mit der Waffe herum. »Das macht mich zum Größeren von uns beiden.«

Er hatte kaum geendet, als sich der Grizzly genau vor ihm auf die Hinterbeine aufrichtete und lautes Gebrüll von sich gab.

Silver drückte den Abzug seiner Pistole, ein wahnsinniges Grinsen auf dem Gesicht. Aber alles, was zu hören war, war ein lautes Klicken. Das Magazin seiner Pistole war leer.

Der Bär streckte Silver mit einem einzigen Hieb seiner mächtigen Pranke nieder. Johnny schrie vor Schmerz auf.

Am Eingang der Höhle, am entgegengesetzten Ende der Lichtung, erschauerte Carla. Der Bär hatte Silver mit seinen scharfen Krallen skalpiert und ließ nicht von ihm ab.

Silvers Schreie hallten über die nebelverhangene Lichtung, aber niemand eilte ihm zu Hilfe.

»Carla«, rief Charles leise aus der Höhle, »bring Mohqwa herein!«

Erstaunt sah Carla sich um. Mohqwa war von ihr unbemerkt vor dem Eingang der Höhle angekommen. Schnell nahm sie die Zügel auf und führte das Tier in die Höhle. Dort kniete sie neben ihrem Vater nieder.

»Lass uns von hier verschwinden«, sagte er matt.

Sie lächelte. Es war gut, seine Stimme zu hören.

»Kannst du auf dem Pferd sitzen, wenn ich es führe?«, wollte sie wissen.

»Was immer nötig ist, um hier wegzukommen.«

Sie sah, dass ihm das Sprechen sehr schwerfiel, und schwieg. Wortlos half sie ihm in den Sattel. Charles stöhnte vor Schmerzen, und Carla wusste, dass er nicht allein würde sitzen können. Also saß sie hinter ihm auf und lenkte Mohqwa vorsichtig aus der Höhle.

Der Grizzly war verschwunden, aber Silvers lebloser, zerfetzter Körper lag an derselben Stelle, an der Carla ihn hatte zu Boden gehen sehen. Als sie näher kamen, sahen sie, dass der Bär Silver zerrissen hatte. Große Fetzen Fleisch fehlten an seinem Körper.

Charles warf einen kurzen Blick auf die Gestalt am Boden. »Es ist vorbei«, flüsterte er.

Zu ihrer Überraschung fühlte Carla weder Ekel noch Mitgefühl. Johnny Silver hatte das Land und die Geister so oft und so schwer verletzt, dass diese schließlich zurückgeschlagen hatten. Silver hatte durch den Bären seine gerechte Strafe erhalten.

»Es gibt immer jemanden, der stärker ist, Silver. Selbst stärker als du«, meinte Carla leise.

Erst jetzt fiel ihr auf, dass der Nebel vollkommen verschwunden war. Erstaunt brachte sie Mohqwa zum Stehen und sah sich um. Etwas weiter unten am Berghang konnte sie ihre Freunde und einige von Silvers Männern ausmachen. Sie waren also die ganze Zeit über in unmittelbarer Nähe gewesen.

In diesem Augenblick erkannte Carla, dass der Nebel kein gewöhnlicher Nebel gewesen war. Er war von den Geistern geschickt worden, um sie von jeglicher menschlichen Hilfe zu isolieren. Es war allein ihre Aufgabe gewesen, Silver auszuschalten. Nicht Lees und nicht die der anderen. Carla hatte die Stärke und den Glauben in sich selbst finden müssen. Der Nebel war ihre wirkliche Hilfe, ihre Verstärkung gewesen.

Seit ihrer Ankunft in Kanada hatte Carla Lee und ihren Vater über Geistwesen und Little People reden hören, hatte sie sogar selbst gesehen und ihre Anwesenheit und Kraft oft gespürt. Sie hatte angefangen, an sie zu glauben, ihnen zu vertrauen. Nun hatte sie den Beweis dafür, wie mächtig dieser Glaube war: Sie hatte gebetet, vertraut und zugehört, war gefolgt und – war beschützt und gerettet worden.

Eine kurze Weile saß Carla andächtig auf Mohqwa und bewegte sich nicht. Sie fühlte sich überwältigt. Sie fühlte sich reich und unendlich erfüllt. Aber gleichzeitig umgab sie ein seltsames Gefühl von Leere und Endgültigkeit.

Schließlich schüttelte sie das Gefühl ab. Wie dem auch sei, bald würden sie auf der Singing Bear Ranch sein. Zu Hause.

KAPITEL 22

Weltenreise

Die Umgebung schien seltsam verlassen und still. Langsam und vorsichtig führte Carla Mohqwa den schmalen Pfad entlang, den ihr Vater ihr wies. Charles sprach wenig und war kaum in der Lage, sich selbst im Sattel zu halten. Sein Gewicht lastete schwer in Carlas Armen. Mohqwa schien die Schmerzen seines Besitzers zu spüren und wählte seine Schritte besonders behutsam. Carla hatte den Eindruck, als wüsste das Tier von allein, welchen Weg es einschlagen musste, um sie sicher zur Ranch zurückzubringen.

Eine Weile später näherten sie sich Pebble Creek. Sie konnte das Wasser über die Steine plätschern hören. Ein weiteres, bekanntes Geräusch drang an ihr Ohr. Es war der Ruf des geheimnisvollen schwarzen Vogels. Suchend blickte sie nach oben, bemüht, ihren Vater nicht unnötig zu bewegen.

Der Schuss traf Carla vollkommen unerwartet.

Etwas schlug ihr mit einer solchen Wucht gegen den Kopf, dass sie vom Pferd gerissen wurde, und Charles mit ihr. Ungeheurer Schmerz durchflutete ihren Körper.

Ein zweiter Schuss durchbrach die Stille, dann verlor sie das Bewusstsein.

Es war zu spät, Carla zu warnen. Bäume versperrten Lee die Sicht, so dass er Bad Hands Absicht nicht rechtzeitig hatte durchschauen können. Sein eigener Schuss kam daher wenige Sekunden zu spät, verfehlte sein Ziel jedoch nicht. Bad Hand fiel leblos zu Boden.

Lee lief zu der Stelle, an der Bad Hand lag, und nahm dessen Gewehr an sich, das etwas entfernt von ihm auf dem Waldboden lag. Unsanft stieß er mit dem Fuß gegen den reglosen Körper. Es bestand kein Zweifel, Bad Hand war tot.

Lee eilte, so schnell das Gelände es zuließ, zu Carla und Charles, die er etwa einhundert Meter weiter unten am Pebble Creek hatte zu Boden fallen sehen.

»Great Spirit, bitte lass sie noch am Leben sein«, flüsterte er immer und immer wieder, während er sich einen Weg durch das Unterholz bahnte.

Er rannte durch den Bach und kniete neben Carla nieder. Sie bewegte sich nicht. Vorsichtig drehte er sie um. Ihr Gesicht war blutüberströmt. Der Schuss hatte sie an der Stirn, gleich unter dem Haaransatz, gestreift.

»Carla!«, rief er verzweifelt. Dann sah er, dass sie noch atmete. Erleichtert drückte er ihre Hand.

»Carla«, sprach er leise auf sie ein, »bleib bei mir!«

»Beweg sie nicht!«, flüsterte Charles mit heiserer Stimme.

»Bist du in Ordnung?«, wollte Lee wissen. »Ich habe Bad Hands Absicht erst zu spät durchschaut. Die Bäume! Ich konnte euch nicht mehr warnen.«

»Ein Vogel hat Carla das Leben gerettet. Hätte sie durch seinen Ruf nicht nach oben geblickt, hätte der Schuss sie direkt in den Kopf getroffen«, erklärte Charles matt.

Lee lächelte Carla zärtlich an und strich ihr über die Wange. »Du bist eine besondere Person«, sagte er. Dann wandte er sich wieder an Charles. »Sie ist noch immer ohne Bewusstsein, wir müssen etwas unternehmen.«

»Was immer du tust, beweg sie nicht. Der Schuss hat sie mit mehr Wucht getroffen, als …« Charles' Stimme versiegte. »Beweg sie nicht!« Dann verlor auch er das Bewusstsein.

Lee bettete Carlas Kopf auf seine Jacke und wägte ab, was er als Nächstes tun sollte. Sowohl Carla als auch Charles brauchten dringend Hilfe.

જી

Carla schritt durch einen schmalen, langen, dunklen Tunnel aus Stein, an dessen Ende sie ein Licht sehen konnte. Als sie es erreichte, wurde der Tunnel breiter, und sie befand sich auf einer großen Bergwiese, die sie noch nie zuvor gesehen hatte.

Sie war nicht verwundert. Sie fühlte sich vollkommen sorglos und glücklich.

Neugierig schaute sie sich um. Riesige Bäume, viele mit mehr als zwei Metern Durchmesser, fanden sich am Rande der Bergwiese. In einiger Entfernung lag ein großer, ausladender Fluss. Die unterschiedlichsten Tiere tummelten sich in Carlas Nähe, ohne jegliche Scheu. Einige dieser Tiere kannte sie, andere hingegen sahen sehr mystisch aus.

Aber am meisten beeindruckte Carla das weiche goldene Licht, das die Landschaft erhellte. Es schien aus keiner bestimmten Richtung zu kommen, sondern von allen Lebewesen selbst auszugehen. Alles schien zu leuchten und gleichzeitig feine Schwingungen auszusenden.

Ein großer schwarzer Vogel fiel ihr ins Auge. Er flog von einem der riesigen Bäume herunter und ließ sich auf dem Boden unmittelbar davor nieder. Gebannt trat Carla näher.

Mit einem Mal erkannte sie, dass es sich bei dem Tier um denselben geheimnisvollen schwarzen Vogel handelte, den sie schon mit Lee über der Lichtung an der Quelle hatte kreisen sehen, und den Lee nicht hatte einordnen können. Es war derselbe Vogel, den sie in ihren Träumen gesehen hatte und der ihr so viele Male geholfen hatte. Er ähnelte einem Adler, nur etwas größer, und hatte tiefschwarze Federn.

Er war ein Wesen aus der Geisterwelt, deshalb hatte Lee ihn nicht erkannt. Der Vogel war in einer anderen Welt zu Hause, konnte aber offensichtlich zwischen den Welten hin und her wandern.

Fasziniert beobachtete Carla, wie der Vogel um den Stamm des Baumes herumspazierte und aus ihrer Sicht entschwand. Wie von einem magischen Band gezogen, folgte sie ihm. Auf der anderen Seite war der Vogel verschwunden. Stattdessen stand sie einer jungen Frau gegenüber. Etwas in ihrem Gesicht kam Carla sehr bekannt vor. Ihr Herz machte einen Sprung, als sie erkannte, wer es war. Vor ihr stand, nur jünger, keine andere als Lucy Shining Earth, ihre Urgroßmutter.

Lucy Shining Earth schien Carlas überraschten Gesichtsausdruck zu übersehen. Sie sah sie liebevoll an. »Alles wird gut werden, mein Kind. Entspanne dich!«

»Ich bin tot«, flüsterte Carla.

»Das hängt von deinem Geist ab«, erwiderte Lucy Shining Earth lächelnd.

Nun musste auch Carla lächeln. Es gab keine Sorgen an diesem Ort. Fakten spielten keine Rolle. Sie fühlte sich nicht tot. Sie fühlte sich so lebendig wie nie zuvor.

»Hast du auf mich gewartet?«, wollte sie von der alten Frau wissen.

»Ich wusste um die Geschehnisse mit Silver, wusste, dass du kommen würdest«, begann ihre Urgroßmutter zu erklären. »Seit Generationen war dieses Wissen bekannt. Es hat immer jemanden gegeben, der hier gewartet und es an die nächste Person weitergegeben hat. Die Kette wurde nie unterbrochen.

Ich bin eine dieser Personen. Ich habe gewählt, hierzubleiben und auf dich zu warten, anstatt mit meinen Freunden und den Menschen, die mir im Herzen nahe sind, weiterzureisen. Ich habe dieses Opfer gebracht, damit ich für dich da sein konnte, als du mich brauchtest.«

Carla starrte ihre Urgroßmutter mit offenem Mund an.

ॐ

Lee kniete unter der riesigen Lärche, die wie ein Wächter über der Stelle stand, an der Carla und Charles lagen. Er hatte sein Hemd ausgezogen, es im Fluss nass gemacht und Carlas blutverschmiertes Gesicht notdürftig damit gesäubert. Es waren bereits mehr als fünfzehn Minuten vergangen, doch ihr Zustand hatte sich nicht verändert. Schweren Herzens wandte er sich daher wieder Charles zu, der ab und zu bei Bewusstsein war, und half ihm einige Schlucke Wasser zu trinken.

Charles murmelte leise vor sich hin, aber Lee konnte ihn nicht verstehen. Nach ein paar weiteren Schlucken brachte er schließlich heraus: »Sie ist auf der Reise in die Geisterwelt. Wir müssen etwas tun. Schnell, sonst werden wir sie verlieren.«

Lee drückte Charles' Hand. Er hatte verstanden.

ॐ

»Ich würde liebend gern meine Reise im Kanu auf dem Fluss beginnen. Meine Freunde sollen nicht länger warten.« Lucy Shining Earth sah ihre Urenkelin eindringlich an. »Ich möchte dich daher um einen Gefallen bitten: Nimm meinen Platz ein, wenn du in die Geisterwelt überwechselst und zu den Ahnen gehst. Bleib hier, wenn die Zeit gekommen ist, und wache über die künftigen Kinder und Kindeskinder unserer Familie, und lass mich meine endgültige Reise antreten.«

Carla sah sie erstaunt an. »Du brauchst dir keine Gedanken zu machen, Urgroßmutter«, versicherte sie unvermittelt. »Du kannst sofort auf deine Reise gehen. Ich möchte nicht zurück. Es gibt keinen schöneren Ort als diesen hier. Ich werde dich vermissen, aber ich komme deiner Bitte gerne nach. Du bist frei zu gehen.« Carla dachte bei ihren Worten kurz an Lee und ihren Vater. Aber sie war ohne Sorge. Sie wusste, alles würde gut werden für die beiden. Ob sie hier blieb oder zu ihnen zurückkehrte, machte keinen Unterschied. Sie waren beschützt. Entschlossen blickte sie ihre Urgroßmutter an.

»Du hast gut gesprochen, Tochter.« Lucy Shining Earth lächelte nachsichtig. »Aber von dir wird in diesem Augenblick ein anderes Opfer gefordert. Es ist noch nicht deine Zeit zu bleiben. Du musst zurückgehen. Neue Aufgaben warten auf dich. Dir ist es bestimmt, Menschen zu helfen.«

»Das ist zu viel verlangt, Urgroßmutter.« Carla schüttelte den Kopf. »Ich bin nicht in der Lage, anderen zu helfen. Ich kann nicht einmal mir selbst helfen.«

»Komm zu mir«, forderte Urgroßmutter Shining Earth sie auf.

Als sie zu ihr trat, legte die alte Frau sacht ihren Daumen auf Carlas Stirn.

Carlas Kopf begann zu schwirren. Schnell schloss sie die Augen und öffnete sie erst dann wieder, als ihre Urgroßmutter erneut zu sprechen begann.

»Mein gesamtes Wissen gehört von nun an dir. Geh zurück und stell dich deiner Aufgabe. Du wirst gebraucht.«

In diesem Augenblick wusste Carla, dass das Wissen der Alten nicht verloren war und es auch nie sein würde. Alle Weisheit der Erde schlummerte tief in dem Bewusstsein eines jeden Menschen. Es bedurfte lediglich eines bestimmten Schlüssels, um dieses Wissen, diese Weisheit, wieder an die Oberfläche zu bringen.

꒜

Charles versuchte seine Augen offen zu halten. Ihm war noch immer schwindelig, und sein Körper schmerzte entsetzlich, aber er musste es schaffen, bei Bewusstsein zu bleiben. Carlas Leben hing davon ab. Vorsichtig drehte er den Kopf und suchte Lees Blick.

»Lee«, raunte er, so laut es ihm möglich war. Lee drehte sich zu ihm um.

»Du musst Carla helfen.«

»Sag mir, was ich tun soll«, forderte Lee ihn auf.

Mit wenigen Worten erklärte Charles, was zu tun war.

Lee machte sich sofort an die Arbeit. Zunächst watete er in die Mitte des Bachs und holte einen kleinen, rund gewaschenen Stein heraus. Dann ging er zurück zu der Lärche, deren Äste über Carlas und Charles' Körper wachten. Er sprach ein Gebet und knickte zwei Zweige ab. Dann legte er, weitere Gebete flüsternd, die Lärchenzweige auf Carlas Kopfwunde und beschwerte sie mit dem kleinen, runden Stein aus dem Bach.

Charles beobachtete ihn dabei.

Als die Zeremonie beendet war, kniete Lee erneut neben Carla nieder und wartete geduldig.

Lucy Shining Earth griff unter ihren Umhang und holte etwas hervor. Als sie den Gegenstand an Carla weiterreichte, sah diese, dass es sich um einen kleinen Flussstein handelte, in dessen Oberfläche ein Medizinrad eingraviert war. Vorsichtig nahm sie den Stein entgegen.

»Halte den Stein fest in der Hand und lege dich an den Fuß des Baumes«, meinte die alte Frau ohne weitere Erklärung. Sie deutete auf den riesigen Baum, an dem sie sich getroffen hatten, und ihre Stimme ließ keine Widerrede oder Fragen zu.

Verwundert, aber ohne zu zögern, folgte Carla den Anweisungen ihrer Urgroßmutter. Während sie sich, den kleinen Stein fest in der Hand, zwischen die knorrigen Wurzeln des Baumes legte, blickte sie an seinem mächtigen Stamm empor und erkannte, dass es sich um eine riesige Lärche handelte.

Die Schmerzen in ihrem Kopf kehrten plötzlich mit voller Intensität zurück. Doch bevor Carla etwas sagen konnte, fühlte sie, wie die Energie des Baumes in sie drang und begann, durch ihren Körper zu fließen. Als die Energiewelle die Stelle erreichte, wo sich ihre Verletzung befand, verstärkte sich die Kraft um ein Vielfaches. Carlas Augen weiteten sich vor Überraschung. Sie drehte den Kopf so gut es ging und blickte ihre Urgroßmutter fragend an.

Lucy Shining Earth lächelte sie lediglich liebevoll an. »Du hast so viel erreicht, meine Tochter.«

Die Energie schien Carla zunächst an und schließlich in den Baum zu ziehen, aber sie verspürte keine Angst. Im Gegenteil, der Baum schenkte ihr neue Lebenskraft, und alle Schmerzen verließen ihren Körper. Sie fühlte sich leicht und frei. Ein Lächeln erschien auf ihrem Gesicht, als sie auf ihre Urgroßmutter blickte, die die Hand zu einem letzten, stummen Gruß hob. Dann begann sich alles schneller und immer schneller zu drehen, bis Carla sich schließlich erneut in dem dunklen Tunnel befand.

Carla kam jäh wieder zu Bewusstsein. Sie öffnete die Augen und starrte auf die Lärchenzweige über sich, die sich sanft in der leichten Brise bewegten.

Der kleine Stein, den Lee zusammen mit den Lärchenzweigen auf ihre Stirnwunde gelegt hatte, fiel ihr mit einem Plumps in den Schoß, als sie sich ruckartig aufsetzte. Verwundert nahm sie ihn auf und drehte ihn im Licht. Dann erinnerte sie sich an den Stein mit dem Medizinrad, den Lucy Shining Earth ihr gegeben hatte, und sie wusste, was sie zu tun hatte. Sie würde ein Medizinrad in diesen Stein gravieren, so wie sie es bei dem Stein ihrer Urgroßmutter gesehen hatte, und ihn immer bei sich tragen.

»Ich danke dir, Great Spirit«, flüsterte Lee neben ihr.

Carla drehte den Kopf und lächelte ihn an. Dann wandte sie sich mit zittriger Stimme an Charles. »Bist du in Ordnung, Dad?«

Charles blieb liegen, erwiderte aber ihr Lächeln und nickte.

Carla lehnte sich erschöpft an Lees Schulter.

»Du warst über eine Stunde bewusstlos«, erklärte er

und sah sie besorgt an. »Charles meinte, du seiest auf dem Weg in die Geisterwelt gewesen.«

Carlas Blick richtete sich auf einen unbestimmten Punkt in der Ferne. »Ich *war* in der Geisterwelt, Lee«, flüsterte sie, und ihr Gesicht zeigte leichte Verwirrung.

Beide Männer sahen sie eindringlich an. Etwas in Carlas Augen verriet ihnen, dass sie die Wahrheit sagte. Etwas lag jetzt in ihrem Blick, das vorher nicht da gewesen war.

Es war das Wissen und die Weisheit der Ahnen.

Zu Hause

Vier Wochen später saß Carla mit Lee auf einem verwitterten Baumstamm auf demselben Felsvorsprung, auf dem sie schon damals beim Ausritt mit Charles Rast gemacht hatten. Die Sonne ging unter und färbte den Himmel golden-rot. Es war ein heißer Tag gewesen, doch nun begann der Abend sich über das Land zu legen und seine angenehme Kühle zu verbreiten. Carla hatte den Kopf an Lees Schulter gelehnt, und sein Arm hielt sie fest umschlungen.

Noch vor wenigen Wochen hatte sie es nicht für möglich gehalten, jemals wieder Frieden in ihrem Herzen zu finden. Doch er war unverhofft zu ihr zurückgekehrt am Abend des Tages, an dem sie Charles aus Silvers Händen befreit hatten.

Aber der Frieden hatte einen hohen Preis gefordert. Carla hatte ihre Mutter verloren und Familie Ghost Horse einen Vater und Sohn. Carla selbst war dem Tod nur knapp entgangen, und Charles hatte schwere Verletzungen davongetragen.

Die Stunden der Befreiungsaktion waren die schrecklichsten und längsten und gleichzeitig die erstaunlichsten in Carlas Leben gewesen, und sie kehrten noch oft in ihren Träumen zu ihr zurück.

Carla befand sich durch die Hilfe ihrer Urgroßmutter seit ihrem Erwachen am Bach auf dem Weg zu vollständiger Genesung. Rose und Mariah hatten ihre Stirnwunde begutachtet und von einem Wunder gesprochen. Carla hatte lediglich gelächelt.

Um Charles hatte es schlimm gestanden. Er verdankte seine schnelle und vollkommene Genesung allein der Weisheit und Ausdauer seiner Tochter.

Carla hatte darauf bestanden, die Pflege ihres Vaters selbst zu übernehmen. Und sie allein wusste mit Bestimmtheit, woher sie das plötzliche Wissen nahm, die richtigen Kräutermischungen und Anwendungen auszuwählen.

Sie hatte schnell Roses Lob und Anerkennung geerntet, die ihre neue Gabe ohne Widerspruch anerkannte. Rose hatte bereitwillig Kräuterumschläge, Heiltees und Brühen gemäß Carlas Anweisungen zubereitet. Und trotz des erschreckenden Bildes, das Carla in der Höhle den Atem hatte stocken lassen, war Charles schon bald in einen ruhigen und tiefen Schlaf gefallen. Selbst sein Fieber hatte sich innerhalb weniger Stunden gelegt.

Die übrigen Männer hatten sich bald nach Abschluss der gelungenen Rettung zu ihren eigenen Familien aufgemacht, und auch Mariah, Chris und Lily hatten sich verabschiedet. Die drei hatten sich als wahre Freunde erwiesen, und Carla war ihnen und den anderen in tiefer Dankbarkeit verbunden.

Anschließend hatte Carla sich erschöpft auf den Stufen der Veranda niedergelassen, und die gesamte Anspannung, die Schmerzen und die Sorge der vergangenen Tage und Stunden waren aus ihrem Körper gewichen. Sie hatte sich umgeschaut und erneut die Schönheit gesehen, die der doch noch sonnige Frühsommertag hoch oben in den Bergen zu bieten hatte. Sie hatte die Wildblumen in allen Farben des Regenbogens auf den Bergwiesen blühen sehen, den Wind leise in den Wipfeln der Bäume singen gehört, die würzige Bergluft eingeatmet und die warmen Strahlen der Sonne auf ihrem Körper gespürt. Und Frieden war in ihrem Herzen eingekehrt. Frieden und Dankbarkeit.

Mit einem Lächeln hatte Carla ihre Dankbarkeit laut zum Ausdruck gebracht. Und dieser Dank hatte sich an all die Wesen gerichtet, die ihr und der Singing Bear Ranch geholfen hatten – besonders an ihre Urgroßmutter Lucy Shining Earth.

Lee hatte am selben Abend den Leichnam seines Vater zur Ghost Horse Ranch zurückbegleitet und geholfen, ihn auf die Bestattungszeremonie am nächsten Tag vorzubereiten. Gerne wäre Carla in dieser Stunde der Trauer bei ihm gewesen, aber sie wurde gebraucht, musste nach ihrem Vater sehen.

Lee war am späten Abend zu ihr zurückgekehrt, und gemeinsam hatten sie über den unglaublichen vergangenen Tag gesprochen.

Carla hatte Lee von Johnny Silver und dem Bären erzählt, und Lee berichtete ihr, wie er Rick Silver gefunden hatte: am Fuße einer Felsspalte, aufgespießt von den langen Ästen einer umgestürzten Fichte. Er war gute zwölf Meter in die Tiefe gestürzt und hatte dort sein Ende gefunden. Lee war ebenso wie Carla davon überzeugt, dass der Nebel, der sie voneinander getrennt hatte, von den Geistern geschickt worden war. Lee hatte vorher nie Orientierungsprobleme im Nebel gehabt, aber so sehr er sich auch angestrengt hatte, dieser Nebel hatte wie eine Wand vor ihm gestanden und ihn Carla nicht finden lassen. Auch die übrigen Freunde hatte er erst ausfindig machen können, als sich der Nebel schlagartig legte.

Lee hatte mit Chris kurz darüber gesprochen, aber

dieser meinte, dass es für ihn und die anderen lediglich ein normaler Nebel gewesen war, nicht anders als an anderen nebeligen Tagen auch. Die Männer hatten sich der Höhle wie verabredet genähert und waren auf Silvers Männer gestoßen. Sie hatten diese aber erst überwältigen können, als sich der Nebel schließlich gelichtet hatte. Auf der Lichtung waren sie laut Chris auf Silvers Leiche gestoßen. Daraufhin hatten Silvers Männer bereitwillig erklärt, für immer aus der Gegend zu verschwinden. Bad Hand und Rick Silver seien als Einzige nicht unter ihnen gewesen.

Lee selbst war, nachdem er den toten Rick Silver gefunden hatte, auf die Fährte eines einzelnen Mannes gestoßen, war ihr gefolgt und hatte schließlich Bad Hand durch die Bäume erspäht, Sekunden bevor dieser auf Carla geschossen hatte.

Sowohl Carla als auch Lee waren sprachlos über den Verlauf der Dinge gewesen und auch noch zu aufgewühlt, um genauere Analysen anzustellen. Letztlich ließen sie ihre Herzen entscheiden und es dabei beruhen.

Am darauffolgenden Tag war es Charles viel besser gegangen, und obwohl er noch nicht bei Kräften war, hatte er darauf bestanden, der Bestattungszeremonie von Lees Vater beizuwohnen.

Die Zeremonie und der Umgang mit dem Toten hatten Carla sehr beeindruckt. Der Tod ihres einzigen Sohnes hatte Rose und George senior sehr zugesetzt. Aber am Ende der traditionellen Zeremonie wussten sie, dass George junior seinen Frieden gefunden und seine lange Reise gesegnet angetreten hatte.

Einige Tage später hatten sie seine Asche dann in alle vier Himmelsrichtungen über der Ghost Horse Ranch verstreut. Lee hatte diesen Teil der Zeremonie ausgeführt, begleitet von seinen Großeltern und Carla.

George junior würde für immer Teil seines Landes sein, und diese Geste hatte Carla sehr gefallen. Sie hoffte, dass auch sie, wenn ihre Zeit gekommen war, auf diese Weise mit der Singing Bear Ranch verbunden sein durfte.

Was für ein langer Weg es für Carla gewesen war, ihren Vater zu finden. Und ein noch längerer, so schien es, um gegen Silver anzutreten. Würden die Dinge jetzt anders werden? Würden die Leute in Midtown ihre Chance nutzen? Würden Mariah und Lily in Frieden leben können? Würde Carla selbst anhaltenden Frieden finden?

Letztendlich, und das wusste Carla nur zu gut, brauchte jeder Wandel, jede Änderung seine Zeit. Und je mehr die Menschen sich dagegen wehrten, desto mehr Zeit würden sie brauchen.

Sie wissen nicht, wie knapp die Zeit ist, die uns allen gegeben wurde, ging es Carla durch den Kopf, *ansonsten würden sie sich mit dem Wandel nicht so schwertun.*

»Woran denkst du?«, fragte Lee.

Carla lächelte. »Daran, wie die Dinge sich entwickelt haben, mit Silver und allem. An den Tag, an dem wir meinen Vater befreit haben und ich bei meiner Urgroßmutter gewesen bin. An deinen Vater.«

Lee nickte verstehend. »Ich denke auch oft an diese Dinge, und ich bin sehr dankbar, dass Great Spirit über uns gewacht hat.«

Sie schwiegen erneut.

Nach einer Weile lachte Carla leise auf. »Ich sollte schon seit Wochen zurück in Deutschland sein, in meiner Wohnung, meinem Job und den verabscheuten Besuchen von Tante Margit und Onkel Hans. Ich kann mir nicht vorstellen, jemals dorthin zurückzukehren. Es ist, als hätte eine andere Person dort gelebt, nicht ich. Und gleichzeitig kann ich es kaum fassen, für immer hierbleiben zu dürfen. Auf der Ranch, bei Dad und bei dir.«

»Zusammen werden wir uns um die Singing Bear, die Ghost Horse und die Silver Spur Ranch kümmern.«

»Du meinst, um das Wildlife Reserve«, fiel Carla ihm sanft ins Wort. »Die Silver Spur Ranch existiert nur noch in unseren Erinnerungen.«

»Um das Wildlife Reserve«, verbesserte Lee sich. »Einen passenden Namen musst du noch finden, bevor es offiziell werden kann.«

Schon oft hatte Carla über einen passenden Namen nachgedacht, war aber zu keinem Entschluss gekommen.

Das Wildlife Reserve, ehemals Silver Spur Ranch. Nach dem Tod von Johnny und Rick Silver hatte die Ranch sehr schnell zum Verkauf gestanden. Carla hatte mit Charles gesprochen, und beide hatten gespürt, dass die Ranch nicht noch einmal in falsche Hände geraten durfte. Außerdem war das Gebiet der Silver Spur sehr groß und malerisch und grenzte sowohl an die Ghost Horse als auch an die Singing Bear Ranch. Etwas Gutes sollte mit dem Land geschehen!

Und so waren sie nach einigem Nachdenken auf das Wildlife Reserve gekommen. Tiere und Natur sollten auf dem Gebiet der ehemaligen Silver Spur Ranch von nun an in sorglosem Miteinander existieren, ohne von Raubbau am Land oder anderen geldgierigen Ideen etwaiger Besitzer bedroht zu werden. Das Land würde bleiben, wie es war. Für immer.

Charles und Carla hatten die Silver Spur Ranch kurzerhand mit Hilfe eines alten *Familiengeheimnisses* erstanden, und in wenigen Tagen würde die neue Besitzurkunde beim Notar vorliegen.

»Shining Earth«, flüsterte sie.

Und auf Lees fragenden Blick hin erklärte sie: »Das Wildlife Reserve. Ich möchte es nach meiner Urgroß-mutter benennen. Immerhin war sie die bedeutendste Hüterin dieses Fleckens Erde. Und was für eine schöne zweite Bedeutung. Die Natur darf hier für immer in ihrer ursprünglichen Schönheit glänzen.«

»Gefällt mir«, meinte Lee.

Eine warme Brise wehte den Berghang herauf und brachte ein besonderes Geschenk mit sich.

»Urgroßmutter!«, flüsterte Carla und richtete sich auf.

Wie gerne hätte sie ihr mit einem Kuss und ei-ner Umarmung für all ihre Hilfe, all ihre Segnungen gedankt. Aber in dieser Welt war Lucy Shining Earth lediglich wie eine Wolke, die mit dem Wind kam und ging.

Zu ihrer Überraschung durfte Carla noch einmal ih-rer Stimme lauschen. »Der Bär wurde von den Geistern gesandt, um die Menschheit Respekt vor dem Land zu lehren. Doch es gibt nicht mehr viele Bären. Menschen, starke, gute Menschen, müssen nun die Bären sein. Du, mein Kind, bist einer dieser Menschen. Du hast dem Land geholfen, und die Geist- und Lebewesen, die auf ihm wohnen, haben dir ihren Dank erwiesen. Ihr seid eins. Du hast dich würdig gezeigt, in meine Fußstapfen zu treten. Ich bin stolz auf dich. Wir alle sind stolz auf dich.« Die alte Frau sah Carla liebevoll an. »Lausch dem Lied des Bären im Wind. Es wird dir Kraft und Stärke geben. Der Bär ist die Erde. Er ist Heilung und Wie-dergeburt, Botschafter der Geisterwelt und Beschützer. Vergiss nicht, mein Kind: Der Bär ist ein furchterregen-der Krieger, besonders wenn er seine Jungen verteidigt. Und diese Stärke ruht auch in dir. Du musst sie nutzen, um die Erde zu schützen. Du bist jetzt die Hüterin – für alle deine Kinder.«

Die Worte hingen über den Hängen der Berge, bis eine Brise kam und sie forttrug.

Carla vernahm für einen kurzen Augenblick das Windlied des Bären, von dem ihre Urgroßmutter erzählt hatte, und es jagte ihr einen Schauer über den Rücken.

Dann herrschte erneut Stille.

»Hat deine Urgroßmutter zu dir gesprochen?«, fragte Lee leise.

Carla nickte und kämpfte gegen ihre aufsteigenden Tränen an. »Ich wünschte, sie könnte für immer bei uns sein. Ich habe ihr so viel zu verdanken.«

»Sie ist bei uns«, stellte Lee lächelnd fest. »Sie ist Teil von der Singing Bear Ranch, genau wie du es bist. Sie lebt weiter in denen, die nach ihr kommen, solange wir sie in unseren Herzen bewahren.«

Carlas Züge glätteten sich, und ihre Hand griff nach dem kleinen Stein, der ihr in den Schoß gefallen war, nachdem sie aus der Geisterwelt zurückgekehrt war, und in den sie, ihrem Versprechen folgend, ein Medizinrad eingraviert hatte.

»Ich bin mir noch immer nicht sicher, ob meine Urgroßmutter mich an jenem Tag aus der Geisterwelt hierher zurückgeschickt oder ob mich die Medizin meines Vaters aus einem seltsamen Traum gerissen hat«, sagte sie gedankenverloren.

»Es hängt alles von deinem Geist ab. Immer gibt es etwas, das auf den ersten Blick nicht sichtbar ist«, antwortete Lee und legte ihr seine Hand behutsam auf den Bauch.

Carla blickte ihm forschend in die Augen. Dann erschien ein wissendes Lächeln auf ihrem Gesicht, und ihr Blick richtete sich erneut auf den Horizont.

Die Sonne war jetzt vollkommen untergegangen und der Himmel durchzogen von goldenen Fäden. Das Versprechen eines neuen Tages hing in der kühlen Abendluft.

Was immer kommen sollte, Carla wusste, sie würde es bewältigen. Sie war nicht mehr allein, sie hatte ihre Familie gefunden. Und diese Familie hatte ihr eine Vergangenheit, eine Gegenwart und eine Zukunft geschenkt. Sie war ein Teil der Singing Bear Ranch, Teil eines Ganzen geworden.

Der verlorene Schrei des geheimnisvollen schwarzen Vogels durchdrang die Abendstille und öffnete Carlas Blick auf die Welt.

Wie viele andere Berge mochte es wohl auf dieser Erde geben, die wie Silver Mountain auf Rettung hofften?

In den Wäldern Kanadas muss eine junge Frau sich ihrem Schicksal stellen

Sanna Seven Deers

DER RUF DES WEISSEN RABEN

Roman

ISBN 978-3-548-28295-4
www.ullstein-buchverlage.de

Die Trommeln und Stimmen verstummen, als die wirbelnden Rauchschwaden aufsteigen. Myras Herz pocht beinahe schmerzhaft in ihrer Brust. Sie ahnt nicht, dass sie Zeugin eines Rituals ist, mit dem der Indianer Chad Blue Knife die Geister ruft. Es wird ihre Zukunft und alles, woran sie glaubt, verändern. Sie spürt, dass ihr Leben und das von Chad auf alle Zeiten untrennbar miteinander verwoben sind …